TÖNE DER VERSUCHUNG

SPECIAL INVESTIGATIONS GROUP 2

VIRNA DEPAUL

KLAPPENTEXT

WIRD ER HELFEN, SIE ZU BESCHÜTZEN ...

Carrie Ward versteht gefährliche Männer und sie hat die Narben, um es zu beweisen. Heute spart sich die Detective der Special Investigations Group ihr Risiko für ihren Job auf. Aber als sie gebeten wird, einen gefährlichen Serienmörder zu verfolgen, muss sie sich mit dem letzten Mann zusammentun, auf den sie sich verlassen will — Jase Tyler, ein leitender Detective, der ebenso leichtsinnig wie sie vorsichtig ist. Und trotz ihrer besten Absichten beginnen die Funken zu sprühen.

ODER EINEN KILLER AUS DEM SCHATTEN ZIEHEN?

Während Carrie und Jase versuchen, das nächste Opfer zu retten, entfacht sich die Leidenschaft, die zwischen ihnen brodelt. Aber ein gerissener Killer in Bestform fordert Carrie heraus, bis zum bitteren Ende zu spielen. Jetzt ist alles, worauf sie sich verlassen kann, ihr Instinkt — und Jase, der einzige Mann, der es wagt, sie zu beschützen ...

BÜCHER VON VIRNA DEPAUL

DIE SERIE ‚MIT DEN JUNGGESELLEN IM BETT‘

DIE SERIE, LIEBE AM SPIELFELDRAND

DIE SERIE, KISS TALENTAGENTUR

DIE SERIE, ROCK'N'ROLL CANDY

DIE SERIE, HEIMKEHR NACH GREEN VALLEY

DIE SERIE, ÄRZTE ZUM VERLIEBEN

DIE SERIE, HART WIE STAHL

DIE SERIE, GLÜHEND HEIßE COPS REIHE

DIE SERIE, SEXUALKUNDEROMANE

DIE SERIE, BILLIONAIRE BAY

*S*pecial Agent Carrie Ward betrat McGills Bar, um ihre Trockenphase zu durchbrechen, und dabei ging es ihr nicht um Alkohol. Sie hatte gerade einen weiteren schwierigen Fall für SIG, die Special Investigations Group des kalifornischen Justizministeriums, einem fünfköpfigen staatlichen Äquivalent des FBI, abgeschlossen und sie wollte das feiern, indem sie ihr fünf Jahre währendes Zölibat beendete. Es spielte keine Rolle, dass sie wahrscheinlich keinen Höhepunkt haben würde. Das hatte sie selten bei einem Mann. Aber sie war nicht wirklich auf Lust aus. Sie wollte lediglich Körperkontakt. Intimität. Um ein paar Stunden lang so tun zu können, als ob sie dazugehörte — auf diese Erde, in diese Stadt, vielleicht sogar zu einem Mann, der sich um sie kümmerte und in ihr mehr sah als eine Frau, die Tag für Tag versuchte, mit einem sogenannten „Männerjob" klarzukommen.

Weniger als dreißig Minuten später verließ Carrie das McGills allein. Ihre Brust schmerzte vor Einsamkeit, viel mehr als sie je zuvor gespürt hatte. Und das nicht, weil sie keinen Mann gefunden hatte, den sie hätte verführen können, sondern weil der eine Mann, den sie wirklich verführen wollte — nein, der einzige Mann, mit dem sie wirklich Liebe machen wollte, wenn es wirklich so etwas wie Liebe machen gab —, sich darauf vorbereitete, mit einer anderen Frau ins Bett zu gehen.

Sie hätte nie kommen sollen. Es war Freitagabend und sie hatte gewusst, dass Jase Tyler, ein anderer Special Agent des SIG, ein Date hatte. Aber sie hatte nicht ahnen können, dass er sein Date im McGills Bar bringen würde, einem beliebten Treffpunkt des Police Departments von San Francisco. Sie hatte ihn dort natürlich schon einmal mit Frauen gesehen, aber es waren Frauen, die er dort aufgerissen hatte. Sie hatte gedacht, er würde sein Date an einen schickeren Ort mit mehr Verführungspotential führen.

Sie hatte sich geirrt.

Ihr Magen zog sich zusammen, als sie sich an ihr kurzes Gespräch mit Seth Roberts, einem SFPD-Cop, erinnerte. Er hatte etwas gesagt, das sie zum Lachen gebracht hatte, kurz bevor sein Freund ihn angestupst und in bewunderndem Tonfall „Jase Tyler" gesagt hatte. Furchtsam hatte sie sich umgedreht. Und tatsächlich hatte sie sofort die Rückseite von Jase' elegant gekleideter Statur erkannt, seine Hand an den schlanken, nackten Rücken der neben ihm stehenden Frau gelegt. Sein Date trug ein schwarzes Cocktailkleid, das besser für die Oper geeignet war als das McGills, aber wer war Carrie, sie zu verurteilen? Sie hatte sich nicht einmal die Mühe gemacht, sich für ihre Männerjagd aufzubrezeln. Stattdessen trug sie noch ihre normale Bürokleidung, in der sie sich so feminin wie sonst auch fühlte — also überhaupt nicht.

Jetzt, als sie so vor dem McGills stand, betete Carrie, dass Seth die Enttäuschung, die sie empfunden hatte, als sie Jase mit seinem Date sah, nicht bemerkt hatte. Die Art und Weise, wie Seth sie angesehen hatte — mit leicht weicheren Gesichtszügen und einem Hauch von Mitleid —, sagte ihr jedoch, dass sie ihre Zeit verschwendete. Aber wenn er es wagen würde, Jase etwas davon zu erzählen, würde sie dafür sorgen, dass er es bereute. Zumindest würde sie ihn zu einem weiteren Racquetball-Spiel herausfordern und mit ihm den Boden wischen, genau wie sie es bei den letzten beiden Spielen getan hatte. Als sie ihre Hände in ihren Wollmantel schob, drehte sie sich um und ging zu ihrem Auto.

„Willst du schon gehen, Ward?"

Sie erstarrte beim Klang von Jase' Stimme. Für eine halbe Sekunde fragte sie sich, ob sie Stimmen hörte. Ob sie ihn aus purem Verlangen dazu gebracht hatte, sich zu materialisieren. Die eigentliche Frage war jedoch, ob er allein oder mit seinem Date erschienen war.

Langsam drehte sie sich zu ihm um. Er stand ein paar Meter entfernt, Hände in den Taschen, seine allgegenwärtige Krawatte locker, seine Anzugjacke hatte er zurückgelassen. Sein sandigbraunes Haar war kunstvoll zerzaust, sein großer, schlanker Körper wurde durch seine maßgeschneiderte Kleidung optimal zur Geltung gebracht. Obwohl Jase jede Stichelei, er sei ein Metrosexueller, abtat — und ihn zu sticheln, war früher eine ihrer Lieblingsbeschäftigungen gewesen, bevor die sexuelle Spannung zwischen ihnen zu gefährlich geworden war —, wäre selbst Carrie nicht so weit gegangen, ihn als solchen zu bezeichnen. Er interessierte sich mehr dafür, wie er aussah, als der durchschnittliche Mann. Er zog sich gut an. Sah gut aus. Er roch gut. Aber er war zu intensiv und männlich, um jemals in diese Kategorie zu passen. Kein Wunder also, dass Jase Frauen mochte, die vollkommen feminin waren.

Also, warum war er mit ihr hier draußen und nicht drinnen bei seinem Date?

Sie runzelte die Stirn, nicht weil er allein war, sondern weil sie diese Tatsache verdammt erleichterte. „Was gibt's, Tyler? Hat dich dein Date hierhergeschickt, um den Rest ihres Outfits zu holen? Wird ihr kalt?"

Er hatte sie mit einem ernsten Gesichtsausdruck beobachtet.

Jetzt setzte er das gleiche Grinsen auf, das Frauen immer dazu brachte, schwache Knie und Kulleraugen zu bekommen, sie eingeschlossen. Zum Glück, ihren Ausrutscher mit Seth unbeachtet, war sie wirklich gut darin, das zu verbergen.

„Ich bin definitiv in der Lage, meine Dates warm zu halten", sagte Jase gedehnt, seine tiefe Stimme färbte sich mit einem Hauch Texas-Dialekt. „Ich habe dich gerade gehen sehen und mich gefragt, warum du nicht stehengeblieben bist und hallo gesagt hast."

Sie hob spöttisch eine Braue. „Hab ich nicht? Das tut mir leid. Hi, Jase. Wie geht es dir? Ist irgendetwas Interessantes passiert, seit ich dich das letzte Mal ... Moment ..." Sie blickte auf ihre Uhr, ein schlichtes, einfaches Design mit einem robusten schwarzen Armband. Es war so modisch und geschlechtsneutral wie der Rest von ihr. „Seit ich dich das letzte Mal vor anderthalb Stunden im Büro gesehen habe?"

Sie sah wieder zu ihm auf. Zu ihrer Überraschung war er näher gerückt und schwebte praktisch über ihr. Er stand so nah bei ihr, als ob er versuchen würde, sie mit seiner schieren männlichen Präsenz einzuschüchtern. Seine Körperwärme schlug mit der Intensität eines wütenden Feuers bei ihr ein. Sein Duft, frisch und sauber mit einem Hauch von Aftershave, überwältigte sie. Verlangen schoss durch ihre Venen, verursachte Schwindel, verursachte Panik. Automatisch trat sie einen Schritt zurück und wäre beinahe noch einen weiteren gegangen.

Sie schob eine widerspenstige Haarsträhne hinters Ohr und befeuchtete ihre Lippen. „Vorsicht, Tyler. Deinem Date würde es vielleicht nicht gefallen, wenn du so nah bei mir stehst. Ich meine, nicht, dass sie mich als Bedrohung oder so betrachten würde, aber du weißt, wie dumm die meisten Frauen sein können."

Jase' Finger beugten sich. Abwesend bemerkte sie, dass er sie aus seinen Taschen genommen hatte. Er hatte große Hände. Lange, elegante Finger, die eher zu einer Art Künstler als zu einem Polizisten passten. Er hatte auch große Füße. Obwohl er wirklich groß war, fehlte ihm die schiere Masse einiger ihrer Teamkollegen, insbesondere von Liam „Mac" McKenzie und Simon Granger. Und während der zwar gut aussah, war Jase mehr hübscher Junge als harte Männlichkeit. Das brachte die Leute oft dazu, ihn zu unterschätzen, und es überraschte sie, wenn er sich direkt vor ihren Augen von einem strahlenden Charmeur in einen gefährlichen harten Typen verwandelte. Manchmal vergaß sogar Carrie, wie skrupellos er sein konnte. Wenn das geschah, erinnerte er sie unweigerlich daran, wenn er einen gefährlichen Verdächtigen festnahm oder auf einen ihrer höhnischen Kommentare mit einer vernichtenden Antwort reagierte. Angespannt wartete sie jetzt auf eine solche Antwort.

Sie kam nicht. Stattdessen hob er eine dieser großen Hände und fuhr leicht mit seinen Fingerspitzen über ihre Wange. Ihr Herz schlug wie wild. Sofort war sie versucht, die Augen zu schließen und sich zu ihm vorzubeugen. In dem Moment erinnerte sie sich an das erste und einzige Mal, als er sie geküsst hatte, vor nur einer Woche, als Macs Freundin, Natalie Jones, angegriffen wurde und im Krankenhaus gelandet war. Jase' Kuss war ein Trost gewesen, eine leichte, kurze Berührung der Lippen, viel zu schnell vorbei. Aber seine Wirkung auf sie war so kraftvoll wie ein Schlag. So wie es seine Berührung jetzt war. Sie konnte nicht anders. Sie zitterte, und so, wie sich seine Augen erhitzten und verengten, entging ihm ihre Reaktion nicht.

„Regina sollte dich definitiv als Bedrohung betrachten", sagte er leise.

Ihre Augen weiteten sich. Nein. Sicherlich hatte sie ihn falsch verstanden. Sie versuchte ein spöttisches Lachen, aber es kam atemlos heraus.

„Ich will dich noch einmal küssen, Carrie", sagte er, bevor sie antworten konnte. „Aber diesmal will ich es richtig machen."

Ihr Atem verließ vollständig ihre Lungen. Sie starrte ihm in die Augen und suchte nach Anzeichen dafür, dass er betrunken war, fand aber keine.

Seine Finger strichen zu ihrem Kiefer hinunter, während sein Daumen leicht gegen ihre Unterlippe drückte. Als sie nach Luft schnappte, seufzte er zitternd und senkte seine Hand, um sie wie auch die andere wieder in seine Taschen zu stecken.

„Die Frage ist, ob du mich lassen wirst? Oder werden wir weiterhin das gleiche ermüdende Spiel spielen und so tun, als wollten wir uns nicht gegenseitig die Kleider vom Leib reißen und tagelang vögeln?"

Seine grobe Wortwahl brach den Dämmerzustand, in dem sie gewesen war. Jase war ein Mann für eine Dame. Ein echter Charmeur. Er benutzte keine Worte wie „vögeln" bei Frauen, zumindest nicht außerhalb des Schlafzimmers. Aber sie war nicht wie die Frauen, mit denen er sich traf. Sie war weder weich noch feminin und er hatte offensichtlich nicht das Bedürfnis, seinen üblichen Charme und seine Galanterie bei ihr einzusetzen. Oder vielleicht war er nur ehrlich. Er wollte sie ficken. Warum seine Zeit mit schönen Worten verschwenden?

Er beobachtete sie aufmerksam, mit einem fast raubtierartigen Funkeln in den Augen. Über seine Schulter, durch die Fenster des McGills sah sie sein Date die Bar scannen, als suchte sie nach ihm. Sie war von vorne genauso schön wie von hinten. Schöner sogar. Also fragte sich Carrie wieder — was wollte Jase draußen bei ihr, ein Verlangen vortäuschend, das unmöglich real sein konnte? Die einzige Erklärung war, dass er nach einer Abwechslung in seinem endlosen Strom von Sexualpartnern suchte, aber sie sollte verdammt sein, wenn sie diejenige wäre, die dabei mitmachte.

Absichtlich setzte sie einen weicheren Gesichtsausdruck auf und biss sich auf die Lippe, in der Hoffnung, dass es so aussah, als wäre sie nicht abgeneigt. „Jase", sagte sie mit zittriger Stimme und hielt ihren Blick gesenkt.

So wie sie es sich erhofft hatte, beugte er sich nach unten, um sein Gesicht näher an ihres zu bringen.

„Was ist los, Carrie?", fragte er, seine Stimme tief und dunkel. „Sag es mir."

Sie blickte durch ihre Wimpern zu ihm auf und legte ihre Hand leicht auf seine Brust. Sie konnte sein Herz klopfen spüren, stark und leicht unregelmäßig. Sie ließ ihn zappeln und obwohl ihr das ein Triumphgefühl hätte bereiten sollen, sagte ihr der Schmerz zwischen ihren Oberschenkeln, sie solle vorsichtig sein, um nicht in ihre eigene Falle zu tappen. Sie ignorierte die innere Warnung, legte die Hand an seinen Nacken und streckte sich nach oben, bis ihre Lippen sein Ohrläppchen berührten. „Jase", hauchte sie wieder.

Seine Hände lagen leicht auf beiden Seiten ihrer Taille und packten dann fester zu. Er machte sich bereit, sie an sich zu ziehen. Ihren Körper gegen seine harte, köstliche Länge zu drücken, und sie wusste, wenn er das tat, wäre sie verloren. Sie war sich nicht sicher, ob sie die Kraft hätte, sich von ihm zu lösen. Als sie ihren Kopf wandte, fiel ihr Blick erneut auf Jase' Date. Sie hatte sie bemerkt und ihre Haltung sagte Carrie, dass sie jede Sekunde kommen würde, um ihn zu holen.

In genau diesem Moment drehte Jase seinen Kopf und strich mit seinen Lippen über ihren Kiefer. Ein knisterndes Kribbeln schoss ihr über die Wirbelsäule, bevor es sich in ihren Brüsten und jeder anderen erogenen Zone, die sie besaß, niederließ. Sie wollte sich an ihm reiben wie eine läufige Katze. Nicht nur das, sondern auch die Versuchung, mit Jase' Date um das Recht zu kämpfen, ihn berühren zu dürfen — ihn lieben zu dürfen —, traf sie unvorbereitet.

Idiotin! Was war nur los mit ihr? Sie erteilte dem Kerl hier gerade eine Lektion, sie wollte doch nicht ihr Revier markieren.

Sie küsste seinen Kiefer genauso, wie er ihren geküsst hatte. Dann klemmte sie ihre Zähne um sein Ohr und biss zu — fest.

„Scheiße!" Instinktiv zuckte er zusammen. Sie ließ ihn sofort los und machte einige Schritte zurück, diesmal war es ihr egal, ob es wie ein Rückzug aussah.

Jase hob eine Hand hoch, um sein Ohr zu reiben, und starrte sie an. „Verdammt, Carrie, wofür zum Teufel war das?"

„Das", antwortete sie atemlos, während sie sich weiter von ihm zurückzog, „sollte dich daran erinnern, dass ich keine Bedrohung für Regina bin, aber dasselbe gilt nicht für dich. Wenn du dich mit den Flittchen langweilst, mit denen du ausgehst, dann gibt es vielleicht noch Hoffnung für dich. Aber verschwende nicht meine Zeit, indem du mir deinen Mist erzählst. Du willst mich nicht. Du willst mich bezwingen. Beweisen, dass Special Agent Ward eine weitere Kerbe auf deinem Bettpfosten werden kann. Das wird nie passieren."

„Ich will dich nicht bezwingen. Zumindest nicht, bis du versucht hast, mir ein Stück von meinem verdammten Ohr abzubeißen, aber-"

Die Tür zum McGills öffnete sich. „Jase", rief eine sanfte weibliche Stimme. Regina hielt die Tür offen und schoss Carrie einen Blick zu, ihrem Gesichtsausdruck war offensichtliche Sorge um Jase abzulesen. „Brauchst du hier draußen Hilfe?"

Carrie knurrte tatsächlich. Die Frau benahm sich, als hätte Carrie Jase in die Enge getrieben und würde ihn gefangen halten; warum sollte er sich sonst dazu herablassen, mit jemandem wie ihr zu sprechen?

„Gib mir eine Sekunde, Regina", sagte Jase. „Ich muss nur noch eben —"

„Oh, musst du nicht", sagte Carrie. Sie blickte Regina an. „Keine Sorge, ich bin Polizistin. Jase und ich arbeiten zusammen. Wir hatten eine kleine Meinungsverschiedenheit, aber er hat mir gerade gesagt, wie unbedingt er zu dir zurückmöchte. Also geh jetzt, Jase. Viel Spaß, ihr beiden."

„Verdammt, Carrie —"

Sie ignorierte ihn, wirbelte herum und ging in die entgegengesetzte Richtung von ihrem Auto. Sie würde später wiederkommen, um es zu holen. Sobald sie sich beruhigt hatte.

Sobald ihr wieder einfiel, warum sie Jase Tyler fortgestoßen hatte, anstatt das zu tun, was sie wirklich hatte tun wollen — ihre Arme um ihn legen und ihn niemals gehen lassen.

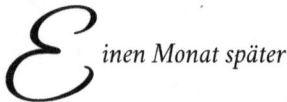 *inen Monat später*

Da der Körper der Frau noch vollständig bekleidet war, legte Dr. Odell Bowers zwei Finger an ihre Halsschlagader, dann begann er aus Gewohnheit, sie auf Hornhauttrübung und Totenstarre zu untersuchen. Als er erkannte, was er da tat, lächelte Bowers, schüttelte den Kopf, nahm seine Schere und begann, die Streicher aus Mozarts „Requiem Messe in d-Moll" mitzusummen, die ihn umgab.

„Den habe ich schon immer geliebt. Was ist mit dir?" Er runzelte die Stirn über den immer noch bewegungslosen Körper. „Ich werde dich schon noch umstimmen. Mozart war ein Visionär."

Vorsichtig schnitt er der Frau die Kleider ab und legte dann ein Tuch über ihre Genitalien. Mit langsamen, geübten Bewegungen wusch er sie mit Desinfektions- und keimtötender Lösung und massierte die Gliedmaßen, wie es seine Mutter oft bei ihm getan hatte. „Fühlt sich gut an, nicht wahr?"

Nachdem er der Frau Augenkappen über die Augenlider gelegt hatte, begann Bowers den langsamen, mühsamen Prozess der Konservierung. Gelegentlich hielt er inne, um die Tränen wegzuwischen, die das Gesicht der Frau hinunterrannen, dann seufzte er, als sie nur noch stärker flossen und die Gliedmaßen der Frau zu zucken begannen.

Obwohl ihre Lebenskraft fast erschöpft war, kämpfte die Frau, um ihr Bewusstsein zurückzuerlangen.

Bowers hatte die Fesseln vorsorglich angezogen. Dann nahm er die Spritze Novocain und tauchte die Nadel wiederholt in die Lippen und Wangen der Frau. Sie wurde ruhig. Er machte ein paar kleine Anpassungen, bis der Ausdruck der Frau entspannt und natürlich aussah. Bald waren ihre Gesichtszüge gefestigt.

„Ich habe die schönsten Kleider für dich ausgesucht. Und das Make-up wird zu den Farben passen. Du wirst perfekt sein, wenn ich fertig bin."

Bowers nahm die Massage der Körperglieder wieder auf, während die mechanische Pumpe Einbalsamierflüssigkeit in die Blutgefäße spritzte. Ein tiefes Stöhnen, wie das eines verletzten Tieres, explodierte aus den geschlossenen Lippen der Frau. Ihre Gliedmaßen verkrampften sich und ihre Finger krallten sich zusammen, bevor sich ihr ganzer Körper entspannte. Der letzte Atemzug der Frau war kaum zu spüren.

„Schh. So ist gut. Das ist perfekt", flüsterte Bowers.

Bowers streicht das feuchte Haar der Frau zurück und beendete dann den kompliziertesten Teil des Eingriffs. Danach wusch und trocknete er den Körper der Frau, trug eine feuchtigkeitsspendende Creme auf ihr Gesicht auf und benutzte seine Kosmetikpalette, um ihre blassen Gesichtszüge zu überdecken. Er trug einen hellrosa Lippenstift auf und freute sich über die realistische, durchscheinende Farbe namens Baby's Breath. Als nächstes entfernte er die Augenkappen und tupfte braunen Lidschatten auf die Augenlider, um ihnen mehr Tiefe zu geben. Dann ein dunkleres Rot auf den Wangen, am Kinn und den

Knöcheln, als flösse noch Blut darunter. Zum Schluss Babyöl ins Haar.

Bowers legte die Kleidung, die er ausgewählt hatte, auf den Körper der Frau, trat dann zurück und betrachtete seine Arbeit. Er schob die Arme, die über der Brust der Frau gekreuzt waren, zurück an ihre Seiten. Dann schob er ein verirrtes Haar zu ihrer Schläfe.

Endlich zufrieden, nahm er ein Skalpell.

Ganz langsam und sehr vorsichtig schnitt Bowers der Frau die Augenlider ab und legte sie dann in eine kleine Box zum Rest seiner Sammlung.

In den nächsten Stunden erledigte er die übrigen Aufgaben. Er machte ein paar letzte Fotos. Als nächstes fuhr er den Körper der Frau zu ihrer letzten Ruhestätte, doch vorher zog er ihr noch mehrere Zähne und Haare und legte sie zur Seite. Später würde er die Asche zusammen mit den Fotos, Zähnen und Haaren an die Polizei schicken. Als er seinen Arbeitsraum aufräumte, musste er tatsächlich kichern, als er sich vorstellte, wie die Polizei sich darum bemühen würde, sie zu finden.

Schon als Kind hatte er gerne Schnitzeljagden geplant und den Teilnehmern gerade genug herausfordernde Hinweise gegeben, um die Aufgabe möglich, aber keineswegs einfach zu machen. Für die Polizei zeichnete er geradezu eine Karte, damit sie sie identifizieren konnten, aber das nur deshalb, weil es nicht darum ging, die Opfer zu finden. Es ging darum, ihn zu finden. Natürlich war noch nie jemand klug genug gewesen, um das zu tun. Das würde niemand je tun.

Nachdem er sich umgesehen und sichergestellt hatte, dass alles nach bestem Wissen und Gewissen aufgeräumt war, stieg Bowers die Treppe hinauf, die ihn von seinem Keller zu seinem eleganten Wohnbereich führte, der nur wenige Blocks von der Golden Gate Bridge entfernt war. Er liebte es, wie konträr seine beiden Leben waren. Dass die oberen Stockwerke seines Hauses seinen Reichtum und Erfolg repräsentierten, während der untere

Teil seine dunklere, private Seite zeigte. Es hörte nie auf, ihn zu erstaunen, wie das eine so leicht das andere verbarg. Als ob niemand auf die Idee käme, dass sie koexistieren könnten. Summend sammelte er seine Sachen, dann überprüfte er seinen Kalender auf seinem Smartphone.

Sein nächster Termin war um elf Uhr. Seine Patienten zeigten sich selten angemessen dankbar für das, was Bowers für sie tat, jedoch zahlten sie gut. Dennoch, während er sich an dem Geld erfreute, das er verdiente, war die Perfektion von Bowers' Arbeit Belohnung genug. Bowers nahm hässliche Dinge und machte sie wieder schön, genau wie bei seinen Mädchen.

Andere mochten seine Meisterschaft zunächst vielleicht nicht anerkennen, doch das währte nicht lang. Bowers öffnete ihnen irgendwann immer die Augen. Alles, was dazu nötig war, war Strategie, Zeit und Disziplin.

Das und eine ruhige Hand mit dem Skalpell, natürlich.

KAPITEL 3

*D*ie Kleinen rannten fast immer.

Sie dachten, sie hätten einen Vorteil, wenn es um Geschwindigkeit ging, aber nur wenige von ihnen wussten, dass Polizisten dazu ausgebildet wurden, längere Strecke zurückzulegen. Es mochte eine Weile dauern, bis sie aufholten, aber doch taten sie das fast immer.

In diesem Fall half es auch, dass Carrie noch kleiner war als der Täter, den sie jagte, und weil sie Zivilkleidung trug, wurde sie nicht durch einen sieben Kilo schweren Gürtel behindert, der mit der Ausrüstung eines Streifenpolizisten beladen war. Stattdessen trug sie nur ihre Waffe, die sicher im Halfter steckte.

Trotz allem, was sie im Fernsehen zeigten, wäre es nicht klug, mit einer Waffe herumzuwedeln, während man einen Verdächtigen verfolgte. Besonders nicht an einem Freitagabend, an dem sich die leere Straße plötzlich mit Leuten füllen konnte, die gerade einen Film, ein spätes Abendessen oder Drinks in einer Bar genossen hatten. Einer Bar wie das McGills. Der Bar, in der sie Jase und sein Date, Regina, zurückgelassen hatte, obwohl er Carrie wieder hatte küssen wollen. Sie hatte ihn abgewiesen und was hatte sie stattdessen bekommen? Einen

Zusammenstoß mit einem gewöhnlichen Dieb. Aber einem schnellen.

Sie drängte sich in einem Adrenalinrausch nach vorne und fragte sich, was der Kerl, den sie dabei erwischt hatte, wie er in einen Baumarkt eingebrochen war, wohl auf seinem Vorstrafenregister hatte, das es wert war, vor der Polizei zu flüchten. Die Geschwindigkeit, mit der er sich davongemacht hatte, als sie ihn hatte befragen wollen, sagte ihr, dass er für die Justiz wahrscheinlich kein Fremder war.

Langsam holte sie auf, als er sich einem heruntergekommenen Haus abseits der Post Street näherte und zur Haustür hineinrannte. Carrie blieb draußen und ging sofort in Deckung, zog ihre Waffe und rief: „Mach die Lage nicht noch schlimmer. Komm mit erhobenen Händen raus.“

„Verpiss dich, Schlampe!“

Aber die Worte des Kerls wurden durch das Geräusch der sich nähernden Sirenen leicht übertönt.

„Hörst du das?“, schrie sie. „Die Polizei von San Francisco ist auf dem Weg. Komm jetzt raus.“

Er reagierte nicht sofort. Zu ihrer Überraschung verließ er weniger als eine Minute später das Haus mit gezückter Waffe.

Er war im Schatten gewesen, als er losgerannt war, und zum ersten Mal bekam sie eine klare Sicht auf sein Gesicht. Er war noch ein Kind. Überraschung ließ sie für einen Moment zögern, bevor sie einen Schritt näherkam, ihre eigene Waffe vor sich. „Leg deine —“

Er entdeckte sie und zielte auf sie.

Gefahr! Schütz dich selbst. Schieß und töte ihn.

Ihr Verstand schrie sie an, den Abzug zu drücken, aber sie tat es nicht.

Für eine Sekunde zögerte sie, auf ihn zu schießen.

Er zielte noch einmal.

„Fallen lassen!“, schrie sie.

Er feuerte seine Waffe eine Sekunde vor ihr ab.

Feuer prallte in ihr Bein und ließ es sofort einknicken. Sie fiel zu Boden. Dann war er auf ihr, schlug sie und trat sie, schleuderte ihre Waffe weg. Was folgte, war ein verschwommener Schmerz. Vor allem aber war sie überrascht. Fassungslos.

Sie hatte ihn verfehlt. Wie? Sie verfehlte nie. Aber sie war so überrascht von seinem Aussehen gewesen ...

Er sah jung aus. So jung. Wie konnte er so skrupellos sein? So stark?

Aber trotz des Schmerzes und ihrer verwirrten Gedanken kämpfte sie weiter. Krallte nach ihm. Um selbst Schaden anzurichten. Bis sie es schaffte, an ihre Waffe zu kommen. Gerade, als er seine eigene erhob und sie wieder auf sie richtete.

Noch ein Schuss.

Ihr Angreifer brach auf ihr zusammen und drückte ihr den Atem aus dem Körper, bevor sie ihn wegstieß und wegkrabbelte.

Sie starrte, als sofort eine purpurrote Pfütze unter ihm hervorsickerte.

Für eine Sekunde machte sie die Erleichterung schwindelig.

Dann verwandelte sich die Erleichterung in Entsetzen.

Sein stiller Körper zuckte. Bewegte sich. Setzte sich auf.

Er sah sie an.

Er hob seine Waffe und richtete sie direkt zwischen ihre Augen.

Grinste. Und feuerte.

Carrie erwachte und setzte sich im Bett auf. Ihr Herz klopfte in ihrer Brust und ihr Körper war von Schweiß durchtränkt. Ihr Blick fuhr um sie herum und suchte nach Anzeichen von Gefahr. Sie sah nur die antike Kommode ihrer Großmutter. Verschiedene Aquarelle. Gerahmte Fotos auf ihrem Nachttisch.

Die vertraute Sicht konnte sie kaum beruhigen.

Die Panik wand sich durch sie hindurch und gewann an

Geschwindigkeit und Kraft, bis es sich wie ein Tornado anfühlte. Schwarze Punkte blinkten vor ihr und drehten sich herum, bis sie miteinander verschwammen und ihr wurde schwindelig.

Sie schloss die Augen und konzentrierte sich auf ihre Atmung und darauf, das Selbstgespräch zu wiederholen, an dem sie und Lana, ein Mitglied der Behavioral Sciences and Psychiatric Liaison Unit des DOJ, gearbeitet hatten.

Sie war in Sicherheit. Es ging ihr gut. Es war nur ein Traum gewesen. Es ging ihr gut.

Als das nicht funktionierte, stellte sie sich vor, wie sie in einen Luftballon blies. Sie füllte ihn mit ihrem Schmerz. Bis er davonschwebte. Bis sie leer war.

Schließlich kehrte ihr Herzschlag zu einer Normalfrequenz zurück. Sie lehnte sich zurück, zog die Decken näher an ihr Kinn und starrte auf den dunklen Himmel.

Als sich ihr der Schlaf weiter entzog, trat Carrie die Decken beiseite, fühlte sich plötzlich wie erstickt und gefangen. Sie streckte ihre Gliedmaßen aus und dehnte sich über die Länge und Breite der Matratze aus, um dem Gefühl entgegenzuwirken.

Als sie akzeptierte, dass sie ihre Chance auf Schlaf verpasst hatte, stand sie auf und ging in die Küche, um sich eine Kanne Kaffee aufzugießen. Während sie darauf wartete, dass er durchsickerte, lehnte sie sich gegen die Arbeitsfläche, verschränkte ihre Arme vor der Brust und rieb sich mit den Händen über das kühle Fleisch, das von Gänsehaut überzogen war. Sie wünschte sich, sie hätte wieder ins Bett kriechen und sich unter den warmen Decken verstecken können, aber sie konnte es nicht.

Sie sah auf ihre Kühlschranktür und das Stück Papier, das sie dort platziert hatte. Eine Kinderzeichnung, die vor Jahren von Kevin Porter gemalt worden war und die dessen Großmutter ihr geschickt hatte, zusammen mit einer Notiz, in der sie Carrie verfluchte, weil sie den kostbaren Enkel der Frau getötet hatte. Sie hätte sie zu den anderen Beweismitteln legen sollen. Stattdessen betrachtete sie sie jeden Morgen und jede Nacht, bevor sie ins Bett ging.

Carrie schloss die Augen und rieb sich mit den Händen das Gesicht. Kein Wunder, dass sie Alpträume hatte. Gott, sie war durchgeknallt.

Sie hatte keine andere Wahl gehabt, als Kevin Porter zu erschießen. Sie wusste das. Er hatte bereits einmal auf sie geschossen, hatte sie weiter angegriffen und er hatte noch seine Waffe gehabt. Aber am Ende hatte sie ein Leben genommen. Das Leben eines sechzehnjährigen Jungen, der mit Drogen vollgepumpt war. Einer, dessen Großmutter geschworen hatte, dass er ein gutes Kind gewesen war, das sich nur zufällig in der Schule mit den falschen Leuten eingelassen hatte.

Sie behielt sein Bild nicht, um sich selbst zu quälen, sondern um sich daran zu erinnern, dass Schmerz oft Teil der Arbeit war. Jeder konnte ein Vergewaltiger oder Mörder oder eine andere Art von gefährlichem Verbrecher sein.

Wirklich jeder.

Männlich oder weiblich. Alt oder jung. Hässlich oder gutaussehend. Manchmal waren die, die sie aufhalten musste, genau wie Kevin Porter. Manchmal hatten sie auch etwas Gutes an sich. Manchmal hätten sie einen anderen Weg gehen können oder waren selbst Opfer. Aber es spielte keine Rolle. Wenn sie gefährlich wurden, musste sie sie aufhalten, um andere zu schützen. Und, ja, auch, um sich selbst zu schützen.

Deshalb hatte sie das Bild behalten.

Um sich selbst daran zu erinnern, warum sie getan hatte, was sie getan hatte. Und so würde sie nicht überrascht sein, würde nicht zögern, ihre Waffe wieder abzufeuern, einfach weil ein Täter nicht so aussah, wie sie es erwartet hatte.

Wenn Schuld ein Nebenprodukt des Jobs war, gab es nichts, was sie dagegen tun konnte. Denn auch Schuldgefühle gehörten dazu, wenn man bei der Polizei war. Und nachdem sie fast einen Monat lang weg gewesen war, hatte sie zum Glück endlich die

Erlaubnis erhalten, zum SIG zurückzukehren. Mac, der leitende Special Agent von SIG, hatte hart gearbeitet, um sie wieder ins Boot zu holen. Er hatte doppelt so hart gearbeitet, um ihr den Auftrag zu geben, den sie angefordert hatte. Er hatte sich gefragt, ob der Fall zu stressig wäre, da sie gerade erst wieder zur Arbeit zurückgekommen war, aber letztendlich hatte er sie unterstützt und sie würde ihm dafür immer dankbar sein.

Sie hatte das Team vermisst — insbesondere Jase, obwohl sie sich weigerte, länger an ihn zu denken. Am meisten hatte sie jedoch die Arbeit vermisst. Die Herausforderung. Zu Hause zu sitzen und sich zu erholen, hatte sie dazu gebracht, vor Frustration schreien zu wollen. Zumindest während ihrer Arbeit wurde sie nicht von Erinnerungen heimgesucht, weder von lange zurückliegenden noch von neuen, an denen sie sonst nicht vorbeikam.

Dass der Job eine Herausforderung war, wäre jetzt ihre geringste Sorge. Kein Wunder, dass sie schlechte Träume hatte und Zweifel an ihrer Leistungsfähigkeit. Bei der „Willkommen zurück"-Aufgabe, die sie dazu veranlasst hatte, überhaupt eine vorzeitige Rückkehr zu wollen, konnte sie nur hoffen, dass sie der Situation gewachsen war.

Sie war mehrmals übergangen worden, wenn es um Serienmörder ging, und sie hatte hart dafür gekämpft, einen solchen Fall zu bekommen. Sie hatte keine Vorstellung davon, wie stressig es sein könnte. Hart. Aber sie wollte ein für alle Mal beweisen, nur für den Fall, dass es da Zweifel gab, dass sie mit jedem Fall umgehen konnte, den das DOJ ihr vorwarf. Jetzt, dank Mac, hatte sie ihre Chance.

Sie hatte ihm versichert, dass es ihr gut ging, körperlich und emotional. Dass sie die Härte einer Aufgabe wie dieser brauchte, um wieder ins Spiel zu kommen. Nur konnte sie nicht leugnen, dass sich die Dinge geändert hatten, seit sie Kevin Porter erschossen hatte. Sie hatte sich verändert. Und sie war sich nicht sicher, was sie dagegen tun sollte.

Obwohl sie gewusst hatte, dass Porter bewaffnet war, obwohl sie gewusst hatte, dass es sie ihr Leben kosten könnte, hatte sie gezögert, ihn zu erschießen. Und als sie endlich geschossen hatte, hatte sie ihn verfehlt. Zugegeben, das zweite Mal hatte sie ihn nicht verfehlt, aber das beruhigte sie nur wenig.

Es stellte sich heraus, dass ihr die Abteilung erst die Leitung im Fall eines Serienmörders übertrug, als sie am wenigsten selbstbewusst und am meisten erschüttert war. Sie sahen den Auftrag wahrscheinlich als eine verdammte Tapferkeitsmedaille an, nicht nur als Belohnung für ihre beeindruckende Rate abgeschlossener Fälle im vergangenen Jahr, sondern auch als Trostpreis für die Verwundung im Dienst und die Tatsache, dass sie zum ersten Mal hatte töten müssen. Sie wollte keinen Fall aus Mitleid bekommen, aber das war egal. Er gehörte ihr.

Was wäre also, wenn sie gezögert hätte, einen Teenager zu erschießen? Selbst als sie noch im SWAT gewesen war, hatte sie nie zuvor töten müssen. Ihr Zögern war natürlich gewesen. Verständlich. Aber sie würde nicht zweimal den gleichen Fehler machen. Dies war ihre Chance, sich zu beweisen und sich einer Leitungsposition beim DOJ zu nähern.

Sie liebte es, Special Agent zu sein. Liebte es, auf der Straße zu arbeiten. Als Frau würde sie dort jedoch nie genug ausrichten können, egal wie gut sie war. Im oberen Management hingegen wäre sie in der Lage, die Art von Macht auszuüben, die wirklich etwas bewirkte, wenn es um die Sicherheit der Menschen ging. Und irgendwie wurde es nicht so negativ angesehen, eine mächtige Frau in einer politischen Position zu sein, wie eine mächtige Frau auf der Straße. Wer wusste es schon? Vielleicht würde sie endlich etwas Respekt bekommen und ein wenig Zeit, sich auf andere Dinge zu konzentrieren.

Wie ein Privatleben.

Sie schnaubte und ging ins Esszimmer, wo die Akten über den ganzen Boden verteilt waren. Ein Privatleben? Vielleicht eines Tages, aber im Moment musste sie sich auf den Job konzentrieren.

Sie hatte gestern Abend angefangen, die Akten durchzugehen, und hatte genau einen weiteren Tag Zeit, um sich auf den neuesten Stand zu bringen, bevor sie sich bei Commander Stevens melden und ihm ihre Gedanken mitteilen musste. Erst wenn sie bewiesen hatte, dass sie mit dem Fall vertraut war, und sie ihren Schlachtplan detailliert dargelegt hatte, würde Stevens ihr die Leitung endgültig übertragen.

Sie sah auf die Uhr. Es war gerade mal acht Uhr morgens. Sie hatte viel Zeit, um ihre Recherche fortzusetzen. Aber Mac hatte sie gebeten, gegen 18:00 Uhr im McGills vorbeizuschauen. Er und seine Freundin, Natalie Jones, waren durchgebrannt, und obwohl Carrie einmal in den grüblerischen SIG-Agenten verknallt gewesen war, freute sie sich wirklich für sie. Das bedeutete aber nicht, dass sie ihre Ehe in einer Bar feiern wollte. Besonders nicht in der gleichen Bar, in der sie Jase Tyler zuletzt gesehen hatte und in der er sie angemacht hatte, obwohl sein Date drinnen war. Arbeit wäre die perfekte Ausrede, um abzusagen.

Außer, dass sie sich wie ein Feigling fühlen würde. Noch mehr, als sie es ohnehin bereits tat.

Es war nicht nur die Porter-Schießerei, weswegen sie ihre Entschlossenheit in Frage stellte. Im vergangenen Jahr hatte sie etwas von der Leidenschaft für den Job verloren, die sie sonst immer angetrieben hatte. Allmählich begann das Wissen sie zu belasten, dass, egal wie sehr sie sich bemühte, es immer ein nächstes Opfer gab, das auf Gerechtigkeit wartete. Immer mehr schien es, als würden die Guten den Kampf verlieren. Zu allem Überfluss war sie von persönlicheren Sorgen abgelenkt worden, lief vor ihren sich entwickelnden Gefühlen für Jase davon und ärgerte sich zugleich darüber, dass sie das überhaupt musste.

Ob sie sich von ihm küssen lassen würde, hatte er sie beim

McGills gefragt. Sie wollte so sehr ja sagen, aber es gab zu viele Gründe, nein zu sagen.

Nummer eins: Sie arbeiteten zusammen.

Nummer zwei: Jase war ein Player. Selbst wenn sie mit den Frauen konkurrieren konnte, mit denen er sich verabredete, was sie nicht konnte, war sie sich nicht sicher, wie sie, für den Fall, dass sie ihn hatte, damit umgehen würde, wenn er sich entschied zu gehen.

Nummer drei: Sie konnte wirklich nicht glauben, dass er sie um ihretwillen wollte und nicht vielmehr wegen der Herausforderung, die sie darstellte, oder weil er sie ins Bett kriegen wollte. Also war sie diejenige gewesen, die stattdessen ging. Zehn Minuten später hatte sie Kevin Porter bei dem Einbruch erwischt.

Zurück zum Ausgangspunkt, dachte sie. Ihre Begegnungen mit Jase und Porter verkündeten eines — sie zögerte vielleicht, wünschte sich, dass die Dinge anders wären, aber am Ende konnte sie nie in Einklang bringen, dass sie eine weiche, begehrenswerte Frau und eine harte, ehrgeizige Polizistin war. Sie musste sich entscheiden. Sie hatte sich schon immer entscheiden müssen.

Und weil sie so viel besser darin war, eine Polizistin zu sein als eine Frau? Nun, dann würde sie sich weiterhin darauf konzentrieren.

Sie schüttelte den Kopf, pustete sich die Haare aus dem Gesicht und setzte sich an ihren Esstisch. Dann ging sie an die Arbeit. Die Stunden vergingen. Sie machte eine kurze Pause, um ihre Physiotherapie-Übungen zu machen und einen Happen zu essen, und fuhr dann fort, sich mit dem letzten Mord des Einbalsamierers zu befassen.

Das Opfer, Cheryl Anderson, war vor zwei Tagen gefunden worden, aber erst, nachdem ihr Mörder dem SFPD mehrere grausame Bilder von ihrer Einbalsamierung geschickt hatte — während sie noch lebte. Er hatte auch Wegbeschreibungen zu einem Lagerhaus in der Mission Street hinterlassen, wo die Polizei Andersons Asche zusammen mit genug DNA-Spuren finden würde, um ihre Identität zu bestätigen. Die hinzugerufenen SFPD-Beamten hatten den Tatort untersucht und den Modus Operandi des Mörders in die Kriminaldatenbank eingegeben, auf die alle kalifornischen Strafverfolgungsbehörden zugreifen konnten. Es hatte nur wenige Stunden gedauert, bis SFPD den Mord an Anderson mit den Morden an zwei Frauen in Verbindung bringen konnte, die vor über einem Jahr in Fresno im Abstand von sechs Monaten verübt worden waren. Die älteren Fälle waren nicht gelöst worden und standen kurz davor, ad acta gelegt zu werden. Es war nur wichtig, dass die Einzelheiten der Morde aus der Presse gehalten wurden, genau wie im Fall Anderson.

Jetzt, mit dem Mord an Anderson, schien San Francisco einen Serienmörder am Hals zu haben. Keine andere Gerichtsbarkeit hatte Morde gemeldet, die auf dieselbe Weise begangen wurden, was bedeutete, dass der Mörder bedacht vorging. Methodisch. Sich die Zeit nahm, seine Opfer auszuwählen und alles bis ins letzte Detail zu planen, um seinen weiteren Erfolg und seine Freiheit zu sichern, auch wenn er die Polizei mit Beweisen für sein Verbrechen köderte.

Wenn er sich an seine Routine hielt, was Serienmörder normalerweise taten, bedeutete das, dass sie etwas Zeit hatten, ihn zu finden. Und Carrie war sich fast sicher, dass der Mörder ein Mann war. Zum einen waren Serienmörder fast immer Männer. Aber besonders die Art und Weise, wie der Einbalsamierer Make-up auf die Gesichter seiner Opfer aufgetragen hatte, wie man es auf den Fotos sehen konnte, wirkte entschieden unerfahren — wie ein Kind, das mit der Kosmetik seiner Mutter spielte und mit Farben und Schatten experimentierte. Es mochte für einen Mann seltsam klingen, aber wahrscheinlich hätte eine andere Frau die Schminke effektiver eingesetzt, selbst bei einer Leiche. Sogar Carrie, die selten Make-up trug und bei weitem kein Girlie war, kannte die Grundlagen. Die schwere Hand des Einbalsamierers im Umgang mit Lippenkonturenstift und Rouge schrie geradezu „männlich".

Sie war sich jedoch nicht sicher, ob sie Stevens gegenüber diese Theorie äußern wollte. Es würde ihn nur daran erinnern, dass sie nun mal eine Frau war, und das war etwas, was sie bei der Arbeit entschieden vermied. Nur war es leider nicht so, als hätte sie viele andere Anhaltspunkte, über die sie berichten könnte. Es spiegelte nicht ihre Fähigkeiten wider, sondern nur das, was die Beweise nicht zeigten.

Das Einzige, was die Opfer gemeinsam hatten, war, dass sie alle Lehrerinnen waren, aber sie hatten an unterschiedlichen Schulen und unterschiedliche Klassenstufen unterrichtet. Johnson hatte Biologie in der siebten Klasse unterrichtet. Steward war an der Grundschule gewesen. Und Anderson hatte an einem örtlichen College Englisch unterrichtet. Es war eine Verbindung, das stimmte, aber sie war bei Weitem nicht solide. Im Gegensatz zu den anderen Opfern hatte Anderson allein gelebt.

Angesichts der Informationen, die sie hatten, würde Carrie als erstes empfehlen, Zeugen in Andersons College unter die Lupe zu nehmen. Mit ihren Studenten zu sprechen. Die Räumlichkeiten zu überprüfen und wer wo Zugang hatte. Der Mann, der Anderson getötet hatte, hatte viel Zeit damit verbracht. Er hatte Vorräte, Platz und Privatsphäre gebraucht, um die Einbalsamierung durchzuführen. Es war unwahrscheinlich, dass er sich einen belebten College-Campus als Basislager ausgesucht hatte, aber sie musste sichergehen. Danach musste sie andere Möglichkeiten ausloten. Orte in der Nähe des Colleges. Eine Leichenhalle? Ein Krankenhaus? Und das nur, wenn man davon ausging, dass er sich nicht in irgendeinem Wohnhaus einen Raum zur Einbalsamierung eingerichtet hatte. Vielleicht war deshalb zwischen seinem zweiten und seinem dritten Mord eine einjährige Pause gewesen. Er war umgezogen. Hatte seinen Arbeitsplatz irgendwo in San Francisco einrichten müssen. Das bedeutete, sie musste die Unternehmen überprüfen, die die Ausrüstung für eine Einbalsamierung verkauften. Personen finden, die sich in letzter Zeit mit entsprechenden Hilfsmitteln eingedeckt haben könnten. Und sie musste persönlich mit den Kommissaren der Polizei von Fresno sprechen.

Sie hatte bereits deren Berichte. Natürlich hatte auch die Polizei von Fresno eine mögliche Verbindung zwischen Johnson und Steward gesehen. Sie hatten sich darauf konzentriert, Zeugen in der Nähe der Häuser und Arbeitsstätten der Opfer zu befragen, hatten aber nichts in Erfahrung bringen können. Sie hatten die Familien und Freunde der Opfer befragt und das SFPD hatte dasselbe mit Anderson getan. Aber das war jetzt Carries Fall und das bedeutete, dass sie wahrscheinlich jeden einzelnen erneut befragen würde, nur um sicher zu sein, dass alle Grundlagen abgedeckt waren.

Das hieß nicht, dass sie die anderen Polizisten für schlampig oder inkompetent hielt. Es ging darum, direkt mit den Zeugen zu sprechen, ihnen in die Augen schauen zu können, ihr Verhalten, ihre Körpersprache und ihren Tonfall zu studieren. So wie eine Jury die Glaubwürdigkeit eines Zeugen im Zeugenstand einschätzen musste, musste auch Carrie die Glaubwürdigkeit derjenigen Zeugen einschätzen, die ihr helfen oder sie davon abhalten konnten, einen Mörder zu finden.

Mit jeder Stunde, die verging, wurde Carries „To-Do"-Liste immer länger. Nachdem sie ermüdet war, zwang sie sich, weiter zu arbeiten, Polizeiberichte und psychologische Gutachten zu lesen, Bilder anzusehen, Verbindungen zwischen Beweisstücken herzustellen - trotzdem war ihr bewusst, wie die Zeit verging. Um kurz vor sechs hatte sie keine Ausweichmöglichkeit mehr.

Sie hatte keinen guten Grund, Macs und Natalies Hochzeitsfeier zu verpassen.

Sie war die Akten mehrmals durchgegangen und hatte für ihr Treffen mit Stevens einen detaillierten Bericht über ihre

Erkenntnisse erstellt. Sie war erschöpft, geistig und körperlich, und sie musste eine Pause einlegen. Brauchte einen Tapetenwechsel und musste ihren Kopf klar bekommen, bevor sie wieder eintauchte. Würde sie sich den anderen SIG-Mitgliedern im McGills anschließen, worum Mac sie gebeten hatte? Oder würde sie sich weiterhin verstecken?

Fünfundvierzig Minuten später hatte sie ihre Antwort. Eigentlich hatte sie mehrere, nicht alle waren gut.

Als sie auf der anderen Straßenseite vom McGills stand und durch die vorderen Fenster in die Bar starrte, wurde ihr klar, dass es genau das war, wovor sie sich gefürchtet hatte. Mehr als die Erinnerung an ihre letzte Begegnung mit Jase hatte sie dieses Gefühl gefürchtet.

Sie war etwas mehr als einen Monat lang vom SIG beurlaubt gewesen, doch das hatte gereicht. Die Zeit hatte mehr Schaden angerichtet als Kevin Porters Kugel. Sie musste nicht einmal ins McGills gehen, um die Bestätigung zu bekommen. Sie war draußen und sah hinein.

Nicht nur vor der Bar, wo sie ihre Teamkollegen beim Reden und Lachen drinnen beobachtete. Sondern außerhalb des Teams. Zumindest fühlte sie sich so. Unabhängig davon, dass sie die einzige Frau im SIG-Team war. Oder dass sie eine von nur einer Handvoll weiblicher Special Agents beim DOJ war, so wie sie auch eine von nur einer Handvoll weiblicher MPs in der Army und die einzige Frau in den SWAT Teams von Austin und dem SFPD gewesen war. Sie respektierte ihre Kollegen im SIG-Team und fühlte sich wirklich respektiert, aber trotzdem hatte sich ihre Position im SIG immer unsicher angefühlt und heute Abend wurde das in aller Schärfe deutlich.

Sie passte nicht hinein. Das hatte sie nie, nicht ganz. Himmel, sie würde nicht einmal zu den anderen Leuten in der Bar passen, unabhängig davon, ob sie Polizeibeamte oder normale Bürger waren.

Unbewusst zupfte sie an ihrem perfekt gebügelten Button-

Down-Hemd. Es war weit entfernt von dem, was Regina bei ihrem Date mit Jase vor einem Monat getragen hatte. Es war auch ganz anders als das, was die anderen Frauen in der Bar gerade trugen. Im Gegensatz zu ihr trugen sie Make-up und ihre Haare offen. Sie sahen weich aus. Feminin. Berührbar. Im Vergleich zu ihnen sah Carrie wahrscheinlich so spröde aus, wie sie sich fühlte.

Ohne es zu wollen, sah sie sich nach Jase um.

Er saß mit dem SIG-Agenten Bryce DeMarco zusammen und unterhielt sich mit ein paar Frauen, die an ihrem Tisch stehengeblieben waren. Sie waren gut bestückt. Wunderschön. So selbstbewusst in ihrer Weiblichkeit wie Carrie normalerweise in ihren Fähigkeiten als Polizistin war.

Jetzt war sie nur noch ein Haufen Nervosität und Unsicherheit.

Es war ein schreckliches Gefühl, nicht weil sie nicht schon genügend Komplexe hatte, sondern weil sie jetzt auch noch an ihrer Fähigkeit zweifelte, sie zu verbergen. Niemand konnte sehen, wie verletzlich sie sich fühlte. Niemand. Ob es nun Polizisten waren oder Kriminelle, starke Persönlichkeiten hatten eine natürliche Tendenz, die Schwächen anderer auszunutzen.

Um nicht zu einer leichten Beute zu werden, musste sie so tun, als hätte sich nichts geändert. Als hätte sie sich nicht verändert. Und das bedeutete, in diese Bar zu gehen und Mac zu seiner Hochzeit zu gratulieren.

Das wollte sie nicht. Sie fühlte sich nicht bereit dazu. Nicht bereit, Natalie Jones zu gratulieren, Macs neuer Frau, eine Frau, die trotz ihrer Blindheit ein Leben zu führen schien, das für Carrie nie eine Option gewesen war. Nicht bereit, die Gesichter ihrer Teamkollegen zu sehen. Nicht bereit, mit Jase zu scherzen und so zu tun, als wollte sie ihn nicht.

Aber sie würde hineingehen. Würde so tun, als ob es ihr gut ginge. Und hoffentlich würde es das bald. Dann würde sie ihre Haltung zurückerlangen.

Die Arbeit war immer ihr Trost gewesen. Ihr Selbstvertrauen. Sie war noch nie die Hübsche gewesen. Hatte nie zu den Mädchen in der Schule gepasst oder verstanden, warum sie unbedingt shoppen, sich aufbrezeln und tratschen mussten. Sie war mehr an den Dingen interessiert gewesen, die ihre Brüder taten. Und sie war schon immer daran interessiert gewesen, anderen zu helfen. Sich mit denen zu messen, die größer und stärker waren als sie und sie durch Ausdauer und Schlauheit zu schlagen.

Das war es, worin sie immer gut gewesen war.

Das war ihr Platz in der Welt.

Der Versuch, das zu erweitern, würde ihr nur Kummer bereiten.

KAPITEL 4

*J*ase war in erbärmlicher Stimmung, aber er war nicht tot. Deshalb, als Carrie nach einem Monat Abwesenheit vom SIG durch die Tür vom McGills trat, reagierte sein Körper so, wie er es immer in ihrer Gegenwart tat — mit einem schmerzhaften Ständer. Die Zeit drehte sich zurück, und plötzlich war er wieder draußen vor der Bar, ihr Körper gegen seinen gepresst, bevor Regina nach ihm gesucht hatte. So wie er es damals getan hatte, stellte er sich jetzt vor, Carrie auf jede erdenkliche Weise zu nehmen — mit ihr im Stehen, Sitzen, vornübergebeugt oder auf dem Rücken mit ihren Beinen weit gespreizt und über seinen Schultern. Er stellte sich ihren Mund vor, der alles andere als reden tat, während sein eigener Mund damit beschäftigt war, die feuchten Tiefen ihres Körpers zu erkunden.

In seinem Kopf nahm er sie mit einer Vehemenz, die ganz im Gegensatz zu der Art und Weise stand, wie er sie zuvor geküsst hatte, als Natalie Jones — jetzt Natalie McKenzie — ins Krankenhaus eingeliefert worden war. Carrie hatte sich so sehr bemüht, Mac zu trösten, obwohl sie in Wirklichkeit selbst Trost gebraucht hatte. Und Jase musste der Mann sein, der ihn ihr gab. Nein, dieser kurze einfache Kuss auf die Lippen war nicht das gewesen, wovon er im Moment fantasierte.

Aber in dem Wissen, dass das wahrscheinlich alles war, was er bekommen würde, fluchte er leise.

Mit trägen Augen beobachtete Jase, wie Carrie auf Mac und Natalie zusteuerte, die an der Bar standen und eine weitere Runde Getränke für den Tisch holten. Mit Ausnahme von Simon Granger, der für die nächsten zwei Wochen als Supervisor fungieren würde, war nun das gesamte SIG-Team anwesend, um Macs und Natalies spontanen Ausflug ins Rathaus und ihren offiziellen Neuanfang zu feiern. Morgen brachen sie nach Afrika zu unkonventionellen Flitterwochen auf. Jase bezweifelte nicht, dass sie viel Zeit drinnen in der Horizontalen verbringen würden, aber sie würden es auch genießen, die exotische Gegend zu erkunden. Mac hatte mehr als einmal erwähnt, dass Natalie, die ihr Geld als Fotografin verdient hatte, bevor sie erblindet war, begeistert eine neue Technik für blinde Fotografen ausprobieren wollte, über die sie kürzlich gelesen hatte. Wenn man bedachte, was Natalie in den letzten Monaten alles durchgemacht hatte, einschließlich der Tatsache, dass sie fast von einem Mann getötet worden war, der wegen einiger Fotos, die sie gemacht hatte, aufgebracht gewesen war, konnte Jase nicht glücklicher für sie sein.

Als Carrie sich auf den Weg zu dem Paar machte, rieb sich Jase das Ohr, das gleiche Ohr, das sie versucht hatte, abzubeißen, als sie das letzte Mal zusammen hier gewesen waren. Sie war wie keine andere Frau, die er je gekannt hatte, aber er konnte nicht umhin, sie mit den Frauen zu vergleichen, an denen sie vorbeiging. Das McGills war nicht gerade ein trendiger Ort, um Frauen aufzureißen, aber es war auch kein schlechter Ort, um Frauen kennenzulernen. Es gab immer ein paar, die nach Männern angelten, mit denen sie etwas Zeit zwischen den Laken verbringen konnten. Wie die beiden Freundinnen, die gerade mit Jase geplaudert hatten. Wie die Brünette, die ihm in diesem

Moment von einem anderen Tisch aus Blicke zuwarf. Wie die kurvenreiche Blondine, an der Carrie gerade vorbeigegangen war. Sie waren bemalt, gezupft und mit Lotion eingeschmiert, bis sie weiblichen Reiz ausstrahlten.

Auf der anderen Seite sah Carrie genauso fehl am Platz aus wie beim letzten Mal, als er sie im McGills gesehen hatte. Ihr tiefrotes Haar war wieder zu ihrem obligatorischen Pferdeschwanz zurückgebunden, ihr Make-up war längst verblasst und ihre gebügelten Dockers und ihr gestärktes Nadelstreifenhemd, auch wenn es ihre Weiblichkeit zwar nicht ganz verbergen konnte, strahlte doch definitiv mehr Arbeit als Romantik aus. Die Akten, die sie an ihrer Seite hielt, trugen zum professionellen Bild bei. Was urkomisch war, wenn man bedachte, dass sie krankgeschrieben war und Arbeit deshalb das Letzte war, wofür sie gekleidet sein sollte. Zum Teufel, die Frau kannte offensichtlich die Bedeutung der Wörter casual oder Spaß nicht.

Das spielte keine Rolle. Sie hatte ihn nicht einmal angesehen, aber er war schon härter als ein Holzmast. Seine Reaktion auf sie war völlig rätselhaft, vor allem angesichts der Tatsache, wie vehement sie jegliche Anziehungskraft zwischen ihnen leugnete. Besonders, wenn man bedachte, dass sie bei der Polizei war.

Beruflich hatte Jase kein Problem damit, mit weiblichen Polizisten zu arbeiten.

Privat?

Jase mochte Frauen, die unkompliziert und aufgedonnert waren und gefallen wollten. Carrie Ward, ehemalige MP bei der Army und nun Special Agent wie Jase, passte sicherlich nicht in diese Kategorie. Also warum hatte sie es ihm so schnell angetan?

Es war kaum wahrnehmbar, aber er sah, wie sie ihr rechtes Bein beim Gehen ein wenig mehr belastete. Sie hatte ein schweres Trauma erlitten. Da die Ärzte geglaubt hatten, dass sie mindestens sechs Wochen lang nicht laufen würde, geschweige denn, dass sie jemals ohne Stock gehen würde, hatte sie offensichtlich ihre Physiotherapie gemacht und war ihren Genesungsprozess angegangen, wie sie alles anders machte – Kopf voran und mit voller Geschwindigkeit.

Nun, das stimmte nicht ganz.

Sie ging alles auf diese Weise an, außer ihrem Verlangen nach ihm. Das war die eine Sache, der sie sich nicht stellen wollte. Niemals. Dass sie ihn nicht einmal ansah, bestätigte nur die Tatsache.

Zum Teufel, er sollte froh sein. Er hatte sich von dem Moment an gegen ihre Anziehung gewehrt, als er sie gesehen hatte. Hatte seit dem Abend, als sie diesen kurzen Kuss ausgetauscht hatten, alles darangesetzt, ihr aus dem Weg zu gehen. Zumindest hatte er bis zum letzten Abend im McGills alles darangesetzt. An jenem Abend hatte er neben Regina gestanden, jedoch Carries Spiegelbild in einem Spiegel an der Wand betrachtet. Er hatte sie die ganze Zeit beobachtet, seit sie angekommen war. Dabei hatte er bemerkt, dass sie sich umgedreht und ihn mit Regina entdeckt hatte. Für den Bruchteil einer Sekunde hatte sie verletzt ausgesehen und dann war sie gegangen. Etwas — der Funken Einsamkeit, den er in ihren Augen gesehen hatte, oder vielleicht der leere Schmerz, den er in seiner eigenen Brust gespürt hatte — hatte ihn gezwungen, ihr zu folgen. Um ihr Avancen zu machen. Aber sie hatte ihm einen gründlichen Korb gegeben. Nicht allzu überrascht hatte er sich verflucht und war dankbar gewesen, dass sie seinen kleinen Moment der Schwäche ignoriert hatte. Dann war sie angeschossen worden und die Schwere ihrer Verletzungen hatte ihn daran erinnert, warum sie genau die Art von Frau war, von der er sich fernhalten musste.

Die Art, die ihn schließlich zerstören würde, ob er sie behielt oder verlor.

Er war fast verrückt geworden, als er erfuhr, dass sie angeschossen worden war. Er war vor allen anderen im Krankenhaus gewesen und hatte gebrüllt, er wolle erfahren, wie es um sie stand, bevor Mac angekommen war und versucht hatte, ihn zu beruhigen. Aber selbst dann, als er hörte, dass es Carrie gut gehen würde, hatte er sich nicht beruhigt. Er hatte sich mehr als einen verdammten Monat lang nicht ruhig gefühlt. Egal, wohin er ging, egal mit wem er zusammen war, zwangsläufig dachte er an sie. Für einen Mann, der die Frauen in all ihrer unendlichen Vielfalt genoss und kein Problem damit hatte, zur nächsten großartigen Sache überzugehen, hatte ihn das zu Tode erschreckt. Aus Angst vor dem, was er preisgeben könnte, hatte er sich gezwungen, sie nicht zu besuchen, zumindest nicht nach diesem ersten Mal, und hatte sich stattdessen auf das gelegentliche Update von Mac und dem Commander verlassen. In den letzten Wochen, obwohl er sie nie ganz aus dem Kopf bekam, hatte er es doch geschafft, seltener an sie zu denken. Das war eine Leistung, die er fortsetzen musste.

Wenn sie zum SIG zurückkehrte, wäre zwischen ihnen wieder alles normal, er würde seine Frauen daten und sie ... Nun, er hatte keinen Zweifel, dass sie wieder ihre scharfe Zunge und einen anderen Mann benutzen würde, um sich von ihm fernzuhalten. Einmal war dieser Mann Mac gewesen. Nun sah es so aus, als würde sie stattdessen mehrere neue Männer einsetzen.

Laut DeMarco hatte sich Carrie, bevor sie angeschossen worden war, durch das SWAT-Team von San Francisco gedatet. War sie deshalb in dieser Nacht zum McGills gegangen? Hatte sie geplant, einen SWAT-Officer ins Bett zu kriegen, nur um von Jase abgelenkt zu werden?

„Jase, du Hund. Du hast mir etwas vorenthalten."

Jase wandte widerstrebend seinen Blick von der süßen Kurve von Carries in Khaki gekleidetem Hintern ab und DeMarco zu. „Was?"

DeMarco grinste. „Du hast ein Auge auf Ward geworfen."

Die Augen verdrehend rutschte Jase auf seinem Sitz weiter zurück und lächelte automatisch, als ihm die Brünette am Nachbartisch wieder ins Auge fiel. „Ich habe kein Auge auf sie geworfen. Die letzte Frau, an der ich interessiert wäre, ist jemand

Durchgeknalltes wie Ward." Noch während er sprach, hatte er Schuldgefühle. Nicht, weil er unehrlich war, sondern weil er illoyal war. Er fühlte sich zu Carrie hingezogen und kämpfte dagegen an, aber in erster Linie bewunderte er sie. Sie war weniger eine durchgeknallte Frau, als vielmehr die eine, die völlig falsch für ihn war, es aber trotzdem schaffte, ihn vor Lust verrückt zu machen. Irgendwie schien es falsch, so verächtlich über sie zu reden, nur um seine eigene Verletzlichkeit zu verbergen, aber er hatte keine Wahl, oder? Nicht mit dem plötzlichen Schimmer in DeMarcos Augen, der Jase sagte, dass er die Sache nicht einfach so auf sich beruhen lassen würde.

„Komm schon. Gesteh es. Du kannst deine Augen nicht von ihr lassen, und zwar aus gutem Grund. Ward ist verdammt heiß."

Weil Jase so unbedingt zustimmen wollte, zwang er sich, die Scharade mit etwas mehr Emphase als nötig fortzusetzen. „Sie ist irre. Ein Adrenalin-Junkie, die stolz auf ihren Ruf als Männerfresserin ist." Zumindest dieser letzte Teil stimmte. Carrie war tough und zeigte selten Angst. Nicht einmal vor dem Team.

Wenn er sich gegenüber ehrlich sein würde, wären ihre Kollegen sogar die letzten, vor denen sie Angst zeigen würde. Das traf auf ihn zu. Warum nicht auch auf sie?

„Ja", fuhr DeMarco fort, der von Jase' Gedanken keine Ahnung hatte. „Aber sie ist immer noch *heiß*. Wenn es nicht so wäre, als würde ich meine eigene Schwester küssen, könnte sie mich jederzeit auffressen."

Ein weiteres Bild von langen Gliedmaßen, glatter Haut und feuchten, rosa Geheimnissen blitzte vor seinem inneren Auge auf. Er versuchte, mit den exotischen Gesichtszügen der Brünetten in seiner Nähe Carries Gesicht zu verdrängen, aber es funktionierte nicht. „Da sind wir wohl unterschiedlicher Meinung, mein Freund", brachte er grummelnd hervor.

„Du protestierst viel zu heftig. Warum gibst du nicht einfach zu, dass du sie willst?"

„Äh — weil ich das nicht tue." Lüge. Solch eine große Lüge.

„Sie hat einen schönen Arsch, aber alles, was damit einhergeht, macht viel zu viel Mühe. Außerdem gehe ich mit dem Model aus, das ich im Supermarkt getroffen habe."

„Du meinst die Blondine mit den großen Titten?" DeMarco machte: „Tststs. Sie ist praktisch minderjährig, Mann."

„Vierundzwanzig ist wohl kaum minderjährig", sagte Jase stirnrunzelnd. Obwohl es etwas jung klang. „Und von wegen heiß. Das Letzte, wofür ich Zeit oder Energie habe, ist Carrie Ward."

DeMarco starrte ihn mehrere Minuten lang an, aber, obwohl er ihre Gesichtszüge nur verschwommen sah, wandte Jase seinen Blick nicht von der Brünetten, die nun auf ihn zukam.

„Ach, Scheiße. Das ist nicht lustig."

Jase zwang sich zu einem Grinsen. „Ich erlaube mir, anderer Ansicht zu sein. Lori war mal Turnerin, weißt du."

DeMarco schnaubte und schüttelte den Kopf. „Bei dir war ja nichts anderes zu erwarten."

Jase stand auf, als die Brünette sie schließlich erreichte. „Hi. Ich hatte gehofft, du kämest zu mir und nicht zu meinem Freund hier."

Sie lachte, der Klang tief und genauso sexy wie ihre zerzausten Locken und die tief ausgeschnittene Bluse. „Vielleicht habe ich mich noch nicht entschieden." Ihr Blick flackerte zu DeMarco. „Ihr seht beide so aus, als könntet ihr einem Mädchen eine gute Zeit bereiten."

Trotz seiner plötzlichen Müdigkeit zwang sich Jase, seine Rolle zu spielen. Er beugte sich zu der Brünetten vor. „Danke, Darling. Aber du musst wissen ..."

Jase sprach einige Minuten lang mit der Brünetten. Bevor sie ging, reichte sie ihm ihre Visitenkarte und winkte DeMarco zum Abschied kokett zu.

DeMarco schüttelte nur den Kopf. „Chica weiß nicht, was ihr entgeht", murmelte er gutmütig, sein massives Ego offensichtlich nicht im Geringsten angekratzt.

Jase steckte die Nummer von Kelly, der Brünetten, gerade in dem Moment ein, als Carrie sich umdrehte und ihn ansah. Sie hatte mit Mac und Natalie geplaudert und endlich ihre verdammten Akten abgelegt. Sie lächelte Jase verkniffen an, bevor sie sich wieder an den Barkeeper wandte, einem großen, gutaussehenden Kind mit Grübchen. Jase konnte nicht widerstehen. „Hast du gehört, wann Carrie wieder mit der Arbeit anfängt?", fragte er DeMarco. „Ich dachte, sie würde erst in ein paar Wochen zurückkommen, aber sie sieht ... gut aus."

„Sie trifft sich morgen früh mit Stevens. Sie darf sich bei ihrem ersten Serienmordfall versuchen. Das wird sie sich auf keinen Fall entgehen lassen."

Jase vergaß unbeteiligt zu tun und richtete sich auf. „Sie bekommt die Leitung bei dem großen Fall? Verdammt, ich habe Mac gesagt, dass ich ihn will." Und er hatte gedacht, er hätte früh genug nachgefragt, um eine Chance zu haben. Serienmordfälle waren viel seltener, als die Leute dachten, aber sie waren im Allgemeinen hochkarätig genug, dass man einiges für seine Karriere tun konnte, wenn man sie löste. Außerdem war die Verbindung zwischen dem jüngsten Opfer und zwei ungeklärten Morden dieselbe Verbindung, die die höheren Instanzen dazu veranlasst hatte, den Fall dem SIG zu übertragen, erst vor weniger als achtundvierzig Stunden hergestellt worden. Wann hatten Mac und Commander Stevens ihre Entscheidung getroffen?

„Sie ist dran. Und nach allem, was sie durchgemacht hat — verdammt, nach dem sie so hart gearbeitet hat — hat sie es verdient."

Sofort erinnerte sich Jase daran, wie blass sie ausgesehen hatte, als er sie das einzige Mal im Krankenhaus besucht hatte. Sie war angeschlagen gewesen und hatte versucht, den Schmerz zu verbergen, aber er hatte es ihr angesehen. Zum Teufel, ja, sie hatte es verdient. Sie war ein guter Cop. Aber das war er auch und er wollte die Leitung dieses Falls. Er wollte die Lorbeeren, die seine Lösung mit sich bringen würde.

Aber Carrie wollte sie auch.

Er fuhr sich mit einer Hand über den Kiefer. „Ja, das stimmt wohl." Aber es gefiel ihm immer noch nicht. Abgesehen von seinem eigenen Ehrgeiz mochte Jase die Vorstellung nicht, dass sie den Fall bearbeitete, der offensichtlich so abgefuckt war. Was, wenn man bedachte, womit Jase und Carrie ihren Lebensunterhalt verdienten, ein Witz war. Carrie wäre die letzte Frau, die auf Nummer sicher ging oder sich von einem Mann in Watte packen ließ. Wenn sie wüsste, dass er sie auch nur im Geringsten beschützen wollte, würde sie ihm in den Arsch treten und dann ohne einen Blick zurück in den Kampf springen. Und das war nur Grund Nummer zwei, sich von ihr fernzuhalten.

Grund Nummer eins war, was sie ihn fühlen ließ. Zu viel. Er hatte seine Kindheit damit verbracht, genau zu beobachten, in was für ein Elend zwei willensstarke, leidenschaftliche Menschen sich gegenseitig bringen konnten. Außerdem war sein Job intensiv genug. Er wollte ein Privatleben, das mild und entspannt war. Und wenn er Macs Vorbild folgte und eines Tages tatsächlich heiratete? Nun, er wollte eine Frau, die ebenfalls mild und entspannt war.

Jase sah DeMarco an und bemerkte zum ersten Mal die dunklen Ringe unter den Augen des Mannes. DeMarco brauchte selbst etwas Entspannung. Er hatte einen schwierigen Fall nach dem anderen bearbeitet. Während er im Moment ganz unterhaltsam wirkte, schwieg er bei der Arbeit launisch. In der Abteilung hieß es, dass der Stress ihn doch schließlich einholte. „Was ist mit der Zeugin in deinem Alvarez-Fall? Hast du etwas darüber gehört?"

„Die Nachbarin mit dem meilenlangen Vorstrafenregister? Sie hat alles zurückgenommen. Sagt, der Polizist habe das missverstanden und natürlich würde dieser nette kleine Junge von gegenüber nie etwas so Schreckliches tun. Macht ja nichts, dass der Junge Banden-Tattoos auf dem Gesicht hat und stärker bewaffnet ist als ein SWAT-Officer." Er zuckte mit den Achseln und zeigte trotz seiner offensichtlichen Erschöpfung und Frustration keine Anzeichen für einen drohenden Zusammenbruch. Wie üblich war der Tratsch wahrscheinlich nur Schwachsinn. „Also", sagte DeMarco und sah Jase von der Seite an. „Ward ist ein No-go?"

Jase schaute automatisch auf, um zu sehen, ob sie noch mit dem Barkeeper sprach. Stattdessen schaute sie sich um, während sie ein Bier hielt. Sie nahm einen Schluck, bevor sie Jase wieder direkt ansah. Diesmal spürte er, wie das Feuer in ihrem klaren Blick Funken von seiner Brust bis zu seinen Zehen entzündete. Farbe stieg ihr in die Wangen und ließ erahnen, dass sie die Hitze auch spürte. Er sagte sich, er solle weggucken, aber er konnte es nicht. Sein Blick wurde so klar, dass er das Flattern ihres Pulses in ihrem Hals sehen konnte und dass ihre Schmolllippen mitgenommen aussahen, als ob sie erst eben wund geküsst worden wären.

In Wirklichkeit sahen sie einander wahrscheinlich nur für ein paar Sekunden an. Höchstens fünf. In diesem Moment fühlte er, wie die Welt um ihn herum verschwand. Die Anziehung zwischen ihnen war so intensiv, dass er tatsächlich aufstand. Plötzlich blinzelte sie. Sie sagte kurz etwas zu dem Barkeeper, drehte sich dann auf dem Absatz um und ging schnell auf die Toiletten zu. Jase trat instinktiv einen Schritt vor, um ihr nachzugehen.

„Jase, hör auf!"

Der Befehl wurde registriert, war aber leicht gedämpft. Er schüttelte den Kopf und versuchte, den von seiner Lust erzeugten Nebel zu vertreiben, der auf ihm lastete. „Was?"

DeMarco sah ihn ungläubig an. „Mann, du kannst es leugnen, so viel du willst, aber du hast gerade deinen Anspruch auf sie vor allen Leuten geltend gemacht."

Obwohl alle Muskeln noch vibrierten und Jase bereit war,

hinter ihr herzulaufen, zwang er sich, sich hinzusetzen. Er schloss die Augen und atmete tief durch.

„Es war also nur ihr Arsch, den du bewundert hast? Denn für mich sah es so aus, als hättest du den Blick nicht von ihrem Gesicht genommen."

„Halt die Klappe, DeMarco", knurrte Jase, während er seine Augen öffnete.

Er konnte DeMarcos fröhliches Summen von Hall & Oats' „Maneater" nur ein paar Minuten lang ertragen. „Ich muss pinkeln", murmelte er und stand auf. „Werd erwachsen, während ich weg bin, ja?"

***

Brad Turner beobachtete, wie die sexy Brünette dem gutausse-henden Mann ihre Karte reichte, dann an der Bar vorbeiging, lächelte und die Hüften schwingen ließ. Obwohl der dunkelhaa-rige Freund des Kerls ihren Anblick genoss, steckte das Ziel der Frau ihre Karte abwesend ein, ohne sie überhaupt anzusehen. Seine ganze Aufmerksamkeit schien auf der schlichten Rothaa-rigen zu liegen, die einen Stock im Hintern hatte.

Nach einigen Minuten beobachtete Brad, wie die Rothaarige zur Toilette ging. Im Gegensatz zu der anderen Frau war an der Art und Weise, wie sie ging, nichts flirtend oder aufreizend. Trotz ihres leichten Hinkens, von dem Brad sich fragte, was es wohl verursacht hatte, ging sie gemessen und zuversichtlich. Sie schien durch die Art, wie der Typ am anderen Tisch sie ange-schaut hatte, aufgewühlt zu sein. Wenig überraschend erhob sich eben jener Mann und folgte ihr zur Toilette.

Wahrscheinlich um Sex zu haben, dachte Brad neidisch.

Er hatte noch nie Sex in einer Bar gehabt. Zum Teufel, Brad hatte noch nie Sex gehabt.

Jase schloss seine Hose und wusch sich die Hände, dann stieß er sich aus dem Männerklo. Die Tür schwang nicht weit auf, wie er es erwartet hatte, sondern ging etwa bis zur Mitte, bevor sie mit einem gedämpften Schlag gegen etwas stieß.

„Verdammt!"

Er konnte sich nicht sicher sein, aber irgendwie wusste er, dass die Person hinter dieser Stimme rote Haare und blaue Augen hatte. Und tatsächlich kam Carrie Ward um die Tür herum.

Ihr verärgerter Gesichtsausdruck verschwand in der Minute, in der sie ihn sah, und wurde durch eine einstudierte Leere ersetzt, die er eindeutig durchschaute — kompletter und völliger Bullshit. Sie sah ihn verdammt gut und durch das Wissen fühlte er sich geiler als ein Seemann auf Landgang. Um das Ganze zu vertuschen, versuchte er etwas, was er selten bei ihr machte — unkomplizierte gewöhnliche Höflichkeit.

„Willkommen zurück, Liebes", sagte er. „Ich habe gehört, dass du an deinem ersten Serienmordfall arbeitest. Glückwunsch. Sag mir Bescheid, wenn ich helfen kann."

Sie verengte ihre Augen, als ob sie sich nicht sicher wäre, ob er sich mit ihr anlegen würde. „Danke, Tyler", sagte sie einfach. Dann fragte sie mit einem zufriedenen Lächeln: „Wie geht es dem Ohr?"

Er grunzte. „Wie geht es dem Bein?"

„Meinem Bein geht es gut." Als sie Anstalten machte, um ihn herumzugehen, reagierte er automatisch und stellte sich ihr in den Weg. Sie runzelte die Stirn und sagte: „Brauchst du irgendwas?"

Seine Augen zuckten zu ihren, als sie das Wort *brauchst* betonte, aber ihr Ausdruck war wieder leer geworden. So steif ihre Haltung auch zuvor gewesen war, nun war sie ganz locker und gleichgültig. Sie war fast so gut wie er, wenn es darum ging, Lässigkeit vorzutäuschen. Es brachte ihn noch mehr dazu, ihr eine Reaktion entlocken zu wollen, und diesmal versuchte er nicht einmal, sich selbst dafür zu tadeln.

„Du weißt, was ich brauche, Ward, und es ist genau das, was auch du brauchst. Wenn wir nicht beide Feiglinge wären, würden wir aufhören, umeinander herumzutanzen, und einfach loslegen."

Ihre Augen weiteten sich, als ihre Wangen Rosa übersprangen und direkt scharlachrot anliefen. Aber sie hob ihr Kinn an und hielt seinem Blick stand. „Und mit ‚einfach loslegen' meinst du was? Nein, warte, lass mich raten. Ich unter dir, richtig? Weil ich ganz sicher nicht oben sein würde, oder? Nun, für den Fall, dass es dir noch nicht dämmert, ich bin nicht wie die Frauen, die du fickst, Tyler. Ich habe ein Gehirn und Ambitionen. Tut mir leid, wenn das in deinem Kopf gleichbedeutend mit Feigling ist."

Sie war lange weggewesen. Dass sie sich jetzt mit ihm anlegte wie in alten Zeiten, ließ die Erregung durch seine Adern sprudeln. Er beugte sich weiter vor. „Wenn wir uns jemals dieser Sache zwischen uns hingeben würden, würde ich es niemals ablehnen, dass du mich reitest", sagte er ganz leise, damit niemand sonst es hörte. Tatsächlich brach sein Schwanz bei seinen Worten fast durch seinen Reißverschluss. Sitz, Junge. „Und ich mag dein Hirn sehr gern, Ward", sagte er leise.

„Ah", sie nickte. „Aber nicht meinen Ehrgeiz. Nicht die Tatsache, dass ich ein großer böser Cop bin, der dich und jeden anderen Mann zur Strecke bringen kann? Das ist ein bisschen zu viel für dein Ego."

„Wann immer du mich zur Strecke bringen willst, oder besser noch, zu persönlicheren Angelegenheiten kommen willst, bin ich dafür."

Ihre Augen weiteten sich. Sicher, sie zogen einander ständig gegenseitig auf, aber er hatte selten mit ihr geflirtet. Nicht so. Nicht in einer Weise, dass beide sich gleich in Technicolor vorstellen mussten, wie ihre nackten Körper aneinandergepresst waren.

Sie schluckte hörbar. „Das ist ein ziemlicher Sinneswandel", krächzte sie.

Seine Augenbrauen zogen sich zusammen. „Das sehe ich anders. Ich habe dir schon das letzte Mal, als wir hier waren, gesagt, dass ich dich will."

„Du hast mich den ganzen letzten Monat ignoriert."

Sie sah nicht sehr glücklich darüber aus. Und er war sicher, dass sie sich lieber die Zunge herausschneiden würde, als es zuzugeben. „Ich dachte, das machen wir immer so, uns gegenseitig ignorieren", sagte er vorsichtig. „Genauso, wie du diesen Kuss ignoriert hast."

Sie blickte finster drein.

Erstaunlich, dass der Ausdruck nicht davon ablenkte, wie schön sie war. Sie unterstrich es nicht und er konnte erkennen, wie leicht man es übersehen konnte. Aber er arbeitete mit ihr zusammen und wusste, wie leidenschaftlich sie für die Gerechtigkeit kämpfte. Sie war engagiert und stark. Wenn man all das nahm und ihre schönen Züge zum Mix hinzufügte? Dann traf sie ihn aus dem Bauch heraus, und das konnte er nicht ignorieren.

„Dieser Kuss hat nichts bedeutet", sagte sie. „Er war bei uns beiden das Ergebnis eines schwachen Moments an einem schwierigen Abend."

Es pisste ihn an, dass sie den Kuss so abtat, aber da er nicht überrascht war, grinste Jase und zuckte mit den Schultern. „Sicher. Wenn es das ist, was du dir selbst einreden willst."

Carrie schnaubte, ein ungewollt femininer Klang. „Willst du mir etwas anderes einreden?"

Er ließ einige Sekunden verstreichen, während er sie anstarrte. Genug Zeit, um sie dazu zu bringen, unruhig von einem Fuß auf den anderen zu treten. Genug Zeit, um versucht zu sein, ehrlich zu antworten. Deshalb hielt er seinen Mund.

Als er nicht antwortete, atmete sie erleichtert auf. „Dachte ich's mir doch."

Es war ihr Seufzer, der den Ausschlag gab. Keiner von ihnen

würde der Anziehungskraft nachgeben. Gut. Aber sie war kein Feigling. Und er auch nicht. Warum tanzten sie um das Offensichtliche herum? Er trat einen Schritt näher und bemerkte, wie sich ihre Augenbrauen alarmiert erhöhten. „Ich will dich, Carrie. Ich bin ehrlich genug, um es zuzugeben. Der einzige Grund, warum ich die Dinge nicht vorantreibe, ist, weil wir zusammenarbeiten. Ich habe keinen Zweifel daran, dass unser Sex überirdisch wäre, wahrscheinlich der beste, den wir beide je hatten, aber da wir beide unsere Karriere vorantreiben wollen, denke ich, dass es besser ist, gar nicht erst anzufangen."

„Vielleicht wird das nicht mehr allzu lange der Fall sein", sagte sie leichtfertig, dann sah sie aus, als wollte sie sich die Zunge herausschneiden. „Den Teil mit der Zusammenarbeit meine ich, nicht den mit keinem Sex."

„Ach, wirklich?"

„Wie du schon sagtest, ich will meine Karriere vorantreiben. Ich habe ein Auge auf eine viel höhere Position geworfen. Sobald ich diesen Serienmörder-Fall gelöst habe, denke ich, dass ich eine ernsthafte Kandidatin dafür sein werde."

Sie wollte einen anderen Job? Ob er das nun zugeben wollte oder nicht, er hatte sie im letzten Monat vermisst. Die Vorstellung, sie könnte das SIG verlassen, beunruhigte ihn und ließ ihn erkennen, wie sehr es ihn immer freute, sie zu sehen. „Du bist nicht glücklich beim SIG?"

„Komm schon, Jase. Wir beide wissen, dass ich, weil ich zufällig Brüste habe, nie ernst genommen werde, solange ich auf der Straße arbeite. Deshalb hat es so lange gedauert, bis ich einen Serienmordfall bekommen habe."

„Mal abgesehen von deinen Brüsten ..." Obwohl er es wollte, blickte er nicht nach unten. „Ich hätte nie gedacht, dass ich dich die Geschlechterkarte spielen hören würde. Wir rotieren alle. Wir nehmen die Fälle, wie sie kommen, und da du nun mal die geringste Erfahrung mit Mordfällen hast, ist es doch verständ-

VIRNA DEPAUL

lich, dass dir bisher keiner zugewiesen wurde. Serientäter poppen nicht einfach überall so auf."

„Sagt ein Mann, der dieses Jahr zwei bearbeitet hat."

„Ich wollte diesen hier auch", betonte er.

„Ich weiß. Ich werde nicht sagen, dass es mir leidtut."

„Hab auch nicht erwartet, dass du das tust. Also, willst du dich zu mir und DeMarco setzen?"

„Ich muss gehen. Ich bin nur vorbeigekommen, um Mac und Natalie zu sehen. Um ihnen alles Gute zu wünschen, bevor sie abreisen. Aber ich muss arbeiten." Mit einem strahlenden, völlig unaufrichtigen Lächeln hielt sie ihre Akten hoch und sagte: „Sieht aus, als hätte sich nichts geändert. Du hast die Wahl zwischen Frauen, die dir heute Abend Gesellschaft leisten, und ich werde mich ganz intim an meinen Fall ranmachen. Grüß DeMarco von mir, okay?"

Er wollte keine andere Frau. Und er wollte sicher nicht, dass Carrie an ihn mit einer anderen dachte. „Verdammt, Carrie. Du warst einen Monat lang weg. Was macht es schon, mit uns etwas zu trinken?"

Ihr Ausdruck wurde ernst. Dann richtete sie sich auf. „Ich — ich will nicht warten und es herausfinden. Das kann ich mir nicht leisten", murmelte sie. „Was ich meine, ist, ich muss einen Serienmörder finden. Gute Nacht, Jase." Damit machte auf den Fersen kehrt und ging.

KAPITEL 5

*C*arrie verließ das McGills und holte tief Luft. Sie war eine erwachsene Frau und hatte sich zuvor schon zu einigen Männern hingezogen gefühlt. Warum war Jase Tyler der einzige Mann, der sie so aus dem Konzept bringen konnte?

Weil er sie anmachte. Und verrückt machte. Denn ein Teil von ihr fragte sich, ob sie an einem anderen Ort und zu einer anderen Zeit, ohne ihre Bürden oder ihre Narben, füreinander etwas Besonderes hätten sein können. Aber das war lächerlich. Selbst ohne ihre unruhige Vergangenheit konnte Carrie nicht ändern, wer sie war. Wie sie aussah. Sie war stark und robust, nicht sexy und anmutig. Jase flirtete mit ihr, weil sie zusammenarbeiteten, weil sie eben da war und weil er wahrscheinlich schon seit der Krabbelgruppe mit Frauen flirtete. Er wollte nicht sie, sondern die Herausforderung, die sie darstellte. Trotzdem konnte sie nicht glauben, dass er sie überhaupt wollte.

Carrie sah aus dem Augenwinkel eine Bewegung und blickte auf.

„Mörder!", schrie eine Stimme, als jemand ihren Arm packte, sie herumriss und ihr ein Getränk überkippte. Carrie fühlte, wie lauwarme Flüssigkeit über ihre Vorderseite spritzte.

Carrie starrte verblüfft auf die kleine ältere Frau, die aggressiv vor ihr stand und sie mit fast übermenschlicher Kraft packte, obwohl ihre faltige Haut hauchdünn war und nur etwas zarter aussah als die morschen Knochen ihres Körpers. Ihr silbernes Haar hatte einen Hauch Violett, was ihr ein komisch matronenhaftes Aussehen verlieh, aber ihre Augen waren ein durchdringendes, klares Blau und starrten Carrie mit einem solchen Hass an, dass sie automatisch zurückwich.

„Ma'am", begann sie.

Die Frau ließ ihren jetzt leeren Kaffeebecher fallen und stieß mit beiden Händen gegen Carries Brust.

Der Stoß bewegte Carrie kaum, aber eine misstrauische Angst entzündete sich in ihrem Magen. Sie war der Großmutter von Kevin Porter noch nie begegnet, aber sie hatten telefoniert ...

Die Tür zum McGills öffnete sich und die Geräusche aus dem Inneren drangen nach draußen.

„Hey, Lady!", rief Jase von hinten.

Ein kurzer Blick bestätigte, dass er auf sie zukam, ein besorgter Ausdruck auf seinem Gesicht. Carrie hob ihre Hand. „Jase, es ist okay. Lass mich das machen."

Die Frau sah Jase an, als wäre er eine tote Schlange. „Wer sind Sie denn? Noch so ein dreckiger Cop? Ihr seid alle Bastarde. Kevin ist euretwegen tot. Ihr solltet alle in der Hölle verrotten!"

Carrie hatte recht gehabt — das war Martha Porter. Sie sprach mit leiser und ruhiger Stimme und versuchte, die Angst zu verbergen, die sich in ihr breitmachte. Ihre Atmung beschleunigte sich und sie fühlte den vertrauten erstickenden Druck in ihrer Brust.

„Mrs. Porter, das wollen Sie nicht tun. Bitte glauben Sie mir, ich denke jeden Tag an Kevin."

Wut und Trauer strahlten aus dem zerfurchten Gesicht der Frau und sie spuckte Carrie unkontrolliert an und schaffte es, ihr Kinn und ihren Kragen zu treffen. Carrie stand in fassungsloser

Stille da und wollte nichts anderes, als im Boden versinken und sterben.

„Himmelherrgott!" Jase trat vor Carrie und zwang Martha Porter, sich zurückzuziehen. „Zurück, Lady. Jetzt."

Die Frau beugte sich um Jase herum und zeigte mit dem Finger auf Carrie. „Sie haben nicht das Recht, seinen Namen zu sagen. Mein Enkel. Ich habe ihn aufgezogen ... mein Baby ..." Bei ihren letzten Worten entglitten der Frau die Gesichtszüge und sie begann zu schluchzen.

„Martha!" Ein älterer Mann eilte auf sie zu und legte seinen Arm um sie. Ein kräftiger Mann in blauem Anzug, dessen Aktentasche gegen seine Beine prallte, folgte ihm und beeilte sich, das ältere Paar zu erreichen.

„Schh. Es ist okay, Martha. Lass uns jetzt reingehen. Mach dir jetzt keine Sorgen. Es wird alles gut werden." Der erste Mann führte Martha Porter weg und schoss Carrie einen tödlichen Blick über seine Schulter zu.

Der Mann im Anzug blieb stehen, um Luft zu holen. „Es tut mir leid. Wir treffen hier jemanden. Sie ist aufgebracht ... Es tut mir leid." Der Mann wirbelte herum und folgte dem älteren Paar in ein Gebäude ein paar Türen neben dem McGills.

Die Straße war unheimlich ruhig. Carrie, die sich des Blicks von Jase bewusst war, hob eine zitternde Hand an ihr Kinn und wischte die Spucke weg. Sie konnte, bis sie nach Hause kam, nichts dagegen tun, dass der Kaffee Flecken auf ihrer Vorderseite machte. Sie kämpfte darum, stehen zu bleiben, schloss die Augen, nahm mehrere zitternde Atemzüge und versuchte, die Panikattacke abzuwenden. Der Aktenstapel, den sie getragen hatte, rutschte ihr aus der Hand und Papiere fegten über den Bürgersteig.

Jase fluchte leise, aber sie war sich seiner kaum bewusst. Ihre Atemzüge waren selbst in ihren eigenen Ohren laut und pafften in schnellen, rhythmischen Stößen in sie hinein und aus ihr heraus. Mit jedem Atemzug fühlte sie, wie sich ihr Herz ausdehnte. Es wurde immer größer, bis es kurz davor stand zu explodieren.

Verzweifelt suchte sie nach einem Ort, an dem sie sich verstecken konnte. Bitte, Gott, lass das jetzt nicht zu. Sie konnte keine Panikattacke bekommen. Nicht hier. Nicht vor Jase.

Aber er sah sie nicht an. Er hatte sich hinuntergebeugt und schob Papiere zurück in ihre Ordner. „Wer zum Teufel war das?", knurrte er. „Und warum hast du dich von ihr beschimpfen lassen? Du hättest sie festnehmen sollen! Zum Teufel, das hätte ich tun sollen."

Als sie ihm nicht antwortete, sah Jase zu ihr hoch und stand auf. „Carrie?"

Carrie hörte die Sorge in seiner Stimme. Wusste, dass sie ihm antworten sollte. Aber bekam wieder diesen Tunnelblick, bis sie erneut ihre Waffe auf Kevin Porter richtete und sich dann mit ihm auf dem Boden wälzte. Versuchte, ihre Waffe zu erreichen, bevor er sie damit oder mit seiner eigenen erschoss. Ihn erschoss. Eben jenes Kind tötete, das mit seiner Großmutter das Bild von sich selbst gemalt hatte, das auch jetzt noch an der Vorderseite ihres Kühlschranks klebte.

„Carrie. Sieh mich an." Jase klemmte sich ihre Akten unter den Arm, nahm ihr Gesicht zwischen seine Handflächen und brachte sein eigenes Gesicht nahe an ihres heran. „Sieh mich an." Er strich mit seinen Händen über ihre Wangen und ihren Kiefer. Murmelte immer wieder beruhigende Worte.

Sie wusste nicht, wie lange sie dort gestanden hatten, doch endlich fokussierte sie seinen besorgten Blick. Sie konzentrierte sich auf das Gefühl seiner Berührung an ihrer Haut. Fühlte, wie sie langsamer atmete. Angst strömte aus ihr heraus wie Luft, die aus einem Ballon entwich. Sie war noch da, aber sie fühlte sich nicht mehr so, als würde sie gleich platzen.

„Genauso. Braves Mädchen. Gut", murmelte Jase und das tiefe Rumpeln seiner Stimme beruhigte sie.

Schließlich packte sie seine Hände und riss sich los, verlegen

von dem Vorfall und ihrer panischen Reaktion darauf. „Mir —
mir geht es gut. Es tut mir leid. Ich habe nur … Sie hat mich überrascht, das ist alles." Wieder hob Carrie ihre Hand und rieb sich
das Kinn. Dann streckte sie ihre Hand nach ihren Akten aus.

Widerwillig reichte Jase sie ihr. Sie spürte seinen Blick auf
sich, als sie den Boden um sie herum überprüfte, um sicherzustellen, dass er nichts übersehen hatte.

Jase stemmte seine Hände in die Hüften. „Sie ist eine
Verwandte von dem Kerl, der dich angeschossen hat?"

Carrie blickte ihn kaum an. „Es spielt keine Rolle." Aber Gott,
das tat es. Sie wäre fast vor ihm zusammengebrochen. Sie konnte
es sich nicht leisten, nicht vor irgendjemandem, und erst recht
nicht vor Jase, schwach zu erscheinen. Er war die Person, die sie
am meisten verunsicherte, und deshalb die Person, vor der sie am
vorsichtigsten sein musste. Sie rieb sich die Arme und versuchte,
ihre eisige Haut zu wärmen. Es war ein milder Abend und sie
trug einen Mantel. Warum war ihr so kalt?

„Carrie …"

Bei seinem besorgten Tonfall fuhr Carries Blick schließlich zu
seinem hoch. Sie befeuchtete ihre Lippen und wünschte sich, die
Dinge wären anders. Dass er sie für eine Sekunde halten würde.
Sie hatte seit Jahren keinen Liebhaber mehr gehabt. Bis auf den
einen kurzen Kuss, den Jase ihr vor über einem Monat gegeben
hatte, hatte sie sich nicht einmal den oberflächlichsten Kontakt
zu jemandem erlaubt, nicht einmal einen Freund. Ein wenig
menschliche Freundlichkeit. War das zu viel verlangt?

Ja, das war es, gab sie zu, als sie sich erinnerte, wie schwer es
für sie gewesen war, sich von seinem Kuss zu lösen.

Diese Art von menschlicher Verbindung hatte immer ihren
Preis. Immer.

Sie schüttelte den Kopf. Machte einen kräftigenden Atemzug.
Sie versuchte ihr Bestes, ihm ein beruhigendes Lächeln zu schenken. „Mir geht es gut, Jase. Ehrlich."

„Was ist passiert, Carrie? Es sah aus, als hättest du eine Art

Panikattacke. Vielleicht ist es keine so gute Idee, morgen wieder zur Arbeit zu kommen."

Ruckartig richtete ihr Rücken sich auf und sie sah ihn mit verengten Augen an. „Es mag wie eine Panikattacke ausgesehen haben, aber es war keine. Ich sagte doch, ich war nur überrascht."

„So wie du überrascht warst, als Kevin Porter eine Waffe auf dich gerichtet hat?"

„Was — was soll das denn heißen?"

Er rieb sich den Nacken. „Ich weiß nicht. Gott weiß, dass viele Cops bei der Arbeit verletzt werden. Das bedeutet nicht, dass du etwas falsch gemacht hast. Aber du —"

„Aber ich was?"

„Aber in deinem Bericht steht, dass du in Deckung warst, als er im Haus war. Wenn das so ist, wie hat er dann auf dich schießen können?"

„Ich ging in Deckung, aber ich musste ihn festnehmen. Ich trat heraus. Ich forderte ihn auf, seine Waffe niederzulegen. Als er es nicht tat, feuerte ich."

„Du hast geschossen und verfehlt", sagte er leise. „Jedem hätte das passieren können. Das macht dich nicht zu einer schlechteren Polizistin. Aber vielleicht hast du das nicht ganz akzeptiert. Vielleicht ist es das, worum es hier geht. Vielleicht brauchst du noch etwas mehr Zeit, bevor du wieder zur Arbeit kommst."

Er war so treffsicher, dass sie fast in Panik geriet. Sie lachte unwirsch und achtete nicht auf seine Sorge, sondern dachte an das, was er gewinnen würde, wenn ihre Rückkehr zum SIG sich verzögerte. „Natürlich. Das hätte ich ja fast vergessen. Du wolltest die Leitung im Fall Einbalsamierer. Darum geht es hier, nicht wahr?"

„Ich habe Mac um den Fall gebeten", sagte er. „Aber das ist nicht der Grund, warum ich mir Sorgen mache."

„Nein." Sie grinste hämisch. „Du machst dir nur Sorgen um mich, nicht wahr? Hast Angst, dass ich mich umbringen lasse? Nun, ich kaufe dir das nicht ab. Du hast mich nicht im Krankenhaus besucht, Jase. Nicht einmal. Also tu nicht so, als wärst du so besorgt um mich."

Carrie stöhnte fast über die Art und Weise, wie sich seine Augen mit der Erkenntnis weiteten. Warum hatte sie das gesagt? Sie hätte dankbar sein sollen, dass er sich ferngehalten hatte, damit sie ihre verwirrenden Emotionen in den Griff bekommen konnte, ohne sich auch noch um ihn kümmern zu müssen. Aber sie konnte nicht leugnen, dass ein Teil von ihr durch seinen offensichtlichen Mangel an Sorge verletzt gewesen war.

Er öffnete seinen Mund. Schloss ihn. Schließlich sprach er. „Ich war im Krankenhaus, um dich zu sehen, gleich nachdem du angeschossen worden warst. Du warst high wie ein zugedröhnter Drache, aber ich wusste nicht, dass du dich nicht erinnern würdest."

Sie biss sich auf die Lippe, wandte den Blick ab, wollte nicht, dass er sah, wie viel ihr sein Geständnis bedeutete.

„Schau, es tut mir leid. Ich wollte deine Kompetenz nicht in Frage stellen. Ich wollte dich nicht wütend machen. Ich mochte es nur nicht, mitanzusehen, wie diese Frau dich zusammengestaucht hat, und ich kenne dich gut genug, um zu wissen, dass du dich schwer tust, Hilfe anzunehmen."

Seine Worte nahmen ihr den Wind aus den Segeln. Er schien aufrichtig zu sein. Und ehrlich gesagt widerten ihre eigene Worte sie viel zu sehr an und dass sie ihre Kontrolle verloren hatte, um weiter mit ihm zu streiten.

Er sah sich um. „Wo ist dein Auto? Ich bringe dich hin."

Sie machte sich erst gar nicht die Mühe, mit ihm zu streiten, und er schlenderte neben ihr her. Als sie ihren alten Viertürer erreichten, schloss sie die Fahrerseite auf und sagte: „Wir sehen uns morgen."

„Carrie, warte."

Seufzend sah sie auf.

„Hast du Lust, etwas zu essen? Du kannst zuerst nach Hause gehen. Dich umziehen."

Er hatte gerade gesagt, dass sie ihm wichtig war. Vorhin im McGills hatte er zugegeben, dass er sie wollte, aber er ignorierte diese Anziehungskraft wegen ihres Jobs. Sie tat offensichtlich dasselbe. Sie hatten im Team selten miteinander zu tun gehabt, schon gar nicht nur zu zweit. Warum wollte er die Dinge plötzlich ändern? Wegen Martha Porter? Weil er gespürt hatte, wie sehr sie die Verachtung der Frau aufgebracht hatte? Oder war es, weil er sie wirklich für emotional instabil hielt und sie das irgendwie attraktiver für ihn machte? Eher wie die verletzlichen Frauen, mit denen er ausging und weniger wie der Cop, mit dem er arbeitete? Es spielte keine Rolle.

„Ich glaube wirklich nicht, dass das eine gute Idee ist, Jase", sagte sie fest.

„Warum? Weil du meine Gesellschaft vielleicht zu sehr genießt?"

Sie zuckte mit den Schultern. „Vielleicht. Wir haben bereits festgestellt, dass es für keinen von uns gut wäre, wenn wir was miteinander anfingen—"

„Warte mal. Das habe ich nicht gesagt und das weißt du. Ich sagte, was mit dir anzufangen, könnte Auswirkungen auf unsere Karriere haben, was etwas ganz anderes ist. Ich habe keinen Zweifel daran, dass es uns beiden sehr guttun würde, wenn ich mit dir zusammen sein könnte. Aber ich stimme dir zu, es gibt wichtige Gründe, professionell damit umzugehen. Und jetzt? Wir können immer noch Freunde sein, Carrie, auch wenn wir keine Liebhaber sein können."

Sie schüttelte den Kopf. „Du hattest recht. Wir arbeiten zusammen. Du willst den Fall, an dem ich arbeite. Ob du es zugeben willst oder nicht, angesichts dessen, was du darüber gesagt hast, dass Porter mir zuvorgekommen ist, ein Teil von dir stellt offensichtlich meine Kompetenz als Cop in Frage. Ich würde sagen, es wäre nicht einmal eine gute Idee, befreundet zu sein. Außerdem hast du keine weiblichen Freunde, Jase. Du bist ein Seriendater. Zum Teufel, du hast ja kaum ein Date. Du befriedigst sie und dann verlässt du sie."

Sein Mund zuckte. „Hey, mach das jetzt nicht schlecht. Ich würde dich gerne befriedigen. Danach wärst du nie wieder dieselbe."

Sie lächelte über seine sture Arroganz, während ihr Körper bei dem Gedanken, wie er sie befriedigen würde, pochte. Ihre Reaktion zeigte nur, wie süchtig sie nach seiner einzigartigen Mischung aus Selbstbewusstsein und sexy Männlichkeit wurde. „Und ein Teil von mir würde gerne befriedigt werden", räumte sie ein. Seine Augen flackerten, aber sie hielt eine Hand hoch und hielt seinen Schritt nach vorne an. „Aber es wird nicht passieren. Ich gehe nach Hause."

Jase lehnte sich gegen die andere Seite des Autos und legte seine Hände auf das Dach. „Um was zu tun? An die Lady denken, die dich bespuckt hat? Ich spreche von einer Stunde deiner Zeit, Carrie. Verdiene ich das nicht?"

Die Frage war nicht, ob er es verdient hatte, sondern warum er es wollte. Nochmals, warum plötzlich das Bedürfnis, Zeit mit ihr zu verbringen? War das eine Art Trick? Er hatte sie in einem schwachen Moment gesehen und hoffte, ihn wiederzusehen? Ihn auszunutzen?

Aber in einer Sache hatte er Recht. Unter normalen Umständen, wenn sie jetzt nach Hause gehen würde, würde sie nur an Kevin Porter und seine Großmutter denken. An ihre eigene Unzulänglichkeit. Oder daran, wie leer ihr Haus schien. Glücklicherweise hatte sie etwas, das sie ablenken konnte.

„Ich habe einen großen Fall, an dem ich arbeite, erinnerst du dich? Das ist alles, woran ich arbeiten werde, bis ich ihn habe."

Sie zog ihre Autotür auf und wollte gerade einsteigen, als er sagte: „Dann lass mich dir dabei helfen."

Sie richtete sich auf, neigte neugierig ihren Kopf und verengte dann ihre Augen. „Junge, du hast wohl einen Höhenflug, Jase. Was ist denn los? Glaubst du nicht, dass ich das allein schaffe?"

Er schob sich zurück, sodass er sich nicht mehr gegen ihr Auto lehnte. „Habe ich das gesagt? Es hilft immer, die Dinge mit einem Partner zu besprechen. Deshalb hat Mac mich auch vor einigen Monaten gebeten, ihm mit dem Monroe-Mord zu helfen. Glaubst du wirklich, er hätte es nicht allein schaffen können? Du hast Komplexe, Carrie. Du solltest vielleicht etwas dagegen unternehmen, bevor es dazu führt, dass du oder jemand anderes verletzt wird."

Seine Worte trafen sie. Er hatte recht. Sie reagierte über und klang eher emotional als logisch. Sie traf ihre Entscheidung aus rein persönlichen Gründen und, noch schlimmer, aus Angst. Obwohl sie die Akten gründlich durchgesehen und ihre eigenen Schlussfolgerungen gezogen hatte, warum sollte sie sie nicht mit Jase besprechen? Er hatte mehr Erfahrung als sie. Sie sollte sein Hilfsangebot nicht ablehnen, nur weil sie Angst vor der sexuellen Anziehungskraft zwischen ihnen hatte. Was für einen Cop würde das aus ihr machen?

„Ich schätze, ich könnte deine Hilfe gebrauchen."

Auf seinem Gesicht zeichnete sich kein triumphaler Ausdruck ab, wodurch sie sich noch mehr entspannen konnte.

Er nickte. „Ich folge dir nach Hause."

Als er wegging, rief sie: „Kein Anmachen! Ich meine es ernst, Jase. Das ist nur ein Cop, der das Hilfsangebot eines anderen bei einem Fall annimmt."

Er wandte sich ihr zu, ging aber mit den Händen in den Taschen rückwärts. „Natürlich ist es das, Liebling. Du hast ja ganz deutlich gemacht, dass du nicht auf die Anziehungskraft zwischen uns reagieren willst. Was mich betrifft, bist du jetzt nur noch einer von den Jungs."

Er konnte nicht wissen, wie sehr diese Aussage sie verletzte, besonders da sie strahlend lächelte, nachdem er es gesagt hatte. „Großartig", sagte sie. „Behalte das einfach im Hinterkopf und es sollte alles gut gehen."

KAPITEL 6

*A*ls sie zu Carries Haus kamen, oder besser gesagt, zu ihrem Stockwerk in einem dreistöckigen Haus in der Divisidero Street, überraschte es Jase, wie mädchenhaft es war. Er war es gewohnt, sie bei der Arbeit zu sehen, in diesem Loch auf dem Revier mit seinen geradlinigen männlichen Möbeln und in ihren Button-down-Hemden und Khakis. Er wusste, dass sie ihre Kleidung wählte, um androgyn zu wirken, aber er dachte nie an sie als etwas anderes als eine Frau. Tatsächlich lief ihm manchmal bei ihrer professionellen Fassade das Wasser im Mund zusammen, wenn er sich vorstellte, er könne das feminine Paket enthüllen, von dem er wusste, dass es darunter lag. Dennoch, wenn er hätte raten müssen, auf welchen Einrichtungsstil sie stand, hätte er nie an den Shabby-Chic gedacht, auf den seine aufgedonnerten Schwestern so wild waren.

Mehrere weiche Aquarelle in Pastelltönen von Blau und Lila schmückten die gelben Wände. Ihre Couch war mit einem blassen Überwurf mit Blumenmuster überdeckt und ihr Esstisch war aus polierter Kirsche und hatte geschwungene Beine.

Zimt. Der Duft umgab ihn, sobald er hereinkam.

Als er drinnen war, wandte Carrie sich fast nervös zu ihm um.

„Fühl dich wie zu Hause", sagte sie und wich seinem Blick aus. „Ich glaube nicht, dass ich viel im Kühlschrank habe. Ich gehe kurz duschen und mich umziehen." Sie zeigte auf eine Tür in der Nähe. „Das Gästebad ist gleich da drüben."

Jase nickte. Sie ging in einen anderen Raum und schloss die Tür. Er hörte, wie sie den Schlüssel umdrehte, und dann einige Minuten später das Geräusch der Dusche.

Für einen Moment war er von Bildern ihres nackten Körpers überwältigt. Ihres nackten, nassen Körpers. Ihres nackten, nassen, glitschigen Körpers. Er stöhnte. Er war noch nie in seinem Leben so sexuell von einer Frau besessen gewesen. Was hatte sie an sich, das ihn so anmachte? Und was hatte ihn überhaupt dazu gebracht, seine Hilfe im Fall Einbalsamierer anzubieten? Er hatte die nächsten paar Tage frei. Wenn er nicht die Leitung für den Fall bekam, sollte er sie genießen. Seine Familie besuchen. Basketball mit seinem Cousin spielen. Kelly Sorenson anrufen und sehen, ob sich das Versprechen in ihren dunklen Augen als so gut herausstellte, wie es schien.

Stattdessen wollte er zusätzliche Stunden damit verbringen, Carrie bei einem Fall zu helfen, den er selbst hatte haben wollen und bei dem er nicht ganz sicher war, ob sie dafür bereit war, während er gleichzeitig versuchte, die Anziehung, die sie auf ihn hatte, unter Kontrolle zu bringen.

Was zum Teufel war los mit ihm?

Sicher, er fand sie attraktiv, aber sie war nicht die schönste Frau, die er je gesehen hatte oder mit der er je zusammen war. Sie war ein Cop, um Himmels willen. Eine Frau, die oft behauptet hatte, sie könne ihm in den Arsch treten, und es voll und ganz glaubte. Anstatt ihn abzuturnen, hatte die wiederkehrende Bedrohung immer wieder Bilder von ihnen hervorgerufen, wie sie sich gemeinsam auf dem Boden wälzten, ihre Körper einander berührten und rieben, bis sie bereit waren, sich gegenseitig die Kleider vom Leib zu reißen.

Himmel, seine Gedanken gingen nur in eine Richtung. Carrie

war nicht nur ein Cop und sie war sicherlich auch kein Sexspielzeug für ihn, mit dem er spielen und es dann zur Seite werfen konnte. Sie war eine komplexe Frau, eine, von der er nicht allzu viel wusste. Jase ging in ihrem kleinen Wohnzimmer auf und ab und suchte nach Hinweisen auf die Frau unter der sprichwörtlichen Uniform.

Von den Büchern in ihrem Regal ausgehend war sie eine begeisterte Leserin, obwohl sie keine Krimis las. Sie stand entweder auf Science Fiction oder historische Romane. Das überraschte ihn. Sie war so pragmatisch und sachlich bei der Arbeit. Wie ihr Geschmack bei der Inneneinrichtung, ließen ihre Lesevorlieben ihn sich fragen, was sie sonst noch vor der Welt verbarg.

Er bemerkte einige Fotoalben. Nahm eines heraus und blätterte es durch. Er lächelte die Bilder von ihr in verschiedenen Phasen ihrer Jugend an. Sie bestand nur aus Armen und Beinen, schlaksig. Obwohl sie jetzt nur etwa 167 cm groß war, hatte sie ihre Klassenkameraden, auch die Jungs, bisweilen überragt. Er stellte sich vor, dass sie wohl oft geärgert worden war, besonders wegen ihres flammenden Haares, das in ihrer Jugend mehr orange als rot gewesen war. Doch die Carrie, die er auf den Fotos sah, schien glücklich zu sein. Selbstbewusst. Was für eine Highschool-Schülerin ziemlich ungewöhnlich war.

Irgendwann schien sich das jedoch zu ändern. Nach dem Abschluss wurde sie ernster. Mehrere Fotos zeigten sie mit einem ebenso ernsthaft aussehenden Mann, der mal eine Polizeiuniform trug, mal nicht. Andere zeigten sie mit mehreren Männern, alle in Uniform, alle mit den gleichen roten Haaren und blauen Augen. Nicht viele Bilder von ihrer Mutter. Es sah so aus, als wäre sie verschwunden, als Carrie noch sehr jung war.

Jase legte das Album zurück und zog ein weiteres heraus. Dies war ein Einklebebuch mit Artikelausschnitten und kleinen Erinnerungsstücken und ihrem vollen Namen, geschrieben in verschnörkelter Schrift.

57

Er hob seine Augenbrauen bis zum Haaransatz. Laut ihrem Einklebebuch war sie eine erstklassige Scharfschützin. Sie war mit siebzehn Jahren bei den Olympischen Spielen dabei gewesen. Sie war das jüngste Mitglied des Schützenteams der USA und hatte eine Silbermedaille gewonnen. Einige Jahre später hatte sie die Polizeiakademie abgeschlossen und ging zur Army. Und ein paar Jahre später war sie die erste Scharfschützin, die ins Austin SWAT-Team aufgenommen wurde.

Sie hatte nicht gescherzt, als sie gesagt hatte, sie könne ihm in den Arsch treten. Er hatte gewusst, dass sie ein Jahr beim SFPD SWAT gearbeitet hatte, bevor sie zum SIG gekommen war, aber warum hatte sie ihm nicht gesagt, dass sie Scharfschützin war? Und wenn sie so eine unglaubliche Schützin war, machte das die Tatsache, dass sie Porter beim ersten Schuss verpasst hatte, noch beunruhigender. Wieder einmal konnte er nicht umhin sich zu fragen, was in dieser Nacht wirklich passiert war. Oder ob sein vorheriges Drängen zwischen ihnen eine Rolle gespielt hatte.

Sie hatte in ihrem Bericht über diese Nacht nicht allzu viele Details genannt und Jase hatte den deutlichen Eindruck bekommen, dass sie sich bewusst vage ausgedrückt hatte. Verheimlichte sie etwas? Etwas, wofür sie sich schämte? Ob sie es zugeben wollte oder nicht, sie konnte nur schwer mit dem umgehen, was die alte Dame vor der Bar ihr vorhin angetan hatte, und das passte nicht zu dem, wie er sie kannte. Cops stießen die ganze Zeit auf Widerstand und mussten mit hässlichen Konfrontationen umgehen. Zum Teufel, er hatte gesehen, wie Carrie Kerle, die doppelt so groß waren wie sie, konfrontierte, obwohl die Akten hatten, die Al Capone wie einen Chorknaben hätten aussehen lassen. Und doch war sie ausgeflippt, weil eine alte Dame sie angespuckt und beschuldigt hatte, ihren Babyjungen getötet zu haben?

Babyjunge, Scheiße auch. Kevin Porter hatte auf Carrie geschossen und dann versucht, sie zu Tode zu prügeln. Wenn sie ihn nicht erledigt hätte, wäre sie wahrscheinlich tot. Sie hatte getan, was sie tun musste. Warum hatte er dann das Gefühl, dass sie sich für das schämte, was sie getan hatte? Dass sie Porter getötet hatte? Eine gute Polizistin war?

Jase hörte, wie sie die Dusche abschaltete, und legte das Einklebebuch zurück. Ja, sie hatte guten Grund, stolz auf ihre Leistungen zu sein, aber sein Instinkt sagte ihm, dass das Einklebebuch von jemand anderem zusammengestellt worden war. Jemand, der stolz auf sie war. Es zeigte, dass jemandem etwas an ihr lag und dass sie sich gelegentlich anderen gegenüber öffnete. Zumindest hatte sie das irgendwann einmal.

Er wuschelte mit seinen Fingern durch sein Haar und sah sich wieder um. Mehrere Akten und Stapel Papier lagen auf ihrem Esstisch und sie hatte die Akten, die sie zum McGills mitgebracht hatte, auch auf den Tisch gelegt. Er blätterte durch sie hindurch und runzelte die Stirn, als er die Fotos vom Tatort sah. Er hatte von den grausamen Einzelheiten des Falls gehört, aber es war immer anders, wenn man dann die Details vor sich hatte. Der Einbalsamierer war ein krankes Stück Scheiße, umso kranker, weil er so organisiert und methodisch vorging. Laut Mac, der mit der Polizei von Fresno gesprochen hatte, hatte alles, was der Einbalsamierer tat, einen Zweck. Besondere Bedeutung. Niemand hatte jedoch herausfinden können, welche genau.

Da er wusste, dass Carrie sofort würde anfangen wollen, benutzte Jase das Bad im Flur. Es war genauso gerüscht wie das Wohnzimmer, mit Spitzenduschvorhang, rosa Handtüchern und kleinen blumenförmigen Seifen neben dem Waschbecken. Als er seine Hände wusch, atmete er wieder den berauschenden, süßen Duft von Zimt ein. Er trocknete seine Hände mit einem ihrer rosafarbenen Handtücher ab. Sie schien die Farbe zu mögen, was seltsam war. Sie trug sie nie. Sondern immer nur neutrale Farben. Nichts Weibliches.

Wieder kamen ihm Fragen in den Sinn. Warum schämte sie sich, Porter erschossen zu haben? Weil sie es erst getan hatte, nachdem er mit seiner Waffe schneller gewesen war als sie? Oder weil er einer weiblichen Polizistin zuvorgekommen war? Jetzt, da er hier war und sah, wie akkurat sie ihre beiden Seiten — die Frau und den Cop — trennte, war er sich sicher, dass er Recht hatte. Er fragte sich auch, ob das der wahre Grund war, warum sie sich so sehr gegen ihn wehrte. Weil er ihr bei der Arbeit das Gefühl gab, eine Frau zu sein, und das war das Letzte, womit sie umgehen konnte.

Als er aus dem Badezimmer kam, stand Carrie mit dem Rücken zu ihm in der Küche. Eine Sekunde lang genoss er einfach den Anblick, weil sie so lässig aussah, wie er sie noch nie gesehen hatte. Sie trug ein lockeres T-Shirt und Jogginghosen. Ihr Haar war noch feucht und hing lose um ihr Gesicht. Ihre Füße waren nackt.

Er konnte nur einen Hauch ihrer Fersen unter dem Saum ihrer Jogginghosen sehen, aber diese wenigen Zentimeter blasser Cremigkeit reichten aus, um ihm das Wasser im Mund zusammenlaufen zu lassen. Am liebsten hätte er ihr einfach die Kleider ausgezogen und sie von unten nach oben geküsst, aber er wusste, dass er es nicht konnte. Er hatte seine Hilfe angeboten und das war, was er ihr verdammt noch mal geben würde. Alles, was er heute Abend tun wollte, war, den Fall mit ihr zu bearbeiten. Er wollte nicht mit ihr flirten. Wollte nicht versuchen, sie noch einmal zu küssen. Wollte sich ganz sicher nicht in ihr Schlafzimmer schleichen und ihr beweisen, dass sie, egal, womit sie ihren Lebensunterhalt verdiente und wie sehr sie versuchte, es zu leugnen, in erster Linie eine schöne, begehrenswerte Frau war.

Es war ihm egal. Er freute sich darauf, ein paar Stunden mit ihr über die Arbeit zu reden, und zwar mehr, als er sich auf irgendeines seiner Dates gefreut hatte oder auf seine Sexpartnerinnen, seit ... Naja, er konnte gar nicht sagen, seit wann.

Er räusperte sich und sie drehte sich zu ihm um.

Sie trug eine Brille. Sexy Bibliothekarinnenbrille, die ihn an eine seiner Lieblingsfantasien erinnerte.

„Hattest du schon Gelegenheit, dir etwas anzusehen?", fragte sie.

Er dachte an das Album und das Einklebebuch, das er sich angesehen hatte. Wollte seine Bewunderung für sie zum Ausdruck bringen. Wollte sie nach ihrem Leben fragen. All die Dinge, die er nicht über sie wusste. Stattdessen sagte er: „Und ob. Sieht so aus, als hättest du damit alle Hände voll zu tun, Carrie." Und vielleicht, weil er so sehr versuchte, sein Verlangen nach ihr zu unterdrücken, sagte er das Schlimmste, was möglich war. „Mehr denn je bin ich überrascht, dass Mac und der Commander einverstanden waren, dir die Leitung zu übergeben."

Sobald er diese Worte ausgesprochen hatte, konnte Carrie sehen, dass Jase sie bereute. Er schloss kurz die Augen, schüttelte den Kopf und stöhnte: „Gut gemacht, Jase."

Das war der einzige Grund, warum sie ihren instinktiven Drang, ihm die Augen auszukratzen, unterdrückte.

Er hielt seine Hände hoch, wie bei einer Kapitulation. „Schau. Das kam falsch rüber. Du bist eine gute Polizistin, Carrie, aber selbst für einen Serienmordfall scheint dieser besonders kompliziert. Und wir wissen beide, dass du noch nie an einem Serienmordfall gearbeitet hast, mehr meinte ich nicht."

„Es gibt für alles ein erstes Mal", sagte sie milde.

„Sicher, aber diese hier? Mit einem Killer, der so organisiert ist? So methodisch?"

„Die meisten Serienmörder sind das. Deswegen kommen sie mit mehreren Morden durch, bevor sie erwischt werden. Außerdem habe ich vielleicht noch keine Serienmordfälle geleitet, aber ich habe Fortbildungskurse zu dem Thema besucht. Bei vielen mitgearbeitet. Ich weiß, wie sie funktionieren. Ich kann ihn finden."

„Wenn du ganz auf der Höhe wärst, hätte ich keinen Zweifel

daran. Aber das ist nicht das, worüber wir hier reden. Du warst einen Monat lang weg. Denkst du nicht, du solltest die Dinge etwas langsamer angehen?"

Die Spannung legte sich über sie und sie verschränkte ihre Arme vor der Brust und schnaubte. „Entspannen, indem ich dir den Fall gebe? Vergiss es. Wenn du fertig bist, kannst du jetzt gehen."

Anstatt zu gehen, lehnte er sich an die Wand und kreuzte die Beine. „Warum? Weil ich dich hinterfrage? So gehst du also mit Schwierigkeiten um? Indem du ihnen ausweichst? Ich bin nicht der Einzige, der es hinterfragen wird, dass man dich dafür ausgewählt hat."

„Weil ich eine Frau bin", sagte sie.

„Nein. Weil du immer noch lernst und in einer wackeligen Verfassung bist."

„Wir sind keine Roboter, Jase. Cops haben immer mit persönlichen Dingen zu tun und müssen trotzdem ihren Job erledigen. Ich kann diesen Kerl finden, wie es jeder könnte. Mac weiß das und deshalb hat er mir den Fall gegeben. Er glaubt an mich."

„Verdammt, hör mit dem Scheiß auf. Ich glaube auch an dich."

„Dann benimm dich auch so. Du hast deine Hilfe angeboten und ich war nicht zu stolz, sie anzunehmen, Jase. Ich weiß, dass ich weniger Erfahrung mit Serienmordfällen habe und dass du solche Fälle schon bearbeitet hast. Hör auf, mich davon überzeugen zu wollen, dass ich nicht die richtige Wahl für diesen Fall bin, und hilf mir stattdessen, diesen Kerl zu schnappen."

Er bearbeitete eine Sekunde lang seinen Kiefer, bevor er sich aufrichtete. „Okay. Setzen wir uns." Er setzte sich auf ihre Couch.

Langsam folgte sie ihm. „Das ist alles? Du willst mich nicht mehr bearbeiten?"

„Ich werde kein Wort mehr darüber sagen. Jedenfalls nicht heute Abend. Sag mir, was du dir überlegt hast."

Nachdem sie einen Moment gezögert hatte, tat sie es. Sie erzählte ihm davon, dass alle Opfer Lehrer gewesen waren, und von ihrem Plan, Zeugen an ihren jeweiligen Schulen zu befragen. Sie hatte auch einige Vermutungen über den eigentlichen Beruf des Serienmörders angestellt. Lehrer? Verwaltungsangestellter an einer Schule? Leichenbestatter? Medizinstudent? Arzt?

Als sie ihren Plan erwähnte, die Käufe von Einbalsamierungslieferungen zu verfolgen, nickte er.

„Das ist gut. Du solltest das unbedingt zur obersten Priorität machen. Erkundige dich auch bei Krankenhäusern in der Nähe und lass sie ihren Bestand prüfen. Überprüfen, ob in letzter Zeit etwas verschwunden ist. Gleiches gilt für lokale Leichenhallen oder Krematorien. Er verbrennt die Opfer, nachdem er mit ihnen fertig ist, was bedeutet, dass er Zugang zu einem entsprechenden Ofen haben muss. Wenn er so etwas in seinem Haus installiert hat, sollte das jemand bemerkt haben. Ich gehe jedoch eher davon aus, dass er beruflich Zugang zu einem hat. Das würde alles einfacher für ihn machen."

Sie machte sich Notizen. „Das ist gut. An den Ofen habe ich nicht gedacht." Schnell sah sie zu ihm auf. „Aber ich hätte es getan."

Jase lächelte. „Ich weiß. Ich mache dir keinen Vorwurf. Wie ich bereits sagte, ist es bei diesen Fällen immer besser, wenn sich zwei Köpfe die Beweise ansehen. Haben Mac oder Stevens erwähnt, ob sie dir einen Partner zuteilen wollen?"

„Nein. Aber ich bin davon ausgegangen, dass das kommen würde. Ich dachte, sie würden jemanden vom SFPD schicken. DeMarco ist mit seinen Fällen schon ziemlich ausgelastet. Granger betreut den Fall im Moment. Und du ..."

Die Luft war plötzlich zu dick zum Atmen. *Du,* dachte sie, *ich würde nicht mit dir arbeiten wollen. Nicht Tag für Tag. Das wäre zu viel. Zu ablenkend.*

„Du hast selbst schon eine Menge Fälle, oder?", sagte sie stattdessen und blickte auf den Umschlag in ihrer Hand.

„Ja", sagte er schlicht.

Etwas an seinem Ton deutete darauf hin, dass er sich zurück-hielt, aber sie drängte nicht.

Sie hob den Umschlag in ihrer Hand. „Also, was ist mit den Briefen, die er geschickt hat? Die Polizei von Fresno hat nichts aus ihnen herausbekommen." Sie nahm einen identischen Umschlag und gab ihn ihm. „Diese enthalten die ersten beiden Briefe des Einbalsamierers. Er hat sie in Fresno verschickt. Gewöhnliche selbstverklebende Umschläge, gewöhnliche selbst-klebende Briefmarken, keine forensischen Beweise zurück-gelassen."

Jase öffnete den Umschlag, den sie ihm gegeben hatte, und zog vorsichtig zwei Plastikbeutel heraus, in einem war der Brief und in einem der Umschlag, in dem er geschickt worden war. „Der Umschlag und der Brief sind durch einen Drucker gegan-gen. Irgendeine Idee, was für eine Art? Laser oder Tintenstrahl?"

Carrie runzelte die Stirn. „Würde das eine Rolle spielen?"

„Tintenstrahl ist heute viel häufiger. Wenn auf einem Laser-drucker gedruckt wurde, was seltener ist und den Kauf teurer Tonerkartuschen erfordert, würde es nicht schaden, die Fresno-Liefergeschäfte zu überprüfen, um zu sehen, ob jemand Toner während der Zeit der Morde gekauft hat. Kleine Nadel in einem großen Heuhaufen, aber wir gehen alle Möglichkeiten durch, richtig?"

Sie grinste. Plötzlich fühlte sie sich nicht mehr wie eine Außenseiterin. Selbst als Jase sie hinterfragt hatte, war sie ange-pisst gewesen, aber sie hatte sich nicht fehl am Platz gefühlt. Sie nahm an, dass das etwas bedeutete, oder?

„Keine weiteren Verbindungen zwischen den Opfern?", fragte Jase.

„Sie waren zwischen Ende zwanzig bis Anfang fünfzig. Nichts Gemeinsames außer ihrem Beruf und der Haarfarbe. Braun."

„Eins davon ist dann wahrscheinlich von Bedeutung. Viel-leicht wählt er sie aus, weil sie ihn an jemanden erinnern. Eine Lehrerin, die er hatte."

„Das habe ich auch gedacht. Oder seine Mutter. Eine Freundin. Aber wo sucht er sie aus? In den Schulen? Glaubst du nicht, dass ein Fremder, der in der Schule rumhängt, auffällt?" Sie kaute auf ihrer Lippe und sagte dann: „Dann ist er also vielleicht Fremder. Vielleicht gibt ihm sein Job Zugang zu mehreren Schulen. Vielleicht liefert er Schulmaterial, sodass die Schulform keine Rolle spielt. Jeder braucht Papier und Stifte, richtig?"

Jase nickte. „Das ist genau die Art von Denken, mit der du diesen Fall abschließen wirst. Du gräbst tief nach den Mikrodetails, aber was ist mit den allgemeineren Dingen? Warum tötet er sie so, wie er es tut?"

Sie setzte sich vor und zuckte ein wenig zusammen, als der Schmerz ihr verletztes Bein hochschoss. Automatisch rieb sie es. „Es gibt zwei Dinge, die offensichtlich wichtig sind. Er balsamiert sie ein und fotografiert sie in diesem Zustand. Und er schneidet ihnen die Augenlider ab, was nicht Teil des Einbalsamierungsprozesses ist. Die Augenlider sind wahrscheinlich eine Art Trophäe. Etwas, das er mitnimmt, zusammen mit den Fotos, um die Morde in seinem Kopf zu wiederholen. Aber wir müssen auch davon ausgehen, dass sie eine symbolische Bedeutung haben, nicht wahr?"

Jase' Aufmerksamkeit war auf ihrem Bein gewesen, das sie weiter gerieben hatte. Als sie aufhörte zu reden, kehrte sein Blick zu ihrem zurück. „Vielleicht auch nicht. Nimmt er die Augenlider, wenn die Opfer am Leben oder tot sind?"

„Lass mich nachsehen." Sie drehte sich zurück zu ihrem Tisch, zog Stewards Autopsiebericht heraus und überflog ihn schnell. „Hier steht, dass sie bereits tot war, als er ihr die Augenlider abgeschnitten hat." Sie überprüfte Johnsons Autopsiebericht. „Das Gleiche gilt für das erste Opfer."

„Wenn er ihnen die Lider abgeschnitten hätte, während sie noch lebten, hätte ich gedacht, dass die Lider etwas bedeuten. Zum Beispiel, dass die Opfer Sehstörungen hatten. Oder dass er ihre Sehkraft verbessert hat. Aber welche Art von Störungen? Du solltest vielleicht herausfinden, ob die Opfer eine Brille trugen."

„Verstanden." Sie fing an, auf und ab zu gehen. „Nun, was die Einbalsamierung betrifft ... Er nimmt sie vor, wenn sie noch am Leben sind, und irgendwann während des Prozesses sterben sie. Er achtet auf jedes Detail. Er versucht, sie zu konservieren. Zuerst konserviert er ihre Körper und dann ihre Bilder auf Film. Aber er bringt sie nicht in eine bestimmte Position. Was darauf hindeutet, dass die Einbalsamierung selbst das Wichtigste ist und nicht, wie sie auf den Fotos tatsächlich aussehen."

Jase lehnte sich auf ihrem Sofa zurück, streckte die Beine vor sich aus, die Arme ausgebreitet. Er sah aus, als fühlte er sich wohl. Wie zu Hause. Und irgendwie, trotz der grausamen Fakten, über die sie sprachen, fühlte es sich auch für sie richtig an, dass er hier bei ihr saß.

„Aber dann verbrennt er sie", betonte er. „Warum?"

„Die Konservierung ist symbolisch. Oder eine Aufgabe, die er zu seiner eigenen Zufriedenheit erledigen muss. Vielleicht deutet die Verbrennung darauf hin, dass sie die Konservierung nicht verdienen."

„Nicht verdienen? Oder ablehnen?"

„Richtig." Sie schloss die Augen, nahm die Brille ab und rieb sich die Nasenwurzel. Nicht nur ihre Muskeln schmerzten, besonders die in ihrem Bein, sondern sie hatte den Fall heute so lange bearbeitet, dass ihr Verstand anfing, wirr zu werden.

„Bei der Arbeit trägst du keine Brille", sagte Jase, seine Stimme näher, als sie erwartet hatte.

Sie sah auf. Er stand nun vielleicht einen Meter von ihr entfernt, sein Blick war intensiv. „Nein, ich trage Kontaktlinsen."

„Ich hätte erwartet, dass du eine Brille trägst. Um deinem professionellen, unnahbaren Ruf noch den letzten Feinschliff zu verpassen. Aber ich verstehe, warum du das nicht tust. Es würde eine Schwäche hervorheben, nicht wahr? Eine, die du verstecken willst. Genau wie du versuchst zu verbergen, dass dein Bein dir gerade Probleme bereitet."

„Und du versuchst viel zu sehr, meine Psyche zu analysieren, Jase."

„Vielleicht, aber habe ich recht?"

„Mein Bein heilt noch und ich habe Physio-Übungen. Die werden es etwas entspannen, bevor ich ins Bett gehe. Was den Grund betrifft, warum ich bei der Arbeit keine Brille trage, so muss ich mir keine Sorgen machen, sie zu verlegen. Du und Lana solltet euch mal treffen, wenn ihr wirklich in die Funktionsweise meines Unterbewusstseins eintauchen wollt."

„Also triffst du dich noch mit Lana? Hat sie abgesegnet, dass man dir diesen Fall zugewiesen hat?"

Sie starrte ihn wütend an und öffnete ihren Mund, um eine scharfe Antwort zu geben, aber er schüttelte den Kopf.

„Egal", sagte er. „Ist einfach herausgerutscht. Wie ich schon sagte, ich sorge mich um dich."

Sie wollte ihm glauben. Wirklich. Aber sein gesteigertes Interesse ... sein Wunsch, ihr zu helfen ... Beides konkurrierte mit dem Wissen, dass er die Leitung im Fall Einbalsamierer hatte haben wollen. Was er wahrscheinlich immer noch tat. Was Jase betraf, so war sie immer ein fester Bestandteil des Jobs. Sie musste sich daran erinnern. Das bedeutete aber nicht, dass ihm nicht auch etwas an ihr liegen konnte. Auch nur ein wenig. „Danke, Jase", sagte sie einfach. „Ich nehme das nicht auf die leichte Schulter."

Er blickte auf ihr Bein hinunter. „Du hast angefangen zu humpeln. Warum lässt du mich dir nicht bei deinen Physio-Übungen helfen und dann massiere ich dich noch etwas, bevor du ins Bett gehst? Auf diese Weise bist du bereit für deinen großen Tag morgen." Als sie in Lachen ausbrach, grinste er. „Was? Zu offensichtlich?"

„Nur ein bisschen", sagte sie. „Außerdem hast du schon genug Zeit damit verbracht, mir zu helfen. Und ich will dich nicht aufhalten. Es sah so aus, als hättest du bessere Möglichkeiten, wo du die Nacht hättest verbringen können, als mit mir an einem Fall zu arbeiten."

„Du wirfst mir gerne meine Datinggewohnheiten vor, nicht wahr, Carrie? Woran liegt das? Ich persönlich denke, dass es daran liegt, dass ich dir Angst mache und dass es dir einen bequemen Schild bietet, von mir mit anderen Frauen zu reden."

Sie zuckte mit den Schultern. „Mir ist nur aufgefallen, dass die Brünette, mit der du gesprochen hast, hübsch war, das ist alles. Sie sah aus wie dein Typ."

„Und was genau weißt du über meinen Typ?"

„Das Gleiche, was alle anderen wissen. Wunderschön. Süß. Eine gute Zeit im Bett und nicht viele Probleme danach."

„Und du hältst deswegen weniger von mir? Weil ich will, dass mein Privatleben so einfach und angenehm wie möglich ist?"

„Nein. Ich verstehe, warum du einfache Freuden in deiner Freizeit haben willst. Ich definiere Einfachheit nur ein wenig anders und konzentriere mich stattdessen auf meine Arbeit."

„Hmm." Er blickte sich um, ging zurück zum Sofa und setzte sich wieder hin. Als sie ihn nur anstarrte, klopfte er auf die Kissen neben sich. „Also, wenn du keine Angst hast und weißt, dass du nicht mein Typ bist, setz dich neben mich und lass mich dein Bein für dich massieren." Sein Blick hielt eine besondere Herausforderung bereit, vor der sie sofort davonlaufen wollte.

Stattdessen fühlte sie sich vielleicht wegen all ihres Geredes über seine Frauen und seinen Typ und die Tatsache, dass sie keins von beiden war, widerspenstig genug, um zu tun, was er sagte. „Gut. Ich habe dir bereits gesagt, dass ich nicht zu stolz bin, deine Hilfe anzunehmen. Mal sehen, was deine magischen Finger wirklich können, Jase." Lässig fiel sie so stark auf das Sofa, dass sie auf und ab hüpfte, dann schwang sie ihre Füße auf seinen Schoß. Sie lehnte sich zurück, legte ihren Kopf auf die Hände, starrte an die Decke und versuchte, ihren schneller werdenden Herzschlag und ihre unregelmäßige Atmung zu kontrollieren.

Die längste Zeit fasste Jase sie nicht an. Schließlich legte er seine große Handfläche um die Sohle ihres rechten Fußes und sie schloss ihre Augen. Und betete verzweifelt, sie könne verbergen, wie überaus sehr sie sich wünschte, sie wäre schließlich doch sein Typ.

Heute war Jase' Glückstag.

Er hatte nicht nur die letzte Stunde damit verbracht, mit Carrie über die Arbeit zu reden, und das auch noch in ihrem privaten Heiligtum, sondern jetzt hatte sie ihre nackten kleinen Füße auf seinen Schoß gelegt, offensichtlich bereit zuzulassen, dass er Hand an sie legte, um zu beweisen, dass er ihr keine Angst machte.

Aber er wusste, dass das nicht stimmte. Und so sicher wie das Amen in der Kirche jagte sie ihm auch Angst ein. Trotzdem war er kein Idiot. Er hatte vielleicht nie wieder die Chance, sie so zu berühren, also wollte er es genießen, solange er konnte.

Sie hatte kleine Füße und ihre Zehennägel waren zartrosa gestrichen, eine Farbe, die so unauffällig war, dass er dachte, sie seien nicht lackiert. Er legte seine Finger um eine ihrer Fußsohlen und begann, die Unterseite ihres Fußes zu massieren, abwechselnd knetend und mit seinen Daumen tief drückend.

Ihr unwillkürliches lustvolles Stöhnen ließ ihn anschwellen und er schob ihre Füße etwas von seiner Erektion weg. Trotz der Massage, die er begonnen hatte, war sie angespannt, ihre Gliedmaßen starr. Um sich und sie abzulenken, murmelte er: „Du sagtest, du konzentrierst dich auf deine Karriere. Also lag DeMarco falsch? Du hast dich nicht durch das SWAT-Team gedatet?"

Der Fuß, den er hielt, ruckte leicht, aber er hielt ihn fest und machte sich daran, ihre Zehen zu massieren. Sie waren bezaubernd. Perfekt geformt. Er hatte noch nie zuvor viel Wert auf

Füße gelegt, aber er konnte sich vorstellen, wie er sich schnell in die Zehen dieser Frau verliebte.

„Ich — ich verabrede mich immer noch gelegentlich", hauchte sie. „Ich bin kein Freak. Ich habe Bedürfnisse, genau wie jeder andere auch." Als Jase' Hände innehielten, schnaubte sie. „Tut mir leid, das war ungeschickt, nicht wahr? Aber das fühlt sich gut an. Ich könnte ..." Sie gähnte. „Ich könnte fast einschlafen. Ich glaube, du hast doch magische Finger."

„Schließ deine Augen."

Zu seiner Überraschung tat sie das. Er arbeitete noch einige Minuten an ihren Füßen und schob dann den Saum ihrer Hosenbeine nach oben. Sie riss die Augen auf.

„Es ist alles in Ordnung. Ich werde nur deine Waden massieren. Schließ die Augen, Carrie."

Es dauerte diesmal länger, aber schließlich tat sie, was er sagte. Mit festem Druck knetete er ihre schlanken Waden und bearbeitete die Muskeln dort. Obwohl sie stark war, war sie überhaupt nicht muskelbepackt. Sie hatte die geschmeidigen Glieder einer Tänzerin, muskulös, aber nicht übertrieben. Als er fertig war, streichelte er sanft seine Finger über ihren rechten Oberschenkel.

„Hier hat er dich angeschossen", sagte er.

Ihre Augen waren immer noch geschlossen, aber sie war erstarrt. Ihre Atmung beruhigte sich. Sie nickte.

„Wie fest soll ich sein, wenn ich es massiere?"

„Der Druck, den du ausgeübt hast, ist in Ordnung. Es wird morgen helfen und ich werde nicht solche Schmerzen haben. Aber wenn du müde bist —"

Als Antwort darauf begann er, ihren Oberschenkel durch ihre Jogginghose zu streicheln. Mit einem festen, aber sanften Druck knetete er die angespannten Muskeln, bevor er sich an ihren anderen Oberschenkel machte, um dort dasselbe zu tun. Er kümmerte sich abwechselnd um sie. Jedes Mal, wenn er seine Aufmerksamkeit von einem Oberschenkel auf den anderen verlagerte, strichen seine Finger nahe an der Verbindungsstelle zwischen ihnen vorbei und sie hielt den Atem an. Er wurde von diesem berauschenden Rhythmus hypnotisiert: ihr Fleisch kneten, innehalten, um zu ihrem anderen Bein zu kommen, aber erst, nachdem sie für ihn so leise, sexy nach Luft geschnappt hatte.

An einem Punkt zog er ihre Oberschenkel weiter auseinander, um besser daran zu kommen, und sie wimmerte. Sein Blick zuckte zu ihrem. Sie beobachtete seine Hände so, wie er es getan hatte. Ihr Gesicht war gerötet und ihre Augen geweitet. Ihr Mund zitterte.

Scheiße. Er atmete schwer.

Er wollte ihre Oberschenkel noch weiter auseinanderschieben, um Platz für seine Hüften zu schaffen. Wollte sein schmerzendes Fleisch in ihres schieben und sich vergewissern, dass sie so warm und feucht war, wie er dachte, dass sie es war.

Für einige zittrige Sekunden war er sich nicht sicher, ob er in der Lage sein würde, sich selbst genau davon abzuhalten. Vielleicht spürte sie es, denn sie machte Anstalten, ihre Beine von ihm zu schwingen. Er hielt sie automatisch fest, sodass sie es nicht konnte.

„Jase", sagte sie leise. „Danke für die Massage. Aber ich denke, du solltest jetzt gehen. Bitte." Sie lächelte zu ihm auf und da sah er es. All ihr Verlangen. Ihr Bedauern. Sie wollte ihn genauso sehr wie er sie. Aber sie würde es nie zulassen, ihn zu haben. Nicht, ohne einen verdammt guten Kampf zu führen.

Mit einem Seufzer ließ er sie frei. Schnell sprang sie auf die Beine und zog die Säume ihrer Jogginghose herunter. Sie blickte auf die Uhr an ihrer Wand. „Nicht zu spät", sagte sie heiter. „Wer weiß, vielleicht wartet die Brünette auf dich." Sie ging zur Tür und schwang sie auf.

Langsam folgte er. Er machte sich nicht die Mühe, auf ihren unverhohlenen Versuch zu reagieren, ihn wegzustoßen. „Abgesehen von den tragischen Umständen hat das Spaß gemacht. Mit dir zu arbeiten. Es ist schon eine Weile her, dass wir miteinander über die Arbeit geredet haben."

„Danke für all deine Hilfe. Ich weiß das zu schätzen."

„Ich bin immer da, wenn du eine weitere Meinung brauchst. Oder eine weitere Massage."

Sie lächelte leicht. „Gute Nacht, Jase."

Kurz bevor sie die Tür hinter ihm schloss, fing er sie ab und verhinderte, dass sie die Tür zufallen ließ. Er lehnte sich vor. „Hey, Carrie?"

„Ja?"

„Trotz allem, was ich vorhin im McGills gesagt habe, denke ich, dass es nur fair ist, dir zu sagen, dass ich meine Meinung geändert habe."

„Hast deine Meinung über was geändert?"

„Darüber, ob es sich lohnt, dieser Anziehungskraft zwischen uns zu folgen. Wie du gesagt hast, du hast Bedürfnisse und ich habe ein Bedürfnis nach dir, das seit dem ersten Moment, in dem ich dich gesehen habe, nur größer geworden ist. Solange eine feste Beziehung nicht das ist, was du willst, können wir doch etwas Spaß im Bett haben. Wenn du meinst, dass diese Beinmassage gut war, solltest du mal sehen, was ich tun kann, wenn du ausgebreitet und nackt vor mir liegst. Mit mir wirst du eine bessere Zeit im Bett haben als mit jedem beim SWAT, das verspreche ich dir."

Eine Sekunde lang zögerte sie, als ob sie über sein halbherziges Angebot nachdachte. Dann lächelte sie verkniffen und sagte: „Ich habe viel Spaß, Jase. Es steht dir frei, dasselbe zu tun. Mach es einfach ohne mich."

KAPITEL 7

*B*rad konnte sein Glück nicht fassen. Er war noch nie der Typ gewesen, der eine Bar mit einem Mädchen verließ, geschweige denn mit einem so stilvollen und schönen wie diesem. Heute Abend hatte er nicht nur ein hübsches Mädchen am Arm, sondern sie ging auch noch mit ihm nach Hause. Und sie hatte gesagt, sie war bereit, alles zu tun, was er wollte, sobald sie dort ankamen.

Die Möglichkeiten waren endlos. Es gab so viele Dinge, die er für sie tun wollte. Und mit ihr. So viele Dinge, die er von ihr haben wollte … zuerst.

Vorher.

Bevor er die Informationen ausnutzte, die er beim McGills mitbekommen hatte.

Bevor er bewies, dass er besser war. Klüger. Kreativer selbst als er.

Schließlich war es seine Schuld, dass Brad noch nie zuvor eine Bar mit einer Frau verlassen hatte. Und es war seine Schuld, dass Brad nun den Mut dazu hatte. Ihn für beides verantwortlich machen zu können, schien nicht nur Zufall, sondern Schicksal zu sein.

Als wäre eine höhere Macht am Werk, die Brad sagte, dass nach all dem Schmerz, dem Spott und der Ablehnung endlich seine Zeit gekommen sei. Wenn er nur bereit wäre, die Gelegenheit am Schopf zu packen.

Doch im Hinterkopf nagte ein Schuldgefühl an ihm.

Er blickte auf die Frau neben sich.

Es wäre falsch, mit ihr zu schlafen. Es war falsch, sie zu benutzen. Schließlich liebte er sie nicht.

Er liebte Nora.

Es war Nora, mit der er wirklich Liebe machen wollte.

Doch sie hatte ihn noch nie so gesehen. Und das würde sie auch nie.

Nicht jetzt.

Nicht, wenn sie ihn in ihrem Leben hatte. Ihn — der perfekt war. Gutaussehend. Beliebt.

Alles, was Brad nie sein könnte.

Dieses Wissen war nicht neu, aber es schmerzte, als wäre es das.

Schmerz war das letzte Gefühl, das er jemals mit Nora in Verbindung bringen wollte, aber er war da. Er löschte seine Schuldgefühle. Trieb ihn an.

Wenn er Nora nicht haben konnte, entschied er, dann würde dieses Mädchen reichen.

Vorerst würde sie reichen.

KAPITEL 8

„Wir können Spaß haben", ahmte Carrie ihn am nächsten Tag nach, als sie das Gebäude betrat, in dem das SIG-Hauptquartier untergebracht war. „Spaß, meine Fresse", keuchte sie, um die Bilder, die dieser Satz ihr in den Sinn gebracht hatte — allesamt mit ihr und einem sehr nackten, verschwitzten Jase Tyler — zu verdrängen. „Er ist genau das, was du gedacht hast", sagte sie sich. „Er respektiert weibliche Cops, aber Gott bewahre, wenn er sich jemals auf mehr als nur eine schnelle Nummer mit einer einlässt."

Sie schnaubte und schüttelte den Kopf. Schnelle Nummer? Klar. Als ob. So wie sie Jase Tyler kannte, würde er kein schneller Liebhaber sein. Wenn sein leicht texanischer Dialekt und seine irreführenden Gewohnheiten zu faulenzen und zu schlendern nicht ausreichend waren, musste sie sich nur an die langsamen, festen Bewegungen erinnern, mit denen er ihre Beine massiert hatte. Er hatte alle Geduld der Welt gehabt und sowohl sie als auch sich selbst mit sorgfältig kontrollierten Berührungen gequält, obwohl es verdammt klar war, dass sie beide mehr wollten.

Als er ihre Schenkel weiter auseinandergezogen hatte, hatte

sie all ihre Willenskraft aufbringen müssen, um nicht nach seiner Hand zu greifen und sie zwischen sie zu führen. Sie hatte sich nach seiner Berührung gesehnt, dass er in sie eindrang. Sie wollte ausgefüllt werden. Wollte sich auf eine Art und Weise in ihrer Lust verlieren, wie sie es noch nie zuvor getan hatte. Das war eines der Dinge, die sie an ihm am meisten anziehend fand. Ihr Leben verlangte ständig ihre Energie und so mochte sie es. Meistens. Sie wusste, dass Jase, sobald er eine Frau im Bett hatte, dafür sorgen würde, dass sie dort für eine lange Zeit blieb. Während er alle möglichen wunderbaren Dinge mit ihr tat.

Zu schade, dass sie nie diese Frau sein würde.

Also vergiss ihn endlich. Du hast einen Job zu erledigen.

Seufzend rieb sie sich die Augen, die sich ganz verklebt anfühlten.

Sie hatte die ganze Nacht durchgearbeitet. So lange, dass sie keinen Schlaf bekommen hatte.

Nachdem Jase gegangen war, hatte sie weitergearbeitet, nur um nicht ihrer Versuchung nachzugeben und ihn anzurufen. Glücklicherweise hatte sie, nachdem sie sich die Fotos vom Tatort noch einmal angesehen hatte und die Notizen, die sie gemacht hatte, durchgegangen war, hatte sie Jase und ihre turbulente Beziehung vergessen. Alles, worauf sie sich konzentriert hatte, war der Versuch, eine Spur zu finden. Jede Art von Spur.

Ihr Verstand war immer noch beim Fall, als Carrie den Aufzug in den unteren Stock nahm, wo sich die Umkleideräume und ein kleiner Trainingsraum befanden. Sie hatte ihre Physiotherapie-Übungen heute Morgen nicht gemacht, also würde sie sie jetzt machen. So konnte sie den Rest des Tages durcharbeiten. Nach dem Treffen mit dem Commander würde sie anfangen, Termine für Befragungen zu vereinbaren. Dann würde sie –

Als sie um die Ecke ging, sah sie den Mann nicht einmal auf sie zukommen. Sie rannte direkt in ihn hinein.

Sie prallte tatsächlich von Jase' hartem Körper ab, bevor er ihre Arme ergriff, um sie aufzufangen. Sofort nahm sie seinen halbgekleideten Zustand wahr. Er trug Shorts, Socken und Turn-schuhe, aber sonst nichts. Seine Brust war nackt, seine Muskeln definiert und voluminöser, als sie es erwartet hatte, seine Haut eine glatte Oberfläche, die leicht mit der perfekten Menge an Haaren besprenkelt war. Er schwitzte und atmete schwer und sie dachte sich, dass er wohl gerade mit dem Training fertig geworden sein musste, entweder auf dem Laufband oder beim Gewichteheben oder beidem.

Sie schluckte Luft und versuchte, sich zu fangen, aber alles, was sie tat, war, seinen würzigen, moschusartigen Duft zu inha-lieren, jeder Hauch von Aftershave war verflogen und hatte nur das wunderbare dezent männliche Aroma zurückgelassen. Sein Griff lockerte sich, aber er ließ sie nicht los. Stattdessen strich er seine Handflächen mit einer sanften Bewegung über ihre Arme. Allein von dieser leichten Berührung, von seinem bloßen Anblick, war sie bereit zu nehmen. Und genommen zu werden.

Es pisste sie an, aber ...

Ihre Reaktion zeigte also, dass sie menschlich, weiblich und auf Atem angewiesen war.

Trotz seines Südstaatencharmes und seiner schicken Klei-dung verströmte er die Aura eines bösen Jungen, der erwachsene Frauen zu einfältig lächelnden Trotteln machte. Das hatte sie selbst gestern Abend im McGills gesehen, als ihm eine Frau nach der anderen ein Angebot gemacht hatte.

Aber er wollte sie nicht, stichelte eine Stimme sie. *Er wollte dich. Nur nicht für eine Beziehung – sondern nur für eine Runde im Bett.*

So ging es ihr immer.

Aber sie war stärker als der chemische Blitz, der immer einschlug, wenn sie zusammen waren.

Das musste sie sein.

Oder etwa nicht?

Sie war sich nicht mehr so sicher. Sie starrten einander an, bevor sein Blick auf ihren Mund fiel. Sie atmete einmal ein und fragte sich, ob er sie küssen würde. Hoffte, er würde es tun.

Stattdessen runzelte er die Stirn und trat einen Schritt zurück. „Guten Morgen. Hast du gut geschlafen?"

Sie verspannte sich sofort, aber seinem Gesichtsausdruck war Spott, keine Anspielung zu entnehmen. Im Gegenteil, er wirkte verhalten. Müde. Als ob er so gar nicht gut geschlafen hatte. Ihretwegen? War er ihre gemeinsame Zeit so oft wie sie in Gedanken durchgegangen—

„Hör zu, Carrie. Ich muss mit dir über etwas reden", sagte er und sein Ausdruck wurde noch ernster.

Sie räusperte sich und versuchte, überall hinzusehen, nur nicht auf seinen nackten Körper. „Hattest du noch weitere Ideen zu diesem Fall? Weil es mir wirklich geholfen hat, gestern Abend mit dir darüber zu reden, Jase. Nachdem du weg warst, hab ich darüber nachgedacht—"

Sie konnte nicht anders. Ihre Aufmerksamkeit war zu seiner nackten Brust gelenkt worden. Dann zu seinen Six-Pack-Bauchmuskeln. Ihr Blick hätte wahrscheinlich seinen Abwärtspfad fortgesetzt, wenn sie nicht ein kreuz und quer verlaufendes Netz von erhabenen Narben auf seiner glatten, leicht braunen Haut entdeckt hätte. Sie schnappte nach Luft. „Um Himmels willen, Jase, was ist passiert?" Ohne nachzudenken, streckte sie die Hand aus, um die Narben zu berühren, die seine linke Seite überzogen. Bevor sie dazu kam, schnappte er sich ihr Handgelenk.

„Das ist vor ein paar Jahren passiert", sagte er und hielt sie immer noch fest. „Als ich für die Polizei von Dallas gearbeitet habe."

„Sie sehen aus wie Messerstiche."

„Das sind sie auch. Ich wurde zu einem Fall von häuslicher Gewalt gerufen. Ich traf die Frau draußen. Sie war ziemlich heftig verprügelt worden, aber sie sagte mir, dass ihr Mann, der Kerl, der ihr das angetan hatte, weg sei. Als ich sie hineinbegleitete, hat er mich überfallen. Hat aus allen erdenklichen Winkeln auf mich eingestochen, bevor ich an meine Waffe kam."

„Sie hat dich da reingehen lassen, obwohl sie wusste, dass er das tun würde? Obwohl sie wusste, dass du ihr nur helfen wolltest?"

„Ich glaube nicht, dass sie wusste, was er vorhatte. Sie dachte, er versteckte sich im Schlafzimmer und wartete, dass ich ging."

„Damit er noch weiter auf sie eindreschen konnte", blaffte sie.

Er zuckte mit den Schultern. „Du kennst die Realität von häuslicher Gewalt, Carrie. Er hat sich wahrscheinlich entschuldigt, bevor ich dort ankam, und das hat ihr genügt, um zu glauben, dass er sich vielleicht, nur vielleicht, diesmal ändern würde. Wie auch immer, es war eine Weile kritisch, aber ..." Er zuckte mit den Schultern.

Ihr Verstand geriet bei seinen Worten ins Taumeln. Sie hätte nicht so überrascht sein sollen zu erfahren, dass er bei der Arbeit verwundet worden oder fast gestorben war, aber den Beweis für seine Wunden zu sehen, ihn den Vorfall beschreiben zu hören, der ihm fast das Leben genommen hatte, erschütterte sie so sehr, dass es sie beide überraschte.

Während er noch ihr Handgelenk hielt, beugte sie sich ungeschickt vor und drückte ihre Lippen auf die schlimmste seiner Narben.

Er atmete zischend ein und wurde vollkommen regungslos.

Sie richtete sich auf und schluckte kräftig. „Es tut mir leid, dass du verletzt wurdest. Es tut mir wirklich—"

Er legte seinen Arm um sie und zog sie an sich. Dann neigte sich sein Mund auf ihren. Diesmal wusste sie, dass er sie küsste, ohne an Trost zu denken. Stattdessen schien es ihm nur darum zu gehen, sie zu besitzen. Und obwohl sie waren, wo sie waren und wer sie waren, wollte sie von ihm besessen werden.

Jase schob seine Zunge in die erhitzte Höhle von Carries Mund und stöhnte über die pure Lust dabei. Trotz ihres kratzbürstigen Verhaltens, wenn sie zusammen waren, war sie so weich und warm, wie er es sich immer vorgestellt hatte. Sobald ihr Körper seinen Körper berührte, passten alle Teile mit Leichtigkeit aneinander, als ob jeder Teil an ihr allein zu dem Zweck geschaffen worden wäre, sich jedem Teil an ihm anzupassen. Bei der Arbeit waren sie einander gleich; von Natur aus waren sie Gegensätze, aber Gegensätze der besten Art. Wo er hart war, war sie weich. Wo er männlich war, war sie wunderbar weiblich. Ihre prallen Brüste gaben dem Druck seines Oberkörpers nach. Ihre anmutigen Hüften umschlossen seine. Und ihr Duft? Gott, ihr weiblicher Duft umhüllte ihn. Er wusste, dass ihr Haar es genauso getan hätte, wenn es geöffnet gewesen wäre.

Mit der freien Hand griff er nach oben und zog das Gummi von ihrem Pferdeschwanz vorsichtig ab. Ihre rotbraunen Locken ergossen sich über seine Hände wie geschmolzene Lava und er vergrub seine Finger in der wirren Masse. Er umfasste ihren Hinterkopf und neigte ihren Kopf, um besser an ihren Mund zu gelangen. Er erkundete jeden süßen Winkel mit seiner Zunge und verweilte über der glatten Schärfe ihrer Zähne. Sie stellte sich auf Zehenspitzen und versuchte, die Kontrolle über den Kuss zu erlangen, indem sie an seiner Zunge saugte. Mit einem Stöhnen riss er seinen Mund frei, um verzweifelte Luftstöße einzuatmen.

Seine Hände wussten nicht, was sie tun sollten. Sie wollten in ihrem Haar und um ihre Taille herum bleiben, aber gleichzeitig war es nicht genug. Er wollte sie überall auf einmal berühren, an ihren Brüsten und ihrem Gesäß und, ja, an diesem süßen, heißen Kern zwischen ihren Oberschenkeln, bevor einer von ihnen zur Besinnung kam und erkannte, dass sie nicht tun sollten, was sie taten.

Er leckte die Mulde unter ihrem Ohr, als sie keuchte: „Jase. Jase, hör auf. Das können wir nicht."

Er legte seine Stirn an ihre Schulter, und obwohl er, weil er es nicht wahrhaben wollte, hätte heulen können, nahm er mehrere tiefe Atemzüge, ließ sie los und trat zurück.

Sie sah aus wie eine erotische Fantasie, ihre Lippen geschwollen und ihr Haar eine wilde Wolke um ihr Gesicht. Vor allem glitzerten ihre blauen Augen vor heftiger Lust, die er nie vergessen würde, egal wie sehr sie es später leugnen würde. Sie hob ihre Hand und berührte behutsam ihren Mund und er erinnerte sich an den Lustblitz, der ihn durchzuckt hatte, als sie diesen Mund an seine Narben gedrückt hatte. Automatisch hob er seine Hand und berührte die Narben an seiner Seite, als ob er dadurch, dass er sich berührte, auch sie berühren würde. Ihre Augen folgten der Bewegung, bevor sie zu seinen zurückkehrten.

Mit einem Wimmern drehte sie sich um und ging weg.

Odell Bowers' Lächeln verschwand, sobald die Tür zu seinem Büro geschlossen wurde. Er hatte gerade eine Beratung mit einer anderen Frau beendet, die bereit war, Tausende von Dollar für eine elektive Schönheitsoperation zu zahlen, die sie wirklich nicht nötig hatte. Damit verdiente er seine Brötchen und das ermöglichte es ihm, den Lebensstil aufrecht zu erhalten, an den er sich gewöhnt hatte, aber er war von der Arbeit an Brüsten und Bauchstraffungen so verdammt gelangweilt. Selbst die Gesichtsstraffungen, die er immer anders betrachtet hatte, forderten ihn nicht mehr heraus. Er konnte nur noch an seine Mädchen denken. Die großartigen Ergebnisse dessen, was er ihnen angetan hatte. Wie stolz Laura auf ihn und seine Arbeit gewesen wäre.

Im Gegensatz zu den Frauen, die er Tag für Tag sah, hatte sich Laura in ihrer eigenen Haut wohl gefühlt. Sie hatte es sich zur Aufgabe gemacht, Bowers dabei zu helfen, das auch zu tun. Es hatte ihr nichts gemacht, dass er sich ihre Kleider hatte ausleihen oder mit ihrem Make-up hatte spielen wollen. Tatsächlich hatte sie ihm versichert, dass er in ihnen besser aussah als sie.

Mit liebevollem Lachen stand Bowers auf und schloss seine Bürotür ab. Dann rief er seine Empfangsdame an und sagte ihr, dass er eine Stunde Privatsphäre brauche. In seinem privaten Badezimmer wusch er sich die Hände gründlich, so wie Laura es ihm beigebracht hatte. Als er fertig war und seine Aktentasche unter seinem Schreibtisch herausholte, zitterte er vor Vorfreude.

Er hatte immer seine Aktentasche dabei. Immer.

Das Klicken des Schlosses, als er sie öffnete, ließ ihn zusammenzucken.

Das sanfte Gleiten des Deckels, als er ihn hochschob, ließ ihn nach Luft schnappen.

Der Anblick der kleinen Box im Inneren, ein aufwendig geschnitzter Elfenbeinbehälter, den Laura ihm zu seinem Geburtstag geschenkt hatte, ließ ihn stöhnen.

Leicht streichelte er mit seinen Fingerspitzen über die Oberfläche und stellte sich vor, dass er noch ihre Wärme spüren konnte, als sie die Box vor so langer Zeit gehalten hatte.

Aber er wusste, dass das nicht real war.

Das war in Ordnung. Weil der Inhalt der Box sehr real war.

Jedes Mal, wenn er mehr Gegenstände in die Box packte, huldigte er Laura und bereute, wie er sie im Stich gelassen hatte. Er war gut in seinem Job, der Beste, aber was er mit seinen Mädchen machte, war die Arbeit, auf die er am stolzesten war. Er würde alles aufgeben — seine Praxis, sein Geld, seinen sozialen Status, alles — für die Zeit mit Laura, die ihm verweigert worden war. Aber da das nicht passieren konnte, tröstete er sich mit denen, denen er helfen konnte.

Er schloss die Augen und erinnerte sich an die letzte. Wie glatt ihre Haut ausgesehen hatte. Wie cremig. Er hatte ihre Augenbrauen etwas zu dünn gezupft, nur ein kleines bisschen, aber er war zuversichtlich, dass der Augenbrauenstift seine Arbeit getan hatte. Selbst wenn die Polizei die Fotos, die er ihnen geschickt hatte, vergrößert hätte, bezweifelte er, dass jemand in der Lage wäre, seinen Fehler zu erkennen.

Mit einer Grimasse griff Bowers nach unten und umfasste seine wachsende Erektion. Er zischte und ließ los. Mit zitternder

Hand berührte er die Elfenbeinkiste noch einmal, dann nahm er das glänzende Röhrchen daneben. Als er den Deckel geöffnet hatte, ging er zu dem vergoldeten Spiegel an der Wand gegenüber seines Schreibtischs. Er trug den Lippenstift — die gleiche Baby's Breath Farbe, die er bei seinen Mädchen verwendete — auf seinen Lippen auf.

Er betrachtete sich selbst zuerst von einem Blickwinkel und dann von einem anderen. Nicht zufrieden, fügte er noch mehr Farbe hinzu.

Ja. Das war's.

Wunderbar. Er war reizend.

Sein Blick schweifte zurück zu seiner Aktentasche und der Elfenbeinkiste im Inneren.

Es war fast eine Schande, dass er sich einschränken musste. Der Drang, die Dinge zu beschleunigen, seine Kunstfertigkeit zu zeigen, nahm zu. Es ging schon so weit, dass er, wann immer er eine Frau sah, die ihn an Laura erinnerte, sich kaum zurückhalten konnte, sich ihr zu nähern.

Aber er musste es tun. Und würde er auch.

Weil Laura es eilig gehabt hatte, als sie getötet worden war. Sie hatte ihm die Gefahren der Ungeduld beigebracht.

Er würde nicht den gleichen Fehler machen.

Carrie kam Jase nur um zehn Minuten im SIG-Büro zuvor, doch als er hereinkam, hatte er bereits geduscht und hatte seine Arbeitskleidung angezogen. Er sah ruhig und gelassen aus, aber die sengende Hitze in dem Blick, den er auf sie richtete, erzählte eine andere Geschichte. Sie hingegen fühlte sich alles andere als ruhig. Sie versuchte, überall hinzuschauen, nur nicht zu ihm. Obwohl sie ihr Haar noch einmal zurückgekämmt und zu einem strategisch gesteckten Knoten gedreht hatte, weil er das Haargummi abgezogen und irgendwo im Erdgeschoss auf den Boden geworfen hatte, meinte sie, dass jeder sehen konnte, dass seine Lippen und Hände überall an ihr gewesen waren.

Was um alles in der Welt hatte sie dazu getrieben, seine Narben so zu küssen, wie sie es getan hatte? Sie hatte nicht einmal gewusst, dass sie daran gedacht hatte, bis sie bereits ihre Lippen auf seine nackte Haut gedrückt hatte. Wer konnte es ihm verdenken, dass er auf ihre so unverhohlene Einladung eingegangen war, indem er sie so küsste, wie er es getan hatte? Als ob er sie wirklich begehrte. Als ob sie nicht nur zweckdienlich oder eine Herausforderung war, sondern eine Frau, in die er eintauchen und für eine lange Zeit in ihr bleiben wollte.

Aber das war albern, sagte sie sich selbst. Er war Jase Tyler, Playboy-Cop der Extraklasse, und sie war Carrie Ward, normale Polizistin, schlicht und einfach. Vielleicht reagierte er immer so, wenn eine Frau sexuelles Interesse an ihm zeigte.

Nervös blickte sie auf und hoffte, dass er Gnade für sie haben würde und die Dinge auf sich beruhen lassen würde. Aber anstatt sie so zu ignorieren, wie sie es gehofft und, ja, halbwegs erwartet hatte, kam er direkt an ihren Schreibtisch.

„Ich hatte dir ja schon gesagt, dass ich mit dir über etwas reden muss."

Sie senkte ihren Blick auf den Papierkram vor sich. „Ich habe genug Zeit mit dir verschwendet, Tyler. Ich muss arbeiten, bevor ich mich mit Stevens treffe."

„Verdammt, Carrie. Das ist es, worüber ich –"

„Hey, Ward! Tyler", rief DeMarco von seinem Schreibtisch aus. Er lehnte sich in seinem Stuhl zurück und drehte eine kleine grüne Karte zwischen seinen Finger. „Commander Stevens will euch beide sehen."

Da sie sich erst in zwei Stunden mit Stevens treffen sollte, runzelte Carrie die Stirn. „Hat er gesagt, warum?"

„Nur, dass es mit dem Serienmörder-Fall zu tun hatte, an dem du gerade arbeitest."

Sie drehte sich um und sah Jase an. „Aber warum—?" Verwirrung verschmolz zu einem schrecklichen Verdacht, der durch seinen schuldigen Ausdruck verstärkt wurde. Im Stehen saugte sie einen wütenden Atemzug ein, als der Verrat durch sie hindurchfloss. „Bist du meinetwegen zu Stevens gerannt? Hast du ihm deine kleine Theorie erzählt, dass ich diesen Fall nicht verdiene?"

Jase presste die Lippen zusammen. „Ich habe nie gesagt, dass du es nicht verdient hast, Carrie. Und ich bin nicht hergekommen, um mit Stevens zu reden. Er kam zu mir und fragte mich, ob ich ein Problem darin sehe, dass du den Fall allein bearbeitest. Und ich habe ihm meine ehrliche Antwort gegeben. Dass ich das tue."

„Ich kann nicht glauben, dass ich dir vertraut habe", flüsterte sie. „Ich hätte es besser wissen sollen."

„Es geht nicht darum, dass ich den Fall für mich selbst will, Carrie. Aber von dem, was ich vor dem McGills gestern Abend gesehen habe ...“

Das Klatschen ihrer Handfläche gegen seine Wange hallte laut im Raum wider. Alles wurde still.

„Hey, Leute ...", hob DeMarco an.

Jase hielt seine Hand hoch. „Halt dich da raus", stieß er aus.

„Ja, DeMarco", sagte Carrie. „Halt dich da raus. Das ist eine Sache zwischen mir und diesem lügenden, schleimigen Wurm, der mir in den Rücken gefallen ist. Was, ich habe dein Angebot für eine schnelle Nummer nicht angenommen, also zerstörst du meine Karriere?"

„Das hat nichts damit zu tun, ob du mit mir Sex hast, Carrie. Das wird die Arbeit nie. Wenn es passiert, wird es passieren, weil du es genauso sehr willst wie ich." Er flüsterte die letzten Worte, weil er offensichtlich nicht wollte, dass DeMarco es hörte.

Sie hatte keine solchen Bedenken. „Lies von meinen Lippen", sagte sie laut. „Der Tag, an dem ich mit dir schlafe, Tyler, ist der Tag, an dem ich meine Kündigung einreiche, weil ich dann sicher weiß, dass ich meinen Verstand verloren habe. Bis dahin behalte deinen populärwissenschaftlichen Psychologiequatsch für dich und versuche nie wieder, ‚mir zu helfen'. Eigentlich, halte dich so weit wie möglich von mir fern, hast du das verstanden? Nächstes Mal werde ich dich nicht einfach schlagen. Ich zeige dir, dass es ein einmaliger Ausrutscher war, als ich Kevin Porter verfehlt habe."

„Oh, daran habe ich keinen Zweifel. Schließlich bist du eine erfahrene Scharfschützin. Silber bei den Olympischen Spielen, oder?"

Ihre Augen weiteten sich. „Na und? Ich habe das nicht verheimlicht. Aber was hast du getan? Hast du gestern Abend in meinen Sachen herumgeschnüffelt? Hast du nach Informationen gesucht, die du an den Commander weitergeben könntest? Tut mir leid, dass ich dir nicht etwas Schändlicheres anbieten konnte als meine Fähigkeiten mit einem Gewehr."

„Schwachsinn, dass du es nicht verheimlicht hast. Du hattest nie ein Problem damit, dich zu beweihräuchern, wenn es um deine Fähigkeiten als Cop geht. Also warum hast du uns nicht gesagt, dass du eine erfahrene Scharfschützin bist?"

„Du bist geistesgestört. Der Commander und Mac wissen Bescheid. DeMarco auch."

Sie blickten beide auf den fraglichen Mann, der seinen Blick auf seinen Papierkram richtete, aber nickte. „Ja, ich wusste es, aber haltet mich da raus, okay?"

Carrie wandte sich wieder an Jase. „Ich laufe nicht rum und prahle mit meinen Talenten. Im Gegensatz zu dir muss ich nicht zeigen, worin ich gut bin. Zu schade, dass das Einzige, worin du gut bist, ist, verzweifelte Frauen ins Bett zu kriegen."

Jase schüttelte den Kopf. „Tu das nicht, Carrie. Nicht nach gestern Abend. Nicht nachdem ..." Er hielt inne und sie wusste, dass er sich gerade noch davon abgehalten hatte, ihre Begegnung unten zu erwähnen. „Spiel nicht so schmutzig."

„Oder was? Du wirst noch schmutziger spielen, als du es bereits getan hast? Mach schon, Jase. Ich fordere dich heraus."

Er packte sie an diesem Morgen zum zweiten Mal an den Armen und zerrte sie nach vorne. „Du solltest zweimal darüber nachdenken. Verdammt, ich bin kein Heiliger, Carrie. Eines Tages wirst du mich zu weit treiben."

Sie schob sich von ihm weg. „Und eines Tages werde ich weg sein, Jase. Ich habe es satt, mich dir gegenüber beweisen zu müssen. Dem Commander. Allen gegenüber."

„Es geht hier nicht darum, dass du dich selbst beweisen musst, verdammt. Wenn du nur zuhören würdest ..."

„Fahr zur Hölle", fauchte sie. Sie wirbelte herum und eilte die Treppe hinauf, die zu Stevens' Büro führen würde.

Jase' Kiefer war verkrampft, weil er ihn so sehr angespannt hatte. Er wandte sich an DeMarco, der ihn erstaunt anstarrte. Langsam schüttelte DeMarco den Kopf und stieß einen Pfiff aus.

„Ich habe sie nicht an Stevens verraten", sagte Jase. „Er hat mich nach meiner Meinung gefragt. Ich hab sie ihm gesagt. Das ist alles."

DeMarco nickte. „Ich hinterfrage dich nicht, Jase. Ich frage mich nur, wie du etwas erreichen willst, wenn du jede Sekunde aufpassen musst. Ward ist nicht nur angepisst, ich habe sie noch nie so aufgebracht gesehen."

„Ja, aufgebracht — eben emotional. Vielleicht sogar instabil. Also, was sagt dir das?"

„Es sagt mir, dass die Dinge hier für eine Weile sehr interessant sein werden."

Interessant, dachte Jase, als er sich abwandte. Himmel, mit diesem Kuss da unten hatten die Dinge den Status interessant umgangen und waren in weniger Zeit, als Carrie gebraucht hatte, ihre saftigen Lippen an seine Haut zu drücken, extrem geworden.

Warum hatte sie das getan? Ihr Verhalten hatte ihn so sehr überrascht, dass er keine Chance hatte, seine instinktiv primitive

Reaktion zu kontrollieren. Er hatte vergessen, dass sie bei der Arbeit waren, dass er nur trainiert hatte, um sich körperlich zu erschöpfen, damit er zu müde wäre, um noch eine Sekunde lang an sie zu denken, und dass sie extrem angepisst seinetwegen sein würde und das aus gutem Grund, sobald Stevens Gelegenheit hatte, sich mit ihr zu treffen. Er war nicht in der Lage gewesen, einen rationalen Gedanken zu fassen, außer sie sobald wie möglich zu küssen und alles andere zu tun, was sie ihn mit ihrem Körper anstellen ließ. Und sie hatte viel von ihm gewollt. Sie hatte ihre Brüste gegen ihn gedrückt, als ob sie sich nach seiner Berührung sehnten. Ihr Mund hatte sich bereitwillig für das Eindringen seiner Zunge geöffnet und auch ihre eigene Zunge war mit ins Spiel gekommen. Und ihre Hände? Ihre Hände hatten sich mit einem fordernden Bedürfnis an seinen Arsch gehängt, das ihn praktisch überwältigt hatte.

Sie hatte das alles aus dem gleichen Grund getan, aus dem sie ihn geküsst hatte. Aus purer Begierde. Aber sobald er sich zurückgezogen hatte und sie die Chance hatte, noch einmal nachzudenken, ihr Verlangen so zu zügeln, wie sie es immer tat, hatte sie genau das getan. Sie hatte ihn nervös und schmerzend und schlicht verwirrt zurückgelassen.

Er wollte Carrie. Er wollte sie schon seit langem.

Er wusste einfach nicht mehr, was er dagegen tun sollte.

Es ignorieren? Sich ein Beispiel an ihr nehmen?

Das würde er nicht mehr tun.

KAPITEL 9

Carrie ließ sich etwas Zeit im Waschraum, um sich zu sammeln. Als sie in Commander Stevens' Büro kam, hatte sie die Dinge unter Kontrolle. Sie ging nicht in die Offensive. Sie fing nicht an, ihn mit Fragen zu bombardieren oder sich eilig zu verteidigen. Das hätte sie nur in eine verletzlichere Position gebracht. Wenn Stevens Zweifel an ihrer Kompetenz hatte, sollte er sie ihr ins Gesicht sagen. Dann ginge sie ruhig und professionell mit ihnen um und würde seine Bedenken abschießen, als wären es Tontauben.

Sie und der Commander unterhielten sich eine Weile über Belangloses, als jemand an seine Tür klopfte. Als Jase hereinkam, sah Carrie ihn kaum an. Er nahm den Platz neben ihr ein. Keiner von ihnen sagte ein Wort.

Stevens seufzte. „Nun, ich sehe, das wird eine Menge Spaß machen. Agent Ward, ich möchte, dass Sie wissen, dass Mac, als er mit Ihrer Bitte zu mir kam, diesen Serienmörderfall leiten zu dürfen, dies mit etwas Zögern tat."

Carrie konnte ihre Überraschung nicht verbergen. Ehrlich gesagt, wenn sie allein gewesen wäre, hätte sie nach ihrer Brust gegriffen, weil sie sich fühlte, als hätte man ihr ins Herz gestochen. Die ganze Zeit hatte sie gedacht, Mac unterstützte sie, aber das war überhaupt nicht wahr. „Agent McKenzie hat mir nie etwas davon gesagt, dass er irgendwelche Bedenken hat", sagte sie schließlich.

„Das liegt daran, dass er nicht das Gefühl hatte, dass seine Bedenken es rechtfertigen würden, Sie vom Fall fernzuhalten."

„Ich fürchte, ich kann Ihnen nicht folgen, Sir."

„Ich weiß. Ich werde ganz ehrlich zu Ihnen sein. Auch wenn das für mich und diese ganze Abteilung eine weitere Klage bedeuten könnte."

„Eine weitere Klage?", dachte Carrie. Was hatte der Commander— ?

„Mac hat zugegeben, dass er Bedenken hatte, Ihnen den Fall Einbalsamierer zuzuweisen", fuhr der Commander fort, wobei seine unerwarteten Worte alle anderen Gedanken aus Carries Kopf verdrängten. „Aber er konnte auch nicht mit Sicherheit sagen, dass er die gleichen Bedenken hätte, wenn Sie ein Mann wären, der einen Monat lang beurlaubt gewesen wäre und diese Aufgabe angefordert hätte. Das machte ihm Sorgen. Es hat uns beiden Sorgen bereitet. Sie haben hier beim SIG hart gearbeitet. Sie haben eine beeindruckende Rate aufgeklärter Fälle. Tatsächlich die beste der Abteilung. Sie haben sich das Recht verdient, sich bei etwas Anspruchsvollerem zu beweisen."

„Ich stimme Ihnen zu", sagte Carrie langsam, dann sah sie Jase an. Aber er erwiderte den Blick nicht und schwieg. „Warum bin ich dann hier, Sir? Mit Agent Tyler?"

„Zwei Gründe. Erstens, Sie haben noch nie zuvor an einem Serienmordfall gearbeitet. Es wird viele Leute geben, die Ihnen gerne einen Dämpfer verpassen wollen, einschließlich Martha Porter."

„Die alte Dame, die ..."

Carrie starrte Jase an, der mitten im Satz aufhörte zu reden. „Was hat die Großmutter von Kevin Porter damit zu tun, Sir?"

„Sie hat Anzeige wegen Todschlags gegen den Staat einge-reicht. Es ist nichts, worüber ich mir Sorgen mache, aber es würde nicht schaden, wenn ein erfahrener Agent den Fall Einbal-samierer mit Ihnen bearbeitet."

Sie versteifte sich, presste die Lippen aufeinander. „Was Sie wirklich meinen, ist, dass, wenn Martha Porter mit ihren Vorwürfen, ich habe inkompetent gehandelt, Recht bekommt, dem Staat das als Rechtfertigung auch bei zukünftigen Anschul-digungen dienen könnte, der Fall Einbalsamierer sei ebenfalls falsch behandelt worden. Weil ein älterer Kommissar jeden meiner Schritte überwacht hätte. Ist es nicht so?"

Stevens zuckte nicht einmal zusammen. „Um die Politik kümmere ich mich, Ward. Wenn ich nicht an Sie glauben würde, würden Sie nicht einmal in die Nähe des Einbalsamierer-Falls kommen, mit Partner oder ohne."

Als sie ihn anstarrte, konnte sie sehen, dass er ehrlich war. Ihre Schultern entspannten sich leicht. „Angenommen, das wird Agent Tyler sein, wer von uns wird dann die Leitung überneh-men? Weil ich den Eindruck hatte, dass ich das sein würde. Hat sich das geändert?"

„Nicht unbedingt. Vorhin habe ich Agent Tyler nach seiner Meinung gefragt, ob Sie die Leitung dieses Falls bekommen soll-ten. Auch er äußerte Zweifel. Aber auch er hat gestanden, dass er nicht mit hundertprozentiger Sicherheit sagen kann, dass sein Zweifel nicht das Ergebnis der Tatsache ist, dass Sie eine Frau sind und obendrein auch noch eine, an der ihm persönlich etwas liegt."

Carrie bekam große Augen. Sie musste all ihre Willenskraft aufbringen, um Jase nicht mehr anzusehen und nur zuzuhören, was der Commander sagte.

„Das Problem ist, Agent Ward, so aufgeklärt wir alle auch sein mögen, Sie sind die einzige Frau in diesem Team und wir möchten Sie natürlich beschützen. Aber das darf mich nicht davon abhalten, Ihnen das zu geben, was Sie für Ihre Karriere brauchen. Also werde ich es nicht tun. Sie werden weiterhin der leitende Agent in diesem Fall sein. Fürs Erste."

„Fürs Erste?" Carrie ging automatisch hoch. „Bedeutet das, dass Sie einfach darauf warten, dass ich scheitere? Und lassen Sie mich raten. Agent Tyler hier wird in den Startlöchern für die Übernahme warten?"

Commander Stevens hielt seine Hand hoch. „Lassen Sie mich ausreden. Wie ich bereits sagte, möchte ich, dass Jase mit Ihnen in diesem Fall zusammenarbeitet. Es ist ein komplizierter Fall."

„Er war bereits vor zwei Tagen kompliziert und Sie haben nie etwas davon gesagt, dass ich mit Agent Tyler zusammenarbeiten soll. Ich habe natürlich erwartet, dass ich einen Partner bekomme, aber ich brauche keinen Aufpasser."

„Nein, aber Jase hat schon mehrere Serienmordfälle bearbeitet. Und er sagte mir, dass Sie bereits mehrere Theorien über den Fall mit ihm besprochen haben."

„Ach, wirklich?" Sie knirschte mit den Zähnen. Es war ihre eigene Schuld, dass sie seine Hilfe angenommen hatte. „Ja. Aber dieser Serienmörder ist einer, der langsam vorgeht. Ich habe alle möglichen Notizen für unser Treffen später vorbereitet —"

„Er war langsam. Das ist vielleicht nicht mehr der Fall. Daher haben sich die Dinge gerade geändert."

„Sir?", fragte sie. Sowohl sie als auch Jase richteten sich auf und lehnten sich in ihren Stühlen nach vorne.

„Wir haben gerade von einem weiteren möglichen Opfer in dem Fall gehört."

„Ein weiteres —" Carrie konnte nicht anders, als Jase jetzt anzusehen. Er sah so überrascht aus, wie sie sich fühlte. „Aber es ist erst drei Tage her, seit das SFPD Cheryl Andersons Überreste gefunden hat. Die meisten Serienmörder warten Monate, bevor sie wieder zuschlagen, und das war auch sicherlich das typische Vorgehen des Einbalsamierers."

„Ich bin mir nicht sicher, ob dieser letzte Mord tatsächlich vom Einbalsamierer begangen wurde. Das wird eines der Dinge sein, auf die Sie sich konzentrieren werden. Sie beide. Sie werden vorerst die Leitung haben, Agent Ward, aber wenn sich herausstellt, dass wir es mit einem Trittbrettfahrer zu tun haben, wird die Sache ganz anders. Wir haben auf keinen Fall die Manpower, mit einem Serienmörder und einem Trittbrettfahrer umzugehen. Und wenn es sich um einen Trittbrettfahrer handelt, wird er sich nicht mit nur einem Opfer zufrieden geben. Es werden sicherlich Weitere folgen. Ich werde keine andere Wahl haben, als das FBI zu verständigen. Dann werden sie die Gerichtsbarkeit im Fall Einbalsamierer haben, sodass Sie und Jase den zweiten Fall bearbeiten können. Das heißt, wenn Sie bereit sind, sich an meine Befehle zu halten. Andernfalls werde ich auf der Stelle Tyler mit einem anderen Officer als Assistenten an den Fall lassen."

„Ich verstehe, warum sich die Dinge im Falle eines Trittbrettfahrers ändern werden. Ich kann die Leitung übernehmen, Sir. Und ich akzeptiere, dass das FBI eingreift, wenn sich das als notwendig erweisen sollte."

„Gut. Das SFPD hat vor einer Stunde einen Notruf von einigen Wanderern drüben im Marin County Reservoirs bekommen. Die Wanderer haben eine verstümmelte Frau gefunden. Die Streifenpolizisten haben das Gebiet gesichert und warten darauf, dass Sie sich die Leiche ansehen."

„Also gibt es diesmal tatsächlich einen Körper, nicht nur Fotos? Wurde der Körper einbalsamiert?"

„Das weiß ich nicht. Aber der Körper wurde ausgeweidet. Verstümmelt."

„Wenn wir nicht wissen, ob das Opfer einbalsamiert wurde, wie verbinden Sie dann dieses Opfer mit den Opfern des Einbalsamierers?"

Stevens seufzte und wischte mit seinen Handflächen über sein Gesicht. Zum ersten Mal sah er wirklich besorgt aus. Als ob er ihre Fähigkeit, einen Mörder zu fangen, wirklich in Frage stellte. „Nach der Befragung durch den Streifenofficer sagte einer der Zeugen, er habe den Kopf einer Frau gefunden. Einer Frau, deren Augenlider abgeschnitten worden waren."

KAPITEL 10

*B*rad stand vor seinem Waschbecken und wusch sich die Hände. Im Gegensatz zu gestern Abend floss das Wasser klar ab, aber seine Fantasie ergänzte die Farbe, die jetzt fehlte. Das Blut der Frau und seine zitternden Hände hatten sich mit dem Wasser zu rosa Bändern und purpurroten Spritzern an der schmuddeligen weißen Waschschüssel verbunden.

Die Frau …

Sobald er sie getötet hatte, war er von einer so fremden Empfindung überflutet worden, dass er sie fast nicht mehr erkannt hatte.

Macht.

Und Lust.

Emotional und körperlich. So sehr, dass er sich kaum hatte berühren müssen, bevor er den mächtigsten Orgasmus seines Lebens hatte.

Stunden waren vergangen. Stunden, um ihren Körper zu entsorgen. Schlau. Akribisch.

Dramatisch.

Aber der Strom von Macht lief ihm immer noch in herrlicher Weise durch die Adern. Er hob eine ruhige Hand und fuhr sich mit den Fingern über Hals und Gesicht und spürte die zusammengeflickte Struktur unter den dunkelvioletten Flecken. Noch da, aber definitiv besser.

Das hatte er getan. Indem er sie einfach getötet hatte. Eine Prostituierte. Eine Hure.

Er hatte sie seine Macht sehen lassen. Seine Stärke.

Seine Schönheit.

Und er hatte das Dr. Bowers zu verdanken. Nach all den stümperhaften und erfolglosen Behandlungen, die er Brad unterzogen hatte, hatte Bowers sich schließlich sein Honorar verdient, indem er Brad auf den richtigen Weg gebracht hatte.

Keine Kraftmenge, die der andere Mann als Arzt erlebt hatte, auch nicht diejenige, die in der Lage war, das Leben anderer zu retten, konnte mit dem Gefühl verglichen werden, eines so skrupellos zu beenden. Es war ein berauschender Ansturm wie kein anderer. Einer, der nicht durch Alkohol oder Drogen nachempfunden werden konnte, und Gott wusste, dass Brad zu verschiedenen Zeiten in seinem Leben beides versucht hatte, um seinen Schmerz zu betäuben.

Er hatte sich danach immer etwas töricht gefühlt. Schuldig. Als ob er schwach gewesen wäre, sich auf eine fremde Substanz und nicht auf seine innere Stärke zu verlassen.

Aber was er jetzt fühlte, war ganz er. Nichts Künstliches. Nichts, was dazu gedacht wäre, zu ersticken oder zu verbergen, sondern vielmehr zu enthüllen. Klären. Vergrößern.

Es war nicht die Gewalt oder das eigentliche Töten, die für die Veränderung in ihm verantwortlich war. Er hatte als Kind Tiere getötet. Ein Mädchen zwei Staaten entfernt vergewaltigt, noch bevor er die High School abgeschlossen hatte. Und letztes Jahr hatte er ein Mädchen getötet. Nicht mit Absicht. Es war ein Versehen. Nachdem sie ihn ausgelacht hatte. Ihn verspottet hatte. Aber diese Taten hatten ihn nicht dazu gebracht, sich so zu fühlen. Weil er nicht konzentriert war. Hatte nicht erkannt, wie groß seine Macht war und was er daraus gewinnen konnte.

Entscheidend war die Auswahl des richtigen Opfers aus dem richtigen Grund.

Die eine letzte Nacht war einfach nur ein kleiner Vorgeschmack auf das, was er haben konnte.

Man stelle sich nur vor, was er erreichen könnte, wenn er tatsächlich jemanden töten würde, der wichtig war.

Vielleicht würde Nora ihn dann bemerken. Vielleicht würde sie ihn dann begehren. Vielleicht würde sie ihn dann endlich so sehen, wie er wirklich war. Unvollkommen von Geburt an, aber nicht von seinem Willen her.

Ich werde mich als ihrer würdig erweisen. Beweisen, dass ich mich ändern kann.

Für sie.

Seinen Engel.

Carrie navigierte mit ihrem Dienstfahrzeug um einen skelettartigen Baumbestand, der von den hohen Sumpfgräsern des Marin County Reservoirs umgeben war. Als sie neben einem Kreiskrankenwagen, einem alten Pickup und einem Streifenwagen anhielt, bemerkte sie, dass die Fahrzeuge nur fünfzig Fuß von den Betonpfeilern der Fahrbahn entfernt standen. Der Verkehr rauschte über ihr vorbei, wo die Pendler nach Hause eilten, ohne zu wissen, dass die Körperteile einer Frau unter ihnen verstreut lagen.

Uniformierte Officer, die sich mit ihren Namensschildern als Tracy Fitzpatrick und John Gordon erwiesen, näherten sich ihr, als sie die Tür öffnete. Das ungewöhnlich warme Wetter kribbelte sofort auf Carries Haut, stürzte in das Auto und klammerte sich an sie, bevor sie ganz ausgestiegen war. Ihre Füße sanken ein wenig in den feuchten Dreck.

Die Sanitäter sprachen mit einem schwergewichtigen Mann und einem Teenager, vermutlich den beiden Wanderern, die die

Leiche gefunden hatten. Carrie wandte sich an Gordon, den leitenden Officer. Gordon hatte krauses schwarzes Haar und wog etwa dreihundert Pfund, das perfekte Gegenteil zu seiner jungen Partnerin, die wahrscheinlich klitschnass keine hundert Pfund wog. „Wurde einer der Zeugen verletzt?"

Gordon schüttelte den Kopf. „Vorsichtsmaßnahmen. Special Agent Tyler hat angerufen. Er wird in etwa fünf Minuten hier sein."

Carrie nickte und bewahrte einen neutralen Gesichtsausdruck, obwohl sich ihr Bauch verkrampfte. Als sie mit Commander Stevens gesprochen hatten, hatte Carries Selbstbeherrschung an einem seidenen Faden gehangen. Sie war immer noch voller Wut zu wissen, dass Jase mit dem Commander über sie gesprochen hatte, ganz zu schweigen von der Häufung der Morde in diesem Fall.

Nachdem Stevens ihr die relevanten Informationen über den letzten Anruf gegeben hatte, war Carrie bereit zur Abfahrt gewesen. Zu ihrer Überraschung hatte Jase gesagt, dass er noch weitere Dinge mit dem Commander zu besprechen hätte. Sie hatte gewusst, dass diese Dinge etwas mit ihr zu tun haben würden. Mit dem Fall. Und es hatte ihr nicht gefallen. Aber sie hatte einfach gesagt: „Wir sehen uns am Tatort", und war gegangen. Sobald sie die Tür geschlossen hatte, hatte sie ihn mit Stevens diskutieren hören. Jase' Worte hallten immer noch in ihren Ohren wider.

„Wenn sie nicht gut genug ist, den Fall allein zu bearbeiten, dann ist sie nicht gut genug, ihn überhaupt zu bearbeiten. Geben Sie ihn mir und lassen Sie sie an einem anderen Fall arbeiten. Unser Rückstau wird sowieso schon zu groß."

Bastard, hatte sie gedacht, damals wie jetzt. Er wusste, wie lange sie darauf gewartet hatte, ihren ersten Serienfall zu leiten, und er wollte übernehmen? Auf keinen Fall. Wenn sie mit ihm zusammen arbeiten musste, gut. Je mehr Zeit sie in seiner Gesellschaft verbrachte, desto schneller wurde sie vielleicht die lächerlichen Gefühle los, die sie viel zu lange schon für ihn hegte.

„Special Agent Tyler hat darum gebeten, dass Sie auf ihn warten, bevor Sie sich die Leiche ansehen", fuhr Gordon fort und riss sie aus ihren Gedanken. Er fuhr sich mit einem Arm über seine glitschige Stirn, seine Atmung langsam, aber angestrengt. „Ich hoffe, wir haben Sie nicht bei etwas Aufregendem unterbrochen, als wir Sie hierher gerufen haben."

Carrie, die sich umgedreht hatte, um die Umgebung zu betrachten, erstarrte bei seinen Worten. Langsam drehte sie sich wieder zu ihm um. Sein Kommentar mochte nichts weiter bedeutet haben, aber die Art und Weise, wie sein Blick auf ihre Brust gerichtet war, schon. Carrie verengte die Augen und starrte den Officer nieder, bis sein Grinsen verschwand. „Was hatten die Zeugen hier zu suchen?"

Gordon zuckte mit den Schultern. „Tim Larson und sein Sohn Ronald haben nach Pflanzen für irgendein Schulprojekt gesucht. Der Junge hat den Fuß einer Frau aus einem Erdhügel hinter einigen Büschen ragen sehen. Der, äh, Fuß war nicht mit einem Körper verbunden. Dann sah er den Kopf der Frau, auf einen Baumstumpf gestellt, dem Weg zugewandt. Er ist ausgerastet. Sein Vater kam angerannt und stolperte über den Körper, nur wenige Meter entfernt. Buchstäblich."

„Und sie sind wahrscheinlich am ganzen Tatort herumgetrampelt." Carrie gab ihnen keine Schuld, aber es würde immer noch verheerende Auswirkungen auf die Möglichkeiten der Spurensicherung haben, den Tatort zu untersuchen. „Haben Sie die Leiche schon gesehen?"

Die Officer sahen einander an, Schuld und Erleichterung in ihren Augen. Für den Bruchteil einer Sekunde sah Carrie sie einen Blick austauschen — einen aufmunternden und tröstenden Blick —, der sie überraschte. Gordons laszive Art hinderte ihn offensichtlich nicht daran, seiner Partnerin echten Respekt und Fürsorge entgegenzubringen.

„Nein, Ma'am", antwortete Fitzpatrick tapfer. Ihre Haltung war so aufrecht und ihre Rede so präzise, dass Carrie halb erwartete, dass sie salutieren würde. „Wir wussten, dass Sie und Special Agent Tyler auf dem Weg sind. Wir dachten, wir warten und sorgen dafür, dass wir den Tatort nicht noch weiter kontaminieren."

„Gut gedacht." Carrie sah sich wieder um und bemerkte die Straße, die sie genommen hatte, um hierher zu gelangen. Der einzige Weg hinein. „Blockieren Sie die Zufahrtsstraße an der Abzweigung vom Highway", sagte sie den Beamten. „Versuchen Sie, die Presse so lange wie möglich fernzuhalten."

„Aber das ist fast eine Meile von hier entfernt", sagte Gordon, seine Stimme war gefährlich nahe an einem Jammern. „Das ist ein ziemlich großer Bereich, um ihn abzuriegeln. Sollten wir uns nicht einfach auf die unmittelbare Umgebung konzentrieren, in der die Leiche gefunden wurde? Vielleicht ist Special Agent Tyler—"

„Special Agent Tyler würde meiner Einschätzung zustimmen." Und das würde er. Denn im Gegensatz zu Gordon kannte Jase seine Arbeit. Carrie schüttelte den Kopf und versuchte, sich ihre Ungeduld nicht anmerken zu lassen. Unwissenheit oder Faulheit? Beides war nicht akzeptabel. Und außerdem, ob Jase mit ihr einverstanden war oder nicht, war sie die verantwortliche Kommissarin für diesen Fall. „Aufgrund der eingeschränkten Informationen, die wir haben, ist es möglich, dass dieser Mord mit einem anderen kürzlich verübten Mord in Verbindung steht sowie mit zwei Mordfällen, die vor fast einem Jahr verübt worden sind. Ich bin hier, um diese Möglichkeit zu bestätigen oder auszuschließen. Um das zu tun, brauche ich einen sauberen Tatort. Der Tatort umfasst nicht nur den Ort, wo die Leiche verscharrt wurde, und die angrenzenden Bereiche, sondern alle Bereiche, durch die das Opfer und der Täter gekommen sein müssen." Sie hielt ihre Hand hoch, um Gordon davon abzuhalten, sie zu unterbrechen. „Wenn er die Leiche in einem Fahrzeug transportiert hat, konnte er nur über diese eine Meile lange Straße hierherkommen. Wir müssen so viel Fläche wie möglich abriegeln."

Sie blickte zu dem sich verdunkelnden Himmel auf und die Blicke beider Officer folgten ihren. Trotz des warmen Wetters war das Marin County bekannt für Nebel und Regen. „Die Spurensicherung muss schnell arbeiten. Das Wetter kann sich jederzeit ändern." Sie sah auf ihre Uhr. „Verdammt. Wo bleibt Jase nur?"

Gordons Augen verengten sich, als sie Jase' Vornamen benutzte, aber sie ignorierte ihn. Das war ihr rausgerutscht. Das würde ihr nicht wieder passieren.

Sie studierte den dichten Laubteppich, der nur von Schlamm- und Restwasserpfützen unterbrochen war. Würde die Spurensicherung einen Hubschrauber einsetzen, um ein vollständiges Panoramabild der Szene zu machen? Wahrscheinlicher war es, dass sie sich auf die moderne GPS-Technologie verlassen würden, um einen Plan zu erstellen, in dem sie alle gefundenen Beweise verzeichnen konnten. Und genaue Messungen vornehmen. Das Problem war, dass der Körper den Elementen für eine unbekannte Zeit ausgesetzt war, die Wahrscheinlichkeit war daher groß, dass sein Zustand, sogar seine Platzierung, bereits beeinträchtigt war.

Carrie wandte sich an Gordon. „Wo ist die Leiche?"

„Sie sagten, hinter den Bäumen da drüben. Nur bis zum Rand des Wassers und unter dem Damm. Hinten links." Er zögerte. „Wollen Sie, dass ich Sie begleite?"

„Nein", murmelte sie und fragte sich, ob er versuchte, galant zu sein, oder sie gerade beleidigt hatte. „Danke, Officer Gordon."

Als sie sich in die Schatten durch den Überhang des Highways schob, erschütterte die Vibration des Berufsverkehrs den gesättigten, übelriechenden Boden, der an den Sohlen ihrer Rockports klebte. Nervös starrte sie die dunklen Spalten zwischen den Betonblöcken an und wusste, dass sie sich die flatternde Bewegung im Inneren nicht einbildete. Automatisch schwebte ihre rechte Hand über ihrer Waffe.

Fledermäuse.

In den höhlenartigen Lücken dieses Highways lebten Tausende und Abertausende von Fledermäusen. Jeden Herbst wurden die Schüler hierhergebracht, um ihr Austrittsmuster bei Dämmerung zu beobachten, wobei das Ereignis den Himmel in einen riesigen Schatten tauchte, der an Aale erinnerte, die im Niedrigwasser dahinglitten.

Carrie schluckte hart und schaute über ihre Schulter. Die Dämmerung war noch Stunden entfernt. Sie atmete tief durch und versuchte, sich vorzubereiten.

Aber nichts hätte sie auf den Anblick der blutigen Überreste der Frau vorbereiten können. Das erste, was sie dachte, als sie den geneigten, schmutzverkrusteten Kopf sah, der auf einem Baumstumpf ruhte, war — sie war schön gewesen. Mit langen braunen Haaren, um die andere Frauen sie beneidet hätten. Die Augen des Opfers starrten grell auf sie zurück, da ihr komplett die Augenlider fehlten. Carries Brust zog sich zusammen und sie rief sich in Gedanken gleich die Autopsiefotos der drei Opfer des Einbalsamierers vor Augen. Sie hatten sie auch von den Fotos aus angestarrt.

Anklagend.

Flehend.

Wenn sie schon nicht in der Lage gewesen war, sie zu retten, konnte Carrie wenigstens helfen, ihre Morde aufzuklären. Ihren Mörder finden, ob es derselbe Mann war oder nicht. Ihren Familien — vielleicht sogar ihrem Geist — einen Anschein von Frieden bringen.

Als Carrie näherkam, sah sie Hunderte von Maden und anderen Insekten, die sich an den Überresten der Frau labten — ihren Ohren, ihrem Mund, ihren Wunden. Fliegen flogen um sie herum und landeten periodisch, als ob sie die niederen flügellosen Insekten von einem Ort zum anderen leiten wollten. Das forensische Labor des Departments würde Proben sammeln. Die Insekten klassifizieren und sie sogar sezieren, um den Todeszeitpunkt der Frau zu bestimmen.

Eine Sache wusste Carrie jedoch. Die Frau war an einem anderen Ort getötet und ihr Körper später hierher transportiert worden. Sonst gäbe es mehr Blut. Zeichen eines Kampfes. Und bis auf mehrere Reifenspuren und einige matschige Fußabdrücke gab es keine weiteren Hinweise auf jüngste menschliche Aktivitäten.

Carrie nahm mehrere flache Atemzüge, bevor sie ihre Augen wieder auf den unnatürlichen Blick der Frau richtete. Irgendwie hatte sie das Gefühl, es wäre respektlos, wegzuschauen. Diese Frau verdiente es, als mehr als die einzelnen Körperteile anerkannt zu werden, auf die sie reduziert wurde. Selbst wenn sie sie einmal identifiziert hätten, würde ihre Familie angesichts des Zustands ihres Körpers nicht die Chance bekommen, sie wiederzusehen, bevor sie begraben wurde. Das Monster, das sie getötet hatte, sollte nicht die letzte Person sein, die sie wirklich gesehen hatte.

Als sie es nicht mehr aushalten konnte, betrachtete sie den angrenzenden Bereich. Der Oberkörper der Frau lag etwa zehn Fuß entfernt, immer noch mit einem ärmellosen Spitzenoberteil bekleidet. Das zerfetzte Tuch, das die untere Hälfte der Frau bedeckte, oder zumindest das, was davon übrig war, war dunkel und mit Schmutz und Blut verkrustet. Ihre Gliedmaßen waren nicht zu sehen und, ausgehend von dem Fund ihres Fußes, würden sie wahrscheinlich in der Nähe gefunden werden.

Die Zerstückelung war nicht von einem Tier vorgenommen worden. Zumindest nicht der Art von Tier mit vier Beinen. Carrie konnte nur beten, dass sie bereits tot gewesen war, als der Typ sie verstümmelt hatte.

Auf das Geräusch von Schritten hin drehte Carrie sich um. Die Spurensicherung arbeitete sich sorgfältig auf sie zu. Joe

Mansfield, einer der Gerichtsmediziner des DOJ, begegnete ihr zuerst. Jase ging neben ihm her.

„Hey, Carrie", sagte Mansfield.

Carrie nickte, aber Mansfield sprach weiter.

„Ich habe dich eine Weile nicht im McGills gesehen. Hast du seit neustem einen eifersüchtigen Freund oder so was?"

Carrie zwang sich, im gleichen lässigen Ton zu reagieren, in dem Mansfield sprach. „So etwas in der Art. Aber hoffentlich sehe ich euch bald mal wieder. Wie geht es Marcie?"

„Sie ist wieder schwanger." Er schob sich eine Hand durch sein dünnes, rostrotes Haar. „Diesmal bekommen wir einen Jungen."

„Das ist großartig. Ein kleiner Bruder ist genau das, was Lucy braucht." Carrie dachte an Mansfields kleines Mädchen, das sie nur einmal bei einem Abteilungsgrillen getroffen hatte. Seiner zierlichen, dunkelhaarigen Frau wie aus dem Gesicht geschnitten, bis hin zu den identischen Grübchen. Wusste Mansfield eigentlich, wie viel Glück er hatte? Das Licht in seinen Augen sagte, dass er es tat. „Herzlichen Glückwunsch!"

„Danke, Ma'am."

Mansfield zog ein Paar Latexhandschuhe an und nahm seinen Beweissicherungskoffer und eine Kamera heraus. „Ich habe gehört, es sei ziemlich schlimm."

„Das könnte man so sagen."

Sie sah Jase an. „Hat Officer Gordon dich informiert?"

„Ja. Lass mich einen Blick auf die Leiche werfen und dann können wir die Ergebnisse vergleichen."

„Gut", sagte sie. „Ich warte beim Auto. Ruf einfach, wenn du mich brauchst, okay?" Carrie ging zurück zur Straße.

Weniger als eine Minute später hörte sie, dass Mansfield nach Luft schnappte. Dann Fluchen. „Himmel!", rief er aus. Dann füllten Würgegeräusche die Luft, als der erfahrene Officer den Inhalt seines Magens leerte.

Sie war einige Meter entfernt, als sie Mansfield sagen hörte:

„Sie muss aus Stahl oder so sein. Nichts bringt sie aus der Bahn, oder?"

Falls Jase auf Mansfields Frage geantwortet hatte, hatte Carrie es nicht gehört. Aber sie hörte Mansfield fragen: „Jase, was ist los? Du siehst — du siehst sie an, als ob du sie kanntest."

Carrie erstarrte und wartete gespannt darauf, dass Jase antworten würde. Nichts als eine schwere Stille folgte Mansfields Frage.

Dann sagte Jase: „Ich kannte sie nicht. Aber ich habe mit ihr gesprochen. Gestern Abend im McGills. Ihr Name ist Kelly."

KAPITEL 11

*E*in paar Stunden später kamen Carrie und Jase bei Kelly Sorenson zu Hause an. Carrie saß auf der Couch zu Jase' Rechten und beobachtete ihn genau. Sein Ausdruck verriet nichts. Keine Spur von dem inneren Aufruhr, den er spüren könnte. Aber sie vermutete, dass er von Gefühlen zerfressen wurde, und sie mochte die düstere Leere nicht, die sich auf seinem Gesicht niedergelassen hatte, seit er die grotesk enthauptete Frau gefunden hatte, dieselbe Frau, die mit ihm und DeMarco am Abend zuvor in McGills Bar geflirtet hatte.

Die junge Frau, die ihnen gegenüber saß, schluchzte und lenkte Carries Aufmerksamkeit von Jase weg. Obwohl sie technisch gesehen eine potentielle Verdächtige bei Kelly Sorensons Mord war, war sie das nur, weil sie Kellys Mitbewohnerin war, nicht weil sie einen wirklichen Grund hatten, sie zu verdächtigen. Dennoch würde die Tatsache, dass sie ein solides Alibi hatte – zur gleichen Zeit, als Jase mit Kelly im McGills geplaudert hatte, saß Susan mitten in einem nächtlichen Gruppentreffen mit mehreren anderen Studenten –, sie nicht unbedingt aus dem Konzept bringen. Obwohl Kelly ein paar Jahre älter war und bereits ihren Abschluss gemacht hatte, hatte sie das gleiche

College besucht wie Susan Ingram jetzt – das gleiche College, in dem Cheryl Anderson, das dritte Opfer des Einbalsamierers, Englisch unterrichtet hatte. Während Susan Sorenson oder sogar Anderson selbst nicht getötet haben könnte, bedeutete das nicht, dass sie niemanden angeheuert hatte, der es tat. Zumindest war das eine Theorie, der sie nachgehen mussten, obwohl sie auf Carries Liste der Möglichkeiten an letzter Stelle stand.

Die meisten Mordopfer wurden von jemandem getötet, den sie kannten, aber Carries Instinkte sagten ihr, dass Susan nicht daran beteiligt war. Nicht nur die Trauer der Frau schien völlig echt zu sein, da war auch noch die Tatsache, dass Kellys Mörder die gleiche seltsame Faszination mit dem Entfernen der Augenlider seines Opfers gezeigt hatte wie der Einbalsamierer. Das konnte unmöglich reiner Zufall sein. Darüber hinaus war das, was Kelly Sorenson angetan worden war, nicht die emotionslose Tat eines angeheuerten Mörders gewesen. Es war persönlich gewesen. Grausam symbolisch. Angesichts dessen war es weniger wahrscheinlich, dass Susan eine Mörderin war, und viel wahrscheinlicher, dass der Einbalsamierer Opfer auswählte, die er auf dem Campus entdeckte, aber seinen MODUS OPERANDI geändert hatte, um die Polizei abzuwerfen. Wahrscheinlich war Kelly einfach ein Pilz gewesen, ein Begriff, der von der Polizei für eine Person verwendet wurde, die zufällig zur falschen Zeit am falschen Ort auftauchte und die Aufmerksamkeit eines Killers erregt hatte.

„Wir haben noch ein paar Fragen. Fühlst du dich in der Lage, weiterzumachen?", fragte Jase sanft.

Susan blickte sie aus geröteten Augen an. Nach einem tiefen, zitternden Atemzug nickte sie. „Ja. Was immer nötig ist, um den Bastard zu finden, der Kelly getötet hat."

„Danke. Du hast Kelly nicht als vermisst gemeldet, obwohl sie gestern Abend nicht nach Hause gekommen ist. Warum nicht?"

„Ich wusste, dass sie arbeitete, und es war nicht ungewöhnlich, dass ihre Arbeit bis in den Morgen ging. Ich war besorgt, als sie heute Morgen nicht aufgetaucht ist, aber ich dachte, ich würde ihr ein paar Stunden geben. Kelly war ein Freigeist und mochte es nicht, kontrolliert zu werden."

„Du sagtest, sie würde arbeiten. Aber ich habe sie gegen sieben Uhr im McGills gesehen. Sie – äh-" Jase rieb sich den Nacken und sah für einen Moment ausgesprochen unbehaglich aus. Dann pflügte er nach vorne. „Sie deutete an, dass sie für den Rest des Abends frei war. Zugegeben, ich hätte etwas falsch verstehen können, aber sie gab mir sogar eine Karte mit ihrer Telefonnummer."

Jase' Tonfall war leicht entschuldigend. Er wollte nicht andeuten, dass Kelly lose moralische Standards hatte, nur weil sie mit ihm geflirtet hatte.

Susan studierte Jase, aber sie schien nicht beleidigt zu sein. „Kann ich die Karte sehen, die sie Ihnen gegeben hat?"

Interessante Anfrage, dachte Carrie, aber Jase errötete. „Ich habe die Karte nicht aufbewahrt. Ich habe sie tatsächlich weggeworfen, bevor ich die Bar verlassen habe. Aber ich sah sie mir an. Sie war violett. Ganz einfach. Mit einem Namen und einer Telefonnummer, glaube ich."

Susan lächelte leicht.

„Findest du das amüsant?"

„Nein. Ich meine, ja. Nicht amüsant, aber ... Wenn Kelly Ihnen diese Karte gab, bedeutete das, dass sie Sie mochte. Um Ihretwillen. Nicht, weil sie Sie als potentiellen Kunden sah."

Noch interessanter, dachte Carrie.

„Ein potenzieller Kunde?" Bevor Jase seine Frage beendete, leuchtete sein Gesicht mit Verständnis. „Du meinst, sie war eine ...?"

Er ließ seine Worte bewusst baumeln, damit Susan den Satz für ihn beenden konnte.

„Eine Eskorte", sagte Susan.

„Vergib mir, wenn das eine unhöfliche Frage ist, aber warum?", fragte Carrie. „Kelly passt nicht in das Profil der meisten Sexarbeiterinnen, denen wir begegnen. Sie hat studiert." Carrie winkte ihrer Umgebung zu. „Sie hatte eine schöne Wohnung. Ein schönes Leben. Warum schlägt man dann diesen Weg ein?"

Susan zögerte und Carrie setzte sich nach vorne und beharrte: „Sie ist tot. Wir sind nur daran interessiert, ob sie etwas Illegales getan hat, weil wir ihren Mörder finden wollen. Bevor er das einem anderen Mädchen antut."

Bei Carries sanften, aber offenen Worten flossen aus Susans Augen wieder Tränen. Sie schniefte, putzte sich die Nase und sagte dann: „Um es ganz offen zu sagen, es war der einfachste und schnellste Weg, das meiste Geld zu verdienen. Die Studiengebühren sind lächerlich hoch. Sie hatte Schulden. Und sie wollte auch ihren kleinen Schwestern helfen, aufs College zu gehen. Es ist einfach zu schade, dass Sie nicht an ihr interessiert waren." Sie blickte Jase mit einem traurigen Lächeln an. „Wenn Sie gestern Abend mit ihr nach Hause gegangen wären, wäre sie vielleicht noch am Leben. Stattdessen entschied sie sich für einen anderen Auftrag."

Jase runzelte die Stirn. „Was meinst du mit entschieden?"

„Sie rief an und sagte mir, sie hätte einen spontanen Auftrag beim McGills angenommen, obwohl sie sagte, es sei mehr ein Wohltätigkeitsfall als alles andere."

„Um wie viel Uhr hat sie dich angerufen?", fragte Carrie.

„Ich – ich glaube, es war gegen neun Uhr. Ich kann den Anruf auf meinem Telefon noch einmal überprüfen."

„Vielleicht in einer Sekunde. Ein Wohltätigkeitsfall? Das sind die genauen Worte, die sie benutzt hat?"

„Ja."

„Und wusstest du, was das bedeutet?"

„Nicht wirklich. Ich weiß, dass das lustig klingen wird, wenn man bedenkt, was Kelly getan hat, um Geld zu verdienen, aber sie war ziemlich wählerisch, wenn es darum ging, mit wem sie sich traf. Sie war nicht dumm. Sie war vorsichtig. Und sie hatte hohe Standards. Nur in letzter Zeit ..."

Susans Stimme brach und sie fing wieder an zu weinen.

Carrie und Jase sahen sich an, sagten aber nichts, bis Susan sich wieder beruhigt hatte.

„Es tut mir leid", sagte sie, als sie sich mit einem Taschentuch die Augen abwischte.

„Es ist okay", murmelte Jase. „Wir wissen, dass dies für dich extrem schwierig ist, und wir wissen es zu schätzen, dass du bereit bist, jetzt mit uns zu sprechen. Die Zeit ist in solchen Situationen wirklich von entscheidender Bedeutung."

Susan nickte, atmete tief durch und sagte dann: „In letzter Zeit hatte ich das Gefühl, dass Kelly etwas weniger wählerisch war, wenn es um die Jobs ging, die sie annahm. Was sie mir gestern Abend sagte, bestätigte das. Als sie sagte, dass sie einen Wohltätigkeitsfall annahm, meinte sie, dass jemand Glück hatte, weil sie das Geld brauchte. Sonst wäre es niemand, mit dem sie jemals schlafen würde."

Carrie und Jase warfen sich wieder einen Blick zu, dann blickte sie auf Susan zurück. „Es gibt Hinweise darauf, dass die Person, die Kelly getötet hat, auch andere Frauen getötet haben könnte. Darf ich dir ein paar Bilder von den Frauen zeigen? Mal sehen, ob du sie erkennst?"

Susan sah erschrocken aus und Carrie beeilte sich, sie zu beruhigen: „Nur normale Fotos. Nichts Grausames, versprochen."

Carrie griff in die Akten, die sie mitgebracht hatte, und holte die Vorher-Fotos der ersten drei Opfer vom Einbalsamierer. Sie übergab sie Susan eines nach dem anderen.

Als sie zum Bild von Cheryl Anderson kam, keuchte Susan. „Ich kenne sie. Das ist Professor Anderson. Ich hatte sie letztes Jahr in American Literature. Sie ist tot?"

„Sie ist das letzte Opfer. Wir haben versucht, ihren Namen unter Verschluss zu halten, damit die Presse die Untersuchung nicht stört, und wir brauchen dich, um ihre Identität als Opfer in diesem Fall geheim zu halten. Kannst du das machen?"

Susan nickte kräftig. „Ja. Gott. Kelly und Professor Anderson. Ich kann es nicht glauben."

„Du hattest Cheryl Anderson als Lehrerin. Kelly auch?"

„Nicht, dass ich wüsste."

„Soweit du weißt, sind sich die beiden jemals über den Weg gelaufen?"

„Nochmals, nicht, dass ich wüsste."

Natürlich könnte Susan lügen. Es war durchaus möglich, dass sie sowohl mit Cheryl Anderson und Kelly eine Rechnung offen hatte.

Gott, die Dinge wurden immer chaotischer. Noch chaotischer als sie es bereits waren und das sagte sicherlich etwas aus.

„Arbeitest du, Susan?", fragte Jase.

„Nein. Ich gehe nur zur Schule. Ich habe Glück gehabt. Meine Eltern bezahlen meine Studiengebühren. Es hat Kelly so eifersüchtig gemacht ..." Susan bedeckte ihr Gesicht mit ihren Händen, als ihr Körper anfing, vor Schluchzen zu zittern. „O Gott ..."

Wieder warteten Jase und Carrie hilflos, still und leise, während die Frau trauerte. Instinktiv wollte Carrie der anderen Frau etwas Trost spenden, aber weil sie sich nicht sicher war, wie sie das machen sollte oder wie eine solche Geste aufgenommen werden würde, hoffte sie, dass ihr respektvolles Schweigen genug war.

Als Susan noch einmal den Kopf hob, fragte Jase: „Was ist mit ihrem Auto? Wäre es immer noch in der Nähe von McGills Bar geparkt, oder wäre sie zum Haus ihres Kunden gefahren?"

„Sie fuhr mit dem Fahrrad über den Campus. Benutzte öffentliche Verkehrsmittel oder ließ sich von Freunden mitnehmen, wenn es nötig war. Uber oder Lyft, aber nur, wenn sie es musste."

„Okay. Ich bin hier fast fertig. Neben Professor Anderson und

Kelly, die das College gemeinsam haben, müssen wir auch alle anderen Orte erkunden, die sie beide besucht haben könnten. Hat Kelly Zeit in einem bestimmten Einkaufszentrum, Fitnessstudio oder Restaurant verbracht?"

„Nein. Sie – sie mochte das McGills, aber das wissen Sie bereits."

Carrie sah Jase an. Bei seinem leichten Nicken stand sie auf, genau wie er.

„Mein herzliches Beileid", sagte er. „Wir werden alles tun, was wir können, um herauszufinden, wer das getan hat. Ich muss dich noch um eine Sache bitten. Hast du zusätzliche Kopien von Kellys Karten? Die lila Karte und die andere, die sie aus beruflichen Gründen benutzen würde?"

Susan nickte und langsam, als ob es für sie sehr schwierig wäre, kam sie auf die Beine. „Ja. Ich werde sie sofort für Sie holen."

Später am Tag war die Stimmung im SIG-Büro finster. Vielleicht lag es daran, dass Carrie und Jase die einzigen dort waren, und sie hatten sicherlich keinen Grund, fröhlich zu sein. Nach ihrem Interview mit Susan Ingram waren sie am McGills vorbeigegangen. Sie hatten mit dem Manager gesprochen und eine Liste der Mitarbeiter bekommen, die in der Nacht zuvor gearbeitet hatten. Mehrere Mitarbeiter, darunter der Manager, bezeugten, dass Sorenson ein Stammkunde war, und obwohl sie oft mit jemand anderem ging, war sie selten betrunken, wenn sie es tat. Ihre Beobachtungen schienen zu einer Professionellen zu passen, die, wie Susan Ingram gesagt hatte, aktiv, aber gleichzeitig etwas anspruchsvoll war.

Als sie wieder im Büro waren, hatten Carrie und Jase eine Liste aller Personen erstellt, an die sie sich in dieser Nacht erinnern konnten, sei es jemand, den sie kannten oder einfach nur jemand, den sie zuvor gesehen hatten. Alles in allem hatten sie etwa fünfzig Personen, die sie interviewen mussten. Obwohl Jase Kelly Sorenson nicht gesehen hatte, nachdem sie ihm ihre Visitenkarte gegeben hatte, sagte Susan Ingram, dass sie sie einige Stunden später aus dem McGills angerufen hatte. Es war wahrscheinlich, dass jemand, den sie kannten – vielleicht sogar DeMarco, betonte Jase –, sie zwischen der Zeit, in der Jase gegangen war und der Zeit, in der Kelly mit ihrem Klienten gegangen war, gesehen hatte.

DeMarco hatte jedoch die Stadt für einen familiären Notfall verlassen und sie hatten ihn nicht erreichen können.

Sie warteten auf einen Anruf des Gerichtsmediziners und hofften, dass er die genauen Gründe und den Zeitpunkt von Kellys Tod feststellen konnte. Mit ihrem Körper in so vielen Teilen, vermutete Carrie, dass es eine einzigartige Herausforderung darstellen würde, und sie würden eine Weile warten.

Sie hatten Sorensons Hände am Tatort nicht gefunden. Ihre Abwesenheit deutete darauf hin, dass der Mörder sie getrennt entsorgt hatte, vielleicht weil Sorenson sich gewehrt und ihn gekratzt hatte. Wenn das der Fall war, war der Mörder klug. Eiskalt. Genau das, was sie vom Einbalsamierer erwarten würde.

Doch was er mit Sorensons Körper gemacht hatte? Es war so anders als das, was er den anderen angetan hatte. Die Veränderung schien auf eine plötzliche Zunahme der Eigeninvestitionen und den Verlust von Kontrolle hinzudeuten. Die Art von Kontrollverlust, die mit geistiger Verschlechterung einherging? Selbst wenn das der Fall wäre, hatte er immer noch die Ruhe gehabt, Kellys Augenlider zu nehmen. Im Vergleich zu allem anderen, was den Opfern angetan worden war, war es ein kleines, aber sehr wichtiges Detail. Der Modus operandi eines Serienkillers könnte sich im Laufe der Zeit weiterentwickeln, aber selten würde er seine Unterschrift ändern, eine Handlung, die oft nichts mit der Art und Weise zu tun hatte, wie das Opfer tatsächlich starb, sondern mehr mit der Erfüllung irgendeiner Art von

Bedürfnis des Mörders zu tun hatte. Wie sie Jase in der ersten Nacht erzählt hatte, als sie den Fall besprochen hatte, wettete sie, dass die Augenlider als eine Art Gedächtnisstütze für den Mörder dienten.

Carrie drängte sich von den Fotos, die sie angesehen hatte, zurück und rieb sich die Schläfen. Sie blickte auf Jase, der auch auf Fotos des letzten Tatortes gestarrt hatte. Zum ersten Mal seit sie Kelly Sorensons Körper sah, erlaubte Carrie ihren Gedanken, sich in Richtung von Persönlichem zu bewegen. Vor Stunden hatte sie Jase geschlagen, weil er versucht hatte, ihr ihren Fall zu entwenden. Noch nachdem Stevens bestätigt hatte, dass er ihr die Leitung gab, hatte Jase versucht, den Commander davon abzubringen.

Zugegeben, viel von ihrer Wut auf Jase war durch Besorgnis ersetzt worden, als sie bemerkt hatten, dass er kürzlich Kontakt mit Kelly Sorenson hatte. Er war normalerweise so ein offenes Buch, dass sie sofort bemerkt hatte, als er sich in sich zurückgezogen hatte. Zum ersten Mal, seit sie ihn gekannt hatte, hatte sie nicht erraten können, was er dachte. Fühlte. Er würde sich nicht die Schuld geben, oder? Es schien lächerlich, so zu denken, aber wie sie gut wusste, hatte Logik manchmal nichts mit den Emotionen zu tun, die mit dem Job verbunden waren.

Dennoch wollte sie sich nicht aufdrängen und Fragen stellen. Wenn er mit ihr darüber reden wollte, würde er es tun. Und außerdem, jetzt, da sie wieder bei der Arbeit waren, jetzt, da er alles soweit zu handhaben schien, war etwas von ihrer Wut auf ihn wieder hochgekocht.

Sie respektierte ihn immer noch. Sorgte sich immer noch um ihn. Aber sie vertraute ihm nicht. Nicht mehr. Und sie sollte mit ihm arbeiten?

Es schien zu viel von ihr zu verlangen, aber er tat so, als ob nichts Ungewöhnliches zwischen ihnen geschehen war. Also, gut. Sie würde nicht die Erste sein, die nachgibt. Auf keinen Fall. Sie wollte Jase nicht die Chance geben, sich zu beschweren, dass sie kein Teamplayer war, wenn er Stevens das nächste Mal sah. Also versuchte sie, sich auf die Beweise zu konzentrieren und nur auf die Beweise. Sie war so in ihre Aufgabe vertieft, dass sie zusammenzuckte, als Jase plötzlich seinen Stuhl zurückschob, aufstand und sagte: „Verdammt, Ward. Bringen wir es hinter uns. Ich weiß, dass du mir etwas zu sagen hast, also sag es einfach."

Obwohl ihr Blick sofort zu seinem flog, sah sie genauso schnell weg. Sie starrte auf ihre Akte und antwortete kühl: „Ich weiß nicht, was du meinst. Wir haben über den Fall gesprochen, seit wir im Revier waren. Hast du irgendwelche neuen Ideen?"

Zu ihrem Erstaunen streckte er die Hand aus und schloss die Akte, die sie las. Langsam sah sie zu ihm auf. Er kreuzte seine Arme, lehnte sich an ihren Schreibtisch und starrte sie an.

„Ich weiß, dass du sauer bist, wegen dem, was ich Stevens gesagt habe, aber ich kann nicht ändern, wie ich mich fühle. Ich hätte lügen können und sagen, dass ich absolut keine Bedenken hätte, dass du die Leitung im diesem Fall übernimmst, aber das hab ich nicht. Verzeih mir, wenn ich nicht dafür verantwortlich sein will, dass du dich selbst oder jemand anderen getötet hast, nur weil du mehr darum besorgt bist zu beweisen, wie knallhart du bist, als dir selbst die Zeit zu geben, die du brauchst, um dich zu erholen."

Jetzt war es sie, die auf die Füße schoss. „Von was erholen? Meinem Bein geht es gut."

„Es ist nicht dein Bein, von dem ich rede, und das weißt du. Wirst du mir ernsthaft sagen, dass du nicht von der Tatsache erschüttert bist, dass du fast getötet wurdest? Von der Tatsache, dass du einen 16-Jährigen erschossen und getötet hast? Weil ich es dir nicht abkaufen werde."

„Du musst mir gar nichts kaufen. Du hast Stevens gegenüber zugegeben, dass du mein Geschlecht nicht vom Job trennen kannst, also hast du nicht das Recht, mir diese Frage zu stellen."

Sie konnte spüren, wie ihre Kontrolle nachgab. Und das gefiel ihr nicht. Wenn es um Jase ging, brauchte sie jedes Gramm

Kontrolle, das sie aufbringen konnte. Sie versuchte, an ihm vorbeizugehen, etwas Atempause zwischen ihnen zu schaffen, aber er hielt sie mit einem sanften Griff auf ihrem Arm an.

„Hör mir zu. Ich kann dein Geschlecht nicht vom Job trennen. Nicht ganz. Und tut mir das leid? Ich weiß es nicht. Es hat nichts mit Gleichberechtigung zu tun, sondern damit, wer wir sind, gut und schlecht und offen gesagt, Geschlecht ist ein Faktor. Es macht mich vielleicht zu einem Höhlenmenschen und einem Arschloch, aber ich bin fest verdrahtet, um Frauen zu schützen. Sie zu schätzen. Aber es ist mein Problem und das habe ich Stevens gesagt."

„Ja und Mac auch", sagte sie bitter, als sie ihren Arm aus seinem Griff zog. „Ganz toll von euch beiden."

„Verdammt, verstehst du es nicht? Es hat nichts damit zu tun, dass wir denken, dass du weniger fähig bist, Carrie. Meine Frage, ob du erschüttert bist, ist berechtigt. Und es ist eine geschlechtsneutrale Frage. Die Tatsache, dass du eine Frau bist, könnte bedeuten, dass ich eher bereit bin, dir die Frage zu stellen, aber ein Mann wäre auch erschüttert. Ich war erschüttert, als ich das erste Mal jemanden getötet habe. Und das erste Mal, als ich bei der Arbeit fast gestorben wäre. Du hast die Narben selbst gesehen, aber es gab auch emotionale Narben. Das ist nichts, wofür man sich schämen müsste."

Sie mochte die Erinnerung an diese Narben oder seine Nahtoderfahrung nicht. Sie fragte sich, ob er es absichtlich angesprochen hatte, nicht nur, um seinen Standpunkt darzulegen, sondern um sich seinen Weg ein wenig mehr in ihren Kopf zu bohren. In ihr Herz. Als sie eine Hand an ihre Schläfen hob, versuchte sie zu denken. Um sich zu konzentrieren und seinen Worten die ernsthafte Aufmerksamkeit zu schenken, die sie verdient hatten, bevor sie antworteten. „Ich – Ich schäme mich nicht", sagte sie schließlich. „Selbst wenn du recht hast, auch wenn ich mich immer noch mit dem beschäftige, was mit Porter passiert ist, wird es meine Leistung nicht beeinträchtigen. Das werde ich nicht zulassen."

Er streckte die Hand aus und zwickte ihr Kinn. „Weil du Superwoman bist, oder?"

Sie konnte sich kaum abhalten, zurückzuzucken. Gott, sie hasste diesen Spitznamen. Wie viele Männer in ihrem Leben hatten sie so genannt? Wie viele Männer hatten es in dem gleichen sarkastischen Tonfall gesagt? Nur musste sie zugeben, dass Jase' Ton, als er sie mit dem gefürchteten Spitznamen bedacht hatte, eher neckisch-liebevoll als sarkastisch klang. Weil sie das erkannte, lächelte sie dünn. „So etwas in der Art. Können wir uns nun wieder auf die anstehende Aufgabe konzentrieren und uns auf den Fall konzentrieren?"

„Gut." Wieder einmal setzte er sich auf seinen Stuhl und drehte ihn, um sich ihr zuzuwendn. „Nehmen wir an, Kelly Sorensons Mörder ist der Einbalsamierer und kein Nachahmungstäter. Was er ihr angetan hat, ergibt keinen Sinn", sagte er. „Bis auf die Augenlider hat er seine MODUS OPERANDI komplett geändert. Warum?"

„Es ist nicht ungewöhnlich, dass sich die Vorgehensweise eines Serienmörders ändert, wie du weißt", antwortete sie. „Es ist nicht die Methode, mit der sie die Person töten, die die Signatur ist, es ist normalerweise etwas völlig Eigenständiges, das für sie eine besondere Bedeutung hat. In diesem Fall sind also die Augenlider der gemeinsame Nenner. Das Wichtigste, meiner Meinung nach. Das schließt natürlich nicht aus, dass es sich um einen Nachahmungstäter handelt."

„Nein. Das tut es nicht. Außerdem dürfen wir nicht vergessen, dass der Mörder eine Frau sein könnte. Nicht üblich bei Serienmördern, aber trotzdem zu beachten."

Sie konnte nicht anders. „Aber klar, lass uns geschlechtsneutral bleiben, solange wir von Killern sprechen, aber nicht bei Mitarbeitern."

Er lachte nicht und sie hatte das auch nicht erwartet. Obwohl sie ihren Kopf unten hielt, konnte sie seinen Blick auf sich spüren. „Wann wirst du akzeptieren, dass du für mich nicht nur eine Kollegin bist, Carrie? Ich war ehrlich, als ich Stevens sagte, dass dein Geschlecht für mich eine Rolle spielt. Ich war auch ehrlich, als ich ihm sagte, dass ich nicht sicher bin, ob meine persönlichen Gefühle für dich meine Meinung darüber, ob du die beste Person für diesen Auftrag bist, nicht trüben würden. Oder werden wir das einfach ignorieren, zusätzlich zu der Tatsache, dass du mich heute Morgen geschlagen hast?"

„Geht das?", sagte sie und sah ihn immer noch nicht an.

Als er nicht antwortete, seufzte sie und traf schließlich seinen Blick. „Ich dachte, du wärst bereit, über die Arbeit zu reden und die anderen Sachen fallen zu lassen."

„Du hast es zuerst angesprochen", betonte er sanft.

Sie seufzte. Was sollte sie sagen? Er hatte recht.

„Es geht nicht nur darum, dass ich aus beruflichen Gründen die Leitung im Fall haben will, Carrie. Du bist mir wichtig."

Sie war ihm wichtig. Ein so harmloses Wort, um seine Gefühle für sie zusammenzufassen, wenn sie wusste, dass ihre Gefühle für ihn viel komplexer waren. „Dennoch wolltest du die Leitung. Und du hast zugegeben, dass du das immer noch tust." Als er sie nur ansah, stieß sie ihren Atem aus und nickte. „Okay, gut. Ich bin dir wichtig. Ich – du bist mir auch wichtig. So. Ich habe es gesagt. Aber du kannst mich nicht beschützen, Jase. So funktioniert das nicht. Nicht, wenn ich genauso hart für meine Marke gearbeitet habe wie du. Nicht, wenn ich genauso hart für die Möglichkeit gearbeitet habe, diese Art von Fall zu leiten."

„Und nachdem du gesehen hast, was du heute getan hast, willst du es immer noch? Es hat auch nichts damit zu tun, dass du eine Frau bist. Ich meine, selbst ich habe Zweifel, Carrie. Ich habe einige kranke Dinge in meiner Zeit gesehen, aber was wurde mit Kelly Sorenson gemacht ..."

„Natürlich hatte ich Zweifel. Ich hatte während meiner gesamten Karriere welche. Ob ich gut genug bin. Ob ich damit umgehen kann. Aber eine Sache, an der ich nie gezweifelt habe, war, dass ich es versuchen werde. Ich kann etwas tun, indem ich diesen Bastard erwische, und das werde ich auch. Also keine Sorge, dass ich zusammenbrechen und nachgeben werde. Das werde ich nicht."

„Das weiß ich. Mansfield scheint zu denken, dass du eine Art Supercop bist, wenn es darum geht, mit den schlechten Sachen umzugehen."

„Und du?", fragte sie, nicht sicher, warum sie es tat. Nur sicher, dass seine Antwort von Bedeutung war. „Was denkst du denn?"

„Ich stimme ihm zu. Ich denke auch, dass es da einen super krassen Scheiß gegeben haben muss, mit dem du zu tun hattest, um dich so gut darin zu machen."

„Eine tiefdunkle Geschichte des Missbrauchs, die mich härter gemacht hat, meinst du? Vorsicht, du gibst schon wieder Stereotypen an. Würdest du das annehmen, wenn ich keine Frau wäre?"

„Ich habe mich eigentlich auf den Job bezogen, Carrie. Aber jetzt, da du es sagst, kann ich nicht anders, als mich das zu fragen. Also, hast du?"

„Habe ich was?"

„Hast du eine tiefe, dunkle Vorgeschichte des Missbrauchs?"

„Ich hatte eine ideale Kindheit, Tyler. Das hättest du selbst herausfinden können, als du dir meine Fotoalben angesehen hast. Normale Angst vor Teenagern und so, aber nichts Ungewöhnliches."

„Du lächelst viel auf diesen Fotos. Bis zu einem gewissen Punkt. Also, was ist passiert? Was hat dich so sehr davon abgehalten zu lächeln?"

Es sollte sie nicht überraschen, dass er in der kurzen Zeit, in der er sich ihre Alben angesehen hatte, so viel gesehen hatte, aber das tat es. Sie schüttelte den Kopf. „Sofern du nicht bereit bist, einige persönliche Informationen über dich selbst weiterzugeben, schlage ich vor, dass wir die Befragung über Carries Psyche beenden. Ich erinnere mich, was passiert ist, als ich dich das letzte Mal reingelassen habe, Jase. Ich werde nicht noch einmal darauf reinfallen."

Er lehnte sich weiter zurück in seinem Stuhl und klemmte seine Hände hinter seinen Kopf.

Sie versuchte natürlich erfolglos, ihren Blick von seinem muskulösen Bizeps fernzuhalten.

„Dann schieß mal los", sagte er.

„Entschuldigung?"

Er zuckte mit den Schultern. „Du hast recht. Ich hatte persönliche Informationen über dich und habe sie verwendet, um über dich zu urteilen. Darüber, was dich antreibt. Es ist nur fair, dass du das Gleiche tun kannst."

„Du hast mir bereits von dem Täter erzählt, der dich fast getötet hätte. Was jetzt? Du willst mir einfach nur freien und totalen Zugang zu deinen Geheimnissen geben?"

„Ich habe ehrlich gesagt nicht viele Geheimnisse. Wenn du auf eines triffst, über das ich nicht reden möchte, dann sage ich es dir. Aber ich weiß, dass du immer noch sauer auf mich bist. Wenn wir an diesem Fall gemeinsam arbeiten wollen, müssen wir auch daran arbeiten, dass du mir wieder vertraust. Ich denke, wenn ich mich ein wenig verletzlicher für dich mache, sind wir quitt."

„Wir werden nicht 'quitt' sein, es sei denn, Commander Stevens fragt mich nach dir und ich verwende alle Informationen, die du mir gibst, um zu behaupten, dass du nicht in der Lage bist, eine bestimmte Aufgabe zu erfüllen."

„Irgendwo muss man anfangen, oder?"

„Wir müssen arbeiten ..."

„Wir haben so lange gearbeitet, dass unsere Augen eckig sind. Wenn du kneifen willst, finde eine bessere Ausrede als diese, Ward."

Mit den Händen auf den Hüften starrte sie ihn an. Als es offensichtlich war, dass er nicht nachgeben würde, warf sie ihre

Hände hoch und nahm ihren eigenen Platz ein. „Gut. Du willst, dass ich dich etwas Persönliches frage? Hmm, mal sehen ..." Sie klopfte übertrieben mit ihrem Zeigefinger gegen ihr Kinn und hielt ihn dann hoch. „Ich weiß!" Trotz ihres scherzhaften Tons fühlte sie, wie ihr Ausdruck ernst wurde. „Warum gehst du mit den Frauen aus, die du triffst? Warum willst du das einfache Privatleben, wie du es gestern erwähnt hast? Denn in jedem anderen Aspekt deines Lebens scheint dir ‚einfach' zu langweilig zu sein."

Er starrte sie an, bis sie sich wand.

„Was?"

„Nichts. Du scheinst mich nur viel besser zu kennen, als ich dachte." Er bewegte sich auf seinem Sitz. „Kennst du die Debatte über *Nature versus Nurture*? Die Menschen sind sich nicht einig, ob die Biologie für das Verhalten als Erwachsener wichtiger ist oder ob es mehr davon abhängt, wie ein Mensch erzogen wurde."

„Ja. Und?"

„Nun, meine Eltern haben sich oft gestritten."

„Das ist alles?", fragte sie, als er es nicht ausführte. „Deine Eltern haben sich oft gestritten? Also wurdest du bis jetzt viel umsorgt? Das macht nicht einmal Sinn. Eine großartige Möglichkeit, sich zu öffnen und deine Schwachstellen zu zeigen, Jase. Nächstes Mal verschwende meine Zeit nicht."

Sie stand auf, aber er streckte seine Hand aus. „Nein, warte. Warte eine Sekunde und lass es mich erklären. Ich meine es ernst hier."

Langsam senkte sie sich auf ihren Sitz.

Er lehnte sich nach vorne und fasste seine Hände zusammen. Für einen langen Moment starrte er sie an, als ob ihre Diskussion ihn buchstäblich an eine Szene aus seiner Vergangenheit erinnern würde. „Meine Eltern haben viel gestritten, weil sie beide starke Persönlichkeiten hatten. Starke Leidenschaften und Meinungen. Aber sie waren sich sehr uneins und keiner von ihnen mochte es nachzugeben. Es schien, als wäre alles ein Streit.

Von was man zum Abendessen isst bis hin zu welcher Route man zu einem bestimmten Ziel fährt. Erst als ich älter war, wurde mir klar, dass meine Eltern den Streit wirklich genossen hatten. Dass sie es irgendwie brauchten."

„Deine beiden Eltern sind Polizisten, nicht wahr?"

„Das ist richtig. Aber ich habe den Beziehungen zu Polizistinnen nicht so sehr abgeschworen wie starken Frauen und starke Frauen neigen im Allgemeinen dazu, Polizistinnen zu werden."

Sie grinste. „Anstatt also das ganze Leben lang mit einer starken Frau zu kämpfen, verabredest du dich mit Frauen, die du dominieren kannst. Ich schätze, das macht Sinn."

„Auf eine kranke Art und Weise, ja."

„Vielleicht fehlgeleitet. Ich würde es nicht krank nennen."

„Ich würde es tun."

„Warum?"

„Weil ich bei der Art und Weise, wie ich erzogen wurde, meiner Natur nicht ganz vertraue."

„Ich verstehe nicht."

„Ich weiß, dass du das nicht tust. Mein Vater – er hat meine Mutter geschlagen."

Es war das Letzte, was sie von ihm erwartet hatte. „Was?"

„Es ist nicht sehr oft passiert, aber ab und zu, als ich klein war, verlor er die Kontrolle und schlug sie. Und sie hatte ihm verziehen. Sagte, dass sie ihn dazu gebracht hatte."

„O mein Gott. Das ist verrückt. Als Polizistin hätte sie es besser wissen müssen."

„Das hat sie. Aber sie liebte ihn."

„Und du hast Angst, dass du eine starke Frau schlagen würdest?" Sie schüttelte heftig den Kopf. „Das ist lächerlich, Jase. Du hast mehr Ehre und Integrität als das. Ich habe dir praktisch das Ohr abgebissen und du hast deine Hand nicht gegen mich erhoben. Du würdest nie eine Frau schlagen." Sie dachte daran, wie sie ihn im Zorn geschlagen hatte. „Aber ich habe dich geschlagen. Es tut mir so leid."

„Ich weiß, warum du es getan hast. Ich verstehe schon. Was übrigens keine Lizenz für dich ist, es noch einmal zu tun."

„Aber du hast gehört, was ich gesagt habe, oder? Dass du nicht so bist wie dein Vater?"

„Ich weiß. Er macht es nicht mehr. Das hat er schon sehr lange nicht mehr, erst recht nicht mehr, seit ich alt genug bin, um etwas dagegen zu unternehmen. Aber er hat es lange getan, Carrie und ich bin auf viele Arten wie er. Ich sehe sogar aus wie er."

„Sie sind also noch zusammen?"

„Ja. Sie sind immer noch in Texas. Meine Mutter stand zu ihm und er bekam Hilfe. Und ein Teil von mir ist froh. Trotz allem ... Ich bin froh. Wir haben noch nie darüber gesprochen. Jedes Mal, wenn ich es versuchte, leugneten sie es beide. Aber ich weiß, was ich gesehen habe. Ich habe es immer gewusst."

„Ich stelle mir vor, dass es schwer ist, darüber zu reden. Aber ich meinte, was ich sagte, Jase. Du musst dich nicht mit passiven Frauen treffen, weil du Angst hast, dass du die Beherrschung verlierst und zu deinem Vater wirst."

„Nein, muss ich nicht, aber es macht die Dinge auf diese Weise einfacher. Der Job nimmt uns so viel ab. Ich will mir deswegen nie Sorgen machen, wie ich mich in meinem Privatleben verhalten werde. Und was ist mit dir?"

„Was ist mit mir? Du wolltest dich mir öffnen, nicht umgekehrt. Außerdem habe ich nichts zu erzählen."

Aber schon, als sie es sagte, wusste sie, dass sie log. Und sie konnte erkennen, dass er es auch wusste. Doch bevor er sie anrufen konnte, klingelte ihr Telefon.

„Special Agent Ward", antwortete sie.

„Detective Ward? Hier ist Officer Ian Bellows vom SFPD. Es gab einige Probleme in Ihrem Haus."

Ihre Augen weiteten sich und sie blickte auf Jase, der seine Stirn runzelte. „Probleme?"

„Vandalismus, Ma'am. Oder genauer gesagt, Brandstiftung." Als sie Bellows hörte, wie er die Details erzählte, fühlte Carrie, wie die Farbe langsam aus ihrem Gesicht wich. Sie streckte eine Hand aus, als ob sie sich festhalten wollte, was seltsam war, da sie sich bereits hinsetzte.

„Carrie-", begann Jase.

„Ich – ich bin gleich da", sagte sie Bellows. Unsicher legte sie den Hörer auf. Sie versuchte, genügend Luft zu bekommen, aber plötzlich fühlte sie sich, als würde sie ersticken.

Sofort war Jase an ihrer Seite. „Was ist?"

„Mein Haus", sagte sie, immer noch fassungslos. „Jemand hat einen Molotow-Cocktail durch das Fenster geworfen. Mit einer Brandbombe. Die Feuerwehr ist da, aber laut dem Officer, der gerade angerufen hat, ist es schlimm."

ährend Jase in der Nähe stand, sprach Carrie mit Officer Ian Bellows und dem leitenden Feuerwehrmann vor ihrem Haus. Von der Straße aus sah das Haus gut aus, aber im Inneren war dem nicht so. Die Feuerwehr war rechtzeitig dort angekommen, um die Ausbreitung des Feuers zu verhindern, aber Carries Wohnzimmer war verkohlt und rauchte. Ironischerweise waren die auf ihrem Esstisch verteilten Akten verschont geblieben, während die Fotoalben und andere persönliche Gegenstände in ihren Bücherregalen verloren gegangen waren.

„Es war definitiv Brandstiftung", sagte der Feuerwehrmann. „Wir haben Zeugen, die eine Gruppe von Jungen das Gebäude kurz vor dem Brand betreten sahen, und Ihre Haustür wurde eingetreten. Aus den Beschreibungen, die wir von den Jungen haben, sieht es so aus, als wäre es eine Gang gewesen."

„Haben sie eine bestimmte Gang erwähnt?", fragte Carrie.

Jase verstand sofort. „Porter war in einer Gang." Es machte ihn wütend, dass Porter Carrie auch nach dem Tod weiterhin in Gefahr brachte. Wenn sie zu Hause gewesen wäre, als-

„Ja", sagte sie. Sie war blass, aber ihre Stimme war ruhig.

Dennoch hatte er die Verzweiflung auf ihrem Gesicht gesehen, als sie in ihr beschädigtes Zuhause geschaut hatte. Es hatte ihn an ihren Ausdruck erinnert, als Martha Porter sie angegriffen hatte. Und obwohl er wusste, dass sie hart genug war, um es auszuhalten und sich davon zu erholen, ärgerte er sich darüber, dass sie es musste. Wenn er könnte, wenn sie ihn lassen würde, würde er fast alles tun, um sie vor Schmerzen zu schützen.

„Ich fürchte, nein. Und es tut mir leid, aber Sie werden eine Weile nicht in der Lage sein, hier zu wohnen", sagte der Feuerwehrmann. „Nicht bei so viel Schaden. Ich gebe Ihnen die Nummer einer guten Reinigungscrew, aber bis die fertig ist ..."

„Sie wird bei mir bleiben", unterbrach Jase.

Carrie wehrte ab. „Was? Nein, ich kann nicht."

„Warum nicht? Es ist schon spät. Du kannst nirgendwo hingehen. Und wir werden uns morgen früh sehen, um mit dem Fall weiterzumachen. Es macht Sinn."

Sie sagte nichts, bis der Feuerwehrmann wegging, ein amüsiertes Funkeln in seinen Augen. „Sinn ist das Letzte, was es macht, Jase, und das weißt du."

„Warum? Wegen dem, was heute Morgen passiert ist, nachdem ich trainiert habe?"

„Das und andere Dinge."

„Hast du Angst, dass du deine Hände nicht von mir lassen kannst?"

„Ehrlich? Ja. Eine Fußmassage ist eine Sache. Ich bin nicht dumm genug zu denken, dass ich bei dir zu Hause bleiben kann und nichts zwischen uns passieren wird."

Ihre Direktheit erschreckte ihn, dann erfüllte sie ihn mit Vergnügen. Er wollte bei ihrer Zugabe brüllen, dass sie ihn so sehr wollte, aber er wusste, dass das nicht klug war. Stattdessen sagte er: „Dann lasst uns wenigstens zu Abend essen. Wir fahren getrennt. Du kannst gehen, wohin du willst, wenn wir fertig sind. Wie klingt das?"

Er erwartete, dass sie sich wieder wehren würde, aber sie war offensichtlich mehr fassungslos von den Ereignissen des Abends, als sie zugeben wollte. Mit einem Seufzer sagte sie: „Gut. Ich schätze, ich könnte was zu essen gebrauchen. Aber zuerst muss ich hier fertig werden."

Er wartete, während sie die Nummer der Aufräummannschaft bekam und den Papierkram erledigte. Es dauerte etwa eine Stunde, aber dann war sie bereit zu gehen.

„Ich werde ab morgen daran arbeiten, das Haus sauber zu kriegen. Sie sagten, es sollte nicht länger als ein paar Tage dauern. Wo willst du essen?"

Er schlug Ernesto's vor, ein mexikanisches Restaurant mit der besten Salsa und Guacamole der Stadt, sowie eine tolle Bar. Da es noch früh war, war das normalerweise gefüllte Restaurant ruhiger als sonst, aber trotzdem geschäftig genug, um Hintergrundgeräusche zu erzeugen und Jase' aufgeriebene Nerven zu beruhigen.

Sie aßen ihre Mahlzeiten in relativer Stille. Ein Grund dafür, das wusste er, war, dass sie immer noch unter Schock stand. Der andere Grund war jedoch, dass sie sich von ihm distanzierte. Dass sie nach Trost von den unglaublich beunruhigenden Ereignissen des Tages suchte. Er wollte ihr diesen Trost geben, aber gleichzeitig wollte er ihre Schutzmauern durchbrechen.

Mehr als einmal fing Jase an, sie nach der Panikattacke zu fragen, die sie hatte, nachdem die Porter-Frau sie angegriffen hatte. Irgendwie wusste er, dass es nicht ihre erste gewesen war. Sie war währenddessen und danach zu kontrolliert gewesen, als ob sie viel Übung im Umgang mit ihnen gehabt hätte. Dieser Gedanke passte ihm nicht.

Er mochte nicht daran denken, dass sie unter Schmerzen litt, emotional oder anderweitig. Aber mit dem, was sie für ihren Lebensunterhalt taten, wie konnte sie sich nicht davon beeinflussen lassen? Bei all dem Schmerz und der Tragödie, die sie bei der Arbeit sah, musste er auf irgendeiner Ebene in sie eindringen. Und ob es ihr gefiel oder nicht, es beeinflusste sie anders, weil sie eine Frau war. Nicht wahr? Zum Teufel, er hielt sich wirklich nicht selbst für einen Chauvinisten, aber während er sie unbestreitbar als starke Polizistin betrachtete, vergaß er nie, dass sie eine starke Polizistin war. Wenn ihn das nicht zum Chauvinisten machte, was dann? Dennoch fragte er sich, ob sie jemanden zum Reden hatte. Ob sie einen Freund hatte, dem sie sich anvertrauen konnte. Weinend oder lachend. Irgendwie glaubte er das nicht.

Zum ersten Mal sah er wirklich, wie isoliert Carries Leben sein musste. Er fühlte einen stechenden Schmerz in seinem Herzen und erkannte, was es war. Traurigkeit für sie. Und für ihn. Weil er wusste, dass sie mehr verdiente. Und er war sich nicht sicher, ob er in der Lage war, ihr das zu geben.

Er wollte Carrie nicht als traurig oder einsam betrachten. Verständlicherweise sah sie jedoch immer noch besorgt aus. Zum Teufel, sie hatte gerade einen der miesesten Tage gehabt – etwas, wozu er unbeabsichtigt beigetragen hatte –, und sie war dazu noch aus ihrem Haus vertrieben worden. Sicher, sie ging damit um, aber er konnte an ihrem fernen Gesichtsausdruck erkennen, dass sein Plan, sie von ihren Problemen mit dem Abendessen abzulenken, nicht ganz funktioniert hatte.

Er wollte aber nicht aufgeben. Er wollte sie nicht nach ihren Panikattacken oder irgendetwas anderem fragen, das sie dazu bringen würde, sich noch weiter von ihm zurückzuziehen. Er musste sich an die sicheren Themen halten. Fürs Erste.

Er lehnte sich in seinem Stuhl zurück und lächelte sie neckisch an. „Also, was ist deine Lieblingsfarbe, Blume und TV-Show?"

Überrascht traf ihr Blick auf seinen. „Spielen wir jetzt zwanzig Fragen?"

Er zuckte mit den Schultern. „Was ich über dich persönlich weiß, weiß ich nur, weil ich mir deine Fotoalben angeschaut habe. Ich muss etwas nachholen."

Sie lächelte nur leicht, aber es war genug. „Rot, Pfingstrose und ich schaue kein Fernsehen."

„Nicht mal eine Polizeisendung?"

Sie schüttelte den Kopf und nahm noch einen Schluck von ihrem Wein. „Machst du Witze? Manchmal sind sie gut zum Lachen, aber das war's auch schon."

„Erzähl mir davon. Du kannst mir die Insider-Informationen zu etwas geben. Wie war es wirklich, bei der SWAT zu sein? Hast du irgendwelche coolen SWAT-Geheimnisse erfahren?"

„SWAT-Geheimnisse? Wie ...?"

Sein Plan funktionierte. Zum ersten Mal, seit sie von dem Feuer erfahren hatte, schien ihr Blick klar zu sein. Sie konzentrierte sich nur auf ihn. „Ich weiß nicht. Alles, was wir bescheidenen Spezialagenten vielleicht noch nicht wissen."

Sie schnaubte. „Bescheiden ist das Letzte, womit ich dich beschreiben würde, Jase."

„Gut zu wissen. Aber seien wir doch mal ehrlich. Ich bin ein knallharter Typ, sicher, aber SWAT? Das ist ein ganz anderes Level. Also hau schon raus."

Sie lehnte sich nach vorne und verschränkte ihre Arme auf dem Tisch. „Nun, sie haben uns eine Weiterbildung in Geiselsituationen gegeben. Nicht nur, wie man einem potenziellen Entführer entkommt, sondern auch, wie man als Team arbeitet. Das ist eines der Dinge, die mir an SWAT gefallen haben. Der Teamgeist, den selbst ein Teil von SIG zu sein nicht ersetzen kann."

„Also, wie würde ein Team arbeiten, um einem Geiselnehmer zu entkommen?"

„Nehmen wir an, ein Verdächtiger nimmt mich als Geisel und du bist da. Er befiehlt dir, deine Waffe fallen zu lassen. Wir wissen beide, dass das nicht geht, oder?"

„Richtig. Wenn die Geisel eine Zivilperson ist, ist das eine andere Sache. Aber wenn ein anderer Polizist beteiligt ist, wenn die Wahl zwischen einen gefährlichen Verdächtigen entkommen zu lassen, der andere verletzen kann, oder einen anderen Polizisten zu retten liegt, dann gibt es keine Wahl, wirklich."

„Aber jede Abteilung sollte ein Signal für eine solche Situation haben. Etwas, das sie gegen den Bösewicht verwenden können."

„Und das SWAT hatte ein solches Signal. Was war es?"

„Wenn man den Zweitnamen des gefangenen Officers sagt. Wir alle wussten, wenn ein anderer Polizist in einer Krise unseren zweiten Vornamen sagte, dass das unser Signal war, sich zu ducken und in Deckung zu gehen."

„Und wie ist dein zweiter Vorname?"

„Wie ist deiner?", fragte sie.

„Ich zeig dir meins, wenn du mir deins zeigst?"

„So etwas in der Art."

„David."

„Jase David Tyler. Das ist so ... Ich weiß nicht ... Normal. Das ist nicht fair", schmollte sie. „Sicherlich nicht wert, dir meinen zu sagen."

Mit diesem übertriebenen Schmollmund auf ihren Lippen konnte er sich fast selbst davon überzeugen, dass sie mit ihm flirtete. Er beschloss mitzuspielen. „Warum? Hast du einen seltsamen Zweitnamen?"

„Vielleicht."

Natürlich wollte sie nicht so leicht aufgeben. Wo wäre da der Spaß daran? „Du solltest es mir sagen. Wie kann ich dir sonst das Signal geben, wenn ich es brauche?"

„Ich kann dir dafür einfach einen erfundenen Namen geben."

Stimmt. Aber das hätte sie auch schon tun können. Die Tatsache, dass sie es nicht getan hatte, gefiel ihm. Es war fast so, als wollte sie, dass er die Informationen von ihr holte.

Aber das musste er nicht. Er hatte es bereits. Und es waren verdammt gute Informationen. „Aber das wirst du nicht. Oder? Katherine Katrina Ward."

Ihre Augen weiteten sich. „Woher kennst du meinen vollen Namen?"

„Er war auf einer Seite in deinem Sammelalbum. Kitty-Kat. Es gefällt mir."

Sie rümpfte die Nase in einer bezaubernden Geste, die ihn fast von seinem Sitz stieß. „Ja, nun, das ist genau der Grund, warum ich niemandem meinen richtigen Namen sage. Carrie ist viel respektabler."

Er räusperte sich und versuchte sich zu erinnern, warum sie hier waren. *Damit du sie von ihren Problemen ablenken kannst, Tyler, nicht damit du deine Hände auf sie drücken kannst.* Doch das war genau das, was er wollte. Er wollte sich mit Katherine Katrina Ward in den Laken wälzen, aber sie sprach davon, respektabel zu sein. Oder zumindest einen respektablen Namen zu haben. „Carrie ist nicht nur respektabel, oder? Es ist androgyn. Das ist es, was du wolltest, als du dem Militär beigetreten bist. Und der Polizeiakademie. Richtig?"

Sie schüttelte den Kopf und trank ihren Wein in einem langen Schluck. „Carrie war ein Spitzname, der mir von meinen Brüdern gegeben wurde. Meine Weiblichkeit zu leugnen, hatte tatsächlich nichts damit zu tun." Sie starrte auf ihr leeres Weinglas, die leichte Stimmung, die sie erreicht hatten, verflog.

Entspannter Move, Jase. Aber bevor er antworten konnte, füllte die Kellnerin Carries Glas wieder auf. Sie nahm noch einen Schluck Wein und lehnte dann ihr Kinn auf die Handfläche. „Du ruderst, richtig? Warum? Nur, um Sport zu machen?"

Anstatt ihr zu antworten, nahm er einen Schluck von seinem eigenen Getränk und stellte eine eigene Frage. „Warum hast du dich entschieden, zur Army zu gehen?"

Sie zuckte mit den Schultern. „Das ist einfach. Ich wollte den Menschen helfen. Meinem Land dienen. Einen Unterschied machen."

Er wirbelte den restlichen Wein in seinem Glas. „Ja, aber das hättest du auf verschiedene Weise tun können. Du hättest Lehrerin werden können. Oder Ärztin. Warum Militärpolizistin? Ich meine, ich weiß, dass dein Vater ein Polizist war und deine

Brüder auch, aber sollte das nicht dazu geführt haben, dass du weniger wahrscheinlich eine werden wolltest, wenn du wusstest, was für ein schwieriger Job es war? Und sich dem Militär anzuschließen, hat dem ganzen noch die Krone aufgesetzt, nicht wahr?"

Es vergingen Sekunden, bis sie antwortete. Als sie es tat, waren ihre Worte langsam und maßvoll. „Ich wusste, dass ich mit meinem Schießen eine besondere Gabe hatte. Es ist das, was die Leute am meisten zu bestätigen schienen. Die Tatsache, dass ich gut in etwas war, was die meisten Frauen nicht waren. Ich schätze, ich habe mich an diese Art der Bewunderung gewöhnt. Ich wollte, dass es weitergeht. Und ich hatte mich immer in der Nähe von Jungs wohler gefühlt. Die Dinge schienen einfach weniger kompliziert zu sein. Ich wusste immer, wo ich stand. Es schien natürlich, eine von Männern dominierte Karriere zu wählen. Um zu beweisen, dass ich das so gut kann wie jeder andere Mann."

„Haben die Jungs vom Militär dich respektiert?"

Sie nickte. „Zum größten Teil. Aber erst, als ich zum SWAT ging, dachte ich, ich hätte meinen Platz gefunden."

„Woran liegt das?"

„Weil ich mich wie eine unschätzbare Komponente fühlte. Wir waren wirklich ein Team, das unsere Stärken bündelte und sich gegenseitig den Rücken stärkte."

Ihre Augen leuchteten auf, während sie sprach. Es machte ihn ein wenig eifersüchtig auf das, was sie mit ihrem SWAT-Team geteilt hatte. SIG war auch ein Team, aber ein leicht fragiles. Sie kamen typischerweise nicht in gefährliche Situationen, in denen das Einzige, was zwischen ihnen und dem möglichen Tod stand, war, dass sie sich auf ihre Partner verlassen konnten.

Trotz der Bedenken, die er immer noch hatte, dass Carrie am Fall Einbalsamierer arbeitete, hatte er keine Bedenken, dass sie ihm den Rücken freihalten würde. Niemals. Sie würde alles geben, was sie hatte, um jemanden in ihrem Team zu schützen, so wie sie alles geben würde, was sie hatte, um an einem Fall zu arbeiten.

Er lehnte sich nach vorne. „Was war für dich die größte Herausforderung? Als du dich für die SFPD SWAT beworben hast, meine ich."

„Körperlich?"

„Ja."

Sie blies sich die Haare aus den Augen. „Ich nehme an, es war die solide sechs Fuß lange Wand, die wir hinaufklettern mussten, um den sportlichen Teil zu bestehen. Zuerst konnte ich es nicht tun. Ich war mir nicht sicher, ob ich es jemals könnte."

„Aber das hast du." Natürlich hatte sie das. Er konnte sich ihr Training vorstellen, Entschlossenheit, die auf jeden Zentimeter ihres Gesichts geprägt war, als sie daran arbeitete, alles zu überwinden, was von ihrer Seite als Schwäche wahrgenommen werden konnte.

Sie nickte.

„Und wie hast du dich dabei gefühlt?"

Sie zögerte. „Kraftvoll."

Ihre Antwort überraschte ihn nicht. Er hatte diese Kraft auch bei vielen Gelegenheiten gespürt. Es war ein fester Bestandteil der Polizeiarbeit. Er konnte sich nur vorstellen, wie intensiv sich diese Macht anfühlen würde, wenn man über die Art von Situationen sprach, in die man von SWAT gebracht wurde. „Warum bist du dann gegangen? Du hast dich nicht mehr mächtig gefühlt?"

Sie zögerte ein paar Sekunden, bevor sie sagte: „Nein. Das war's nicht."

„Warum dann?" Als er darauf wartete, dass sie antwortete, konnte er nicht anders, als sich ein wenig zu fürchten. Tief im Inneren wusste er, warum sie wahrscheinlich gegangen war.

Sie zuckte mit den Schultern. „Sagen wir einfach, dass die SWAT, insbesondere die SFPD SWAT, am Ende nicht mehr bereit war für weibliche Mitglieder."

Ihre Antwort bestätigte, was er gedacht hatte. Es machte vollkommen Sinn, dass ihr Geschlecht andere dazu veranlasste, sie herauszufordern. Dennoch, die Tatsache, dass sie das tatsächlich zugelassen hatte, um sie zu beeinflussen ... „Ich hätte dich nie für eine Aufgeberin gehalten. Nicht, wenn jemand versucht, dich abzuschrecken."

„Vielleicht liegt das daran, dass du ein Mann bist, und es wäre schwieriger, dich abzuschrecken, oder?"

„Ist das eine schroffe Antwort, die mich daran erinnern soll, dass ich ein Chauvinist bin, oder ein Hinweis darauf, dass Männer versucht haben, dich abzuschrecken?"

„Es ist keines von beiden, Jase", sagte sie müde. „Komm schon. Ich dachte, wir versuchen, uns besser kennenzulernen, nicht uns gegenseitig zu reduzieren. Wenn es das ist, was wir tun werden, können wir genauso gut wieder an die Arbeit gehen, denkst du nicht auch?"

Sie hatte recht. „Gut. Du hast mich gefragt, warum ich rudere. Für das gleiche Gefühl, das du gefühlt hast, als du über diese Mauer gekommen bist. Um an dem Moment vorbeizukommen, in dem ich glaube, dass ich nicht mehr weitermachen kann. Für diesen Ansturm, wenn ich es über die Ziellinie schaffe. Zu wissen, dass ich trotz des Kampfes stark genug war, entschlossen genug, es zu tun."

Sie verlor die Stille, neckte den Rand ihres Glases mit dem Finger und berührte es in einem weichen, wellenförmigen Kreis, der ihn hypnotisierte. Sie räusperte sich und sah ihn durch ihre Wimpern an. „Du bist jedenfalls sehr stark."

Er hob eine Braue und fragte sich, ob sie betrunken war.

Dann, unfähig zu widerstehen, streckte er die Hand aus und streichelte die Hand, die auf dem Tisch lag. Ihre Haut war glatt und warm, aber durch eine Kraft gemildert, die höllisch sexy war. „Ja, aber wie du weißt, geht es beim guten Sport nicht unbedingt um körperliche Stärke. Es geht darum, deinen Körper zu kennen. Wie man ihn bewegt. Wie man sich im Raum neu positioniert. Es geht um Kreativität, um das Lernen, sich anzupassen und seine Energie für den Moment zu reservieren, in dem es am wichtigsten ist." Er hob ihre Hand und umschlang ihre Finger.

Ihre Augen flammten auf, als er ihre Hand zu seinem Mund führte und sie küsste. „Es ist eine Ganzkörperübung. Es geht darum, still zu sein, wenn man es muss. Sich zu bewegen, wenn es sein muss. Es geht darum, deine Ängste vor der Welt zu überwinden."

Er küsste ihre Hand wieder, diesmal mit seiner Zunge, um das zarte Tal zwischen Daumen und Zeigefinger zu lecken. Er fühlte, wie ihr Puls gegen seine Finger schlug und seinen eigenen Herzschlag antrieb.

Als sie sich grade zum Abendessen gesetzt hatten, hatte Carrie gedacht, dass sie einfach Jase' Versuche ertragen müsste, sie von ihren Problemen abzulenken. Ablenkung schien unmöglich, wenn man bedachte, womit sie es zu tun hatte. Tod. Serienmörder. Eine Klage. Ihr Wohnzimmer ist abgefackelt worden.

Ganz zu schweigen von ihrer Anziehungskraft auf Jase und seiner wachsenden Bereitschaft, etwas deswegen zu unternehmen. Nach allem, was geschehen war, hatte sie jedoch angenommen, dass ihre sexuelle Anziehung in den Hintergrund treten würde.

Das tat sie nicht. Was einfach bewies, wie gefährlich Jase für sie war.

Selbst wenn ihre Welt zusammenbrach, hatte er die unheimliche Fähigkeit, sie all die schlechten Dinge vergessen und sich nach dem einfachen Vergnügen seiner Gesellschaft sehnen zu lassen. Seinen Berührungen.

Als Jase ihre Hand küsste, hatte Carrie das Gefühl, dass sie nicht mehr über Sport sprach. Seine Worte und seine Berührung hatten ein Pochen in ihrem Körper ausgelöst. Die Worte schlüpften heraus, bevor sie sie aufhalten konnte. „Du bist die meiste Zeit so entspannt. Du scheinst vor nichts Angst zu haben."

Jase' Augenbrauen hoben sich überrascht. „Jeder hat vor irgendetwas Angst, Carrie. Besonders ich."

Er streichelte seine Finger an ihrem Arm auf und ab, die Striche wurden immer länger, bis er sie von der Schulter bis zum Handgelenk berührte. Seine Beine verhedderten sich mit ihren unter dem Tisch und sie fühlte, wie er ihre Beine mit seinem Fuß auseinander schob.

Sie keuchte. „Wovor hast du Angst?"

Er zögerte und sah sie mit ernsten Augen an, die zuerst mit Zärtlichkeit, dann mit Hitze aufleuchteten. „Sagen wir einfach, ich mag es nicht, Dinge unvollendet zu lassen. Persönlich oder beruflich."

Sprach er von ihr? Vielleicht. Aber sie wusste auch, dass das nicht alles war. Er hatte die Maske, die er am Tatort von Kelly Sorenson angelegt hatte, ein wenig fallen lassen, aber nicht ganz. Es hatte ihn den ganzen Tag belastet. Und aus irgendeinem Grund, nachdem sie heute Abend Wein getrunken und mit ihm gesprochen hatte, war sie nicht zu scheu, ihn danach zu fragen.

„Also, Kelly Sorenson", sagte sie leise, als sie ihre Fingerspitzen über seine Hand fahren ließ. „Du und DeMarco habt mit ihr gesprochen. Es muss bestürzend für dich gewesen sein, sie heute zu sehen. Ist es das, was du meinst, wenn du Dinge professionell erledigst? Solche Dinge?"

Er hielt seinen Blick auf ihren Fingern, als sie über seine dunkle Haut fuhren. „Ja. Gerechtigkeit ist eine der wichtigsten Methoden, um Dinge zu beenden, nicht wahr? Und die Tatsache, dass ich sie getroffen habe?" Er blickte nun auf und traf ihren Blick, der voller Bestürzung war. „Ja, es ist seltsam. Sie war eine Fremde, aber sie hatte ein hübsches Lächeln. Einen mutigen Geist. Egal, was ich über die persönlichen Entscheidungen denke, die sie getroffen hat, sie lebte ihr Leben so, wie sie es wollte, und soweit ich das beurteilen kann, hat sie niemanden verletzt. Sie hatte ein Recht auf dieses Leben."

„Hat es dich gestört? Was Susan Ingram sagte? Dass, wenn du Kelly im McGills in Ruhe gelassen hättest, sie noch am Leben wäre?"

„Ich kann mir nicht die Schuld für so etwas geben. Nur weil eine Frau versucht hat, mich in einer Bar abzuschleppen, bedeutet das nicht, dass ich die Pflicht habe, dem nachzugehen, was sie angeboten hat."

„Nein. Du magst die Herausforderung zu sehr, nicht wahr?" Sie sagte nicht die Worte, um kritisch zu klingen, doch sie kamen so bei ihm an. Dennoch war er nicht beleidigt.

Er fuhr mit seiner Hand wieder bis zu ihrer Schulter und schröpfte dann ihren Nacken. „Ich mag dich", sagte er leise.

Die einfachen Worte ließen ihr Herz höher schlagen. Sie gaben ihr das Gefühl, mächtiger, würdiger zu sein, als sie es sich je vorgestellt hatte. Nach allem, was sie in ihrem Leben erreicht hatte, schien es albern, dass ihr Jase, der sie „mochte", so viel bedeuten konnte. Nicht wahr?

Selbst als sie damit kämpfte, wie sie reagieren sollte, massierte er ihren Hals mit einem starken Griff und schloss ihre Augen in Ekstase.

„Kann ich noch etwas für euch tun?"

Carries Augen sprangen auf, als die Kellnerin an ihrem Tisch vorbeischaute. Sie sah amüsiert aus und wartete nicht darauf, dass Jase oder Carrie etwas sagten, bevor sie die Rechnung auf den Tisch legte.

Jase ließ Hals und Hand los und brach den Zauber, den er über sie gewirkt hatte. „Willst du noch mehr Wein?"

Sie sah auf das leere Glas vor sich und schüttelte den Kopf. Er bezahlte die Rechnung und sie verließen das Restaurant. Er legte seine Hand auf den unteren Teil ihres Rückens, als sie zu ihren Autos gingen.

Die Straße war geschäftig. Die Nachtluft sollte auf ihrer überhitzten Haut kühl und beruhigend sein. Stattdessen wirkte es wie ein unerwünschter Ruck der Realität. Jase hatte es tatsächlich geschafft, sie von ihren Problemen abzulenken, aber jetzt, da das Abendessen vorbei war, hatte sie etwas zu tun. Sie blieb stehen und drehte sich mit einem traurigen Lächeln zu ihm um. „Ich kann nirgendwo hingehen, schon vergessen?" Sie griff nach ihrem Handy. „Lass mich ein paar Hotels anrufen—"

Jase legte eine Hand auf ihren Arm und sie erstarrte. „Komm schon, Carrie. Warum bleibst du nicht einfach bei mir?"

Warum? Es gab so viele Gründe und sie kämpfte darum, sich an jeden einzelnen zu erinnern. „Ich habe dir bereits gesagt, warum."

„Ich werde dich zu nichts zwingen. Ich werde dich nicht anfassen, es sei denn, du bittest mich verdammt nochmal darum."

Sie glaubte ihm. Jase würde sich ihr nie aufdrängen. Aber das war nicht das, wovor sie Angst hatte. Trotz ihrer besten Absichten hatte sie die letzte Stunde genossen. Sie wollte mehr. Mehr Ablenkung. Mehr Zeit mit ihm. Was sie wollte, würde weiter wachsen, wenn sie es zulassen würde.

Und da sie es nicht zulassen konnte, zwang sie sich, zu sagen: „Das wird nicht passieren."

„Wo liegt dann das Problem?", forderte er sie heraus.

Sie verfluchte ihren Stolz. Er würde die Dinge für sie extrem unangenehm werden lassen. Aber sie nickte einfach. „Gut. Ich könnte bei mir zu Hause vorbeifahren, aber es wäre einfacher, ein paar Dinge im Supermarkt zu kaufen. Eine Zahnbürste. Toilettenartikel. So was in der Art. Es sei denn, du hast diese Sachen bei dir zu Hause für deine Frauen?"

Sie klang zickig und sie wusste es. Sie wusste auch, warum – es war ein letzter Versuch, sich zu schützen. Indem sie sich an Jase' Affären mit anderen Frauen erinnerte, könnte sie vielleicht verhindern, dass etwas zwischen ihnen passierte.

Aber anstatt sie mit ihrer offensichtlichen Taktik aufzudecken, sagte Jase einfach: „Wir halten im Supermarkt."

Jase' Haus sah genau so aus, wie Carrie es sich vorgestellt hatte.
Stilvoll. Ordentlich. Schlanke, moderne Linien. Hervorragender Geschmack und dennoch absolut männlich. Bequem.

Als er versuchte, sie zum Schlafzimmer zu führen, sträubte sie sich. „Wenn du mir einfach ein paar Laken gibst, werde ich mich auf dem Sofa niederlassen", sagte sie.

„Ich bin mehr Gentleman als das. Du nimmst mein Bett."

Sie zuckte beinahe körperlich zurück. Sie stellte sich all die Frauen vor, die vor ihr in diesem Haus gewesen waren. Die ganze Zeit, die sie in Jase' Armen verbracht hatten. „Ich glaube nicht."

Er verschränkte seine Arme über der Brust und lehnte sich an den Türrahmen seines Schlafzimmers. „Gibt es ein Problem?"

„Kein Problem", log sie. Dann, von dem wissenden Blick in seinen Augen getrieben, sagte sie: „Ich werde nicht im selben Bett schlafen, in dem du Sex mit unzähligen Frauen hattest, Jase."

„Nein, das wirst du nicht", stimmte er bereitwillig zu. „Ich hatte noch nie Sex mit einer Frau in diesem Bett."

„Klar." Sie stieß das Wort in komplettem Unglauben heraus.

„Ich meine es ernst. Ich bin vier Monate, nachdem ich bei SIG angefangen habe, hier eingezogen. Der Job ist meine Priorität und was die Übernachtungen angeht, so etwas mache ich nicht. Nicht hier. Ich war immer bei der Frau zu Hause. Das macht es einfacher, wenn ich einen Anruf erhalte und gehen muss. Und übrigens, da wir gerade dabei sind, bin ich vielleicht ein Seriendater, wie du mich genannt hast, aber das bedeutet nicht, dass ich jede Frau vögele, mit der ich mich verabrede. Ich bin viel wählerischer, als du zu denken scheinst."

Es war nicht so, dass sie nicht dachte, dass er wählerisch sei, aber es gab so viele Frauen, die sich zu ihm hingezogen fühlten. Frauen, die nicht davor zurückschrecken würden, ihr Interesse zu bekunden. Welcher Mann wäre in der Lage, dieser Art von Aufmerksamkeit zu widerstehen? Besonders ein Mann, der so hart arbeitete wie Jase. Er verdiente seine Freizeit, ohne dafür verurteilt werden zu müssen. Dennoch wusste sie trotz seiner Zusicherungen, dass das Schlafen in seinem Bett, in den gleichen Laken, die seinen Körper Nacht für Nacht innig berührten, für ihren Seelenfrieden gefährlich sein würde. „Trotzdem ... Ich nehme das Sofa oder ich bleibe nicht."

Er richtete sich auf und schüttelte den Kopf. „Gut." Er verschwand, dann kam er weniger als eine Minute später mit gefalteten Laken und einer Decke zurück, die er ihr gab. „Weißt du, es würde dich nicht weniger zu einer Polizistin machen zuzugeben, dass du manchmal eine Frau bist."

„Das heißt, du hast mir nur dein Bett angeboten, weil ich eine bin, oder?" Sie bedeckte das Sofa mit der Bettwäsche.

„Nein. Ich habe es angeboten, weil du du bist, Carrie. Und dich in meinem Bett zu haben, war schon lange eine Fantasie von mir. Ich dachte, selbst wenn du alleine drin wärst, wäre es besser als nichts."

Sie warf ihre Hände verzweifelt nach oben, bevor sie sich auf ihr provisorisches Bett setzte. „Jase, du musst aufhören. Bitte. Ich habe im Moment so viel im Kopf. Dieser Fall. Mein Haus wurde niedergebrannt. Die Klage. Ich kann mich nicht auch noch mit dir auseinandersetzen."

Leise setzte er sich neben sie. „Die Frau vor McGills Haus ist diejenige, die die Klage gegen die Abteilung eingereicht hat."

„Ja. Aber was spielt das für eine Rolle?"

„Du warst in dieser Nacht aufgebracht. Ich meine, das ist verständlich, aber warum die Panikattacke? Kannst du mir das sagen?"

„Warum? Damit du mich wieder bei Stevens melden kannst?"

„Ich werde niemandem sagen, was du mir erzählst."

„Ich versuche nur, mit allem fertig zu werden, was passiert ist. Es war schon vorher schlimm genug, aber jetzt, da ich mein Haus, meine Sachen verloren habe ..."

„Du hast deine Fotoalben verloren", bestätigte er.

Die Fotoalben, die er durchgesehen hatte. Diejenigen, die ihn über ihren lächerlichen Vornamen informiert hatten. Sie waren ihr wichtig gewesen, aber nicht so wichtig wie das Wissen, dass er neugierig genug auf sie war, um sie durchzuschauen. Dennoch gab es noch andere Dinge, die sie verloren hatte. Karten, die ihre Mutter und ihr Vater ihr geschrieben hatten. Kleine Dinge. Persönliche Dinge, die bewiesen, dass sie ein Leben außerhalb ihrer Arbeit hatte.

„Es sind nur Sachen", fuhr Jase fort. „Es geht dir gut. Das ist alles, was zählt. Gott, wenn ich daran denke, was hätte passieren können, wenn du zu Hause gewesen wärst ..."

Sie war nicht überrascht von seiner Erleichterung. Wenn auch nichts mehr, sie waren Freunde. Sie wusste das. Nur wenn sie sich vorstellte, dass sie ihm mehr bedeutete, bezweifelte sie ihren eigenen Reiz. „Hey, das wär' nicht nur schlecht gewesen", scherzte sie und verdrängte instinktiv die Vorstellung, dass sie mehr als nur Freunde sein könnten. Sie versuchte ein Lächeln. „Du hättest immerhin die Leitung in diesem Fall übernommen."

„Nicht! Mach keine Witze über so etwas, Carrie. Ich war ein richtiges Wrack, als dir in das Bein geschossen wurde, selbst nachdem ich herausgefunden hatte, dass es dir gut ging. Wenn dir etwas Schlimmeres passiert wäre ..."

„Bei unseren Jobs besteht immer die Chance, dass mir etwas Schlimmeres passiert. Uns beiden."

„Ich weiß. Und deshalb wünschte ich, ich würde mich nicht so sehr um dich kümmern, Carrie."

Das sagte er immer wieder. Er wollte sie immer wieder näher an sich heranziehen. Warum? Was dachte er, was damit erreicht werden konnte? Sie würden keine gemeinsame Zukunft haben. Seine Zukunft lag bei den weiblichen, wunderschönen Frauen, mit denen er sich verabredet hatte, nicht bei einer Frau, die so sehr zur Männerwelt gehören wollte. „Du kannst dich nicht um mich kümmern, Jase. Du kennst mich nicht wirklich."

„Ich kenne dich genug. Du faszinierst mich mehr als jede andere Frau, die ich je kannte."

„Das liegt daran, dass ich anders bin. Ich ziehe mich nicht wie deine Frauen an. Ich rede nicht so wie sie. Ich habe wahrscheinlich nicht einmal Sex wie sie. Ich bin Polizistin, Jase, das ist es, was ich bin." Eines Tages würde er sie so wieder sehen und dann würde er erkennen, dass er mehr wollte.

Er packte ihre Arme. „Ist es das, was du wirklich denkst? Dass du nur eine Polizistin bist? Du bist so viel mehr als das, Carrie. Du siehst besser aus als andere Frauen. Du redest besser als sie. Und ich weiß verdammt gut, wenn wir jemals Sex haben würden, würdest du ..." Er schloss die Augen und fluchte leise. Mit offensichtlich extremer Anstrengung ließ er sie frei und trat zurück. „Schau, du hattest einen harten Tag. Ich will es dir nicht noch schwerer machen. Ich muss dich schlafen lassen. Es sei denn, du brauchst etwas?"

Ich brauche so viel, dachte sie. *Ich brauche dich. Aber ich kann dich nicht haben.*

Ich kann nicht.

„Nein", flüsterte sie. „Mir geht es gut. Danke, dass ich hier übernachten darf."

„Jederzeit. Vergiss das nicht. Und denk daran, dass dieses Gespräch noch lange nicht vorbei ist. Gute Nacht, Carrie." Er ging zurück in sein Schlafzimmer und schloss die Tür sanft.

Carrie seufzte und machte sich bettfertig. Schließlich ließ sie sich auf dem Sofa nieder. Sie dachte darüber nach, was er gesagt hatte, dass ihr Gespräch nicht beendet war. Und sie fragte sich, warum diese Aussage sie genauso glücklich wie ängstlich machte. Innerhalb weniger Minuten schlief sie ein.

Und irgendwann kam der Alptraum.

In ihrem Traum schlich sich Carrie, gekleidet in dunkler Kleidung und Tarnung, leise zu einem Haus mit dem Rest ihres Teams. Auf ihr Signal hin feuerte DeMarco vier Tränengasgranaten durch das Fenster und Simon trat gegen die Tür. Carrie und Jase folgten ihm dicht, das Licht an ihren Gewehren durchdrang die Dunkelheit und enthüllte Rauch- und Schattenfahnen.

Ihre Augen strengten sich an, um Bewegungen zu erkennen. Plötzlich sah sie sie. Die ersten drei Opfer des Einbalsamierers mit grellem Make-up bedeckt. Dann trat eine andere aus dem Schatten. Kelly Sorenson. Ihr Körper war ganz, aber Blut floss aus ihr heraus.

Als Sorenson sich ihr näherte, bewegten sich die Schatten hinter ihr. Es war Sorensons Mörder. Der Einbalsamierer. Oder jemand anderes? Sie wusste es nicht, aber sie konnte das Weiß seiner Augen sehen, seine Iris farblos im Dunkeln. Sie versuchte zu zielen. Konnte sich nicht bewegen. Warum konnte sie nicht feuern? Sie sah zu, wie der Mörder seine Waffe hob. Sah das Blitzen seiner weißen Zähne, als er grinste. Versuchte zu rufen, konnte es aber nicht.

Sie hörte den Knall der Waffe nicht, aber sie sah den plötzlichen Blitz aus der Mündung, als der Mörder jedem der Opfer in den Kopf schoss. Einer nach dem anderen fielen sie vor ihr auf den Boden. Sie registrierte einen weiteren Blitz im Dunkeln und hörte Jase hinter sich schreien.

Bevor der Schock registriert werden konnte, fühlte sie, wie Hitze in ihrer Brust explodierte und sie zurück schleuderte, so dass sie auf ihrem Bauch lag, ihr Gesicht zur Seite gedreht.

Blut floss aus ihr heraus und sie war gelähmt. Sie konnte nicht vom Blutbad vor ihr wegblicken. Jase' Körper lag in der Ferne und sie kämpfte darum, ihn zu erreichen. Kelly Sorenson war näher dran, ihr Gesicht war ihr zugeneigt.

Carrie konnte ihre Augen sehen. Leblos und doch starrten sie sie an.

Sie versuchte zu schreien, aber ihr Mund war in einem breiten, gähnenden Loch stiller Verzweiflung erstarrt. Sie hörte das langsame Schlagen ihres Herzens. Langsam. Noch langsamer. Bis es keinen Ton mehr gab. Keine Sicht. Nichts.

Nichts als Dunkelheit.

Und das unausweichliche Wissen, dass sie versagt hatte.

Schon wieder.

Carrie fuhr hoch, zitterte und schwitzte. Ihr Atem kam in so schnellen Schüben, dass sie für einen Moment dachte, sie würde hyperventilieren. Die Szene, die Emotionen, waren so klar, so lebendig in ihrem Kopf, dass sie einen Moment brauchte, um zu erkennen, wo sie war und dass sie geträumt hatte. Die ungewohnte Umgebung ließ ihre Panik außer Kontrolle geraten.

Sie griff nach ihrer Waffe, die sie neben dem Sofa platziert hatte, und löste die Sicherung. Sie fuhr mit ihr in einem Bogen vor sich her und scannte den Raum nach Bewegung. Nichts.

Aber dann stürzte Jase in den Raum, mit nackter Brust und Pyjamahose, die tief auf seinen Hüften hing, seine eigene Waffe in den Händen.

Sie starrten sich gegenseitig an.

Sie zwang sich, ihren zitternden Griff an ihrer Waffe zu lösen und langsame, beruhigende Atemzüge zu machen. Nach einer Weile normalisierte sich ihre Atmung und sie legte die Sicherheit an der Waffe an, bevor sie sie wieder ablegte. „Tut mir leid. Schlechter Traum." Sie bedeckte ihr Gesicht mit den Händen und versuchte, nicht zu weinen.

Der Alptraum war anders, aber schlimmer. Es hatte ihr Versagen, Kevin Porter zu erschießen, vergrößert, aber diesmal waren Jase und andere gestorben, anstatt ihren eigenen Tod herbeizuführen. War es prophetisch? Nein. Auf keinen Fall würde sie zulassen, dass jemand anderem etwas zustieß. Besonders Jase nicht.

„Carrie."

„Ich muss wirklich allein sein, Jase."

„Ich denke, das ist das Letzte, was du im Moment brauchst."
Er setzte sich neben sie und hob ihr Kinn an. „Rede mit mir. Sag
mir, worum es in deinem Traum ging."

„Tod", sagte sie müde. „Meine Träume handeln fast immer
vom Tod."

„Wessen Tod? Deinem?"

Sie schüttelte den Kopf. „Das ist der schlimmste Teil. Es geht
nie darum, dass ich sterbe. Es geht um all die Menschen, die ich
nicht retten kann. Sogar – sogar die, die ich getötet habe."

„Du meinst Kevin Porter, nicht wahr? Verdammt, Carrie, du
weißt, dass die Wahl zwischen dir oder ihm stand. Er ließ dir
keine andere Wahl."

„Logischerweise weiß ich das. Logischerweise weiß ich, dass
ich auch nicht für Kelly Sorensons Tod verantwortlich bin. Aber
in meinen Träumen geht es nicht um Logik. Es geht darum, was
ich fühle. Ich werde immer das Gefühl haben, dass ich hätte
etwas anderes machen sollen. Mehr hätte machen sollen." Sie sah
ihn jetzt an. „Fühlst du dich nie so?"

„Manchmal. Manchmal ist es schwer, das nicht zu glauben.
Aber niemand kann den Tod besiegen. Alles, was wir tun können,
ist, ihn hinauszuzögern, und wir können es nicht allein tun, nicht
wenn andere gegen uns arbeiten. Wenn sich die Logik mir
entzieht und ich mich hoffnungslos oder hilflos fühle, konzentriere ich mich auf andere Dinge."

„Auf was zum Beispiel? Auf deine Frauen? Lust?" Sie klang
skeptisch. So sehr es sie auch verletzte, an ihn mit anderen
Frauen zu denken, sie konnte ihm nicht missgönnen, welchen
Trost und welche Freude er im Leben auch immer erlangen
konnte. Aber sie konnte auch nicht ganz verstehen, wie es bei
ihm tatsächlich funktionierte.

„Manchmal ist es der einzige Weg, die anderen Dinge zu
überleben, wenn wir uns der Lust hingeben. Was wir tun, ist so
dunkel. Du neckst mich wegen meiner Frauen, aber ja, sie sind

meine Art zu versuchen, die Dinge auszugleichen. Um sich daran zu erinnern, dass es auch im Leben Schönheit und Freude gibt."

„Ich glaube nicht, dass es auf der Welt so viel Schönheit und Freude gibt, Jase."

„Das kann nicht wahr sein. Ich habe dein Haus gesehen. Du magst es, dich mit schönen Dingen zu umgeben. Du musst nur akzeptieren, dass eines der schönen Dinge auf der Welt du bist."

„Nicht", sagte sie mit karger Stimme.

„Was nicht? Soll ich dich nicht schön nennen?"

„Ich habe die Frauen gesehen, mit denen du dich verabredest. Ich kann nicht mithalten."

„Du liegst falsch. Sie sind diejenigen, die nicht mit dir mithalten können. Aber es ist kein Wettbewerb. Es ist nur das Leben. Ich versuche, so viel Gutes wie möglich zu tun, aber ich vergesse auch nicht, das Vergnügen zu haben, das ich haben kann."

„Vergnügen zu verfolgen, ist ein Luxus, den ich mir im Moment nicht leisten kann."

„Ich habe das Gefühl, dass du dir das schon eine Weile einredest, nicht wahr?" Er seufzte und stand auf. „Es tut mir leid. Wir reden im Kreis und du musst müde sein. Sag mir Bescheid, wenn du etwas brauchst."

Er lächelte sanft und drehte sich um, um wieder ins Schlafzimmer zu gehen. Die Panik wand sich durch sie hindurch. Plötzlich fielen all ihre Logik, ihre Argumente und Verteidigungen von ihr ab. Sie wusste nur, dass sie es nicht ertragen konnte, dass er sie verließ. „Ich brauche dich", platzte sie heraus. „Ich will Vergnügen, Jase. Ich – ich weiß nur nicht, wie ich das kriegen soll und was ich tun soll."

Er erstarrte. Als er sich umdrehte, sah er so verblüfft aus, wie sie sich fühlte.

Je länger er sie anstarrte, desto mehr bereute sie ihre dummen Worte. „Schon gut. Ich weiß nicht, warum ich das gesagt habe. Du hast recht. Ich bin müde. Ich—"

Er kniete sich neben sie nieder und nahm ihr Gesicht in seine Hände. „Du bist eine gute Polizistin, Carrie, aber du bist mehr als das. Du musst dich selbst mehr als das sein lassen. Wenn du mich brauchst, hast du mich. Ich bin genau hier. Wenn du Vergnügen willst, kann ich es dir geben. Ich möchte es dir geben."

„Aber es ist nicht so einfach", sagte sie, ihre Augen wurden feucht. Sie blinzelte schnell und beorderte ihre Tränen zurück.

„Wie lange ist es her, dass du dir erlaubt hast, befriedigt zu werden, Carrie?"

Sie wandte ihre Augen ab. „Ich mache oft Dinge für mich selbst."

„Beginnen wir mit der offensichtlichsten Antwort. Sex."

Ihre Atemzüge eskalierten, aber Jase zu hören, wie er über Sex sprach, ließ den Luftstrom komplett aus ihrer Lunge hinausstoßen. „Ich bin mir nicht sicher, ob wir das diskutieren sollten ..."

„Wie lange?"

„Sechs Jahre."

Er wirkte nicht schockiert über ihre Antwort, was sie ein wenig verärgerte. Ihr erster Instinkt war es, zu fragen, wie lange es her war, seit er Sex hatte, aber sie hatte Angst, dass die Antwort ihr einfach ein schlechteres Gefühl geben würde.

„Warum so lange?", fragte er ohne einen Hauch von Urteilsvermögen. „Mehr als alles andere ist Sex normalerweise ein großartiger Stressabbau. Man sollte es genießen. Frei gegeben und frei genommen."

Sie zog sich zurück und seine Hände fielen. „Nichts ist frei. Alles ist mit Bedingungen verbunden."

„Sex sollte das nicht sein. Bei uns würde er nicht an Bedingungen geknüpft sein. Nicht zwischen uns beiden."

Sie stand auf. „Richtig. Also würdest du mich immer noch als Polizistin respektieren, wenn du mich nackt und unter dir hattest? Sobald du in mir warst? Man würde nicht denken, dass es dir vielleicht Rechte gibt? Um mich zu beschützen? Um mir zu sagen, was ich tun soll, bei der Arbeit und im Schlafzimmer?"

Jase stand langsam auf. „Ist es das, was andere Männer, mit denen du zusammen warst, getan haben? Sie haben mit dir geschlafen und dann angefangen, dich herumzukommandieren?"

„Mit mir und Männern? Es wird immer zu einem Machtspiel, wenn sie beweisen müssen, dass sie es am besten wissen und mir ein oder zwei Dinge beibringen können, ob ich unterrichtet werden will oder nicht."

„Langsam. Reden wir über einen Mann, der versucht, dich im Bett oder außerhalb zu dominieren?"

„Nach meiner Erfahrung schien es nie einen Unterschied zu geben."

„Dann brauchst du mehr Erfahrung."

„Sagt die Stimme der Erfahrung", erwiderte sie trocken.

Jase zuckte mit den Schultern. „Wie ich bereits sagte, bin ich wählerischer, als du mir zugestehst, aber ich habe mich in den letzten sechs Jahren sicherlich nicht enthalten. Eines ist sicher, wer wir bei der Arbeit sind, wird nichts damit zu tun haben, wer wir zusammen im Bett sind."

„Das ist sicherlich wahr, da wir nicht zusammen im Bett sein werden. Ich fühle mich hier auf diesem Sofa wohl."

„Wenn du auf meinem Sofa schläfst, ist das der sichere Weg, aber es ist nicht das, was wir wirklich wollen, oder? Ich muss zugeben, dieses Gespräch hat mich ein wenig verwirrt, was du wirklich im Bett willst. Ich habe nichts gegen eine Frau, die im Bett durchsetzungsfähig ist und sich nimmt, was sie will. Es bedroht mich nicht, mit einer starken Frau zusammen zu sein. Bedroht mich dich, mit einem starken Mann zusammen zu sein."

Er beobachtete sie aufmerksam. Also wählte sie ihre Worte genauso sorgfältig aus und wiederholte einige, die er kurz zuvor gesprochen hatte. „Dieses Gespräch dreht sich im Kreis. Männer, die ihre Kraft nutzen, ob im Bett oder draußen, neigen dazu, sie zu nutzen, um das zu bekommen, was sie wollen, und nicht, anderen das zu geben, was die wollen."

Wut, dann blitzte etwas, das Mitleid gefährlich nahe kam, über Jase' Gesicht. „Ich glaube, ich beginne zu verstehen. Und ich mag nicht, was du andeutest. Haben dir Männer im Bett wehgetan, Carrie? Haben sie ihre Kraft genutzt, um sich zu nehmen, was sie wollten, ob es etwas war, das du wolltest oder nicht? Wurdest du vergewaltigt?"

Carries Kopf drehte sich. Sie konnte sich nicht mehr daran erinnern, wie sie zu diesem Thema gekommen waren. In der einen Minute sprachen sie über Vergnügen und in der nächsten ...

Sie verschränkte ihre Arme und sah sich um, aber es schien keinen praktischen Fluchtweg in Sichtweite zu geben. Außerdem, wo würde sie hingehen? Sie hatte im Moment kein Zuhause, in das sie gehen konnte, und Jase' Schlafzimmer wäre sicherlich keine gute Idee. „Ich werde dieses Gespräch nicht führen, Jase."

Sein Kiefer straffte sich. „Und das ist eine Antwort. Wer war es?"

„Lass uns da nicht drüber reden." *Bitte,* dachte sie. *Nicht darüber. Ich will nicht, dass du mich bemitleidest. Ich will nicht, dass du mich so siehst. Eine Frau, die vorgibt, stark zu sein, weil alles, was sie je war, schwach ist.*

„Worüber? Persönliches? Das Unbequeme? Vergiss es. Ich möchte, dass du meine Frage beantwortest. Wurdest du vergewaltigt?"

Es war bereits das zweite Wort, das er in dieser Nacht ausgesprochen hatte, das sie schockierte. Das erste, weil sie sich dadurch die beiden zusammen vorgestellt hatte. Nackt und intim. Dieses, weil es sie sich selbst nackt vorstellen ließ. Verwundbar. Unwürdig. Tatsächlich war sie nicht wie die Frauen, mit denen Jase normalerweise zusammen war. Es war am besten, wenn er das ein für allemal akzeptierte. Sie stellte sich ihm frontal. „Ja. Das wurde ich. Bist du jetzt zufrieden?"

Er würdigte ihre Frage nicht mit einer Antwort. Stattdessen wandte er sich von ihr ab und ging zum Fenster, wo er den Rahmen so fest umschloss, dass seine Knöchel weiß wurden.

Vorsichtig beobachtete sie ihn. Beobachtete, wie sich sein Rücken verkrampfte, während er um Kontrolle kämpfte. Beobachtete, wie er mit etwas rang, von dem sie wusste, dass es Gefühle von Wut und Hilflosigkeit waren. Ja, Jase war ein guter Polizist. Er war empört über die Tatsache, dass eine Frau angegriffen wurde. Aber wie er es ihr gesagt hatte, da sie es nun auf allen Ebenen akzeptiert hatte, kümmerte er sich um sie. Sie war sich nicht sicher, warum, und sie war sich nicht sicher, wie tief diese Gefühle gingen, aber sie wusste, dass er ihr wehtat. Und das ließ sie um seinetwillen schmerzen.

„Jase, es ist okay—"

Er wirbelte herum und zeigte mit dem Finger auf sie. „Es ist nicht okay. Versuch nie wieder so zu tun, als wäre das, was mit dir passiert ist, okay."

„Das habe ich nicht so gemeint. Ich meinte nur ... Es ist schon lange her", sagte sie. „Aber es hat mir eine wichtige Lektion erteilt. Männer mögen vielleicht starke Frauen, aber nicht, wenn sie Angst haben, dass die Frau stärker ist. Nicht, wenn sie sich bedroht fühlen. Wenn die meisten Männer sich bedroht fühlen, denken sie, sie haben etwas zu beweisen, egal wie sie es beweisen können."

„Wer war es?" Er kam nicht näher. Zweifelte er an seiner Fähigkeit, distanziert zu bleiben? Hatte er Angst, zu ihr zu kommen, jetzt, da er wusste, was mit ihr passiert war?

„Warum ist das wichtig?"

„Das ist es einfach."

Sie zögerte. Jase zu viele Informationen zu geben, war eine schlechte Idee. Sie haben gerade an einem schwierigen Fall gearbeitet. Das Letzte, was sie wollte, war, dass er sich von den

Gedanken an ihre Rache ablenken ließ, aber sie wusste auch, dass er die Dinge nicht loslassen würde, bis sie ihm eine Art Antwort gab. „Mein College-Freund. Aber es gab Männer seit ihm, die die Grenze überschritten haben. Und ich habe entschieden, dass ich es satt habe, diese Grenze ziehen zu müssen. Ich kann mich genauso gut selbst befriedigen, wenn du verstehst, was ich meine."

„Oh, ich verstehe, was du meinst, durchaus. Und ich verstehe, warum du so denken würdest. Aber glaubst du wirklich, dass ich jemals meine Kraft einsetzen würde, um dich zu verletzen? Um etwas zu tun, was du nicht willst, im Bett oder außerhalb?"

„Nein. Das glaube ich nicht, Jase."

Er schloss seine Augen erleichtert. „Gott sei Dank."

Sie konnte die Entfernung zwischen ihnen nicht mehr ertragen. Sie ging näher heran. Noch näher. Bis sie direkt vor ihm stand. Bis sie ihre Hand auf seine Schulter legen konnte.

Da bemerkte sie, dass er zitterte. „Jase?"

Er zog sie zu sich und vergrub sein Gesicht an ihrem Hals. Die Arme, die er um sie wickelte, fühlten sich verzweifelt an, aber sie ließen sie sich sicher fühlen. Geliebt.

Dieser starke Mann sorgte sich so sehr um sie, dass er wegen etwas zitterte, was ihr vor Jahren passiert war. Sie streichelte sein Haar. „Shh. Mir geht es gut, Jase."

Er war lange Zeit still. So still, dass sie sich zurückzog und sein Gesicht schröpfte und ihn in ihre Augen blicken ließ. „Mir geht es gut, Jase", flüsterte sie. „Du ... du gibst mir ein gutes Gefühl. Du gibst mir das Gefühl, dass ich stark sein kann." *Es war wahr*, dachte sie. Sie hatte diesem Mann ihr schwächstes Selbst enthüllt, aber er ließ sie sich nicht schwach fühlen. Sie fühlte sich würdig. Würdig, weil er sich um sie kümmerte. Er wollte sie beschützen und befriedigen.

Und sie wollte, dass er es tat, wurde ihr in diesem Moment klar.

Jetzt. Genau in diesem Moment.

Vorsichtig berührte sie mit ihrem Finger seinen Mund. Sofort flackerten seine Augen vor Verlangen. „Wir sind von der Spur abgekommen, Jase. Ich – ich sagte, ich brauche dich, erinnerst du dich? Und du hast gesagt, dass du für mich da bist. Hat das, was ich dir gesagt habe, das geändert?"

Er runzelte die Stirn. „Natürlich nicht, aber was du mir gesagt hast—"

„Was ich dir gesagt habe, ist meine Vergangenheit, Jase. Die Zukunft kann etwas anderes bringen. Vergnügen. Ohne Bedingungen. Wenn es das ist, was du auch willst."

Er starrte sie an und lächelte nicht. Er machte keine Witze. Er beruhigte sie nicht. Nicht mit Worten. Stattdessen studierte er ihren Ausdruck und suchte nach Anzeichen von Zögern oder Angst ihrerseits. Er fand nichts, griff nach unten, nahm ihre Hand und führte sie in sein Schlafzimmer.

KAPITEL 13

*J*ase war noch nie so hin- und hergerissen gewesen, wenn es darum ging, eine Frau zu betten. Hin- und hergerissen, am Arsch – er hatte gerade Angst, dass er verrückt wurde.

Was Carrie ihm gesagt hatte, hatte seine Gefühle für sie nicht verändert – er wollte sie immer noch mehr, als er jemals eine Frau gewollt hatte –, aber es machte ihn unsicher, wie er vorgehen sollte. Das Letzte, was er wollte, war, sie zu erschrecken oder schlechte Erinnerungen hervorzurufen.

Er war nicht überrascht zu erfahren, was sie durchgemacht hatte. Mit ihrem militärischen und polizeilichen Hintergrund musste Carrie viele Männer getroffen und angezogen haben, die von ihrer Stärke gleichermaßen angezogen und abgestoßen worden waren. Dass ein Mann die Grenze überschritten hatte, um ihr seine Macht zu beweisen, überraschte ihn nicht, besonders weil es während ihres Studiums passiert war. Sie ware jung gewesen und hatte immer versucht, ihren Platz in der Welt zu finden.

Sie konnte nicht wissen, dass ihr Platz auf der Welt genau hier bei ihm war.

Gott, sie wurde vergewaltigt. Carrie. Seine starke, zähe, leidenschaftliche Carrie war auf eine Weise verletzt worden, die ihn dazu brachte, jemanden töten zu wollen. Gleichzeitig wollte er sie in seine Arme nehmen und an einen sicheren Ort bringen, wo Gefahren und Schmerzen sie nie berühren konnten.

Aber das würde nie passieren. Dunkelheit und Schmerz waren Teile von Carries Leben, so wie sie auch ein Teil seines Lebens waren. Außerdem würde sie ihn hassen, wenn er versuchen würde, sie zu beschützen. Wenn er sie nicht in der Lage sähe, sich selbst zu schützen.

Also nahm er, was sie ihm angeboten hatte. Die Chance, ihr zu zeigen, dass sie stark war. Er konnte sie bewundern, weil sie eine Polizistin war, aber er konnte der Frau auch etwas anbieten. Befriedigung. Ohne Bedingungen. Genau wie er es ihr gesagt hatte.

Als sie vor seinem Bett anhielten, dankte Jase Gott, dass er unter Druck nicht so leicht zusammenbrach. So sehr er auch das Vergnügen genießen wollte, mit Carrie zusammen zu sein, wusste er, dass hier etwas Wichtiges auf dem Spiel stand. Er war nicht nur im Begriff, eine Frau sexuell zu befriedigen, er würde ihre vorgefassten Vorstellungen über Männer und ihre Unfähigkeit, mit einer Frau umzugehen, die stark und doch verletzlich, feminin und doch hart war, festigen oder zerstören.

Jase hätte kein Problem mit ihrer Stärke im Bett. Er wollte, dass sie sich nahm, was sie wollte, besonders da sie ihn wollte. Die Frage war, wie sollte er heute Abend vorgehen?

Die einzige Antwort, die ihm einfiel? Er würde genau so vorgehen, wie Carrie es wollte. Was auch immer sie von ihm brauchte, würde er ihr geben. Aber sie müsste diejenige sein, die genau entschied, was sie von ihm wollte. Alles, was er wusste, war, dass er sie wollte.

Er würde sie nehmen, wie auch immer er sie bekommen würde.

Carrie war sich nicht sicher, ob sie im Begriff war, den größten Fehler ihres Lebens zu machen, oder ob sie endlich mutig genug war, nach dem zu greifen, was sie so lange gewollt hatte. Um sich abzulenken, blickte sie sich in Jase' Schlafzimmer um und mochte die klaren Linien und die Einfachheit. Es war wie er – attraktiv und überzeugend ohne großen Aufwand. Die Dinge passten zusammen. Reflektierte Pflege und guter Geschmack. Aber nichts war übertrieben oder grell. Sein privater Raum zeigte, dass er sich um sich selbst kümmerte und die feineren Dinge des Lebens genoss, aber dass er auch ein Mann mit Substanz war.

Wieder einmal fragte sie sich, was sie hier zu suchen hatte. Warum er sie überhaupt wollte. Sie war nicht wie die schönen Dinge, mit denen er sein Leben füllte. Die teuren Maßanzüge. Die Hundert-Dollar-Haarschnitte. Die teure Flasche Wein, die er beim Abendessen bestellt hatte. Sie war einfacher. Simpler. Sie war Vanilleeiscreme für sein Dulce de leche Eis. Sie war Schnitzel und Pommes zu seinem Filet Mignon und Hummersuppe. Sie war hässlich und unweiblich im Vergleich zu den schönen Frauen, mit denen er sich traf. Wunderschöne Frauen wie Kelly Sorenson. Zumindest war sie schön gewesen, bevor ein Mörder sie entstellt hatte.

Die Erinnerung an den Job, der am Morgen auf sie wartete, ließ sie die Stirn runzeln. Jase hatte gesagt, dass es wichtig sei, nach Schönheit und Vergnügen zu suchen, wenn sie es könnten, nicht trotz der Arbeit, die sie leisteten, sondern sogar deswegen. Aber es schien nicht recht, sich nach Vergnügen zu sehnen, wenn so dunkle, schreckliche Dinge auf der Welt geschahen. Wenn es Jungen wie Kevin Porter gab, die von Polizisten wie ihr erschossen wurden und ihre Großmütter trauern ließen und—

„Shhh", flüsterte Jase, als er ihr Gesicht wieder in seine großen

Hände rahmte. „Ich kann sagen, dass dein Verstand einen Marathon läuft. Komm zu mir zurück, Carrie. Bleib bei mir."

Sie schüttelte den Kopf. „Wir müssen morgen arbeiten, Jase. Kelly Sorenson-"

„Kelly Sorenson ist tot. Wir werden alles tun, was wir können, um ihren Mörder zu finden, aber Tatsache ist, dass wir am Leben sind, Carrie. Hier. Jetzt. Was auch immer wir tun, egal wie sehr wir uns der Hilfe für Opfer von Verbrechen widmen, wir können uns dabei nicht verlieren. Wir müssen auch unser Leben leben. Also lass mich dir helfen zu leben. Lass mich dir helfen, dich lebendig zu fühlen. Lass mich dir ein Vergnügen ohne Bedingungen bereiten."

Sie starrte ihn an und fragte sich, ob das wirklich passierte. Könnte er der Mann sein, der ihr endlich Freude bereitete und wirklich nichts von ihr erwartete? Nicht erwartete, dass sie sich danach vor seiner Männlichkeit verbeugte? Nicht erwartete, dass sie ihre Kraft minderte, um den Weg für sein eigenes Ego zu ebnen?

Ja, sie erkannte es. Jase könnte dieser Mann sein. Er war gut. Ein guter Polizist. Nach allem, was sie gehört und gesehen hatte, war er bei den Damen beliebt und offensichtlich ein guter Liebhaber. Er hatte nichts zu beweisen. Nicht durch sie. Er war bereits sicher in seinem Leben. In dem, wer er war. Vielleicht war es das, was sie die ganze Zeit zu ihm hingezogen hatte.

„Hast du ein Kondom?"

„Nachttisch."

Mit einem Seufzer legte sie ihre Arme um seinen Hals. Er trug nichts anderes als die lockere Pyjamahose und durch das dünne Material ihres T-Shirts fühlte sie, wie sich ihre verhärteten Brustwarzen in die harten Muskeln seiner Brust bohrten. Sie rieb sich an ihm und versuchte, die Sehnsucht zu lindern, die sich in all ihren Zellen und Fasern eingeschlichen hatte, aber sie schien nicht nah genug heranzukommen. Selbst wenn sein harter Schaft durch den seichten Stoff ihrer Pyjamahose gegen sie drückte, war es nicht genug. Sie mussten alle Barrieren zwischen ihnen entfernen. Jetzt.

Sie zog sich schnell ihr T-Shirt vom Kopf und schob dann ihre Hose und ihr Höschen mit einem Schlag herunter. Seine Augen verschlangen sie und wanderten über ihre Brüste und ihren Unterkörper mit einem sengenden Blick, der in sie eindrang und ihr ein warmes Gefühl gab.

Sie hielt seinen Blick mit ihrem eigenen, streckte die Hand aus und schob auch seine Hose und Boxershorts herunter. Sobald sein Schaft frei war, umwickelte sie ihn mit den Fingern. Er stöhnte, hielt aber seine Hände locker und an seinen Seiten, als ob er unter ihrem Kommando stände und bereit wäre, dass sie mit ihm tat, was sie wollte.

Aber seine Augen, schwer und schläfrig, brennend mit dem Feuer von tausend Sonnen, bohrten sich in ihre und gaben ihr das Gefühl, als wäre sie die Hilflose. Unter seinem Kommando.

„Du sagtest, du hättest kein Problem damit, dass ich ... übernehme. Ist das immer noch der Fall?"

Er grinste und hob schließlich seine Hand, um ihre Wange zu streicheln. „Nimm dir, was du willst", sagte er heiser.

Sie lachte und schob ihn so zurück, dass er sich wieder auf das Bett legte. Schnell holte sie die Schachtel mit den Kondomen vom Nachttisch. Dann kletterte sie auf ihn, nahm sich, was sie wollte, und genoss das Wissen, dass es genau das war, was er auch wollte.

Sie hatte vielleicht sechs Jahre lang keinen Sex gehabt, aber Carrie war keineswegs außer Übung. Zumindest kam es Jase so vor. Er lag flach auf seinem Rücken und staunte über ihre anmutigen Bewegungen, als sie seine Kehle und Brust küsste und sich mit schmeichelhafter Begeisterung seinen Körper hinunterarbeitete. Sie hatte ihn noch nicht auf die Lippen geküsst, etwas, das nicht unbemerkt an ihm vorbeigegangen war. Er war nicht im Begriff, sie damit davonkommen zu lassen, aber im Moment ...

Er zischte, als sie ihn umhüllte. Sein Fleisch fühlte sich durch die feuchte Hitze ihres Mundes verbrüht und für einen Moment schloss er die Augen, um es zu genießen. Aber er hielt die Augen nicht lange geschlossen. Er konnte es nicht. Er wollte sich das Bild seiner Finger, die sich in Carries herrlich roten Haaren verfangen hatten, für immer einprägen. Ihr Körper war blass, aber geschmeidig bemuskelt, mit einer Festigkeit, die heute bei den meisten modisch dünnen Frauen fehlte, aber er mochte die Unterschiede, die er in ihr sah. Es ließ sie irgendwie realistischer erscheinen. Es gab ihm das Gefühl, dass sie sich alles nehmen konnte, was er gab, und immer noch genug übrig hatte, um es auch ihm geben zu können. Obwohl er im Moment Zweifel hatte, wie viel mehr er noch verkraften konnte.

Jase schämte sich nicht, zuzugeben, dass er es liebte, im Mittelpunkt der intimen Aufmerksamkeit einer Frau zu stehen, wahrscheinlich mehr als der Durchschnittsbürger. Und Carrie schien für diese besondere Aufgabe geboren zu sein. Sie stöhnte, als ob der Geschmack und das Gefühl von ihm in ihrem Mund ihr genauso viel Freude bereitete wie ihm, und wenn da auch nur ein Funke Wahrheit dran war, war er froh.

Offensichtlich hatte sie ihre Wahl getroffen. Die Unterwürfige zu spielen, stand heute nicht auf ihrer Agenda. Also unterdrückte Jase seinen sehr starken Wunsch, sie auf den Rücken zu drehen und ihr genau zu zeigen, was auch er mit seinem Mund tun konnte. Es hatte nichts mit Konkurrenz zu tun, sondern damit, ihr so viel Freude bereiten zu wollen, dass sie nicht anders konnte, als für mehr zurückzukommen. Und immer mehr. Bis kein Tag mehr verging, an dem sie sich nicht berührten und sich trotz der Dunkelheit ihrer Arbeit mit einer atemberaubenden Intensität vergnügten.

Sie erhöhte den Sog und ihre Zunge verweilte an einer besonders empfindlichen Stelle auf der Unterseite seines Schaftes, weswegen er knurrte und seine Hüften nach oben stieß. Sie blickte ihn an, ihr Blick war heiß und intensiv, erfüllt von Befriedigung über die Freude, die sie ihm bereitete.

„Ich sollte dich befriedigen", stieß er aus, nicht gerade aus Protest, sondern um zu kommunizieren, dass er es nicht vergessen hatte.

Sie wirbelte ihre Zunge um seine Spitze, dann richtete sie sich auf und bewegte sich über seine Oberschenkel, spreizte ihn und rieb ihren nassen Kern an ihm. „Das tust du. Das befriedigst mich sehr. Das ist es, was ich will. Keine Bedingungen, richtig?"

Er faltete seine Hände hinter seinen Kopf, um zu verhindern, dass er nach ihr griff, und dachte dann, *was zum Teufel*. Nur weil sie oben war, bedeutete das nicht, dass er völlig passiv sein musste. Während sie ein Kondom über ihn schob, schröpfte er ihre Brüste und kreiste dann seine Handflächen gegen ihre spitzen Brustwarzen. Sie stöhnte und schloss die Augen und wölbte sich nach vorne für mehr von seiner Berührung. Da er nicht widerstehen konnte, streckte er seinen Hals nach oben und zog eine Brustwarze in seinen Mund. Sie schmeckte verdammt lecker. Er saugte. Leckte. Knabberte. Und dann ging er schließlich zur anderen Brustwarze über, als sie die Hand ausstreckte und seinen Kopf in ihre Händen nahm. Er war so vertieft in das, was er tat, dass er kaum bemerkte, dass sie sich bewegt hatte.

Als sie sich bis zum Anschlag auf ihn niederließ, strahlte der Schock durch seinen Körper. Er knurrte und fiel zurück, seine Finger umklammerten ihre Oberschenkel. Er kämpfte damit, dass sie das Tempo bestimmen konnte und dass er sie nicht sofort anhob und sie wieder nach unten drückte. Das war ihr Ritt, erinnerte er sich. Ihre Show. Er würde ihr alles geben, was sie wollte, zu ihrem eigenen Vergnügen, nicht zu seinem. Aber er wusste, dass es ein und dasselbe war. Alles, was ihr gefiel, würde auch ihm unweigerlich gefallen.

Sie blieb mehrere Minuten lang still, während er in ihr pochte. Ihre Augen waren geschlossen, ihre Stirn in Konzentration gefurcht, als ob sie versuchte, jede Gefühlsflut aufzunehmen, die sie fühlte. Schließlich, ohne die Augen zu öffnen, begann sie sich zu bewegen. Sie hob sich langsam hoch, bis er fast ganz aus ihr herausrutschte. Dann, mit einem verzweifelten Wimmern und einem Biss auf ihre Lippe, sank sie wieder auf ihn, dann wieder, langsam, so langsam. Sie wiederholte die quälenden Bewegungen mehrmals, bis Jase an den Betttüchern kratzte und mit den Zähnen knirschte, um sie nicht anzuflehen, ihn härter zu nehmen. Schneller.

Sie war so herrlich. Wunderschön. Kraftvoll.

Und er gab sich ihrer Macht gerne hin. Seine Zeit würde später kommen. Zumindest hoffte und betete er, dass sie ihm genug vertrauen würde, um ihm das zu geben.

Für eine Sekunde kam ihm die Erinnerung an ihr Gespräch, einschließlich ihres Geständnisses, dass sie vergewaltigt worden war. Er spürte wieder den Schlag von Wut. Bedauern. Er wünschte, er könnte jedes Gramm Schmerz, das sie erlitten hatte, nehmen und verschwinden lassen, als wäre es nie passiert, aber er wusste, dass ihre Vergangenheit sie so geformt hatte, wie sie heute war.

Eine sexy, erstaunliche Frau, die die Freude, die sie anderen brachte, nicht erkannte.

Die Freude, die sie ihm brachte.

Als ob sie seine Gedanken lesen würde, flogen ihre Augen auf. Jase holte tief Luft bei all dem Vergnügen und der Lust, die er in ihren blauen Tiefen entdecken konnte. Ihre Hüften begannen sich zurückzuziehen und kehrten mit mehr Geschwindigkeit und mehr Kraft als zuvor zurück und ließen Erregung über seine Beine und seine Wirbelsäule schießen, um sich in dem Körperteil zu sammeln, das so glücklich in ihr vergraben war. Während sie das Vergnügen hinnahm, spürte Jase einen Augenblick Zögern.

Zum Teufel, was hatte er sich dabei gedacht? Sex mit Carrie war etwas, das er schon lange wollte, aber dachte er wirklich, dass ihr Platz bei ihm war? Nicht nur hier im Bett, für das Hier und Jetzt, sondern für immer? Hatte er sich nicht immer gesagt, dass er damit nicht umgehen könnte, mit einer Frau zusammen zu sein, die so willensstark und leidenschaftlich wie Carrie war, eine, die ihn ständig herausfordern würde?

Das war, was er sich selbst gesagt hatte, gestand er ein, aber mit ihr auf ihm, mit ihm in ihr, mit der Erinnerung daran, wie gut sie in den letzten Tagen zusammengearbeitet und zusammen gekämpft hatten, konnte er sich nicht erinnern, warum er jemals gedacht hatte, dass Carrie, die ihn für den Rest seines Lebens herausforderte, eine schlechte Sache sei.

Es konnte ihm nur Vergnügen bereiten. So viel Vergnügen, wie sie ihm jetzt bereitete. Noch mehr, solange er wusste, dass sie für den Rest ihres Lebens wirklich ihm gehörte.

Ihre wiegenden Hüften nahmen mit ihren Atemzügen an Geschwindigkeit zu. Ihre Handflächen lagen flach auf seiner Brust, ihre Finger streichelten seine Brustwarzen, während ihre Hüften über ihn hin und her rollten. Rein und raus. Heiß und heißer. Nass und feucht. Alles nahm mehr Intensität und mehr Lebendigkeit an, je länger sie sich bewegte. Bis sich jede einzelne Empfindung zu verwirren begann und sich zu einer immer größeren Masse wand, die bald zu groß wurde, als dass ihre Körper sie aufnehmen konnten.

Jase bezweifelte, dass er jemals zuvor so erregt war. Und als Carrie mit der Stärke ihres Höhepunkts zu stöhnen und zu schaudern begann, wusste er, dass dasselbe für sie galt.

Carries ganzer Fokus galt dem Gefühl von Jase' Penis in ihrem Körper und dem ekstatischen Ausdruck auf seinem Gesicht, als sie ihn ritt. Allein aus diesen Dingen hatte sie mehr Befriedigung gewonnen, als sie je gehabt hatte. Das war der Grund, warum es eine Sekunde dauerte, als ihr Körper plötzlich aus Impulsen intensiven Vergnügens explodierte, dass sie erkannte, dass sie tatsächlich einen Orgasmus hatte.

Und Jase hatte kaum etwas getan. Er hatte sich ihr untergeordnet, ihr erlaubt, die Leitung zu übernehmen. Und außer, als er an ihren Brüsten gesaugt hatte, hatte er sie nicht einmal berührt. Doch hier hatte sie den intensivsten Höhepunkt ihres Lebens gehabt.

Und den längsten.

Es ging immer weiter und weiter und gab keine Anzeichen von Erschöpfung. Seine Hüften pulsierten gegen ihre und sie erkannte, dass er irgendwie die Empfindungen am Laufen hielt und ihr bewies, dass er überhaupt nicht passiv war, sondern sie mit Leichtigkeit zum ultimativen Vergnügen führte.

„Jase. Nicht mehr", keuchte sie schließlich, als die Gefühle zu intensiv wurden. Er hielt sofort inne und streichelte ihren Rücken, während sie von den Höhen herunterkam, auf die er sie getrieben hatte. Als sie es jedoch tat, erkannte sie, dass, obwohl sie den Höhepunkt erreicht hatte, er es nicht getan hatte. Er war immer noch dick und hart in ihr und hielt sich komplett still.

Dachte er, er würde ihr unglaubliches Vergnügen bereiten und nichts für sich selbst nehmen?

Sie war nicht im Begriff, das zuzulassen.

Sie spannte ihre inneren Muskeln um ihn herum an. Überraschung flackerte einen Moment lang über sein Gesicht, bevor er stöhnte. Während sie ihre Handflächen auf seine Brust legte, um sich zu halten, begann sie sich zu bewegen. Langsam aber sicher. Lockte ihn einen kurzen Moment aus ihrem Körper, bevor sie ihn wieder in sich aufnahm. Seine Hände fanden ihre Hüften, führten sie, erhöhten ihre Geschwindigkeit, bis der Klang ihres Fleischs wie eine Trommel hallte. Jase behielt seinen Blick auf ihrem, weigerte sich wegzuschauen und ließ sie jede Sekunde des Vergnügens sehen, das sie ihm schenkte. Als sich seine schönen Augen endlich schlossen, wusste sie, dass er nahe war. Sie legte seine Hände an ihre Brüste und flüsterte: „Jetzt, Jase. Komm für mich."

Die Hände, die sie sanft bedeckten, standen in scharfem Kontrast zu den hektischen Bewegungen ihrer Hüften und der Grimasse des Lustschmerzes auf seinem Gesicht. Mit einem letzten, festen Stoß seiner Hüften explodierte Jase. Er schrie seinen Orgasmus heraus, herrlich ungehemmt und so sexy, dass sie ihre Augen nicht von ihm lassen konnte.

Es dauerte ein paar Sekunden, bis er seine Augen wieder öffnete. Als er das tat, schob er ihr feuchtes Haar zurück und lächelte. Sein zufriedener Ausdruck war ein scharfes Echo der Befriedigung, das sie kurz zuvor erlebt hatte.

„Küss mich", sagte er.

Instinktiv, ohne sich sicher zu sein, warum, schüttelte sie den Kopf. Sie hatte ihn schon einmal geküsst. Hatte es genossen. Warum sollte sie ihn jetzt nicht küssen? Aber etwas über das schmerzhaft volle Gefühl in ihrer Brust sagte ihr, dass, wenn sie ihn küsste, es eine zu starke Intimität wäre und ihre schützende Hülle explodieren ließe, so dass jeder Teil von ihr verletzlich und nackt sein würde. Sie vertraute ihm, aber das war egal. Sie hatte sich noch nie jemandem ganz gezeigt. Das würde sie auch nie.

Aber anscheinend war Jase mit diesem Plan nicht zufrieden.

Mit zusammengezogenen Augen drehte er sie plötzlich um. Das nächste, was sie wusste, war, dass sie unter ihm feststeckte, mit ihren Handgelenken unter einer seiner Hände festgeklemmt und über ihren Kopf gehalten. Er war noch in ihr, seine Hüften lagen schwer in der Wiege ihrer gespreizten Oberschenkel.

„Küss mich", befahl er erneut. „Jetzt."

Sie zitterte durch die Dominanz in seiner Stimme und war sich sicher, dass er ihre Reaktion nicht verpasste. Sie zwang sich, eine Braue zu heben. „Sonst?"

Er lehnte sich nach unten, bis seine Nase ihre berührte. „Sonst lasse ich dich wiederkommen und ich werde diesmal nicht nachlassen, egal wie sehr du bettelst."

Sie konnte nicht anders. Sie lächelte ihn auffordernd an. „Wirklich? Wenn man bedenkt, dass ich bereits gekommen bin, und das war an sich schon eine große Leistung, würde ich sagen, dass du einen ziemlich harten Job vor dir hast."

Er lächelte ein düsteres Lächeln, das sie vor Nerven zittern ließ. „Das ist die Antwort, die ich mir erhofft habe."

KAPITEL 14

_B_rad starrte auf die Kisten, die die kleine Wohnung, die er gemietet hatte, verunreinigten. Es war eine lächerliche Art zu leben und die Matratze auf dem Boden war nicht gerade eine Luxusunterkunft. Aber es war nicht so, als hätte er in dieser Angelegenheit viele Möglichkeiten gehabt.

Es hatte all das Geld gekostet, das er zusammenkratzen konnte, um nach San Francisco zu ziehen, aber er hatte wirklich geglaubt, dass es sich lohnen würde. Schließlich hatte er hier Familie. Außerdem wurde er sein ganzes Leben lang gehänselt. Er wollte nicht zulassen, dass Dr. Odell Bowers mit dem, was er getan hatte, davonkam.

Brad zu täuschen. Ihn anzulügen. Ihm sein ganzes Geld abzuknöpfen.

Und das berücksichtigte nicht einmal all die körperlichen Schmerzen, die Brad im Laufe der Jahre erlitten hatte. Seinetwegen.

Das forderte vor allem eine Sache: Payback.

Die Frage war - auf welche Art wollte Brad es ihm zurückzahlen?

Geld war immer gut und der gute Arzt hatte mehr als genug davon.

Ein wenig Leiden wäre natürlich auch schön. Sehr schön. Ausnahmsweise wäre Brad nicht der Wurm, der sich am Haken wand, sondern jemand anderes.

Und dann gab es immer gute altmodische Schadenfreude. Wenn es eine Sache gab, von der Dr. Bowers mehr als seinen gerechten Anteil hatte, dann war es Stolz. Er dachte, er sei so verdammt überlegen. So klug.

Doch Brad hatte alle Teile des Puzzles innerhalb von Minuten zusammengesetzt.

Bowers war seit Jahren sein Arzt. Seine einzige Aufgabe: Brad von seinem Feuermal zu befreien, das ihn sein ganzes Leben lang heimgesucht hatte. Der verdammte Arzt dachte tatsächlich, er sei erfolgreich gewesen, aber Brad hatte den Unterschied erkannt. Zuerst hatte Brad gedacht, er sei der Verrückte gewesen und sah eine Missbildung, als sie nicht mehr da war. Aber dann hatte er jemanden in McGills Bar reden hören. Jemand, der über den Serienmörder sprach, der seinen Opfern die Augenlider abschnitt.

Brad hatte sofort an Dr. Odell Bowers und die verschiedenen Horrorfilme gedacht, die sie im Laufe der Jahre diskutiert hatten. Bowers Favorit war ein Film über einen Mörder, der seinen Opfern die Augenlider abschnitt. Es war ein Detail, das zu einzigartig war, um es zu ignorieren.

Natürlich hatte er gedacht, dass es ein seltsamer Zufall war. Es hatte sicherlich nicht bewiesen, dass Bowers ein Mörder war. Nicht von selbst. Dann hatte Brad zwei weitere Details mitgehört. Dass der Mörder danach eine Art „verschönerndes" Verfahren an seinen Opfern durchführte. Und dass der Mörder seine Arbeit in Fresno begonnen hatte, bevor er nach San Francisco ging.

Bowers hatte seine Praxis von Fresno nach San Francisco verlegt.

Und Bowers war ein Arzt, der half, das Aussehen seiner Kunden zu verbessern. Zumindest sollte er das tun.

Brad mochte hässlich sein, aber er war nicht dumm. Er wusste, wie man zwei und zwei zusammenfügte, und in diesem Fall entsprach zwei und zwei Bowers.

Es war Bowers, der verrückt war, nicht er.

Und letztendlich, obwohl er die Arbeit nicht so gemacht hatte, wie er sollte, war Bowers immer noch derjenige, der Brad geholfen hatte, sich von seiner Missbildung zu befreien. Weil es Bowers war, der Brad motiviert hatte, sich Kelly Sorenson zu nähern. Und sie dann zu töten.

Jetzt hatte Brad alle Informationen und die Macht, die er brauchte. Damit würde er nicht nur alles bekommen, was er je gewollt hatte, er würde auch mehr bekommen, als er sich je vorgestellt hatte.

Und welche Zahlung Brad auch immer für Odell Bowers finden würde, eines war sicher.

Brad wollte sicherstellen, dass er die Nachricht sah, anerkannte und verbreitete, dass es Brad war, der jetzt die Macht hatte. Dann würde Brad sein nächstes Opfer finden.

Nein, nicht sein nächstes Opfer, dachte er. Seinen nächsten Spender.

Das Wort „Opfer" deutete an, dass Brad etwas nahm, worauf er kein Recht hatte. Das war nicht der Fall. Schändete der Löwe die Gazelle?

Nein, die Gazelle hatte ihren Platz in der Welt. Ihr Platz war es, den Löwen zu füttern.

So wie Brads Spender ihren Platz hatten.

Um Brad die Kraft und Schönheit zu geben, die sie zu schwach waren, um sie für sich zu behalten.

Um ihm die Mittel zu geben, Nora zu haben.

KAPITEL 15

*A*ls Jase am Morgen aufwachte, war er nicht überrascht, sich allein in seinem großen Bett wiederzufinden. Er machte sich auch nicht die Mühe, Carries Namen zu rufen. Sie war nicht im Haus. Er vermutete, dass sie vor einer Weile abgehauen war und sich nun im vollen Verleugnungsmodus befand.

Die Frage war, ob er sie darin lassen würde.

Ehrlich gesagt, nach ihrer explosiven Nacht zusammen, war er schockiert genug, um zu denken, dass eine Verleugnung eine sehr gute Sache sein könnte. Er hatte gewusst, dass, mit Carrie zu schlafen, eine bedeutsame Erfahrung sein würde, aber er hatte nicht wissen können, wie weltbewegend sie sein würde. Wieder einmal drängten sich Gedanken über eine Zukunft mit ihr auf und diese reichten, um ihm Angst einzujagen.

Obwohl er nicht der Spieler war, für den ihn jeder, einschließlich Carrie, hielt, schätzte er definitiv seine Freiheit und hatte immer die Vielfalt der Frauen genossen, mit denen er sich verabredet und die er gebettet hat. Darüber hinaus schätzte er die Vorteile der Einfachheit, wenn er nicht im Job war. Sicher, er hatte die letzten Tage, die er mit Carrie verbracht hatte, genossen und das schloss auch ihren Matratzentango ein, aber er konnte nicht sicher sein, dass es nicht nur ein Zufall war und dass Carries kämpferische Natur ihm nicht zu viel werden würde, wenn mehr und mehr Zeit verging.

Hier musste er sehr vorsichtig vorgehen, nicht nur um seinetwillen, sondern auch wegen Carrie.

Obwohl Carrie ihn nicht ganz hinter ihre emotionalen Mauern gelassen hatte und schon gar nicht ihre unsterbliche Liebe zu ihm erklärt oder irgendeine Art von Engagement gefordert hatte, war die Tatsache, dass sie mit ihm geschlafen hatte, nichts, das er auf die leichte Schulter nehmen konnte. Zum Teufel, die Tatsache, dass er ihr erster Liebhaber seit sechs Jahren war, war bedeutungsvoll genug, aber angesichts dessen, was er über sie wusste, dass sie vergewaltigt worden war, dass sie große Vertrauensprobleme hatte, wenn es darum ging, dass Männer sie trotz ihrer Stärke attraktiv fanden, wusste er, dass die Chancen groß waren, dass sie neben der reinen sexuellen Anziehungskraft etwas für ihn empfand. Was ihn jedoch am meisten störte, war, wie erfreut er über den Gedanken war. Und wie sehr er wollte, dass sie mit ihm eine Verpflichtung einging.

Er dachte weiter nach, rieb sich den Kiefer, stand dann auf und machte sich bereit für die Arbeit. Als er ins Wohnzimmer ging, fand er eine Notiz auf der Küchenzeile. *Bin einkaufen und habe heute Morgen mehrere Termine, wir sehen uns später. Carrie.*

Nun, das war sehr direkt, nicht wahr? Keine Smileys, Herzen oder gar eine „Kuss" in der Unterschriftenzeile, um ihn glauben zu lassen, dass sie die letzte Nacht als etwas anderes sah, als eine dringend benötigte Befriedigung. Also würde er vorerst mitspielen. Zumindest bis er die Dinge in seinem eigenen Kopf geklärt hatte.

Er rief sie auf ihrem Handy an.

„Hi, Jase. Was ist los?", fragte sie sanft.

Als er ihre Stimme hörte, erinnerte er sich sofort daran, wie sie geklungen hatte, als er auf ihr gelegen hatte und sie betteln ließ, so wie er es ihr versprochen hatte.

Jase, bitte. Stopp. Nicht aufhören. Das fühlt sich so gut an. Das fühlt sich unglaublich an.

Er schloss die Augen und wiederholte den Moment, in dem er endlich nachgegeben hatte und sie von ihrem Höhepunkt herunterkommen ließ, aber nur, weil er im Begriff war, selbst zu explodieren, und er wollte, dass sie ihn ansah, wenn er es tat. Trotz seiner erhitzten Gedanken war seine Stimme gemessen und ruhig, als er sprach.

„Hast du etwas über die Brandbombenangriffe auf dein Haus gehört?"

„SFPD hat einige Verdächtige aufgegriffen. Sie behaupten, sie hätten Kevin Porter noch nie getroffen. Aber es wurde bestätigt, dass sie zur gleichen Gruppe gehören, also ist das unwahrscheinlich."

„Du hast gesagt, du musst einkaufen gehen? Kann ich dir etwas besorgen?"

„Danke, aber ich brauche nur ein paar Klamotten, um mich in den nächsten Wochen durchzubringen. Ich habe mich mit meiner Versicherung in Verbindung gesetzt, aber ich werde mir im Moment um nichts anderes Gedanken machen als um den Fall. Das kann ich nicht."

Hab verstanden, dachte Jase. *Laut und deutlich.* „Apropos Fall", sagte er, „hast du irgendwelche Ergebnisse bei der Laufarbeit erzielt, die wir bisher geleistet haben?"

„Was das Aufspüren von Einbalsamierungen bei Versorgungseinkäufen angeht, nichts. Was das Aufspüren eines privat betriebenen Ofens oder den rechtswidrigen Zugang zu einem Krematorium betrifft, auch nichts", antwortete Carrie. „Aber ich habe entdeckt, dass es keine leichte Aufgabe ist, einen Körper zu verbrennen. Obwohl es nur wenige Stunden dauern würde, bis der eigentliche Prozess abgeschlossen ist, sprechen wir von etwas, dessen Temperatur bis zu 1.100 bis 1.800 Grad steigen kann. Das würde eine massive Menge an Gas erfordern, die durch die Energiekonzerne verfolgbar wäre, aber das hat auch keine Hinweise ergeben. Darüber hinaus erfordert die Einäscherung eines Körpers durch einen zugelassenen Fachmann die Vorlage einer Vielzahl von Formularen, von denen einige von verschiedenen Ärzten unterzeichnet werden müssen, um die Todesursache des Opfers zu bestätigen und die Genehmigung für die Einäscherung zu erteilen."

„Wenn es also so schwer ist, einen Körper zu verbrennen, lügt er vielleicht deswegen", sagte Jase.

„Ich hatte den gleichen Gedanken. Vielleicht lügt er auch über den Einbalsamierungsprozess. Wir haben nur ein paar Fotos und das Wort vom Einbalsamierer." Sie zögerte und er wusste sofort, was sie dachte.

„Glaubst du, die Fotos wurden gefälscht?", fragte er. Es war eine Möglichkeit, aber sie konnten keine Annahmen treffen.

„Soweit wir wissen, war die Asche, die mit den testbaren Elementen der Opfer-DNA gefunden wurde, nicht wirklich die Asche des Opfers. Wir können es nicht sicher wissen, weil es unmöglich ist, DNA-Tests mit Asche durchzuführen. Angesichts dessen denke ich, dass sich unsere beste Chance im Moment in der College-Verbindung zwischen Cheryl Anderson und Kelly Sorenson befindet."

Sie hatte recht. Sie mussten noch die Einäscherungen erforschen, aber die gemeinsame Verbindung zwischen den Opfern war ihre größte Chance, ihren Mörder zu finden. „Ich werde daran arbeiten, Zeugen aus dem McGills zu kontaktieren. Ich habe DeMarco noch nicht erreicht ..."

„Der Commander sagte, er hätte einen familiären Notfall, aber es ist seltsam, dass wir ihn auf seinem Handy nicht erreichen."

Das war seltsam und einen Teil der Sorgen, die er in ihrer Stimme hörte, überkamen auch ihn. Dennoch konnte DeMarco auf sich selbst aufpassen und es gab keinen Grund zur Sorge. „Ich bin sicher, es ist nichts. Wir sollten auch damit beginnen, Zeugen im College zu befragen. Mal sehen, ob wir eine andere Verbindung zwischen unseren Opfern finden können, von der Susan Ingram vielleicht nichts weiß oder zu der sie vielleicht nicht gekommen ist. Was machst du nach deinem Termin? Soll ich dich bei SIG treffen?"

„Warum fängst du nicht mit Interviews auf dem Campus an und konzentrierst dich auf jeden, der Kelly Sorenson kannte, und ich werde dich dort so schnell wie möglich treffen. Ich werde mich auf die Befragung von Zeugen konzentrieren, die Cheryl Anderson kannten."

„Okay." Er legte fast auf, aber mit den lebendigen Bildern ihrer Liebe noch im Kopf, sagte er impulsiv: „Carrie, letzte Nacht—"

„War ein Fehler, Jase", sagte sie schnell. „Ein großer. Ich meine, es hat Spaß gemacht, deine Magie hautnah zu erleben, aber wir arbeiten zusammen. Es darf nicht wieder vorkommen."

Er war nicht im Geringsten überrascht von ihren Worten und überhaupt nicht überrascht von der Tatsache, dass sie nicht nur leugnete, sondern auch im Rückzugsmodus war. Sie musste sich genauso erschüttert fühlen wie er, wollte die Dinge wieder so machen, wie sie vorher waren, mit ihnen beiden in ihren jeweiligen Ecken und einer sicheren, respektablen Entfernung. Er würde sie vorerst damit davonkommen lassen, aber er würde sie auch nicht anlügen. „Ich stimme dir nicht zu, aber es ist offensichtlich deine Entscheidung."

„Das ist alles?", fragte sie misstrauisch. „Kein Versuch, meine Meinung zu ändern? Es muss wohl doch nicht so toll für dich gewesen sein."

Er sah das Telefon mahnend an, als ob sie wirklich seinen Gesichtsausdruck sehen könnte. „Oh, es war verdammt gut für mich und das weißt du. Das Beste. Ich weiß es einfach besser, als zu versuchen, mit dir zu streiten."

„Das hat dich noch nie aufgehalten."

„Stimmt." Er lehnte sich gegen die Theke und trank einen Schluck von seinem frisch gegossenen Kaffee. „Aber ich sagte, es ist deine Entscheidung. Ich habe nie gesagt, dass ich nicht alles tun werde, was ich kann, um deine Meinung zu ändern."

Sie schien darauf nichts kontern zu können, also verabschiedete er sich leise und legte auf.

Trotz ihrer besten Absichten, als Carrie den Anruf mit Jase beendete, lächelte sie.

Ich sagte, es ist deine Entscheidung. Ich habe nie gesagt, dass ich nicht alles tun werde, was ich kann, um deine Meinung zu ändern.

Das war der Jase, den sie kannte und liebte.

Sie stolperte über ihre unglückliche Wortwahl. Sie liebte, was sie gestern Abend mit ihm getan hatte. Sie liebte, was er mit ihr getan hatte. Aber sie liebte Jase nicht. Das konnte sie nicht.

Also, warum fühlte es sich so an, als ob sie es tat?

Dreißig Minuten später ging sie in Dr. Lana Hudsons Büro im SFPD. Sie hatte gedacht, sie hätte ihren letzten Termin mit Lana gehabt, bevor sie zu SIG zurückgekehrt war, aber Lana hatte ihr gestern eine Voicemail hinterlassen, in der sie Carrie bat, sie wiederzusehen. Carrie nahm an, dass es nur eine Nachuntersuchung war, um sich bei ihr zu melden, jetzt, da sie zur Arbeit zurückgekehrt war, und genau das war es. Natürlich wusste Lana auch, dass andere Dinge zu Carries Stress beitrugen, seit sie wieder an die Arbeit gegangen war, und Lana hatte sich auf diesen wie einen Geier gestürzt, der frisches Fleisch entdeckt hatte. Nun, mit etwas mehr Klasse als das, dachte Carrie trocken. Lana war so hübsch, dass die Geier-Analogie nicht ganz angemessen war.

Sie verbrachten die meiste Zeit damit, über Martha Porters Klage zu sprechen, in der sie behauptete, Carrie habe ihren Enkel ungerechtfertigt getötet, aber dann kam Lana zum Kern der Sache.

„Du hast viel um die Ohren, Carrie. Mehr noch, als du es

zuvor getan hast, mit dieser Klage und dem Abbrennen deines Hauses. Ich fürchte, das ist zu viel. Ich bin froh, dass Stevens dich mit Jase zusammenarbeiten lässt, aber du hattest immer eine umstrittene Beziehung zu ihm."

Carrie dachte über alles nach, was zwischen ihnen geschehen war. Im Bett und außerhalb. Sie arbeiteten tatsächlich fabelhaft zusammen und sie sprach nicht nur über den Sex. Sie lernte viel von Jase und konnte nicht leugnen, dass es ein guter Zug von Stevens war, sie zusammenzusetzen.

„Keine Sorge, Lana. Nichts wird dem Job im Weg stehen, versprochen. Ich bin zuversichtlich. Stark. Jase und ich machen Fortschritte in einem schwierigen Fall. Wir kriegen den Kerl."

„Sicher. Den Bösewicht fangen. Das kommt immer zuerst, oder?" Die letzten Worte der Frau waren fast bitter und Carrie fragte sich, warum. Für einen kurzen Moment dachte sie an Simon Granger, ein SIG-Kollege und nun amtierender Supervisor, während Mac im Urlaub war. Simon und Lana hatten sich eine Weile verabredet, kurz bevor Simon einen Schreibtischjob bei SFPD angenommen hatte, aber der Tag, an dem Simon unerwartet zu SIG zurückgekehrt war, schien auch der Tag gewesen zu sein, an dem ihre junge Beziehung geendet hatte. War Simons Unfähigkeit, seinen Job als Special Agent loszulassen, die Ursache für ihre Trennung? Die Ursache für die Bitterkeit in Lanas Tonfall?

Carrie vermutete, dass es das war. Sie wusste nicht viel über Lana, aber sie wusste, dass die Ärztin eine Witwe war und dass ihr Mann beim Militär gedient hatte. Zwei Jahre nach seinem Tod trug Lana noch immer ihren Ehering. Es würde tadellos verständlich sein, damit sie eine Beziehung zu einem weiteren Mann widerstand, der eine mehr als durchschnittliche Wahrscheinlichkeit hatte, auf der Arbeit zu sterben.

Hatte Lana recht? Kam der Job immer zuerst? Für Carrie schien es so. Sie hätte nie gedacht, dass es eine Zeit geben würde, in der er es nicht tat. Aber jetzt? Jetzt war sie sich nicht mehr so sicher.

Sie wusste, dass sie nicht fragen sollte, aber sie tat es trotzdem. „Würdest du das ändern? Wenn du könntest? Wenn du die Macht hättest, Simon dazu zu bringen, den Job aufzugeben, würdest du es tun?"

Lana holte tief Luft. Keine Überraschung, da Carrie den Spieß umgedreht hatte, aber die andere Frau versuchte nicht, etwas zu leugnen. „Ehrlich? Ich weiß es nicht. Ich weiß, warum er Polizist ist. So ist er nun mal. Wie er sein muss. Ich kann ihn nicht bitten, das aufzugeben. Aber wünscht sich ein kleiner Teil von mir, dass er mich genug geliebt hätte, um das zu tun? Natürlich. Und das ist der Punkt. Es ist, was es ist."

Die Akzeptanz strahlte von ihr aus und ließ Carries Herz schmerzen. Die Liebe schien nie so zu funktionieren, wie sie es sollte. Schon gar nicht für Polizisten. Und es schien wahr zu sein.

„Was ist mit dir, Carrie? Würdest du den Job aufgeben? Wenn es bedeutete, dass du mit der Person zusammen sein könntest, die du am meisten liebst?"

Carrie war an der Reihe, fassungslos zu sein, als ihre Gedanken sich automatisch an Jase wandten. Wieder einmal stellte sie sich die Frage: Liebte sie Jase? So sehr, dass sie ihren Job für ihn aufgeben würde? Sie hätte erwartet, dass ihre Antwort ein klares Nein war. Und war etwas entsetzt, dass es nicht so war. Es war eher ein sanftes Nein, aber ein widerstrebendes. Ein schwaches. Aber wie Lana schon sagte, so einfach war es nicht. „Du hast recht. Es ist keine einfache Antwort", sagte sie. „Ich hätte nicht neugierig sein sollen." Sie stand wieder auf. „Danke, dass du dir Sorgen um mich machst, Lana, aber ich muss los."

„Carrie-" begann Lana.

Aber Carrie wartete nicht darauf, mehr zu hören. Sie schritt aus Lanas Büro, aber innerlich rannte sie davon. Sie war sich nicht ganz sicher, warum. Ihr Gespräch mit Lana hatte lediglich bestätigt, was sie bereits wusste. Woran sie sich immer wieder erinnert hatte. Wenn man Polizist war, gab es keinen Platz für sanftere Emotionen wie Liebe. Es gab nicht viel Platz für irgendetwas. Nicht, wenn man wirklich gut in seinem Job sein wollte. Nicht, wenn es die oberste Priorität war, Opfern Gerechtigkeit zu bringen und die Bösewichte zu fangen.

KAPITEL 16

*B*rad beobachtete, wie Tony Higgs und Nora Lopez das Café verließen und zu ihrem Auto gingen. Er hatte die beiden wochenlang beobachtet. Er hatte gesehen, wie Tony mit dem Mädchen spielte, das ihn offensichtlich verehrte, und sie dann verspottete, wenn seine Freunde auftauchten. Brad war mit diesen spöttischen Blicken selbst sehr vertraut. War sein ganzes Leben lang von ihnen begleitet worden. Tony und seine Freunde hatten nicht versucht, ihre Verachtung für ihn zu verbergen. Als wäre er ein Freak, der es nicht verdient hatte, die gleiche Luft wie sie zu atmen.

Er wünschte, er könnte sich um sie alle kümmern. Sie wie bei einer Hinrichtung aufreihen und den Schrecken auf ihren Gesichtern beobachten, wenn er sein Messer herauszog und anfing, ihre perfekten Gesichter in Stücke zu schneiden. Zuerst Tonys nuttige Freundin, die gerne in kurzen Outfits herumlief. Dann sein Freund, der aussah, als hätte er Steroide zum Frühstück gegessen. Und dann das eingebildete Arschloch, das darauf abfuhr, arme kleine Mädchen zu benutzen und zu missbrauchen, die es nicht besser wussten.

Aber natürlich wollte er das nicht. Das würde seinen Plan ruinieren. Er musste klug sein.

Schlau sein. Rücksichtslos sein.

Die Dinge machten endlich Sinn, gingen seinen Weg, stellten sich so dar, wie sie sollten.

Er konnte den Unterschied in sich selbst spüren. Die innere Transformation, die sich zusammen mit der physischen vollzog.

Er wollte nicht zulassen, dass ihm etwas in die Quere kam, nicht Stolz, nicht Ungeduld, nicht Eifersucht oder Angst.

Er wischte den Tisch ab, den Tony und Nora verlassen hatten. Das Glas Chai-Tee, das Nora getrunken hatte, war halb leer. Brad hob es auf und drückte seine Lippen gegen den Rand und stellte sich vor, dass er genau die Stelle berührte, an der sie getrunken hatte.

Er hatte sich immer wohl dabei gefühlt, mit Nora zu reden. Aber in den letzten Tagen hatte er auch mit seinen anderen Kunden gesprochen. Und sie hatten gut reagiert. Als wäre er einer von ihnen. Als ob er normal wäre. Es gefiel ihm. Er verdiente es. Wollte mehr davon.

Bald würde er es wagen, Nora um ein Date zu bitten. Sie würde ihn mit den gleichen bewundernden Augen ansehen, die sie normalerweise für Tony reserviert hatte, aber im Gegensatz zu ihm würde er diese Zuneigung erwidern. Er würde ihr nicht wehtun oder sie auslachen, wie Tony es getan hatte. Und er würde sie sehen lassen, was sie vorher nicht gesehen hatte.

Dass sie dazu bestimmt waren, zusammen zu sein.

Als Carrie sich mit Jase am Sequoia College traf, hatte er fast zwanzig Leute auf der Jagd nach einer Verbindung zwischen Cheryl Anderson und Kelly Sorenson befragt. Stunden später hatte noch immer keiner von ihnen eine Spur gefunden. Niemand hatte die beiden Frauen je zusammen gesehen. Und niemand hatte sich daran erinnert, etwas Seltsames oder Verdächtiges bei einer der Frauen gesehen zu haben.

„Vielleicht kannten sie sich wirklich nicht. Er wählte sie aus, nur weil sie auf das gleiche College gingen. Aber wie können wir es von da an eingrenzen?", dachte Carrie laut.

Sie hatte es vermieden, direkt mit ihm zu sprechen, seit sie sich getroffen hatten. Hatte nur mit ihm kommuniziert, um die Fakten und nichts als die Fakten zu teilen, damit sie vermieden, die Arbeit des anderen zu duplizieren. Doch sie konnte die intensive Freude nicht leugnen, die sie empfunden hatte, ihn wiederzusehen. Ihr Körper und ihr Herz reagierten immer auf Jase' Nähe, aber jetzt, da sie intim waren, war es schwierig, die Erinnerung an ihre gemeinsame Nacht in Schach zu halten. Schlimmer noch, sie wurde abwechselnd wütend und traurig bei dem Gedanken, seine Berührung nie wieder zu erleben. Wenn Jase die gleichen widersprüchlichen Emotionen empfand, tat er gute Arbeit, sie zu verbergen.

„Wir müssen nach anderen Wegen suchen, um sie in Verbindung zu bringen", antwortete Jase. „Wenn wir uns nicht bald etwas einfallen lassen, müssen wir ernsthaft die Möglichkeit eines Nachahmers in Betracht ziehen. Es gibt mehr Unterschiede zwischen den Morden an Cheryl Anderson und Kelly Sorenson als es Gemeinsamkeiten gibt."

„Aber die Ähnlichkeit, die es gibt, ist das Abschneiden der Augenlider. Es ist so ein markantes Detail. Ich habe noch nie davon gehört, dass das passiert ist, du etwa?"

„Nur weil wir versuchen, die Signatur des Einbalsamierers geheim zu halten, bedeutet das nicht, dass einige Fakten nicht in der Öffentlichkeit verbreitet werden. Polizisten können auch schlampig sein. Mit Leuten sprechen, mit denen sie nicht sprechen sollten. Zum Teufel, der Einbalsamierer könnte mit seinen Verbrechen geprahlt haben und jemand anderen interessiert haben."

„Das ist wahr", räumte Carrie ein. „Ich kann mir nicht vorstellen, dass er das mögen würde, aber es ist eine Möglichkeit."

„Es macht tatsächlich den größten Sinn", betonte Jase. „Die ersten drei Opfer hatten alle hellbraune Haare. Sie waren alle Lehrer. Kelly Sorenson hatte dunkleres Haar und war keine Lehrerin."

„Es gibt immer noch die Verbindung, dass Cheryl Anderson Susan Ingrams Professorin ist", erinnerte Carrie ihn.

„Ja, aber ohne etwas anderes bedeutet das nichts. Also lass uns sehen, was wir noch ausgraben können. Schauen wir uns an, wo sie waren. Was sie gekauft haben. Filme, die sie gesehen haben. Wir müssen Kopien ihrer entwerteten Schecks anfordern und uns ihre Kreditkarten- und Bankgebühren ansehen. Herausfinden, ob es eine Verbindung auf diese Weise gibt."

„Okay", sagte Carrie. „Ich werde das tun, sobald ich wieder im Büro bin. Ich treffe dich dort?"

Er schwieg und zum ersten Mal sah Carrie ihn direkt an. Er studierte sie mit einem intensiven Ausdruck, als ob er etwas sagen wollte. Als ob er die Dinge vorantreiben wollte. Nicht Dinge, die mit dem Fall zu tun hatten, sondern Dinge, die mit ihnen zu tun hatten. Sie hielt den Atem an, nicht sicher, was sie tun würde, wenn er die vorherige Nacht erwähnte, aber glücklicherweise nickte er nur. „Ja. Wir sehen uns im Büro."

KAPITEL 17

„*I*ch sage dir, ich glaube nicht, dass sie dafür bereit ist." Special Agent Simon Granger lehnte sich in seinem Schreibtischstuhl zurück – der eigentlich Macs Schreibtischstuhl war – und konzentrierte sich darauf, sein Gesicht unbeeindruckt zu halten, als er Doktor Lana Hudson zuhörte. Es war nicht das erste Mal, dass sie jemandem riet, mit Carrie vorsichtig umzugehen. Anscheinend hatte sie Mac und Commander Stevens die gleiche Empfehlung gegeben, bevor sie sich entschieden hatten, Carrie die Leitung im Fall Einbalsamierer zu geben. „Ich weiß, was du mir gesagt hast", sagte er. „Aber Carrie versichert uns, dass es ihr gut geht, und es gab nichts, was etwas anderes besagen könnte. Sie ist eine erfahrene Agentin. Es gibt keinen Grund zu glauben, dass sie nicht mit einem Serienfall umgehen kann."

Lana lehnte sich aggressiv über Simons Schreibtisch, ihre Handflächen lagen fest auf der glatten Holzoberfläche. Seine Muskeln spannten sich bei ihrer Nähe an und seine Nasenlöcher weiteten sich bei ihrem vertrauten Duft. Er kämpfte darum, sich auf das zu konzentrieren, was sie sagte. Er konzentrierte sich auf ihre linke Hand, diejenige, die noch ihren Ehering trug.

„Aber keiner ihrer Fälle war so. Die Morde, mit denen sie zu tun hatte, waren alles ungeklärte Fälle. Ein oder zwei Fälle von häuslicher Gewalt. Eine Familienentführung. Nichts so Gefährliches, so Verrücktes wie ein Serienmörder. Ich denke, es war ein Fehler, ihr kurz nach dem Porter-Vorfall einen so großen Fall zu geben."

„Sie muss weitermachen und hat sich diese Chance verdient. Mac denkt das und der Commander auch. Ich werde ihr nicht im Weg stehen."

Lana richtete sich auf und schüttelte den Kopf vor Unglauben. „Gut, Captain Granger."

Captain Granger, mein Arsch, dachte er und runzelte die Stirn. *Ich habe dich nackt gesehen, Lady.* Er presste seine Fäuste zusammen und drückte rücksichtslos den Gedanken weg, dass er sie wahrscheinlich nie wieder nackt sehen würde. „Ich bin kein Captain mehr, Lana. Ich bin wieder nur ein Special Agent, schon vergessen?"

Lana hielt einen Moment inne, dann öffnete sie ihren Mund, um fortzufahren. Er unterbrach sie.

„Ich habe sie im Auge behalten. Bevor sie zurückkam, ging sie zweimal pro Woche in die Übungshalle. Ihr Schuss ist so genau wie eh und je."

Sie sah immer noch nicht überzeugt aus. „Das ist wahr, aber du weißt so gut wie ich, dass es nicht dasselbe ist, wie wenn man eine Waffe auf der Straße ziehen muss. Viele Officer ziehen ihre Waffen. Nur wenige schießen. Wir können nicht sicher sein, was beim Porter-Fall passiert ist, aber unterm Strich hat er sie erwischt. Und dann hat sie ihn getötet. Es ist zu früh, um zu wissen, wie sich das auf sie auswirken wird."

„Willst du mir damit sagen, dass du denkst, dass sie dienstuntauglich ist?" Gott, er hoffte nicht. Um des Falles Willen. Und um Carries Willen. Er kannte sie nicht so gut. Das hatte er sich nicht erlaubt.

Lana zögerte einige Sekunden lang. Dann schüttelte sie den Kopf. „Nein. Nein, das sage ich nicht. Aber sie hat sich nicht vergeben, dass sie es versäumt hat, Kevin Porter aufzuhalten, ohne ihn zu töten. Ja, sie hat sich verbessert. Wird immer stärker. Dennoch kann ich nicht anders, als mich zu fragen, ob dieser Fall zu viel Druck auf sie auswirkt. Vielleicht kannst du ihr mehr Zeit geben."

Granger. Nur etwas persönlicher. Sie hatte ihn nicht mehr Simon genannt, seit sie die Dinge mit ihm beendet hatte.

„Nun, leider ist Zeit etwas, das wir nicht haben." Simon stand auf und bemerkte, dass Lana sofort einige Schritte zurückging. Er überragte sie, aber er wusste, dass sie keine Angst vor ihm hatte. Zumindest nicht körperlich. Er war zufrieden, weil er wusste, dass er sie immer noch emotional aufwühlen konnte. Tatsächlich wollte er mehr tun, als sie nur zu verunsichern. Er wollte sie bedrängen. Um sie dazu zu bringen, zuzugeben, dass sie immer noch die gleiche Anziehungskraft empfand wie er. Aber er tat es nicht. Das konnte er nicht. Sie musste von selbst zu ihm kommen. Dennoch ließ er den Schreibtisch zwischen ihnen. Nur für den Fall, dass er in Versuchung geriet, sie zu berühren. „Der einzige Weg, wie sie die Schießerei wirklich überwinden konnte, war, wieder zum Job zurückzukehren. Zum Team. Sie hat sich den Arsch aufgerissen, um dorthin zu kommen, wo sie war, und es gibt keine Weise, auf die wir sie nicht unterstützen werden."

Es war ein wenig seltsam, sich wieder als SIG-Mitglied zu sehen, aber er war nicht in der Lage, mit der Veränderung umzugehen. Er hatte die Action der Straßen gebraucht. Die Herausforderung. Also hatte er seine Ernennung zum Captain aufgegeben und war zu SIG zurückgekehrt. Und das war der Tag, an dem Lana mit ihm Schluss gemacht hatte.

Ihre Gesichtszüge wurden etwas weicher.

„Sie braucht Zeit, um sich mit dem zu befassen, was passiert ist, Granger. Ob es uns gefällt oder nicht, Frauen werden in der Gesellschaft unterschiedlich erzogen und das beeinflusst unsere Reaktion auf bestimmte Situationen. Es ist eine bekannte Tatsache, dass Frauen viel wahrscheinlicher davon betroffen sind, jemanden töten zu müssen, als ihre männlichen Kollegen ..."

Simon glaubte das nicht. Carrie musste sich ihren Ängsten stellen und mit ihrem Leben weitermachen. Genau wie Lana. „Sie ist stark. Stärker als die meisten Männer."

„Ja, das ist sie. Aber Menschen, die diese Ebene erreichen – *deine* Ebene der Disziplin –, sind im Allgemeinen zwanghaft. Große Denker, die die meisten Aspekte ihres Lebens kontrollieren müssen. Das macht sie eher offen, eine posttraumatische Belastungsstörung zu entwickeln, was genau das ist, was sie hat."

Simon ließ einen frustrierten Seufzer los und kehrte zurück auf seinen Platz. „Schau, wir werden uns nie darauf einigen können. Ich weiß, dass sie sich selbst die Schuld gibt. Wir alle hatten irgendwann einmal mit Schuld zu tun. Aber wir sind erfahrener. Wir hatten jahrelang die Aufgabe, uns mit dieser Art von Dingen auseinanderzusetzen, das Schlechte mit dem Guten zu vereinbaren. Scheiße, es war ihr erster Kill."

Oh-oh. Lanas Augen leuchteten auf und Simon wusste sofort, dass er einen Fehler gemacht hatte. Indem er Carries Verwundbarkeit anerkannte, hatte er Lanas Argument nur verstärkt, dass sie nicht an einem Fall wie dem Einbalsamierer arbeiten sollte. Zum Teufel, er hatte anfangs die gleichen Zweifel. Aber es war nicht seine Entscheidung gewesen. Er vertraute Macs und Stevens' Entscheidung und er würde zu ihnen stehen. Er würde Carrie auch beistehen. Sie verdiente diese Chance.

Er ahnte, dass Lana weiter mit ihm streiten würde. „Du hast recht. Sie war bereits auf einem erhöhten Angstlevel wegen der Neuartigkeit der Situation. Es ist immer ein Risiko, jemanden bei der Arbeit erschießen zu müssen. Ob es nun der Bösewicht oder ein Unschuldiger ist, der stirbt, die Chancen stehen gut, dass jemand sterben wird. Du hast sie einem Serienfall zugewiesen, der zwangsläufig zu weiteren Todesfällen führen wird. Ich glaube nicht, dass sie bereit ist, sich damit zu befassen."

Simon erkannte sofort die unausgesprochene Botschaft

hinter ihren Worten und wollte vor Frustration heulen. Lana war nicht in der Lage gewesen, damit umzugehen, war nicht in der Lage gewesen, mit den Auswirkungen von Simons Job zu leben, besonders nachdem er sich entschieden hatte, wieder auf die Straße zu gehen. Und er war nicht bereit, es aufzugeben.

Rational gesehen verstand er, dass sie sich nur beschützte. Aber, Gott, er vermisste sie. Es war Wochen her, seit sie zusammen gewesen waren. Wochenlang hatte er versucht, sie zu vergessen. Und schließlich erkannte er, dass, egal mit wie vielen Frauen er schlief, sie immer diejenige sein würde, an die er dachte, wenn er nachts ins Bett ging und am Morgen aufwachte. „Lana ...“

Sie räusperte sich. „Also sag dem Commander bitte, dass meine Empfehlung die gleiche bleibt. Ich bin gerne bereit, weiter mit ihm zu reden, wenn er möchte.“

Er starrte sie an. Ihre Körpersprache verriet nichts. Normalerweise sahen die Leute nur das, was sie wollte, dass sie es sahen. Aber er wusste, dass da mehr war. Er sah das Bedauern in ihren schönen blauen Augen. Es spiegelte sein eigenes.

„In Ordnung. Ich danke dir.“

Sie nickte. Starrte auf einen Punkt irgendwo über seiner rechten Schulter. „Auf Wiedersehen.“

Simon weigerte sich zu antworten und beobachtete, wie sie wegging. Wieder einmal.

KAPITEL 18

*C*arrie legte den Hörer auf und wandte sich an Jase, der an seinem eigenen Schreibtisch im SIG-Hauptsitz saß. „Nun, sieht so aus, als ob du mich bald loswerden wirst", sagte sie hell und hoffte, die Enttäuschung zu überdecken, die sie empfand. „Meine Wohnung ist endlich fertig. Ich muss ein neues Sofa und so kaufen, aber ansonsten ..."

Er nickte. „Das ist toll, Carrie. Und sie haben sogar die Typen erwischt, die es getan haben. Sieht so aus, als hättest du Glück."

„Richtig. Glück." Die Polizisten hatten eine positive Identifizierung von zwei bekannten Gangmitgliedern erhalten, die früher mit Kevin Porter zusammen waren. Dass sich seine Bande an ihr gerächt hatte, überraschte sie nicht, aber die Tatsache, dass sie sich dafür entschieden hatten, es in ihrem eigenen persönlichen Raum zu tun, tat es. Sie mussten ihr zu ihrem Haus gefolgt sein, ohne dass sie es gemerkt hatte, und das erinnerte sie daran, wie wachsam sie bei ihrer Arbeit bleiben musste. Es war zu einfach, ihre Deckung fallen zu lassen und so zu tun, als wäre sie in Sicherheit.

Obwohl es nicht fair war, führten ihre Gedanken über die Bandenmitglieder sie zu einem anderen: Jase und die Art und

Weise, wie sie ihre Deckung um ihn herum fallen ließ. Zugegeben, sie hatten nur in einer Nacht Liebe gemacht, aber jeden Tag, an dem sie zusammen waren, konnte sie spüren, wie sich ihre Abwehrhaltung immer mehr schwächte, wenn es um ihn ging. Apropos gefährlich. Sie schüttelte den Kopf, stand auf und streckte sich ausgiebig, um ihren angespannten Rücken zu dehnen. „Wenn ich Glück hätte, würden wir bei diesem Fall einen Durchbruch haben."

„Wir schaffen das schon." Mit diesem und einem letzten rätselhaften Blick richtete er seine Aufmerksamkeit wieder auf seine Akte.

Tage waren vergangen, seit sie sich geliebt hatten, und erstaunlicherweise hatte das gegenseitige Verlangen zwischen ihnen aufgehört, eine Quelle der Spannung zu sein, weil sie an der dringenderen Angelegenheit arbeiteten, einen Mörder zu finden. In Wahrheit hatten sie keine Zeit für etwas anderes. Ihre ganze Energie floss in das Aufspüren von Hinweisen auf den Fall, und wenn sie einen freien Moment hatten, war es zum Essen oder Schlafen. Obwohl ihr mehr als einmal der Gedanke gekommen war, dass sie Jase' Haus verlassen und in ein Hotel einchecken sollte, schien es die Mühe kaum wert zu sein, angesichts der ganzen Zeit, die sie zusammen verbringen mussten. Das bedeutete, dass sie die gleiche Frustration teilten. Es war nur eine Frage der Zeit, bis der Mörder wieder zuschlug. Sie hofften, dass Kelly Sorenson ein Zufall war, dass der Mörder zu seinen vorhersehbareren, langsameren Wegen zurückkehren würde, aber sie glaubten es nicht wirklich. Etwas hatte den Einbalsamierer aus dem Konzept gebracht, was ihn veranlasste, von seiner Routine abzuweichen. Sobald das in solchen Fällen geschah, war es fast immer der Anfang vom Ende.

„Lass mich wissen, wenn du Hilfe beim Umzug auf das neue Sofa brauchst, Ward", sagte DeMarco.

Sie blickte ihn an. Er ging mit der Jacke in der Hand auf die Tür zu. „Mach ich. Danke."

DeMarco war zwei Tage, nachdem sie Kelly Sorensons Leiche entdeckt hatten, zu SIG zurückgekehrt. Somit war klar, dass etwas Verheerendes geschehen war. Er ging mit einer dunklen Wolke über sich herum und ignorierte jeden Versuch, den sie unternahmen, damit er sich besser fühlte. Als sie ihn schließlich nach Sorenson fragten, hatte er sie mit offensichtlichem Schock in seinen Augen angeschaut. „Die Brünette, die Jase ihre Nummer gegeben hat? Sie war eine Nutte? Und wurde von eurem Serienmörder abgeschlachtet?"

„Eine hochkarätige Escort Dame", stellte Carrie klar. „Eine wählerische, normalerweise. Aber ihre Mitbewohnerin sagte, dass sie das McGills gegen neun Uhr in dieser Nacht mit einem ‚Wohltätigkeitsfall' verlassen hat. Das waren ihre Worte, nicht meine."

„Scheiße." DeMarco sah Jase an. „Hast du ihre Karte behalten?"

„Nein. Habe ich nicht. Aber wir haben Kopien. Sie hatte zwei Arten. Lila für soziale Situationen, grün für Geschäftsanrufe."

DeMarco schüttelte den Kopf. „Ich wusste es."

Carrie und Jase teilten einen verwirrten Blick. „Was meinst du damit?"

„Ich meine, obwohl sie Tyler hier eindeutig favorisiert hat, gab es etwas an ihr, das mir gefiel." DeMarco zog seine Brieftasche heraus und nahm eine kleine grüne Karte heraus. Carrie erkannte sofort die markante Farbe und fluchte.

„Kelly Sorensons Visitenkarte", sagte Jase. „Hat sie dir die gegeben, nachdem ich gegangen bin?"

„Nein. Schlimmer noch. Sie verschwand, nachdem sie mit uns gesprochen hatte, also schnappte ich sie mir von der Bar."

„Sie hat ihre Visitenkarten an der Bar gelassen?"

DeMarco zuckte mit den Schultern. „Ich habe mit dem Barkeeper über sie gesprochen. Er sagte, sie seien Freunde. Dass ich sie irgendwann anrufen sollte. Und er gab mir ihre Karte. Hast du mit ihm gesprochen?"

Carrie schüttelte den Kopf. „Noch nicht. Wir haben uns auf der Zeugenliste vom McGills runtergearbeitet. Er hat uns noch nicht zurückgerufen."

„Hast du seinen Namen?", fragte DeMarco.

„Lance Reynolds."

Jetzt sah Carrie mit einem Stirnrunzeln im Gesicht zu, wie DeMarco ging.

„Was ist los?", fragte Jase.

Carrie schüttelte den Kopf. „Nichts. Aber DeMarco sieht nicht aus wie er selbst. Und er schien ziemlich aufgebracht wegen Kelly Sorenson zu sein. Als ob er sie wirklich mochte oder so."

„Er mochte sie. Ich auch. Sie war eine sympathische Person. Und wunderschön." Jase zuckte mit den Schultern. „Wenn er ihre Karte nahm, fühlte er sich offensichtlich zu ihr hingezogen. Vielleicht wollte er sie tatsächlich anrufen. Es war ein Schock, das ist alles."

„Richtig", sagte Carrie. „Das ist alles. Ich habe endlich Lance Reynolds aufgespürt. Ich werde mit ihm reden. Willst du mitkommen?"

„Darauf kannst du wetten", sagte Jase.

Wieder einmal fanden sie sich im McGills wieder. Lance Reynolds leugnete, dass er wusste, was Sorenson beruflich tat. Ihm zufolge hatte er ihre Karte einfach Männern gegeben, von denen er dachte, dass sie ihr gefallen würden.

„Hast du jemals mit ihr geschlafen?"

„Ja", sagte Lance.

„Aber es hat dir nichts ausgemacht, ihre anderen Liebhaber zu finden?"

„Ich war nicht in Kelly verliebt, wenn du das meinst. Wir waren eine Nacht zusammen. Es bedeutete nichts, aber wir waren Freunde und ich weiß, dass sie gerne Spaß hatte." Er zuckte mit den Schultern. „Ich weiß auch, mit wem sie gerne Spaß hatte."

„Hast du sie in dieser Nacht gehen sehen?"

„Ich sah, wie sie mit ihm und dem anderen sprach", sagte Lance und bezog sich auf Jase. „Sie ist kurz danach gegangen."

Carrie runzelte die Stirn. „Um wie viel Uhr?"

„Ich weiß nicht. Früh. Vielleicht acht?"

„Susan Ingram sagt, Kelly rief sie um neun aus dem McGills an."

„Ich sah sie um acht gehen. Ich erinnere mich, weil ich eurem Kumpel ihre Karte ein paar Minuten später gab und dann Pause gemacht habe. Vielleicht kam sie zurück, aber ich habe sie nicht gesehen. Ich hatte Schicht, bis die Bar in dieser Nacht geschlossen wurde."

Das war etwas, was sie bereits bestätigt hatten. Und da der Gerichtsmediziner Kellys Todeszeitpunkt auf etwa 23:00 Uhr geschätzt hatte, verschaffte das Lance Reynolds ein ziemlich dichtes Alibi. Es bedeutete auch, dass DeMarco die Karte mit ihrer Telefonnummer gehabt hatte, bevor sie gestorben war.

Jase fragte sich, ob DeMarco geplant hatte, sie anzurufen. Wenn sie keinen Zeugen fanden, der sie mit jemandem gesehen hatte, müsste sie wahrscheinlich Sorensons Anrufliste auf ihrem Handy überprüfen. Das würde das Ausfüllen der entsprechenden Unterlagen und das Warten auf die Telefongesellschaft beinhalten. Dennoch hatte sie die Aufgabe in ihre bereits umfangreiche Liste aufgenommen.

So ging es tagelang ziemlich gut voran, wobei sie einen Hinweis nach dem anderen verfolgten, aber absolut nichts herausfanden.

Eines Nachmittags, inmitten einer weiteren Überprüfung der Akte, warf Jase seinen Bleistift auf seinen Schreibtisch. Er stand auf und dehnte die Muskeln, die vom Mangel an Gebrauch erschöpft waren. Beide waren sehr aktiv. Gewöhnlich an körperliche Anstrengung gewöhnt, sei es auf der Straße oder in einem

Fitnessstudio. Die träge Wendung der Ermittlungsarbeit begann ihren Tribut zu fordern.

Sie war im Begriff vorzuschlagen, dass er doch ins Fitnessstudio gehen solle, als Jase sich umdrehte, um sie anzusehen.

„Lass uns verschwinden."

Ihr Kopf pochte vor anhaltenden Kopfschmerzen, die wahrscheinlich durch die ganze Zeit, die sie damit verbracht hatte, einen Computerbildschirm anzusehen, angespornt wurden. Carrie lehnte sich in ihrem Stuhl zurück und runzelte die Stirn. „Wo willst du hin?"

„Ich brauche nur etwas Luft. Lass uns einen Ausflug machen. Ich treffe dich draußen."

Er ging hinaus und gab ihr nicht die Möglichkeit, mit ihm zu diskutieren. Sie nahm sich Zeit, denn sie musste ihn und sich selbst daran erinnern, dass sie nicht springen würde, nur weil er mit den Fingern schnippte. Aber sie musste zugeben, dass sie neugierig war. Und aufgeregt, mit ihm irgendwohin zu gehen. Zehn Minuten später konnte sie es nicht mehr ertragen und traf ihn draußen. Leise führte er sie zu seinem Auto, einem wunderschönen kleinen Mustang, den sie immer heimlich begehrt hatte. Zuerst fuhr er einfach und lockte sie mit etwas frischer Luft und Landschaft aus ihren dunklen Gedanken heraus. Etwa eine Stunde später kamen sie in die Nähe des Zoos von San Francisco.

„Was machen wir hier?"

„Komm schon. Gehen wir spazieren."

Es gab unzählige Pfade in der Nähe des Zoos, auf denen sie schon vorher einmal gelaufen war. Sie hatte die Landschaft immer genossen und nach einigen Minuten Spaziergang spürte sie, wie etwas von der Spannung ihren Körper verließ. Als sie sich auf den Weg zurück zum Zoo machten, packte er ihren Arm und zog sie zum Vordereingang, wo er zwei Tickets kaufte.

Da sie wusste, wie unruhig er geworden war, beschloss sie, dem nachzugeben. Sie machten sich auf den Weg an den Flamingos vorbei zum Lebensraum des Roten Panda. Irgendwann kaufte er ihr ein Eis und griff nach ihrer anderen Hand, während sie gingen. Die zwanglose Geste der Zuneigung war ihr fremd und sie versuchte, sich an das letzte Mal zu erinnern, als sie die Hand eines Mannes gehalten hatte.

Zu ihrer Überraschung war sie sich nicht sicher, ob sie es je getan hatte.

So eine einfache Geste zwischen zwei Menschen, aber sie konnte sich nicht daran erinnern? Was für ein trauriger Kommentar zu ihrem Leben. Was für ein trauriger Kommentar darüber, wer sie war.

Sie hielt ihren Arm für einige Augenblicke steif, aber als sie die Schimpansen erreichten, hatte sie ihr Eis aufgegessen und sich an das Gefühl ihrer Hand in seiner gewöhnt. Es dauerte nicht lange, bis sie den kleinen Zoo durchquert hatten, und sie spürte den scharfen Schmerz der Enttäuschung, als sie den Ausgang erreichten. Sie lächelte ihn an.

„Danke, Jase. Das hat Spaß gemacht."

Er schüttelte den Kopf. „Wir sind noch nicht fertig. Lass uns Popcorn holen und noch eine Runde drehen. Ich bin nicht bereit, wieder in den Fall einzutauchen. Noch nicht. Bist du das?"

Sie hob die Augenbrauen und sagte nichts. Er war in einer seltsamen Stimmung. Verspielt und intensiv zugleich. Sie war sich nicht sicher, wie sie mit ihm umgehen sollte. Aber sie nickte. Denn nein, sie war noch nicht ganz bereit, wieder an die Arbeit zu gehen. Ehrlich gesagt, genoss sie diese Zeit mit ihm zu sehr.

Sie sahen sich die Tierausstellungen ein zweites Mal an. Aßen Popcorn. Hielten sogar wieder Händchen, wie Teenager auf der Kirmes.

„Also, was ist mit dem neuen Sofa, das du kaufen wirst? Hast du etwas im Sinn?"

Erschrocken sah sie ihn an, unfähig zu glauben, dass er sich tatsächlich für so etwas wie ihre Wahl der Möbel interessierte. „Ähm, ich dachte an etwas Blumiges wie das andere, das ich hatte."

Er lächelte leicht. „Ja, ich habe bemerkt, dass du auf das blumige Zeug stehst."

„Hat dich überrascht, was?"

„Ja. Und, nein", sagte er.

„Was meinst du damit?"

„Es überrascht mich, dass du blumige Sofas magst. Es überraschte mich nicht, dass du so etwas geheim hältst."

Sie blieb in ihren Spuren stehen. „Ein Geheimnis? Weil ich es nicht beworben habe? Hör zu, Jase-"

Er seufzte und dann, ihr Herz schlug gegen seine Brust, hob er ihre gefalteten Hände an seinen Mund und küsste ihre Finger. „Ich werde dich vermissen", sagte er leise.

Sie starrte ihn stumm an und kämpfte darum, was sie sagen sollte, aber die Worte kamen nicht so einfach heraus. Schließlich sagte sie: „Sei nicht albern. Du wirst mich die ganze Zeit sehen. Wir müssen diesen Fall abschließen."

Er zuckte mit den Schultern. „Es wird nicht dasselbe sein. Aber ich sage dir was, wenn du Hilfe beim Tragen deines Sofas brauchst und DeMarco nicht verfügbar ist, kannst du mich gern anrufen. Auch, wenn du über die Punks reden willst, die die Polizei erwischt hat. Wenn du über egal was reden willst. Okay?"

Damit setzte er sich wieder in Bewegung.

„Ja, sicher", antwortete sie leise. Sie machten ein paar Schritte, bevor sie etwas völlig Ungewöhnliches tat. Sie hob ihre noch ineinander verschränkten Hände und küsste, genau wie er es vorher bei ihr getan hatte, seine Finger. „Danke, Jase. Du bist ein guter Freund bei all dem."

„Wir werden später an deiner Definition von Freundschaft arbeiten, Carrie. Nun, lass uns zum Papageienkäfig gehen. Ich will sehen, ob ich sie wieder zum Reden bringen kann."

Es waren ein paar schöne Stunden, in denen sie es schafften, ihre dunklen Gedanken beiseite zu schieben. Zumindest für einen kurzen Moment.

Auf der Rückfahrt zur Arbeit verblasste jedoch der angenehme Schleier, der sie umgeben hatte. Unvermeidlich kehrten ihre Gedanken zur Arbeit zurück und zu den Sackgassen, auf die sie trafen. Sie hatte von allen örtlichen Krankenhäusern und Bestattungsunternehmen, mit denen sie sich in Verbindung gesetzt hatte, Rückmeldungen erhalten und keiner von ihnen hatte Diebstähle von Lieferungen oder die unbefugte Nutzung ihrer Einrichtungen gemeldet. Es wurde immer wahrscheinlicher, dass, wenn der Einbalsamierer tatsächlich grausame Prozeduren an seinen Opfern durchführte, er dies in einem privaten Raum tat, an einem Ort, den er wahrscheinlich zwischen dem Umzug von Fresno nach San Francisco nachgerüstet hatte ...

„Er ist umgezogen!", rief Carrie.

„Was?", fragte Jase, während er seine Aufmerksamkeit auf die Straße richtete.

„Der Einbalsamierer. Seine ersten beiden Opfer waren in Fresno, seine nächsten beiden in San Francisco, mit einem Jahr dazwischen. Ich denke, dass der Umzug den Zeitabstand erklärt und dass er diese Zeit genutzt hat, um sich einzurichten. Vielleicht hat er ein Privatgrundstück gefunden, um seine Arbeit zu erledigen, oder er hat sein Haus renoviert, damit es seinen Bedürfnissen gerecht wird."

„Richtig. Das ergibt total Sinn", stimmte Jase zu. „Nur, dass er seinen Job zu gut gemacht hat und wir sein Versteck nicht finden."

„Trotzdem ist vielleicht nicht sein Standort, sondern seine Identität das, wonach wir suchen müssen."

Jase runzelte die Stirn und verlangsamte dann das Auto. Er zog an den Bordstein und bewegte sich auf seinem Sitz, um sich ihr zuzuwenden. „Erkläre es."

„Wir wissen, dass der Einbalsamierer organisiert und methodisch ist. Was er mit den Opfern macht, sie einbalsamiert und ihnen die Augenlider abschneidet, sie auf den Fotos so akribisch präsentiert, deutet auf jemanden hin, der weiß, was er tut. Jemand, der für so etwas ausgebildet wurde. Deshalb haben wir uns, neben allen anderen, die mit dem College zu tun haben, darauf konzentriert, jemanden zu finden, der eine medizinische Ausbildung hat, wie einen Arzt oder einen Leichenbestatter."

„Ich verstehe immer noch nicht, worauf du hinaus willst."

„Medizinisch ausgebildet, Jase", sagte Carrie. „Wie in der Lizenz zur Ausübung einer Tätigkeit in einem bestimmten Staat oder Bezirk. Wenn jemand in einem lizenzierten Beruf umzieht, auch innerhalb desselben Staates, muss er das nicht der zuständigen Regierungsbehörde mitteilen? Würde diese Regierungsbehörde dann nicht den Überblick behalten, wo eine Praxis wieder aufgebaut wurde?"

„Verdammt, du hast recht. Bestattungsunternehmer und Bestatter benötigen eine Lizenz zur Ausübung ihrer Tätigkeit. Genau wie Ärzte. Anwälte."

„Da wir wissen, dass er in Fresno war und jetzt in San Francisco ist, können wir unsere Anfragen auf Fachleute konzentrieren, die ihre Praxis im letzten Jahr gewechselt haben. Und uns an die zuständigen Genehmigungsbehörden und an Orte wie die Handelskammer wenden."

Er lenkte sein Auto wieder auf die Straße. „Lass uns mit Stevens reden. Schauen, wie viele Hände wir dafür einsetzen können. Es ist eine gute Spur, Carrie. Ein verdammt Gute."

Sie setzte sich wieder auf ihren Platz und war begeistert von der Aussicht, eine weitere Spur zu erkunden, wenn es vorher so erbärmlich wenige gab. Aus dem Augenwinkel sah sie Jase lächeln. Als er sie erwischte, wie sie ihn ansah, sagte er: „Ich habe es dir gesagt, Ward."

Ihre Augen kreisen vor Überraschung, bevor sie ungläubig lachte. „Und was genau hast du mir gesagt?"

Seine Augen weiteten sich in Scheinunschuldigkeit. „Nur, dass eine Fahrt und ein Hauch frische Luft dir gut tun würden. Vielleicht bist du beim nächsten Mal, wenn ich einen Vorschlag mache, zugänglicher, einfach drauf einzugehen, als mich zu hinterfragen, wie du es immer tust."

Er legte eine freundliche Hand auf ihr Knie und tätschelte es.

Carrie lachte. Sie streckte die Hand aus und nahm seine Hand wieder in ihre. „Vielleicht werde ich das, Jase."

Sobald sie wussten, wonach sie suchten, dauerte es nicht lange, bis sie eine Liste mit Namen hatten. Besonders dank der Arbeitskräfte, die Stevens gesammelt hatte, um ihnen bei ihrer Suche zu helfen. Am nächsten Tag, nach Rücksprache mit einer Vielzahl von staatlichen Stellen, wussten sie, dass sechs Ärzte im vergangenen Jahr eine Praxis im Raum San Francisco eröffnet und zwei Bestattungsunternehmen den Besitzer gewechselt hatten. Jase und Carrie trafen sich über mehrere Stunden hinweg mit den Personen auf ihrer Liste.

Der erste Arzt, den sie besuchten, war ein fröhlicher Kinderarzt, der bunte Adidas trug. Er war zu dem Zeitpunkt, als Kelly Sorenson getötet wurde, ein Hauptredner auf einer Konferenz gewesen. Die zweite Ärztin war eine leicht-asiatische Frau mit einem ernsten Verhalten und einer knappen Kommunikation. Sie war von Fresno weggezogen, weil ihr Mann in die Bay Area versetzt worden war. Sie waren gerade von einem einmonatigen Urlaub in Übersee zurückgekehrt.

„Wer ist der Nächste?", fragte Jase.

„Dr. Odell Bowers, ein rekonstruktiver Chirurg. Er praktiziert in der Nähe des Coit Tower." Jase folgte den Anweisungen, die Carrie ihm gab. „Komisch", sagte sie. „Das ist das gleiche Gebäude, das ich früher für meine Physiotherapie-Termine besuchte."

„Du hattest schon lange keinen mehr."

„Nein. Ich war etwas beschäftigt."

Er schoss ihr einen trügerischen Blick zu, aber bevor er etwas sagen konnte, unterbrach sie ihn. „Ich weiß. Ich werde bald einen Termin vereinbaren. Ich werde nicht all die Fortschritte ruinieren, die ich gemacht habe, indem ich jetzt nachlässig werde."

„Gut", sagte er.

Doch als sie Jase die Treppe des Gebäudes hinauf folgte, war sie sich bewusst, dass ihr Bein leicht hinter ihr her hinkte. Als sie oben ankam, atmete sie noch ein wenig härter und der Beweis für ihre geschwächte Ausdauer ließ sie fast zusammenzucken.

Obwohl sie versuchte, diskret zu sein, erwischte Jase sie dabei, wie sie die Seite ihres Beines rieb.

„Brauchst du noch eine Massage?", fragte er milde, als sie sich auf den Weg zu Dr. Bowers' Büro im zweiten Stock machten.

„Nein. Mir geht es gut."

„Ich schätze, anstatt die Frage zu stellen, hätte ich einfach sagen sollen, dass ich dir eine Massage geben würde. Schließlich hast du gesagt, dass du von nun an besser auf meine Vorschläge reagieren würdest."

Er hielt ihr die Tür zu Bowers' Büro auf. Als sie durchging, erinnerte sie ihn: „Ich sagte, vielleicht würde ich das tun. Wie praktisch für dich, dieses kleine Detail zu vergessen."

Lachend zuckte er mit den Achseln. „Praktisch hat nichts damit zu tun."

Sie gingen an die Rezeption, wo eine hart aussehende junge Frau ins Telefon sprach. „Es tut mir leid, Ma'am, aber ich habe Ihnen bereits gesagt, dass ich nicht weiß, wann Dr. Bowers wieder im Büro sein wird. Ich rufe Sie zurück, sobald ich ..." Sie knirschte mit den Zähnen, als die andere Person auf der Leitung an ihr auflegte.

Sie legte den Hörer auf und fing an, einige Notizen zu notieren, nahm sie aber in keiner Weise war.

Jase räusperte sich. „Entschuldigung", sagte er.

Die Frau sah nicht einmal nach oben. „Kann ich Ihnen helfen?"

„Wir sind vom Justizministerium und müssen sofort mit Dr. Odell Bowers sprechen."

In der Minute, als er erwähnte, dass sie vom Justizministerium stammten, schnappte der Kopf der Frau hoch. „Sind Sie Polizisten?", fragte sie. „Endlich. Man sollte meinen, bei der Anzahl der Male, die ich Ihnen genannt habe, wären Sie schon früher gekommen."

Carrie trat vor. „Wir sind Spezialagenten des Justizministeriums, keine Streifenpolizisten. Aber Sie haben die Polizei um Hilfe gerufen. Warum?"

„Weil mein Chef in den letzten Tagen nicht zur Arbeit erschienen ist und ich ihn nicht erreichen kann. Ich habe Telefonate und Besuche von wütenden Patienten entgegengenommen und ich habe es satt, aber ich brauche den Job. Ich will die Dinge nicht völlig hängen lassen und dann von Dr. Bowers gefeuert werden, wenn er von dem, was er macht, zurückkommt."

Carrie sah Jase an, der sagte: „Wir müssen alles wissen, was Sie der Polizei gesagt haben. Sie können mir das erzählen, während Special Agent Ward sich in Dr. Bowers' Büro umsieht. Wir brauchen auch seine Privatadresse."

Dreißig Minuten später rasten Carrie und Jase zu Dr. Bowers' Haus im Presidio. Nach Angaben der Empfangsdame Marlene Harrison war Dr. Bowers rücksichtslos effizient, wenn es darum ging, seine Bürozeiten und Terminpläne einzuhalten. In den sechs Monaten, in denen sie für ihn gearbeitet hatte, hatte er sich nie krank gemeldet. Doch er ging nicht an sein Haustelefon oder sein Handy und er war nicht an seine Tür gegangen, als Marlene in der Nacht zuvor bei ihm zu Hause gewesen war.

Sie sollte sich glücklich schätzen. Schließlich gab es in Carries Kopf kaum Zweifel, dass Dr. Odell Bowers tatsächlich der Einbalsamierer war. Eine schnelle Suche in seinen Krankenakten hatte eine Verbindung zwischen den ersten drei Opfern ergeben – sie waren alle Patienten. Jeder von ihnen war zu einer freiwilligen kosmetisch-chirurgischen Beratung gekommen und innerhalb weniger Wochen nach ihren Terminen verschwunden.

Es gab keine Kreditkartenrechnungen oder stornierten Schecks, die Zahlungen an denselben Arzt belegten, weil die erste Konsultation mit Bowers kostenlos war; bis zu diesem Zeitpunkt gab es nichts, wofür man sie berechnen könnte. Aber dieser Besuch war genug für Bowers gewesen, um sie ins Visier zu nehmen und ihre persönlichen Informationen zu erhalten. Adresse. Telefonnummer. Vielleicht hatte er sogar arrangiert, sie zum Kaffee zu treffen, um über ihre Möglichkeiten zu sprechen. Zugegeben, die Telefonaufzeichnungen der Opfer hätten zu einer Übereinstimmung führen sollen, wenn sie jeweils irgendwann Bowers' Büronummer angerufen hatten, aber es war durchaus möglich, dass sie von einer Leitung eines Drittanbieters angerufen oder einen Termin vereinbart hatten.

„Er wusste, was er mit ihnen machen würde, sobald er sie traf", sagte sie. „Diese verdammten Filme ..."

Sie hatten keinen Beweis dafür gefunden, wie Bowers Kelly Sorenson zum ersten Mal gesehen hatte, aber sie hatten eine Sammlung von DVDs in einem von Bowers' Büroschränken gefunden, die darauf hindeuteten, warum er getan hatte, was er mit ihr und den anderen gemacht hatte.

Odell Bowers war ein großer Horrorfilm-Fan. Marlene sagte, dass er oft seine Mittagspause damit verbrachte, sich einen Film anzusehen und sogar seine Mitarbeiter eingeladen hatte, ein paar Mal bei ihm zu sitzen.

„Wir fanden es seltsam und er hörte nach den ersten paar Malen auf zu fragen", hatte Marlene gesagt.

Halb im Scherz hatte Jase gefragt: „Beinhaltete einer der Filme, jemandem die Augenlider abzuschneiden?"

"Machen Sie Witze?", hatte Marlene geantwortet und die Augen verdreht. „Das war sein Lieblingsfilm."

Der Film handelte von einer Familie, die in ein neues Haus zog, das, ihnen unbekannt, eine Leichenhalle gewesen war.

Sobald die Familie eingezogen war, hatte der junge Sohn begonnen, sich seltsam zu verhalten. Irgendwie war ein ehemaliger Serienmörder beteiligt und die Familie entdeckte seine Sammlung von ausgetrockneten Augenlidern unter einer Diele im Zimmer des Jungen.

„Ich habe Horrorfilme schon immer gehasst", sagte Carrie, als sie zu Bowers' Wohnung kamen.

„Ich auch", antwortete Jase.

Sie warteten auf die Ankunft ihres Teams vom SFPD. Mit mehreren Officern, die andere Zugangspunkte abdeckten, machten sich Jase und Carrie auf den Weg zum großen Vordereingang, der auf beiden Seiten von fantasievoll geschnittenen Formbäumen flankiert wurde.

„Der Typ steht auf seltsame Kreaturen", bemerkte Jase.

„Ja", sagte Carrie. „Ich wette, er hat einen schicken Heimkino-Raum mit einem riesigen Flachbildfernseher, um seine Filme zu sehen."

„Verleumde nicht die Vorteile der Heimkino-Technologie nur wegen eines Psychos, Ward", tadelte Jase zurück. Sein neckender Scherz sollte einen Teil ihrer Spannungen abbauen, so wie Polizisten oft schwarzen Humor an Tatorten benutzten, um mit den schrecklichen Dingen umzugehen, denen sie Tag für Tag begegneten. Es war ein weiterer Beweis dafür, wie komfortabel sie die Zusammenarbeit gestalten würden. Es war schwer zu glauben, dass der Fall, den sie so energisch verfolgt hatten, tatsächlich in wenigen Minuten gelöst werden konnte.

„Wir werden ihn kriegen", sagte Jase. „Und es wird deinetwegen sein, Carrie. Ich bin verdammt stolz auf dich."

Sie war mehr als ein wenig stolz auf seine Worte. Carrie spiegelte Jase' Haltung wider, stützte ihren Rücken gegen die Wand und hielt ihre Waffe bereit. „Ich hätte es ohne dich nicht geschafft, Jase. Ich meine das ernst. Jetzt schnappen wir uns den Kerl."

Bowers hatte in der Tat einen erstklassigen Theaterraum mit einer riesigen Leinwand, Verdunkelungsvorhängen und bequemen Liegestühlen. Trotz der großzügigen Sitzgelegenheiten vermutete Jase, dass Bowers nicht viele Sozialkontakte hatte. Es herrschte eine klinische Sterilität in seinem Haus. Fein möbliert, ja, aber alles gnadenlos an seinem Platz. Er hatte den Eindruck, dass Besucher unwillkommen waren, einfach weil sie es durcheinanderbringen könnten. Schmutz hineintragen könnten. Mit Fingerabdrücken die glänzenden Oberflächen seiner Tische verschmutzen. Bowers würde die Unvorhersehbarkeit verabscheuen.

Sie hatten ihre Anwesenheit angekündigt, aber Bowers schien nicht zu Hause zu sein. Dennoch, um sicherzustellen, dass er sich nicht im Inneren versteckte, durchsuchten sie jeden Raum, einen nach dem anderen.

„Garage?", fragte Carrie.

Jase entdeckte die wahrscheinlichste Tür und nickte ihr zu. Sie winkten einen der SFPD-Polizisten rüber. Gemeinsam öffneten sie die Tür, nicht überrascht von der steilen Treppe, die zur Garage hinunter führte. Von der Tür aus sah Jase das hintere Ende eines polierten schwarzen Fahrzeugs. Auf der anderen Seite der Treppe befand sich jedoch eine weitere Tür. Er zeigte darauf.

„Wir gehen zusammen unter", sagte Carrie. Sie wandte sich an den Officer neben ihnen. „Sie müssen uns von hier oben aus decken."

„Ja, Ma'am."

Normalerweise hätte Jase sie deswegen geärgert, von einem anderen Polizisten „Ma'am" genannt zu werden, aber seine Nerven waren dafür zu angespannt. Sie nahmen die schmale Treppe langsam und schritten sie Rücken an Rücken hinunter. „Überprüf zuerst das Auto", sagte Jase.

„Stimmt."

Als er seine Waffe auf die geschlossene Tür gerichtet hielt, überprüfte Carrie das Fahrzeug.

„Nichts. Diese Seite ist sicher."

„Okay." Er versuchte es mit dem Türgriff. Sie war verschlossen. „Dr. Bowers", rief er. „Hier ist Special Agent Jase Tyler vom California Department of Justice. Ich bin mit Verstärkung hier. Öffnen Sie die Tür."

Nichts. Keine Geräusche. Kein Versuch, die Tür zu öffnen.

„Ich komme rein", brüllte er. Er hob seinen Fuß und trat die Tür ein. Sie gingen zusammen durch, mit gezogenen Waffen.

Sie betraten einen riesigen, fertig gestellten Keller, der offenbar in einen provisorischen Operationssaal umgewandelt wurde. Er war mit Stahltischen und Schubladen mit Werkzeugen und Flaschenregalen gefüllt. Unmittelbar vor ihnen lag ein Körper.

Carrie erblickte den weiblichen Kimono und keuchte. „Er hat eine weitere Frau getötet."

„Nein", sagte Jase. „Es ist ein Mann. Sieh dir das Gesicht an. Die Haare."

Es war Bowers. In femininer Kleidung mit Make-up im Gesicht gekleidet. Make-up, das mit der gleichen schweren Hand aufgetragen wurde wie der Rest der Opfer vom Einbalsamierer. Es gab jedoch einen großen Unterschied. In Bowers' Fall wurde das Make-up durch das Blut verunstaltet, das über seine Schläfen geflossen war. Er hatte eine schwere Kopfwunde erlitten.

Alles, was sie entdeckt hatten – die seltsam renovierte Garage, Bowers' Make-up, was seine Sekretärin ihnen über seinen Lieblingsfilm erzählt hatte –, wies darauf hin, dass Bowers der Einbalsamierer war. Der Mann, der vier Frauen ermordet hatte. Der Mann, der die Polizisten so lange verspottet und vermieden hatte. Doch jetzt ...

Vorsichtig prüfte Jase nach einem Puls und bestätigte, was er bereits wusste.

Bowers war tot.

KAPITEL 19

*W*ar es nicht falsch, den Tod von jemandem zu feiern, auch wenn der Tod, den du feiertest, der eines Serienmörders war? Die Frage nagte den ganzen nächsten Tag an Carrie.

Sie hatte einen Freund, der stellvertretender Generalstaatsanwalt des DOJ war. Renee ging in Berufungen bei Urteilen mit Todesstrafe und manchmal wüteten diese Berufungen jahrzehntelang. Einmal hatte ihre Freundin angerufen, um ihr zu sagen, dass ein zum Tode verurteilter Häftling im Gefängnis gestorben war. Carrie konnte sich nicht einmal daran erinnern, wie er gestorben war. Das, was sie am meisten beschäftigt hatte, war die Erleichterung ihrer Freundin.

War es nicht falsch, den Tod von jemandem zu feiern, auch wenn der Tod, den du feiertest, der eines Serienmörders war?

Carrie feierte nicht wirklich. Es spielte keine Rolle, dass Bowers ein Mörder gewesen war. Er war offensichtlich ein Mann gewesen, der von einigen ziemlich mächtigen Geistern angetrieben worden war. Sie hatten keinen Ofen in seinem Keller gefunden. Was sie jedoch gefunden hatten, waren ein halbes Dutzend tiefe Schubladen, wie man sie oft in Filmen sah, wenn jemand ein Leichenschauhaus besuchte, um eine Leiche zu identifizieren.

Zu ihrer tiefen Erleichterung waren keine Leichen im Inneren. Sie hatten jedoch Bilder gefunden. Kopien der gleichen Bilder, die Bowers an die Polizei geschickt hatte. Bilder von drei Frauen.

Mary Johnson.

Theresa Steward.

Und Cheryl Anderson.

Er war ein Mörder gewesen, ein kluger, ein bösartiger Mörder, und doch war er jetzt tot.

Die Todesursache? Das war eine Frage, der ein Gerichtsmediziner auf den Grund gehen würde. Bowers hatte ein stumpfes Gewalttrauma am Kopf erlitten, aber die Wunde war so allgemein, dass er, soweit sie wussten, ausgerutscht war und sein Kopf auf dem Fliesenboden des Kellers aufgeschlagen war. Unwahrscheinlich, aber es schien genauso unwahrscheinlich, dass jemand Bowers in völliger und kompletter Überraschung erwischt hatte, besonders angesichts der Art und Weise, wie er gekleidet war und ihn getötet hatte. Es sei denn, er hatte einen Partner ... Aber das schien auch nicht wahrscheinlich. Es gab nicht nur keinen Beweis dafür, dass ein Partner beteiligt war, sondern Bowers' Verbrechen hatten auch eine ausgesprochen persönliche Qualität an sich.

Spekulationen über Bowers Motive würden weiter wüten, aber Carrie wettete, dass es mit dem Tod seiner Schwester Laura zu tun hatte, die vor einigen Jahren bei einem Autounfall gestorben war. Laura, mit den hellbraunen Haaren. Laura, die Lehrerin war. Laura, die bei dem Autounfall so schwer verletzt worden war, dass sie keine normale Trauerfeier hatten abhalten können. Keine Anzeige. Keine Beerdigung. Könnte es sein, dass Odell seine Opfer benutzte, um ihre Körper auf die Beerdigung vorzubereiten, so wie er Laura nicht hatte vorbereiten können?

Natürlich erklärte das nicht, warum er seine Opfer verletzte, indem er sie während des Einbalsamierungsprozesses am Leben hielt, aber das war eine Erklärung, die sie offensichtlich nie bekommen würden.

Sie war nur froh, dass Odell Bowers nie wieder jemanden verletzen konnte. Diese Freude war jedoch nicht ganz ohne Bedauern. Sie war froh, dass sie es geschafft hatte, Kevin Porter zu erschießen, bevor er sie schließlich getötet hätte, aber sie hatte es bereut. Ebenso war sie froh, wann immer sie einen Fall abschloss, etwas Gerechtigkeit für eine Person zu erlangen, deren Leben wegen der Nachlässigkeit oder Grausamkeit eines anderen Menschen entweder beendet oder auseinandergerissen worden war. Aber sie bedauerte die Notwendigkeit, diese Gerechtigkeit überhaupt zu erlangen.

Was sie nicht mochte, war, dass ihr Bedauern oft mit Schuldgefühlen einher ging.

In diesem speziellen Fall wurde die Schuld nicht unbedingt auf sich selbst, sondern auf die Gesellschaft im Allgemeinen bezogen. Welches Versagen hatte dazu geführt, dass Odell Bowers' Wahnsinn außer Kontrolle geriet? Was hatte ihn so weit getrieben, dass er sich von den Menschen um ihn herum so sehr abgelehnt gefühlt hatte, dass er in einen dunklen und verwirrten Geist hatte flüchten müssen, um Trost zu finden? An genau welchem Punkt hörte jemand auf, der angstvolle Teenager zu sein, von dem sie Jase erzählt hatte, dass sie es gewesen war. Wann wurde man der unruhige Teenager, der Drogen nahm und sich Banden anschloss, wie es Kevin Porter getan hatte. Wann wurde man zu so etwas Monströsem wie Odell Bowers?

Aber es spielte keine Rolle. Schuld war Schuld und offen gesagt, Carrie war es leid, sie zu fühlen.

War es nicht falsch, den Tod von jemandem zu feiern, auch wenn der Tod, den du feiertest, der eines Serienmörders war?

Vielleicht, aber im Moment taten Carrie und ihre Teamkollegen das. Zumindest feierten sie die Tatsache, dass sie einen Serienmörder gefunden und den Fall abgeschlossen hatten. Was das im Großen und Ganzen bedeutete, musste sie später herausfinden.

Niemand außerhalb von DOJ oder des SFPD jedoch feierte den Fund von Bowers. Oder seinen Tod, um genau zu sein. Vorerst hatten sie beschlossen, die Umstände seines Todes geheim zu halten. Unter seinen Sachen hatten sie Kelly Sorensons grüne Visitenkarte gefunden, aber das war der einzige Beweis, den sie gefunden hatten, um Bowers mit ihrem Mord zu verbinden. Und weil er wahrscheinlich selbst ermordet worden war, wollten sie seinem potenziellen Mörder nicht mehr Informationen geben, als er oder sie bereits hatte.

Sie blickte Jase an und aufgrund des entspannten, aber leicht distanzierten Gesichtsausdrucks fragte sie sich, ob er genau dasselbe dachte und fühlte wie sie, einschließlich eines Hauch von Enttäuschung, dass es keinen Grund mehr gab, rund um die Uhr zusammen an demselben Fall zu arbeiten. Mit einem kleinen Lächeln löste sie sich von Commander Stevens, Simon und DeMarco und machte sich auf den Weg zu ihm. Er saß allein an der Bar des McGills.

„Hey", sagte sie leise.

„Selber hey", sagte er. „Was machst du hier drüben? Du solltest dich weiter im Lob sonnen. Du verdienst es."

Sie schüttelte den Kopf, nicht in Leugnung oder falscher Demut, aber … nun, sie war sich nicht ganz sicher, warum. „Ich meinte, was ich in seinem Haus sagte. Bevor wir reingegangen sind. Wir haben diesen Fall gemeinsam gelöst. Ich wäre ohne dich nicht in der Lage gewesen, alle Details auszuarbeiten und zu einem Ergebnis zu kommen."

Er nahm einen Zug aus seiner Flasche und zwinkerte ihr zu. „Richtig. Die frische Luft und der Antrieb haben deinen Kopf frei gemacht, dich zum kreativen Denken gebracht. Ich erinnere mich."

Aber trotz seines neckischen Tons gab es eine düstere Besetzung seiner Stimmung, die zu ihrer eigenen passte.

„Was wir tun, heilt uns nie, nicht ganz, oder?", fragte sie ihn. „Nicht die Opfer. Nicht die Gesellschaft als Ganzes. Nicht die Dämonen, die uns verfolgen und uns zwingen, diesen Job zu machen."

„Nein", stimmte er zu. „Nicht ganz. Aber niemand entkommt dem Leben unversehrt, Ward. So funktioniert das einfach nicht."

Seine Worte klangen wahr. Und die Art und Weise, wie er sie ansah, intensiv, tief, fürsorglich ... Es erinnerte sie an das letzte Mal, als sie sich wirklich sicher und zufrieden fühlte. Als sie sich geliebt hatten.

Sie hatten es geschafft, diesen kleinen Vorfall zu ignorieren, während sie den Einbalsamierer aufgespürt hatten, aber jetzt, da er erwischt worden war ... Jetzt, da ihre offizielle Partnerschaft vorbei war, was würde passieren? Würden sie es weiterhin ignorieren? So tun, als wäre es nie passiert?

Instinktiv wusste sie, dass Jase damit fertig war, sie zu drängen. Dass er auf ein Zeichen von ihr wartete, wie es weitergehen sollte. Wie sie es immer tat, wenn es um ihn ging, kämpfte ihr Verlangen gegen Sachlichkeit.

Sie war nicht das, was er brauchte. Er brauchte eine Frau, um seinen Job auszugleichen, und da sie Teil des Jobs war, konnte sie ihm das nicht geben. Er würde das früh genug erkennen, was bedeutete, dass sie klug sein musste. Sie würde es kaum überstehen, wenn Jase von ihr wegging, aber sie würde es überleben. Solange sie realistisch blieb und sich erinnerte, wer und was sie war.

Aber das bedeutete nicht, dass er heute Abend weggehen musste.

Es bedeutete nicht, dass sie nicht noch eine weitere Kostprobe von dem Vergnügen und der Sicherheit haben konnte, die er ihr gegeben hatte. Nach allem, was sie in den letzten Tagen durchgemacht und gesehen hatte, hatte sie das verdient, nicht wahr?

„So funktioniert das Leben", stimmte sie zu. „Aber trotzdem ...

müssen wir uns erfreuen, wo und wann wir können. Ist es nicht das, was du gesagt hast?"

Überraschung flackerte über sein Gesicht, bevor sein erhitzter Blick sie an Ort und Stelle festhielt. „Das ist, was ich gesagt habe."

Sie räusperte sich und sah sich um, um sicherzustellen, dass niemand sie belauschte, und sagte: „Große Klappe, nichts dahinter? Oder hast du Lust, mich zurück in dein Haus zu bringen – zurück zu deinem Bett – und deinen Standpunkt mir noch einmal zu beweisen."

Er bedachte ihre Worte und sie wusste, dass es nicht das Angebot war, das er tatsächlich in Betracht zog, sondern ihr bewusster Hinweis darauf, ein letztes Mal mit ihm Liebe zu machen.

„Das kommt darauf an", sagte er schließlich.

Sie hob eine Braue. „Auf was?"

„Ob du immer noch planst, SIG für grünere Felder zu verlassen. Tust du das?"

„Warum ist das wichtig?" Sie versuchte, ihrer Stimme eine neckische Note hinzuzufügen. Alles, um diese seltsame, angespannte Stimmung zu zerstören, die zwischen ihnen herrschte, aber ihr Versuch, Humor zu entwickeln, scheiterte. Keiner von beiden lächelte.

„Weißt du, als ich das letzte Mal mit dir ins Bett gegangen bin, wachte ich allein in einem kalten Bett auf. Du weißt das vielleicht nicht über mich, aber ich bin ein großer Kuschler. Wenn wir das tun, wenn ich dir meinen Standpunkt beweise, ein letztes Mal", betonte er, „würde ich gerne wissen, dass du wenigstens dafür in der Nähe bleiben würdest."

Der Klumpen in ihrem Hals war so groß wie der plötzliche Zwang, in Tränen auszubrechen. Aber nichts kam der Erwartung nahe, die sie empfand. Auf den Wunsch, der durch sie hindurchstieß. Sie wollte Jase. Sie wollte mit ihm schlafen. Mit ihm in rein körperlicher Empfindung schwelgen.

Und dazu gehörte auch das anschließende Kuscheln mit ihm.

Sie nickte.

Das war alles.

Nickte einfach.

Er stand auf, nahm ihre Hand und zusammen gingen sie aus dem McGills heraus.

Carrie nahm Jase trotz des renovierten Wohnzimmers und des damit einhergehenden neuen Lackgeruchs mit zu sich nach Hause. Sie hatten sich bereits in seinem Bett geliebt und sie wollte genießen, wie sie ihn in ihrem Arm hielt. Es würde ihr auch helfen, die nächsten Stunden in Erinnerung zu behalten, was sie in den kommenden Jahren schätzen würde, wenn sie ihn nicht mehr hatte.

Langsam zog Jase seine Jacke aus und warf sie auf einen Stuhl. Als nächstes nahm er sein Holster und seine Waffe heraus und legte sie auf das Bett. Carrie starrte auf die Waffe und spürte das kräftige Gewicht ihrer eigenen an ihrer Seite.

„Komm her, Carrie", sagte er, seine Stimme leise.

Als sie vor ihm stand, zog er ihre Jacke zurück. Gehorsam bewegte sie ihre Arme und ermöglichte es ihm, die Jacke auszuziehen. Mit den gleichen präzisen Bewegungen, mit denen er sein eigenes Holster entfernt hatte, löste Jase ihr Holster und schob es von ihrem Körper. Instinktiv, ungewohnt mit einer anderen Person, die ihr Holster abnahm, griff sie fast danach, aber sie schaffte es grade so, sich selbst zu stoppen. Jase hob sein eigenes Holster vom Bett und legte beide auf den Nachttisch. In Reichweite, wenn sie sie brauchten, aber beiseite. Die Arbeit macht Platz für das Vergnügen.

Es war immer noch ein Konzept, an das sie nicht gewöhnt war, aber sie fing an zu lernen. Wegen Jase.

Er öffnete ihr Hemd, während sie ihn weiterhin unbeweglich

anstarrte. Jase sah düster aus, seine Augenlider waren schwer vor Verlangen und Absicht. Ihre Atemzüge waren im ruhigen Raum laut. Sie sollte etwas sagen, nicht wahr? Etwas machen? Aber stattdessen ließ sie sich einfach von ihm ausziehen. Warum? Und noch wichtiger, so wie in der ersten Nacht, in der sie Sex hatten, fragte sie sich, warum es sich so gut anfühlte, ihm die Kontrolle zu geben. Ihre Deckung fallen zu lassen und wieder völlig verwundbar für einen Mann zu sein. Verletzlich in einer Art und Weise, in der sie sich nicht mehr mit einem Mann abgegeben hatte, seit sie ...

Dunkle Erinnerungen drohten zu stören und rücksichtslos schob sie sie weg. Jase wusste, dass sie vergewaltigt worden war und was seine Theorien über *Nature* und *Nurture* betraf ... Sie wusste, dass die Vergewaltigung ihren Glauben an Männer befleckt hatte. Es hatte in der Tat ihre Sicht auf das Leben im Allgemeinen verändert, aber sie wollte nicht zulassen, dass ihre Vergangenheit diesen Moment ruinierte.

Er öffnete ihre Hose und zerrte sie zusammen mit ihrem lilafarbenen Höschen herunter. Gehorsam trat sie aus ihnen heraus, bis sie völlig nackt vor ihm stand.

Seine Augen wanderten über ihren Körper und jeder Zentimeter von ihr erwärmte sich, als ob sein Blick das lodernde Streichholz und ihr Körper das Feuerholz wäre. Aber er fasste sie trotzdem nicht an.

Warum wollte er sie nicht berühren?

Sie wusste es. Er hatte die Leitung übernommen, aber er wollte trotzdem ihre volle Teilnahme. Er würde sie nicht passiv sein lassen.

Laut schluckend streckte Carrie die Hand aus. Schnell öffnete sie sein Hemd, dann, ohne es auszuziehen, öffnete sie seine Hose, während ihr Mund Küsse gegen seine harten Muskeln drückte. Sie atmete ein und nahm seinen berauschenden Duft auf. Er roch gut. Richtig.

Er zischte, als sie über ihn leckte. Der Beweis für ihre

Wirkung auf ihn erfüllte sie mit Aufregung und sie schob ihre Hand in die Vorderseite von Jase' offener Hose, um ihn zu umschließen. Er stöhnte, hob seine Hände und schröpfte ihre Brüste.

Sie zuckte zusammen.

„Kalt?", flüsterte er mit angespannter Stimme.

Sie lächelte gegen seine warme Haut, schüttelte den Kopf und stöhnte dann, als er ihre Brustwarzen leicht zwickte.

„Komm hier hoch", drängte er. „Ich will dich küssen."

Gehorsam stand sie auf und sein Mund senkte sich auf ihren.

Zuerst konnte sie sich nicht im Kuss verlieren. Stattdessen notierte sie sich seine Technik. Wie eine gute Kommissarin analysierte sie die Situation nach Hinweisen, die auf Winkel, Druck und Geschwindigkeit basieren. Wie gut war er? Jenseits der Charts. Ein Weltklasse-Experte.

Er zog sich zurück, atmete schwer und verengte seine Augen. „Was denkst du? Warum denkst du nach?"

„Nur, dass du gut küsst. Das muss die ganze Übung sein, die du hattest", scherzte sie.

Er neigte den Kopf und runzelte die Stirn. Sie fragte sich, ob sie ihn wütend gemacht hatte.

„Wenn du immer noch darüber nachdenken kannst, habe ich offensichtlich nicht genug geübt." Er schröpfte ihren Hals und streichelte ihn leicht. So fühlt sie sich noch verletzlicher als zuvor. „Lass mich rein, Carrie."

„Das tue ich. Du bist hier. Bald wirst du buchstäblich in mir sein."

„Nicht genug. Lasst mich rein. Auch wenn es nur für den Moment ist. Solange wir uns lieben. Lass mich an deiner Deckung vorbei."

Sie blinzelte schnell gegen das Flehen in seiner Stimme, gegen das Aufkommen der Tränen, die sie in ihren Augen spürte. „Wirst du mich an deiner Deckung vorbei lassen?"

„Weißt du es nicht? Ich habe vor langer Zeit aufgegeben, mich vor dir zu schützen."

Sie schluckte hart und spürte die Wahrheit in seinen Worten. Er hatte in den letzten Tagen Kleinigkeiten über sich selbst enthüllt. Nicht nur, um seine Meinungen zu unterstützen, sondern um sie ihn wirklich sehen zu lassen. Sie erinnerte sich, wie einfach er ihr die Messernarben auf seiner Seite gezeigt hatte. Und wie natürlich es sich angefühlt hatte, als er sie geküsst hatte. Jemanden zu berühren, war für sie nie so selbstverständlich. Berührt zu werden, war für sie noch schwieriger. „Es ist nicht einfach für mich", flüsterte sie.

„Ich weiß."

Sie zog seinen Kopf nach unten und küsste ihn. Diesmal konzentrierte sie sich darauf, wie sie sich fühlte und wie er sich gegen sie fühlte. Warm. Hart. Befriedigend.

Sicher. Genau wie zuvor fühlte sie sich bei ihm sicher.

Und das war so berauschend für sie, dass sie genau in dem Moment spürte, dass es passierte. Sie senkte ihre Deckung und ließ ihn komplett rein.

Jase schien den Unterschied in ihr sofort zu spüren und reagierte in gleicher Weise. Mit einem zerklüfteten Stöhnen legte er seinen Kopf zur Seite und küsste sie tiefer, während er sie gleichzeitig hochhob, so dass ihre Beine sich eng um seine Taille klammerten. Sie zerrte an seinem offenen Hemd und wollte jede Art von Barriere zwischen ihnen loswerden, aber er vereitelte sie, indem er gierige, saugende Küsse ihren Hals entlang und tiefer zog. Mit seinem Hemd noch halb angezogen, tauchten ihre Hände in sein Haar und führten seinen Mund zu einer verlangenden Brustwarze. Er zog sie in seinen Mund, saugte leise, dann härter, bis sie wimmerte und sich in seinen Armen wölbte.

„Genau so", flüsterte er. „Gib mir alles, was du hast, Carrie. Ich will alles haben."

Er trug sie zum Bett und legte sie darauf, drehte sich vom Griff ihrer anhaftenden Beine weg, um seine Kleidung von sich zu reißen. Als sie erkannte, was er tat, entspannte sie sich und genoss die Aussicht. Vor der weichen, femininen Kulisse ihres Schlafzimmers kräuselten sich seine Muskeln und er atmete schwer, begierig darauf, in ihr zu sein.

Sie streckte ihre Arme aus. „Jetzt. Bitte. Ich will nicht warten."

„Aber du wirst warten", sagte er, während er sich nach unten lehnte, um sie wieder zu küssen. „Ich hatte noch keine Gelegenheit, dich zu schmecken, und ich kann keine Sekunde mehr aushalten."

Sie keuchte, als er sie in den Kniekehlen packte und vorzog, bis ihre Beine vom Bett baumelten. Er kniete zwischen ihnen, küsste ihren Bauch und kitzelte ihren Nabel mit seiner Zunge. Der Protest, den sie im Begriff war zu äußern, trieb weg. So sehr sie sich auch danach sehnte, von seiner harten Länge erfüllt zu werden, die Idee, dass er sie mit seinem Mund erfreuen würde, reichte aus, um ihre Arme über ihren Kopf zu heben und ihre Augen mit Vorfreude zu schließen.

Nach allem, was sie über ihn wusste, erwartete sie, dass er der Beste sein würde, den sie je gehabt hatte.

Sie wurde nicht enttäuscht.

Er benutzte seine Zunge wie eine tödliche Waffe und zerstörte jede vorgefasste Vorstellung, die sie jemals über ihren Körper oder seine Fähigkeit, Lust zu empfinden, gehabt hatte. Die leichtesten Züge ließen sie zittern, während ein Kratzen seiner Zähne oder eine feste Schleppbewegung mit der flachen Zunge ihre Hüften verzweifelt vom Bett wölben ließ und sie ein Stöhnen erstickte, indem sie auf ihre Lippe biss.

Das gefiel ihm nicht. „Halt dich nicht zurück. Ich sagte, ich will alles, und dazu gehört auch, deine Erregung zu hören, Carrie."

Er ließ ihr keine andere Wahl, als ihm zu gewähren, was er wollte. Seine Finger tauchten zwischen ihre Beine, sicher, aber sanft. Er krümmte seine Zunge um ihre Klitoris und füllte ihre Tiefen mit einem dicken Finger, dann mit zwei. Er schürzte seine

Lippen und saugte an ihr. Die Stimulation brachte sie in eine andere Zeit und an einen anderen Ort, an dem nur Lust herrschte. Schreiend klammerte sie sich in die Laken, sicher, dass sie auseinander brechen würde, aber es war ihr egal. Was auch immer von ihr übrig blieb, wenn das vorbei war, war sowieso seins.

Wie hatte sie nur gedacht, dass sie diesem Mann widerstehen konnte?

Als ihr Höhepunkt nachließ, keuchte sie und Jase lag gebeugt über ihr, mit einer Hand, die sie bedeckte, und einer Wange, die auf ihrem Bauch lag. Ermattet hob sie ihre Finger und fuhr ihm durch die Haare.

„Jetzt, da du mich gekostet hast", krächzte sie hervor, „kann ich dich haben? Bitte?"

Langsam hob er den Kopf. Seine Augen brannten vor Verlangen und Absicht. *Fuck, ja,* sagten sie. *Du kannst mich haben und noch ein bisschen mehr.*

Oh, meine Güte, dachte sie und leckte sich die Lippen.

Langsam erhob er sich, legte seine Handflächen auf beide Seiten ihres Kopfes und hielt dann inne. „Nimm mich in die Hand. Führe mich in dich hinein", flüsterte er.

Seine Worte ließen sie von gesättigt zu etwas ganz anderem übergehen. Gierig wickelte sie ihre Hand um ihn. Obwohl sie beabsichtigte, ihn sofort in sich hineinzuschieben, konnte sie nicht widerstehen, ihre Hand über seine Länge gleiten zu lassen und dann wieder hochzuziehen. Runter. Dann hoch.

Er schloss die Augen und zischte. Aber er ertrug die Folter, die sie einige Minuten lang verabreichte, bevor er schließlich nach Luft schnappte: „Jetzt, Carrie. Bevor es zu spät ist."

Sie führte ihn zu ihrem Eingang und er hatte sie bereits teilweise in sich hineingedrückt, als sie rief: „Warte. Du trägst kein Kondom."

Er erstarrte.

„Hast du eins?", sagte er. „Bitte sag mir, dass du eins hast."

„Hast du keins?", fragte sie und versuchte, ihn zu ärgern.

Er hatte einen verzweifelten Blick in seinen Augen.

„Es ist okay", sagte sie schnell. „Ich habe eins. Es ist alt, aber ..."

Mit einer Grimasse zog er sich aus ihr heraus und sie lief zum Badezimmer. Als sie zurückkam, lag er auf dem Bett, sein Arm bedeckte seine Augen. Er zitterte.

Er vibrierte in seinem Verlangen nach ihr.

„Bleib da. Ich mag diese Position", sagte sie.

Schnell kniete sie neben ihm nieder, rollte das Kondom auf und setzte sich dann auf ihn.

Bevor sie wusste, was geschah, drehte er sie um, nahm ihre Handgelenke in eine Hand und streckte ihre Arme über ihren Kopf. Erschrocken starrte sie ihn an.

„Du musst warten, bis du dran bist. Jetzt brauche ich dich so. Ich muss dich hart nehmen, Carrie." Aber er hielt inne und wartete offensichtlich auf ihre Erlaubnis, fortzufahren.

Sie öffnete ihre Beine weiter. „Bitte", war alles, was sie sagte.

Er stieß zu, trieb sich in sie hinein und füllte sie so aus, dass sie schrie.

Wieder erstarrte er, aber diesmal ließ er ihre Handgelenke los. „Bist du—"

Sie umklammerte seinen Arsch. „Beweg dich, verdammt noch mal", sagte sie. „Nimm mich. Hart, genau wie du gesagt hast."

Mit einem Stöhnen ließ er los. Immer wieder zog er sich aus ihr heraus und drückte sich dann wieder schwer in sie hinein. Ihre Hüften schlugen zusammen, ihre Brüste rieben übereinander, ihre Lippen streichelten und ihre Hände liebkosten sich. Sie waren überall übereinander, ineinander, kein Teil blieb unerforscht. „O Gott, Carrie, ich komme!", schrie er, kurz bevor sie fühlte, wie er sich in ihr ergoss.

Mit einem letzten Stoß legte er sich so tief wie möglich in sie hinein, wölbte den Rücken und stöhnte mit zusammengebissenen Zähnen sein Vergnügen aus. Während er das tat, schröpfte er ihre Brüste und rieb ihre Brustwarzen zwischen seinen

Fingern. Es war die letzte Stimulation, die sie brauchte, bevor sie in ihre eigene weltbewegende Erlösung gestoßen wurde.

Jase hielt die schlafende Carrie, während er ihr Haar streichelte. Sie sah friedlich aus. Entspannt und zufrieden, wie er sie selten sah. Natürlich könnte das etwas damit zu tun haben, wie aufgeladen und angespannt er sich normalerweise um sie herum fühlte. Genau wie seine Eltern waren sie zwei stromführende Drähte, die sich ständig gegenseitig anzündeten. Es hielt die Dinge interessant, aber wie lange konnte diese Art von Intensität überleben, bevor sie gefährlich wurde?

Bevor ihre leidenschaftliche Natur ihre Beziehung in so etwas verwandelte, was seine Eltern einst geteilt hatten?

Doch es gab keine Zweifel, dass sie gut zusammenarbeiteten. Dass seine lockere Art ihren eher persönlichen Stil ergänzte. Man beachte nur die enormen Fortschritte, die sie in relativ kurzer Zeit im Fall Einbalsamierer erzielt hatten.

Außerdem hatte Carrie recht, als sie ihn daran erinnert hatte, dass er nie eine Hand gegen sie erhoben hatte, nicht einmal, als sie ihn gebissen hatte. Er konnte sich nicht vorstellen, sie im Zorn zu schlagen. Tatsächlich konnte er sich nur vorstellen, seine Kraft zu nutzen, um sie zu schützen. Vor jedem und allem, was sie traurig oder nicht gut genug fühlen ließ. Weil sie mehr als gut genug war. Für den Job. Für ihn.

Aber sie hatte unmissverständlich klargestellt, dass etwas wie letzte Nacht nie wieder passieren sollte.

Er war einfach nicht bereit, ihr das zu geben. Aber es war nicht so, als würde sie irgendwohin gehen. Noch nicht. Sie würden nicht am gleichen Fall arbeiten, würden sich nicht annähernd so oft sehen. Er hatte Zeit, sich auf seine eigenen Gefühle für sie einzustellen, und Zeit, sie an die Idee zu gewöhnen, mit ihm zusammen zu sein. Er war sich nicht ganz sicher, wie er eines davon erreichen sollte. Je länger er sie in seinen Armen hielt, desto weniger wollte er sie loslassen. Das wusste er.

Seine Gedanken wurden durch ihr klingelndes Telefon unterbrochen. Er hob schnell ab, bevor es sie wecken konnte. Sie bewegte sich und stöhnte, öffnete aber ihre Augen nicht.

„Hallo?"

Es gab eine lange Pause, gefolgt von einem Seufzer. „Agent Tyler?" Es war Commander Stevens.

Er zuckte zusammen und blickte wieder zu Carrie hinunter. Wahrscheinlich war das nicht seine beste Idee gewesen, an ihr Telefon zu gehen. „Ja, Sir. Kann ich Ihnen helfen?"

„Ich nehme an, Agent Ward ist bei Ihnen?"

„Ja", sagte Jase.

„Nun gut. Ich muss sowieso mit Ihnen beiden reden. Wie lange noch, bis Sie in meinem Büro sein können?"

Jase bemerkte die Spannung in Stevens' Stimme und griff das Telefon enger. „Gibt es ein Problem?"

„Mehrere. Aber im Moment ist das größte ein neues Opfer. Es sieht so aus, als hätten wir uns geirrt. Der Einbalsamierer hat Kelly Sorenson nicht getötet. Zumindest sieht es nicht so aus. Es gibt einen Nachahmer und er ist noch nicht bereit aufzuhören."

KAPITEL 20

*S*icherheit in Jase' Armen. Das und eine ganze Menge Befriedigung war es, was Carrie gesucht hatte. Trotz der Dunkelheit und Gefahr, die sie gezwungen hatte, zusammen an dem Fall Einbalsamierer zu arbeiten, wollte sie diese Partnerschaft mit etwas Süßem und Lebensbestimmendem beenden. Und für ein paar kostbare Augenblicke hatte sie es bekommen.

Sie erinnerte sich deutlich an den Moment, in dem sie Jase ihr ganzes Herz geöffnet hatte. Ihn hereingelassen hatte. Ihre Angst war verschwunden. All ihre Unsicherheiten und Zweifel ebenso. In seiner Umarmung hatte sie zwar keine Zukunft mit ihm geplant, konnte sich mittlerweile aber eine solche vorstellen.

Bis Jase sie geweckt und ihr von Commander Stevens' Anruf erzählt hatte.

Sie wiederholte Jase' Worte von der Nacht zuvor.

Niemand entkommt dem Leben unversehrt, Ward. So funktioniert das einfach nicht.

Die Sicherheit, die sie in Jase' Armen gespürt hatte, war genau so gewesen, wie sie es sich vorgestellt hatte.

Illusorisch. Vorübergehend.

Bowers war tot, aber ein weiterer Mörder war noch auf freiem Fuß.

Auch hier war das Mordopfer eine Frau. Wieder wurden ihr die Augenlider abgeschnitten. Aber ihre Todesursache und die Entsorgung ihres Körpers waren völlig anders als zuvor. Diesmal war ihre Haut in breiten Streifen von ihr abgezogen worden. Angesichts dessen, was sie über Bowers und seine Faszination für Horrorfilme wusste, konnte Carrie nicht umhin, an den Film über einen Serienmörder zu denken, der einen FBI-Agenten betreute und es ihm ermöglichte, einen anderen Mörder zu finden, der in einer Grube Geiseln verhungern ließ und schließlich ihre Haut zu Transformationszwecken nahm. Sie hatte es sich nicht selbst angesehen, aber es war ein so großer Hit gewesen, dass ihre Polizeifreunde monatelang darüber gesprochen hatten.

Leider hatte Tammy Ryan trotz ihrer anfänglichen Theorie, dass der Mörder sowohl Cheryl Anderson als auch Kelly Sorenson wegen ihrer Verbindungen zum Sequoia College ins Visier ausgewählt hatte, keine offensichtliche Verbindung zum College. Sie hatten sofort rückdenkend gearbeitet und kehrten mit Ryans Foto zum McGills zurück, aber niemand konnte sich erinnern, sie gesehen zu haben, ob in Kelly Sorensons Firma oder anderswo. Laut Familie und Freunden, darunter Susan Ingram, hatten sich Ryan und Sorenson nicht gekannt. Und niemand, mit dem sie gesprochen hatten, keiner ihrer Freunde und Bekannten, keiner der Fremden, die sie aufgespürt hatten, und keiner der anderen Mitarbeiter, die im McGills arbeiteten, konnte sich daran erinnern, Kelly Sorenson in der Nacht, in der sie getötet worden war, nach acht Uhr im McGills gesehen zu haben.

Das war es, was Carrie derzeit am meisten beunruhigte. Susan Ingram hatte gesagt, dass Kelly sie gegen neun Uhr in dieser Nacht angerufen hatte. Zu dieser Zeit hatte Kelly gesagt, dass sie mit ihrem Wohltätigkeitsfall gehen würde. Der Zeitpunkt von Kellys Anruf wurde durch die Anrufer-ID auf Ingrams

Telefon verifiziert. Doch obwohl sich viele Menschen daran erinnern konnten, sie in dieser Nacht gesehen zu haben, erinnerten sich die meisten von ihnen daran, dass sie gegen acht Uhr gegangen war.

Carrie hatte Kellys Handyfirma kontaktiert, um die Aufzeichnungen der ein- und ausgehenden Anrufe von Kellys Handynummer in der Nacht, in der sie ermordet wurde, zu erhalten. Es würde jedoch mehr als zwei Tage dauern, bis sie ihr diese Informationen geben konnten. Nun wartete sie auch auf die Telefonaufzeichnungen von Tammy Ryan. Wenn sie beides hatte, würde sie sie auf doppelte Zahlen überprüfen, um zu sehen, ob die gleiche Person, derselbe Mörder, beide angerufen hatte.

Trotz der Tatsache, dass Sorenson zerstückelt worden war und Ryan nicht, war es eine logische Annahme, dass sie von derselben Person getötet worden waren, von jemandem, der, ob es nun aus Zufall war oder nicht – und sie wetteten alle, dass es keiner war –, sich entschieden hatte, die Augenlider seiner Opfer abzuschneiden, während Dr. Bowers das gleiche mit seinen Opfern tat.

Trotz der Frustration, die durch sie pulsierte, schloss Carrie leise die Akte, die sie gerade durchsah, und hielt ihre Stimme ruhig. Sie musste nicht explodieren, damit Jase wusste, wie nervös sie war - er fühlte sich wahrscheinlich genauso. „Das muss aufhören. Wir müssen herausfinden, wie er sie auswählt. Warum er sie auswählt."

„Die Augenlider sind ein Hinweis", sagte Jase. „Das müssen sie sein. Und das bedeutet, dass er wahrscheinlich auch andere Hinweise zurücklässt."

„Wie? Er ändert seine Methode, sie zu töten. Sie zu entsorgen."

„Vielleicht ist das ein Hinweis an sich. Die Vielfalt. Er hat Sorensons Leiche zerlegt. Ließ ihren Kopf auf einem Stumpf posieren. Tammy Ryan erwürgte er, zog ihr dann die Haut ab und ließ ihren Körper intakt. In beiden Fällen tat er ihnen jedoch

Dinge an, die ihre Haut beschädigten. Könnte das etwas bedeuten, verbunden mit den Augenlidern? Denn im Gegensatz zum Einbalsamierer ist dieser Mörder –"

Carrie nickte. „Dieser Mörder wollte, dass ihre Augen offen bleiben, solange sie noch am Leben waren. Aber warum? Laut dem Gerichtsmediziner fing er nicht an, Tammy Ryans Haut abzuziehen, bis sie tot war. Wenn das auch auf Sorenson zutraf, dann wollte dieser zweite Mörder im Gegensatz zum Einbalsamierer, der seine Opfer angeblich einbalsamierte, während sie noch am Leben waren, nicht unbedingt, dass seine Opfer Schmerz empfanden."

„Wenn er ihnen nicht wehgetan hatte, während sie noch am Leben waren, was hätte er sonst tun sollen? Mit ihnen sprechen? Aber wenn es so wichtig ist, mit ihnen zu reden, warum schneidet man ihnen dann die Augenlider ab?"

„Er wollte nicht, dass sie ihn hören. Er wollte, dass sie ihn sehen", vermutete Carrie voll Adrenalin, das durch ihre Adern strömte, während sie sprach, und in ihrem Kopf gelangte sie immer mehr in den Kopf des Killers. Vielleicht kannten sie ihn. Oder vielleicht auch nicht. Vielleicht war der ausschlaggebende Punkt, dass sie ihn nicht erkannt haben?"

„Das ergibt Sinn. Aber was war es, was sie nicht gesehen haben?"

„Weißt du", sagte sie langsam. „Das zweite Opfer. Die Art und Weise, wie sie getötet wurde. Es ist wie das Opfer in diesem Horrorfilm, der gerade so sehr in der Popkultur verwurzelt ist. Der über den kannibalischen Arzt. Da Bowers' Verbrechen auf einem Horrorfilm basierte ..."

Sie gingen ins Internet. Minuten später nickte Jase. „Es ergibt Sinn. Die Augenlider? Horrorfilm. Die Haut von deinem Opfer abzunehmen? Horrorfilm. Und wie wir jetzt wissen, einen Körper zu zerlegen und einen Kopf auf einem Baumstumpf zu stützen?"

„Auch ein Horrorfilm", sagte Carrie leise. „Also ist er auch ein

Horrorfilm-Fan. Er kopiert den Einbalsamierer nicht mehr, als er Horrorfilme kopiert. Die Augenlider sind nur ein Teil davon."

„Hat er Bowers nachgeahmt oder ist es nur ein Zufall? Wie hoch ist die Wahrscheinlichkeit, dass zwei Serienkiller auf der Grundlage desselben Horrorfilms zur gleichen Zeit töten und nicht irgendwie miteinander verbunden sind?"

„Ich würde sagen, es wäre möglich, abgesehen von den Augenlidern. Ich hatte noch nie von diesem Film gehört. Es ist zu seltsam. Mit diesem Detail gemeinsam, denke ich, erhöht es die Chancen, dass sie sich kennen. Oder zumindest, dass der zweite Mörder von Bowers' Verbrechen wusste und beschloss, sie aus eigenen kranken Gründen zu kopieren."

„Richtig. Wenn du ein Horrorfilm-Fan bist, würde es nur dieses eine Detail brauchen, um deine Aufmerksamkeit zu erregen. Der Einbalsamierer tötet seine Opfer, irgendwie erfährt der zweite Mörder, dass er ihnen die Augenlider abschneidet, er beschließt, das Gleiche zu tun, aber weil er nicht den vollen MODUS OPERANDI der Morde des Einbalsamierers kennt, oder weil die Einbalsamierung nicht die gleiche Bedeutung für ihn hat, beschließt er, sie abzuwandeln und andere Methoden des Tötens aus Horrorfilmen anzuwenden. Lass uns damit weitermachen."

„Wie kann man damit weitermachen?"

„Such im Internet nach allem, was sich auf die Horrorfilme bezieht, die wir bisher identifiziert haben. Sieh nach, ob es irgendeine Verbindung zu anderen Filmen gibt. Oder ob jemand über Morde spricht, die Horrorfilme duplizieren. Mach Suchanfragen nach Kleinanzeigen. Jeder, der Schauspieler auffordert, Szenen aus Horrorfilmen zu spielen. So was in der Art."

Sie nickte. So sehr sie sich auch anfangs gegen die Idee gewehrt hatte, die Zusammenarbeit mit Jase war für sie ein großer Gewinn. Er war klug und lehrte sie, über den Tellerrand zu schauen. Wieder hatte sie keinen Zweifel daran, dass sie letztlich all die Schritte auch allein durchgeführt hätte, aber wer wusste, wie lange es gedauert hätte? Sie waren eindeutig am besten, wenn sie als Team arbeiteten und Ideen austauschten.

„Also denkst du, die Opfer könnten Möchtegern-Schauspieler sein? Ich habe das in keiner der Hintergrundinformationen aufgegriffen."

„Könnte sein, dass wir einfach nicht die richtigen Fragen gestellt haben. Sie haben sich womöglich nicht aktiv mit dem Schauspiel beschäftigt, aber vielleicht haben sie ein gewisses Interesse am Theater. Eine geheime Leidenschaft, die jemand hätte ausnutzen können. Da Tammy Ryan eine Einsiedlerin war, sollten wir wahrscheinlich mit Susan Ingram beginnen. Finde heraus, ob Kelly Sorenson ein Interesse an Horrorfilmen hatte. Und wir müssen das FBI kontaktieren. Mal sehen, ob wir einen ihrer Profiler dazu bringen können, sich anzusehen, was wir haben, und uns Vorschläge zu machen."

Carrie hatte noch einen anderen Gedanken. „Wir dürfen nicht vergessen, dass Bowers seine Mitarbeiter eingeladen hat, mit ihm Filme zu schauen. Wen hätte er sonst einladen sollen? Seine Patienten? Wir müssen noch einmal mit seinem gesamten Personal sprechen. Lass alle Krankenakten beschlagnahmen und rede auch mit seinen Patienten."

Stunden später kehrte Commander Stevens vom FBI zurück. „Sie sind sich einig, dass die Horrorfilme ein wichtiges Beweisstück in diesem Fall sein könnten. Sie helfen gerne aus. Aber ich kann sagen, dass das FBI sehr beeindruckt von euch beiden ist. Wenn Sie sich und unserem Team einen guten Ruf verschaffen wollten, hatten Sie auf jeden Fall Erfolg. Gute Arbeit. Aber lasst uns den Fokus auf unsere lokalen Opfer richten und die Person stoppen, die sie tötet."

„Leider", antwortete Jase, „haben wir nicht viel mehr herausgefunden. Keines der Opfer ist ein Filmfan. Sorenson schaute gelegentlich einen Horrorfilm, aber sie mochte eine Vielzahl von Genres. Es gibt keine Verbindung zwischen Sorenson und Ryan."

„Ich bin sicher, Sie zwei werden es herausfinden. Aber Sie

können es nicht weiter alleine bearbeiten. Sie beide sehen erschöpft aus. Ich weiß, dass Sie seit Tagen die Nächten durcharbeiten. Sie müssen eine Pause einlegen."

„Wir können keine Pause machen, Sir. Nicht, wenn gerade erst ein zweites Opfer aufgetaucht ist."

„Es ist kein Vorschlag, es ist ein Befehl, Carrie. Sie kennen das Protokoll. Wir geben unseren Kommissaren mehrere Tage Zeit, um einen Sprung auf diese Fälle zu machen, aber Sie sind nicht übermenschlich. Sie haben bereits einen komplizierten Serienkiller-Fall gelöst. Sie müssen sich erholen, wenn Sie diesen zweiten Fall lösen wollen. Wir werden ein paar Kommissare von SFPD hinzuziehen, die unter Ihnen arbeiten und den Spuren folgen, die Sie bereits aufgedeckt haben. Es wird gerade genug Erholungszeit sein, damit Sie tatsächlich etwas Schlaf und etwas Essen in Ihren Körper bekommen können. Ich will kein Wort mehr darüber hören, verstanden?"

Carrie nickte. Jase sagte: „Ja, Sir." Doch sie sahen sich gegenseitig an, offensichtlich nicht glücklich mit der Wendung der Ereignisse. Als Commander Stevens ging, wandte sich Jase an sie. „Es wird ein paar Stunden dauern, bis ein Team von Kommissaren einsatzbereit ist. In der Zwischenzeit habe ich über ein paar Dinge nachgedacht und wollte sie mit dir besprechen."

„Nur zu", sagte sie. „Ich bin ganz Ohr."

„Erinnerst du dich, als du vorhin die Augenlider erwähnt hast? Die Tatsache, dass Sorensons Mörder sie abgeschnitten hat, während sie noch am Leben war? Dass der Mörder wollte, dass sie ihn sieht? Äußerlich. Vielleicht hat er sie aus dem gleichen Grund ausgewählt, etwas, das mit ihren Äußerlichkeiten zu tun hat. Etwas, das wir übersehen haben. Der Einbalsamierer wählte Frauen mit hellbraunen Haaren aus. Was haben Sorenson und Ryan gemeinsam? Wir übersehen etwas."

„Lasst uns ihre Vorher-Fotos noch einmal ansehen."

Das taten sie. Und wieder einmal nichts.

Erneut frustriert stand Carrie auf und begann, auf und ab zu laufen. „Das Einzige, was ich sehe, ist, dass Kelly Sorenson wunderschön war, und obwohl ich es nicht für möglich gehalten hätte, sah Tammy Ryan fast noch besser aus. Zu ihren Gunsten kommt hinzu, dass sie eine Leistungssportlerin war. Wie hilfreich ist das?"

„Vielleicht hilfreicher, als du denkst", sagte Jase langsam.

„Wirklich?", fragte sie zweifelnd.

„Lass uns für eine Sekunde überlegen. Er wählt sie nach ihrem Aussehen aus. Keine Ähnlichkeit, aber die zweite noch schöner als die erste."

„Es könnte nur bedeuten, dass er sich zu jeder von ihnen hingezogen fühlte."

„Aber mit den Augenlidern, mit der Idee, dass sie ihn sehen, obwohl sie es vorher nicht getan haben, erhöht das die Chancen, dass die Person, nach der wir suchen, nicht so gut aussieht. Oder zumindest ist es jemand, an dem diese Frauen nicht interessiert wären."

„Das bedeutet also was? Dass wir nach jemandem suchen, der nicht attraktiv ist?", fragte Carrie. „Ist das nicht etwas vage?"

„Denk darüber nach. Erinnerst du dich, was ich dir gesagt habe? Dass meine Kindheit beeinflusst, warum ich mit nur einem Typ Frau ausgehe? Serienmörder haben in der Regel ein Trauma, mit dem sie durch die Morde umgehen wollen. Etwas an schönen Frauen, die ihn ignorieren, spielt eine Rolle in der Vorgehensweise dieses Kerls. Und ich wette, es sind nicht nur sie, die ihn ignorieren, weil das nicht die Art von Wut auslösen würde, die es rechtfertigt, jemandem die Augenlider abzuschneiden."

„Wenn sie ihn also nicht ignorierten, lehnten sie ihn ab und verspotteten ihn?", überlegte sie. Es machte wirklich Sinn, dachte sie. „Laut Susan Ingram beschrieb Kelly Sorenson ihren Kunden in dieser Nacht als einen ,Wohltätigkeitsfall'."

„Vielleicht war sie nicht die Einzige, die so dachte. Vielleicht wurde er sein ganzes Leben lang verspottet. Für eine Art körperlichen Defekt?"

„Bowers war ein plastischer Chirurg. Jemand, der kontaktiert wird, um einen körperlichen Defekt zu beheben."

„Richtig. Aber was, wenn dieser Fehler etwas war, das er nicht beheben konnte?"

„Wie lange noch, bis wir die Erlaubnis haben, um in Bowers' Krankenakten zu schauen?"

„Nicht lange. Also müssen wir nach Aufzeichnungen über jemanden mit einer körperlichen Behinderung suchen?"

„Nicht nur eine Behinderung. Etwas Äußerliches. Etwas, das andere dazu bringen würde, gewalttätig auf ihn zu reagieren, und ihn dazu bringen würde, seinen Groll auch auf gewalttätige Weise loszuwerden."

Brad berührte sein Gesicht, das sich glatter anfühlte. Tammy Ryan war die richtige Wahl gewesen. Die Macht, die er gespürt hatte, als er anfing, sie aufzuschneiden, war berauschend gewesen. Das Endergebnis war wundersam. Seine Narbe war jetzt fast verschwunden.

Er war nicht verrückt. Er war nur schlauer. Klüger auf eine Art und Weise, die die meisten Menschen nicht verstehen konnten. Klüger als Dr. Bowers.

Natürlich hatte Bowers das nicht so gesehen. Er war bereits arrogant genug gewesen, als er nur ein Arzt war, aber ein Arzt, der Frauen tötete und auch der Polizei entkam? Zum Teufel, er hatte gedacht, er wäre eine Art Gott.

Doch genau so fühlte sich Brad jetzt. Und wenn Brad ein Gott war, wenn er klüger war als Bowers, der klüger war als die Polizei, dann bedeutete das auch, dass Brad klüger war als die Polizei. Warum also nicht etwas mehr Spaß mit ihnen haben? Den Druck erhöhen. Schließlich sollte das vielleicht seine letzte Prüfung sein. Wer war stärker und mächtiger als ein Haufen Polizisten?

Er war es.

Deshalb hatte er angefangen, Hinweise im Internet zu platzieren. Er wollte ihnen eine Kampfchance geben. Wenn sie klug genug waren, um seine Hinweise zu entdecken, würde das die Dinge spannender machen. Es wäre eine ultimative Herausforderung. Ein Beweis für seine Überlegenheit. Dass er der Polizei so leicht entkommen konnte. Sie betrügen konnte. Genauso wie er sie jetzt überlistet hatte.

Die Leute dachten, sie kannten ihn. Jeden Tag sahen sie ihn. Sprachen mit ihm. Hatten ihm wahrscheinlich keine Bedeutung angedacht. Das würde sich bald ändern. Sehr bald.

Er kümmerte sich nicht um seine eigene körperliche Perfektion. Das war nur ein Mittel zum Zweck. Aber sie schon. Und sie war alles, was wichtig war.

Brads Blut strömte durch seine Venen, in Erwartung, sie wiederzusehen.

Vielleicht würde er Tony Higgs begnadigen. Die Tatsache vergessen, dass Nora ihn angeschwärmt hatte.

Brad drehte sich um und sah sich den Behälter an, in dem die Augenlider seiner ersten beiden Opferspender waren. Sofort stellte er sich vor, dass es bis zum Rand gefüllt war.

Nein, er würde keine Gnade mit ihnen haben. Er konnte keine Gnade mit jemand anderem haben.

Gnade war für die Schwachen.

Tony Higgs musste sterben.

KAPITEL 21

Stunden später, nachdem Jase und Carrie ihre Nachfolger gründlich über die Fakten des Falles und die weiteren Schritte informiert hatten, bat Jase Carrie, noch etwas länger im Büro zu bleiben, um sich auszutauschen.

„Wir glauben, dass er Tammy Ryan ausgewählt hat, weil sie noch schöner war als Kelly Sorenson. Wenn wir den Film vergessen, in dem es sich um die Augenlider dreht, handeln die anderen beiden Filme, die er in seinen Morden aufgegriffen hat, vom Thema Schönheit. Das ist kein Zufall. Also liest er gerne zwischen den Zeilen. Mag Schichten. Rätsel. Jemand wie er wird denken, dass er schlauer ist. Klüger als wir. Klüger als die ganze verdammte Welt. Was ist der beste Weg, das zu beweisen? Indem man mit der ganzen Welt spielt. Sie mit Hinweisen verspottet."

Carrie nickte verständnisvoll. „Du sprichst vom Internet."

„Genau. Ich denke, dass er Hinweise im Internet hinterlässt. Aber nicht nur irgendwelche Hinweise. Die Horrorfilme sind für ihn von Bedeutung. Jemand, der ein Filmfan ist, wäre daran interessiert, dieses Interesse mit anderen zu teilen. Die Filme zu einem Teil seines Rätsels zu machen. Also bat ich Larry Tanaka, einige Recherchen im Internet durchzuführen. Er hat nach allem gesucht, was mit Horrorfilmen zu tun hat, aber vor allem nach Horrorfilmen, die ein gemeinsames Thema haben."

Larry Tanaka war ein Computerforensiker für das DOJ. Einer der besten, die sie hatten. „Und er hat etwas gefunden?"

„Er denkt schon. Er ist auf dem Weg nach oben, um es uns gleich zu sagen."

„Carrie! Jase! Ihr werdet es nicht glauben."

Carrie blickte nach oben. Tanaka eilte auf sie zu, mehrere Zettel in seiner Hand. Der kompakte japanischstämmige Amerikaner bewegte sich immer, als hätte er eine zu große Tasse Kaffee getrunken, was urkomisch war, wenn man bedachte, dass er das Zeug nicht anfasste. Oder raffinierter Zucker. Oder Fleisch. Larry bezeichnete seinen Körper als Tempel und behandelte ihn so.

„Wir haben euren Mann im Internet gefunden."

„Was?", riefen sowohl sie als auch Jase zur gleichen Zeit aus. Sie hatten auf gute Nachrichten gehofft, aber das?

Tanaka schüttelte den Kopf. „Tut mir leid. Ihr freut euch zu früh. Wir wissen nicht, wer er ist, aber er gibt mit seinen Verbrechen an. Der Typ ist ein verdammter Verrückter. Kennst du Michael Miller, unten bei Vice?"

Sie stolperte nicht über Tanakas abrupten Themenwechsel. Es war typisch für ihn, aber die Informationen, die er oft dabei fand, waren die Tangenten wert, die jeder ertragen musste, um sie zu bekommen. „Sicher."

„Er hat an einem Kinderpornofall gearbeitet und nach Tätern im Netz gesucht. Geriet auf einen interessanten Blog. Er ist wie die anderen sozialen Netzwerke da draußen, nur für Freaks. Wusstet ihr, dass es eine Organisation namens Kevorkian Clan gibt? Sie setzen sich für eine ‚freiwillige Bevölkerungsreduktion' ein. Altruistischer Selbstmord. Gott, die Menschen sind verdreht."

„Ich bin gerade an einer verdrehten Person interessiert", erinnert Carrie ihn.

VIRNA DEPAUL

Sie und Jase sahen sich an und das amüsierte Funkeln in Jase'
Augen deutete auf einen gemeinsamen Witz hin. Sie war so
versucht zurückzulächeln, zwang sich aber, es nicht zu tun. Er
war auf mehr als eine Weise gefährlich für sie. Das durfte sie
nicht vergessen.

„Stimmt, stimmt. Jedenfalls ist Miller auf diese Seite gestoßen.
Wusste nicht, ob der Typ nur ein weiterer Spinner war, wollte
aber kein Risiko eingehen. Er begann nach Wortmustern zu
suchen und fand einen Code heraus. Basierend darauf entschlüs-
selte er einen ganzen Haufen verschlungener Wörter in Blog-
Posts, die tatsächlich Sinn ergaben. Er verglich die Daten seiner
Blogs mit unseren Mordberichten und schon bald passten sie
zusammen. Kelly Sorenson und Tammy Ryan."

Ein Rausch der Aufregung und Hoffnung schlug in sie ein
und sie hing sich gierig daran. Es war verheerend für sie gewesen
zu denken, dass sie den Einbalsamierer gestoppt hatte, nur um zu
erkennen, dass ein anderer Mörder seinen Platz eingenommen
hatte und sich als genauso schwer fassbar erwies, wenn nicht
sogar noch schwieriger. In den langen Stunden, die sie verbracht
hatten, war sie sich nicht sicher, wie gut sie und Jase an der
Spitze ihres Spiels bleiben konnten, bevor etwas geschah.

Das könnte der Durchbruch sein, auf den sie gewartet hatten.
Aber ein Blog? Warum sollte der Mörder so dumm sein, über
seine Morde zu bloggen? In der Regel waren Serienmörder klug.
Sie mussten es sein, um mit mehreren Verbrechen davonzukom-
men. Aber die meisten von ihnen wurden erwischt. Irgendwann.
Die Frage war nur, wie viele Menschen geopfert werden mussten, bevor das geschah.

Für eine halbe Sekunde ging Carries Verstand dorthin, wo sie
es selten zuließ. An die Erinnerungen an einen Mann, der dachte,
er könnte damit durchkommen, sie zu vergewaltigen. Sie hatte
ihn nicht gelassen. Sie hatte das Richtige getan, indem sie ihn
verpfiffen hatte, aber sie war schockiert, wie ihre Freunde sie
verraten hatten. Sie wurde zum Bösewicht und es hatte ihr Leben

so verändert, dass sie neu anfangen wollte. Woanders. Um zu beweisen, dass sie ihn oder sonst jemanden nicht brauchte. Nicht so lange, wie sie sich selbst hatte. Ihre Stärke. Und danach hatte sie weiterhin das Richtige getan, unabhängig davon, was es sie kostete.

Auch Kevin Porter zu erschießen, war das Richtige.

„-wir benutzen können, um ihn zu verfolgen?", beendete Jase seine Frage.

„Wissen wir noch nicht. Inhaltlich gibt er nicht viel her. Tatsächlich versuchte er offensichtlich, vorsichtig zu sein, und gab niemals die Art von Informationen preis, die verwendet werden könnten, um ihn zu verfolgen oder zu identifizieren. Er bloggt über Filme, unter dem Deckmantel von Filmkritiken, aber schaut mal, wie seine Blogs die Schlüsselwörter verwendet haben, nach denen ihr mich suchen ließt? Dinge wie die Filmtitel. Und mit anderen Worten, die mit Schönheit zu tun haben. Schönheit und Stärke."

„Stärke?", fragte Carrie.

„Ja, anscheinend ist es das, was ihn antreibt. Nicht nur Schönheit, sondern auch der Stärkste zu sein. Du weißt schon, die ganze Darwin-*survival-of-the-fittest*-Philosophie. Passt das zu deinen Opfern?"

„Das tut es", bestätigte Jase. „Die beiden Frauen, die er getötet hat, waren wunderschön. Sorenson war Läuferin. Tammy Ryan war eine Leistungs-Softballspielerin."

„Dann wette ich, dass der Typ auch ein Athlet ist", sagte Tanaka.

„Welcher Typ?", fragten Carrie und Jase unisono.

„Sein nächstes Opfer. Wenn wir seine Blogs richtig entschlüsselt haben, hat er bereits ein anderes Opfer im Visier. Diesmal einen Mann."

„Zeig es uns", befahl Jase.

Vielleicht war es einfach Tanakas Gewissheit, dass der Mörder bereits ein drittes Opfer ausgewählt hatte. Oder vielleicht lag es wirklich daran, dass sie müde und hungrig war und sich ausgebrannt fühlte. In beiden Fällen, auch wenn er nicht einmal mit ihr sprach, war Carrie durch den Klang von Jase' autoritärer Stimme verunsichert. So sehr er auch geholfen hatte, sie konnte nicht vergessen, dass sie die Leitung in diesem Fall hatte. Sie musste sich so verhalten. „Warte", sagte sie zu Tanaka. „Bevor du uns die Blogs zeigst, sag mir, was wir tun können, um ihn aufzuspüren."

Neben ihr bewegte sich Jase ungeduldig, hörte aber zu, wie Tanaka sprach.

„Die Techniker haben mich gerade mit den Ergebnissen der ISP-Suche angerufen. Sie werden weiter daran arbeiten, aber es sieht so aus, als ob Darwin Proxy-Server benutzt, was es noch schwieriger macht, ihn zu verfolgen."

Darwin? So hatte sich dieser zweite Mörder endlich seinen eigenen Spitznamen verdient. „Und du sagtest, die Blog-Einträge selbst wären nutzlos?"

„Richtig. Abgesehen von einem möglichen Motiv verrät er nicht viel."

Carrie erinnerte sich an Sorenson und Ryans geschändete Körper. Mord konnte sie verstehen. Es machte auch Sinn, sich wegen ihrer Schönheit auf sie zu konzentrieren. Aber von welchem Motiv sprach Tanaka? „Welche Hinweise?"

„Ich bin mir nicht sicher. Auch hier hat es etwas mit Macht zu tun. Und Schönheit. Der Commander will, dass Dr. Hudson es sich ansieht. Wenn sie nichts finden kann, wird er die Sachen an das FBI schicken."

Carrie nickte. Natürlich würde Commander Stevens die Dinge so weit wie möglich intern halten, bevor er das FBI um weitere Hilfe bat. Trotz seiner Bestätigung, dass sie und Jase einige Leute beim FBI „beeindruckt" hatten, gab es immer noch dieses allgegenwärtige Gefühl von Autonomie und Wettbewerbs-fähigkeit, das die staatlichen und Bundesbehörden trennte.

Außerdem war Lana gut in ihrem Job, räumte Carrie ein, auch

wenn sie sie manchmal drängte, wenn Carrie es nicht wollte. In Wahrheit hätten sie und Jase sich mit ihr beraten sollen, sobald sie begannen, die Morde mit Filmen über Schönheit in Verbindung zu bringen. Sie würde dafür sorgen, dass sie es so schnell wie möglich taten. Lana könnte ihnen einen Einblick in diesen Mörder geben.

„Was ist mit Lana?"

Carrie sah auf. Simon war in den Raum gekommen und sie wusste sofort, dass die Spannung in seinen breiten Schultern nichts mit der Arbeit zu tun hatte, sondern mit der Erwähnung von Lanas Namen. Er achtete darauf, die Emotionen nicht auf seinem Gesicht erscheinen zu lassen, aber sie wusste, dass sie da waren.

„Stevens hat Lana gebeten, einige Blogs durchzusehen, die vielleicht von unserem Serienmörder geschrieben wurden." Sie schaute schließlich auf die Blogs, die Tanaka ihnen gegeben hatte. Es waren drei Seiten.

Drei. Für drei Opfer.

Carrie wusste, dass Tanaka seine eigene Arbeit hatte, zu der er zurückkehren konnte, und dankte ihm.

„Sicher", sagte er. „Halt mich auf dem Laufenden. Ich will wissen, wann du diesen gruseligen Arsch festnagelst."

„Das Gleiche gilt für mich", sagte Simon, bevor er sich auf den Weg machte.

„Denkst du, er wird nach Lana sehen?", fragte Jase sie.

„Ich würde darauf wetten. Setzen wir uns jetzt hin und lesen diese Blogs."

Der erste war kurz und datiert auf genau den Zeitpunkt, als Kelly Sorenson getötet worden war. Nach dem Code, den Tanaka und Miller zusammengetragen hatten, lautete der Blog:

Ich habe letzte Nacht getötet. Eine Prostituierte, die wahrscheinlich sowieso zu viel Meth intus hatte, um mir eine anständige Zeit zu bereiten. Sie hatte gedacht, sie würde mir einen Gefallen tun. Lachte mich aus. Brabbelte, bis es mir in den Ohren wehtat. Ich legte meine Hände um ihren Hals, um sie zum Schweigen zu bringen. Sie starb und da wusste ich es.

Indem ich sie tötete, hatte ich sie meine Macht sehen lassen. Meine Schönheit. Ich hatte den letzten Lacher. Und es gefiel mir. Das Schicksal hatte mich zu ihr geführt.

Sie war die Erste. Aber sie wird nicht die Letzte sein.

„Er nennt sie eine Prostituierte", murmelte Carrie. „Also wusste er, dass Kelly Sorenson eine Eskorte war. Und dass er ihr ‚Wohltätigkeitsfall' für den Abend sein würde. Offensichtlich gefiel ihm das nicht."

„Kann ich ihm nicht verübeln." Jase ruckte mit seinem Kinn und zeigte an, dass sie zum nächsten Blogbeitrag wechseln sollte, was sie auch tat.

Die Prostituierte zu töten, war einfach gewesen. Im Handumdrehen. LOL. Jeder hätte es tun können. Gestern Abend habe ich bewiesen, dass ich es besser kann.

Bessere Beute. Stärkere Beute. Es macht das Töten umso süßer.

Das Überleben der Stärksten.

Wenn ich das Starke ausrotte, werde ich stärker werden. Wenn ich Perfektion eliminiere, werde ich vollkommen werden.

Schönheit liegt im Auge des Betrachters.

Die Starken werden die Erde erben.

Der Tod ist der ultimative Gleichsteller.

„Du hattest recht", sagte Carrie. „Er tötet nicht nur, um Leute dafür zu bestrafen, wie sie ihn behandelt haben, sondern weil er denkt, dass es den Defekt heilt, den er hat."

„Aber jetzt will er die Dinge verstärken? Er wird es leid, Frauen zu töten, die nicht genug Herausforderungen für ihn darstellten?"

„Richtig. Also wird er einen Mann töten. Angenommen, Tanaka hat recht."

„Geh zum nächsten." Er kam näher, um über ihre Schulter zu gucken. Seine Brust streichelte ihre Schulter und sein Atem kitzelte ihren Hals, aber zum ersten Mal tröstete seine Anwesenheit sie eher, als sie zu erschüttern.

Carrie blätterte die Seite zum nächsten Eintrag um.

Sie holte tief Luft. „Das hat er heute geschrieben. Heute Morgen."

Er denkt, er sei ein Gott, aber das ist er nicht. Sie liebt ihn, aber das sollte sie nicht. Er ist ein Nichts. Weniger als nichts. Wenn ich ihn töte, wird seine Macht zu meiner werden. Seine Stärke wird mich stärker machen. Meine Narben werden endlich weg sein und schließlich werde ich nicht allein sein. Sie wird sehen, wie viel Zeit sie mit ihm verschwendet hat, und sie wird mein sein. Mein Engel. Gemeinsam werden wir erfolgreich sein und diejenigen, die uns verspottet haben, es bereuen lassen.

„O Gott", flüsterte sie. „Tanaka hat recht." Sie drehte sich um, um Jase' Blick wieder zu treffen. „Er weiß, wen er töten will. Nicht nur einen zufälligen Mann, sondern jemand Bestimmtes."

Jase starrte sie grimmig an, bevor sie sprach. „Aber wer ist dieser Engel, mit dem er zusammen sein wird, wenn er sein nächstes Ziel getötet hat? Und danach, wird sie freiwillig bei ihm sein oder nicht?"

Jase starrte Carrie in ihre entsetzten Augen.

Er wollte sie beruhigen. Ihr sagen, dass sie den Bastard finden würden, bevor er wieder tötete.

Er konnte es nicht.

Dennoch war die Verbindung, die zwischen ihnen bestanden hatte, durch die Arbeit, die sie gemeinsam geleistet hatten, noch stärker geworden. Er fühlte sich durch ihre Anwesenheit beruhigt und er betete, dass er ihr die gleiche Art von Sicherheit bot.

Er rollte mit den Schultern und versuchte, die Spannung zu lösen, die über seinen Hals und in seinen Kopf ausstrahlte. Dieser Fall würde bald in der Presse hochgehen. Sie hatten versucht, die

Dinge unter Verschluss zu halten, aber er wusste, dass es nicht lange so bleiben würde, besonders nicht bei diesen Blogs im Internet.

Darwin, wie Tanaka ihn genannt hatte, war offensichtlich noch nicht fertig.

KAPITEL 22

Sie bekamen den Anruf wegen Darwins drittem Opfer am nächsten Tag.

Tony Higgs war 22 Jahre alt gewesen, sein ganzes Leben lag vor ihm. Gutaussehend. Beliebt. Seine Freundin Ashley Hartford schwor, dass er ein netter Kerl sei, der bereit gewesen war, jedem zu helfen. Leider war das, was er im Gegenzug erhalten hatte, ein bösartiger Tod durch eine Kettensäge. Wie bei den beiden vor ihm waren seine Augenlider abgeschnitten.

Jase war gerade dabei, Ashley zu verhören. Er hatte nicht viel mehr von dem weinenden Mädchen bekommen und Jase versuchte, seine Ungeduld mit Mitgefühl zu mildern. Das Mädchen hatte gerade erfahren, dass ihr Freund brutal ermordet wurde. Sie hatte das Recht zu trauern. Dennoch hatte er einen Job zu erledigen. Er musste so viel wie möglich über Tony Higgs herausfinden. Seine Freunde. Seine Routine. Besonders seine Schulgewohnheiten.

Obwohl Tammy Ryan nicht das Sequoia College besucht hatte, Tony Higgs war dort zur Schule gegangen. Das bedeutete, dass neben den Horrorfilmen die College-Verbindung immer noch das Naheliegendste war, um den Fall zu lösen. Vielleicht hatten sie vorher etwas verpasst. Etwas, das sie zu Darwin führen könnte.

„Also gab es niemanden, der einen Groll gegen Tony hatte? Bist du sicher?"

Ashley blickte auf, ihr perfektes Make-up war über ihr Gesicht verschmiert, die Bemühung, gut auszusehen, in ihrer Trauer vergessen. „Nein. Niemand! Alle liebten Tony."

Jase bezweifelte das. Laut Darwins Blog war Higgs nicht der perfekte Mann gewesen, für den Ashley ihn gehalten hatte. Er hatte Darwin verärgert. Aus dem ein oder anderen Grund, ob imaginär oder nicht. Und es hatte definitiv mit einem Mädchen zu tun. Könnte das Mädchen Ashley gewesen sein?

„Könnte jemand eifersüchtig auf ihn gewesen sein? Hat jemand ein übermäßiges Interesse an dir gezeigt?"

Sie fing einfach wieder an zu weinen. Schüttelte den Kopf. Jase schluckte seine Frustration hinunter. Außerhalb seiner Peripherie sah er jemanden den Interviewraum betreten. Er seufzte.

Carrie. Sie kam herein, nickte und setzte sich neben ihn. Ashley blickte zu ihr auf, fing aber dann wieder an zu weinen. Jase wartete ein paar Minuten, bis sie sich beruhigt hatte.

„Was ist mit Mädchen? Jemand, der ihn mochte? Jemand, der eifersüchtig auf dich war?"

Sie nickte mit dem Kopf. „Es gab alle möglichen Mädchen, die Tony mochten. Ich meine, er ist ..." Ihre Stimme brach zusammen. „Er war der Quarterback des Colleges. Wasserball-Kapitän. Gutaussehend."

„Jemand Bestimmtes, an den du denkst?"

Sie schüttelte den Kopf. „Er sprach nie mit anderen Mädchen. Er war sehr respektvoll mir gegenüber."

Jase schloss seinen Notizblock und war bereit, sie ihrer Mutter zu überlassen, die draußen wartete.

„Warten Sie." Ashley streckte die Hand aus, berührte seinen Unterarm und erwischte ihn unvorbereitet. Ihr Griff schien für eine so leichte Person stark zu sein. „Da war ein Mädchen. Ein

Mädchen, das ihm Nachhilfe gegeben hat. Aber sie ist ein totaler Nerd."

Jase öffnete seinen Block wieder. „Wie ist ihr Name?"

„Nora. Nora Lopez."

„Sie ist auch Studentin?"

Ashley nickte. „Er hat sich auf seinen Chemie-Test am Freitag vorbereitet. Sie traf ihn jeden Nachmittag. In einem Café gegenüber des Campus'. Es heißt Steam. Sie muss die Letzte gewesen sein, die ihn gesehen hat." Ashley löste sich wieder in hysterische Tränen auf, aber Jase hörte sie kaum.

Ein Campus-Café. Sie mussten dorthin. Vielleicht war es ein Ort, den auch Sorenson und Ryan aufgesucht hatten. Wenn ja, könnte es sein, dass Darwin dort seine Opfer auswählte.

Nora hatte Brad herzlich begrüßt, als sie im Steam angekommen war. Wie immer nahm sie sich die Zeit, ihn zu fragen, wie es ihm ging und was er für den Tag geplant hatte. Sie fand einen Tisch im Hintergrund und beobachtete eifrig die Tür. Fünf Minuten vergingen. Dann zehn. Nach zwanzig Minuten sah sie verärgert aus. Nach vierzig Minuten traurig.

In weiteren zehn Minuten, wenn ihr klar wurde, dass Tony sie versetzt hatte, würde Brad da sein, um sie zu trösten. Er rieb sich die Hände vor Freude.

Sie stand auf und ging auf die Toilette. Wahrscheinlich zum Weinen, dachte Brad mit Ärger. Für einen Moment war er wütend. Higgs war ein Verlierer gewesen, der nichts außer seinem Aussehen und seiner körperlichen Stärke hatte. Hatte sie das nicht bemerkt? Er atmete mehrmals tief durch und versuchte, sich zu beruhigen. Er sagte sich, dass sie bald ihm gehören würde.

Er wollte unbedingt mit ihr sprechen und beeilte sich, um das offene Verkaufsregal vor den Kassen aufzufüllen. Er war fast fertig, als sich die Eingangstüren des Cafés öffneten und zwei Personen hereinkamen.

Brad erkannte die Polizisten sofort. Der knallharte Kommissar mit den schicken Klamotten und die Rothaarige aus der McGills Bar. Brads Herz sprang ihm fast aus der Brust und die Panik ließ ihn seine Fäuste zusammenpressen, so dass er die verpackten Backwaren, die er in der Hand hielt, zerquetschte.

Scheiße. Hatte der Blog sie zu ihm geführt? Aber das war unmöglich. Er war so klug gewesen. So vorsichtig.

Er zwang sich, ruhig zu bleiben. Er steckte seine Hände in die Taschen, drehte sich um und begann, in Richtung Hinterzimmer zu gehen. Nach hinten zum Ausgang. Er versteifte sich, als er eine Stimme hörte, die nach ihm rief.

„Entschuldigung!"

Es war die Frau.

Er blieb abrupt stehen, seine Hand zog sich um die Klinge in seiner linken Tasche fest. Er fragte sich, ob er ihr entkommen könnte.

„Arbeiten Sie hier?", fragte sie.

Brad drehte sich halb zu ihr um und achtete darauf, dass er im Profil blieb. „Ja. Können Sie eine Sekunde warten?"

„Drehen Sie sich um und sehen Sie mich an, bitte." Der Befehl wurde höflich ausgesprochen, aber es war immer noch ein Befehl, von dem sie eindeutig erwartete, dass er ihm gehorchte. Ohne eine andere Wahl drehte sich Brad langsam um und hob den Kopf.

Würden sie es sehen? Die Narbe? Das Blut an seinen Händen?

Sie runzelte die Stirn. „Kenne ich Sie?"

„Ich glaube nicht." Aber sie hatte ihn schon einmal gesehen, so wie er sie gesehen hatte. Sie konnte ihn offensichtlich nicht einordnen. Was gut war, wirklich, aber es machte ihn wütend. War er für die Menschen so unwichtig? Wie konnte sie anders, als ihn mit seiner verdammten Hässlichkeit auf dem Gesicht zu bemerken?

Als der Mann, mit dem sie zusammen war, sich umdrehte und ihn ansah, gab es auch auf seinem Gesicht keine Wiedererkennung. Was für ein Idiot. Obwohl die Augen der Frau zu seinen Händen huschten, die noch in seinen Taschen waren, fanden sie nichts an ihm oder seinem Aussehen überraschend.

Was bedeutete ... Sie konnten seine Narben nicht sehen.

Sie waren endlich weg.

Nach all den Jahren des Leidens. Nachdem er nicht nur Sorenson und Ryan, sondern auch Dr. Bowers getötet hatte, hatte er die Gewinnkombination gefunden.

Tony zu töten, hatte funktioniert. Der Schrecken, der sich kurz zuvor in ihm verbreitet hatte, verwandelte sich in etwas anderes.

Arroganz.

Das Überleben der Stärksten.

Er war besser als die Polizei. Klüger. Stärker.

Brad seufzte leise und nahm die Hände aus den Taschen und bemerkte, wie sich die Schultern der Polizistin dabei entspannten. Der männliche Detective scannte das überfüllte Café und suchte offensichtlich nach jemand anderem.

Brads Nerven schauderten, als er erkannte, dass der Mann nach Nora suchen musste. Dass sie die Verbindung zwischen ihr und Tony hergestellt hatten. Scheiße, er wollte nicht, dass die Polizei in ihre Nähe kam. *Bleib im Badezimmer*, befahl er schweigend.

Als er seinen Blick wieder auf die Polizistin richtete, studierte sie ihn sorgfältig, aber nicht unbedingt mit Argwohn. Sie hatte wirklich keine Ahnung, wer er war. Seine Nerven verwandelten sich in Freude.

Gerade als Brad der Gedanke kam, verließ Nora die Toilette und er konnte sehen, wie die Augen der Detectives aufleuchteten. Brads Selbstvertrauen stotterte wie ein Auto, dem das Benzin ausging.

„Das ist sie", sagte Jase. „Ich werde mit ihr reden."

Carrie richtete ihre Augen zurück auf den gutaussehenden Kerl vor ihr. Sie konnte schwören, dass sie ihn schon einmal gesehen hatte, aber wo? Sie zeigte ihre Marke und identifizierte sich als Polizistin. „Wie ist Ihr Name?"

„Brad. Brad Turner."

„Brad, hast du gestern Nachmittag gearbeitet?"

„Worum geht es hier, Officer?"

Carrie lächelte, wenn auch ungeduldig. Es war das, was alle fragten, und sie verstand, dass jeder nervös wurde, wenn die Polizei vor einem stand.

„Wir untersuchen ein Verbrechen. Bitte beantworten Sie einfach die Frage. Haben Sie gestern Nachmittag gearbeitet?"

„Ja. Ich arbeite in der Nachtschicht. Von zwei bis zehn. Genau wie heute."

Higgs war irgendwann zwischen 23:00 Uhr und 2:00 Uhr morgens getötet worden. Carrie beäugte ihn genauer. Dieser junge Mann war kaum älter als die Schüler, die er bediente. Und weit davon entfernt, vernarbt zu sein, er war der Inbegriff von allamerikanischem Charme und gutem Aussehen. Er sah ein wenig aus wie Lance Reynolds, der Barkeeper des McGills.

„Tony Higgs. Kennen Sie ihn?"

„Sicher, ich kenne Tony. Das tun alle. Netter Kerl."

„Haben Sie ihn gestern Abend hier drin gesehen?"

Unsicherheit überflutete sein Gesicht und er zerfurchte seine Stirn. „Mensch, ich bin mir nicht sicher. Ich glaube schon. Wir waren gestern Abend sehr beschäftigt. Es sind Abschlussprüfungen, wissen Sie? Viele Studenten, die für Prüfungen pauken."

Carrie sah sich um. Das Café war in der Tat überfüllt. Sie sah, wie Jase mit dem Mädchen sprach, das jetzt weinte und sichtlich zitterte.

„Dieses Mädchen. Erinnern Sie sich, ihn mit ihr gesehen zu

haben? Nora Lopez? Jemand sagte mir, dass sie ihn jeden Nachmittag hier unterrichtete."

Der junge Mann sah dorthin, wo Carrie hinzeigte, und schien aufgebracht, als er sie weinen sah. „Ja, ich kenne Nora. Was ist passiert? Warum weint sie?"

Anstatt ihm zu antworten, zog Carrie mehrere Fotos heraus. „Sie müssen sich diese Fotos ansehen und mir sagen, ob Sie sich daran erinnern, jemals eine dieser Frauen gesehen zu haben."

Er sah sich die Fotos an, die sie ihm gab. Kelly Sorenson. Tammy Ryan.

Er zog das von Sorenson heraus. „Ich glaube, ich erinnere mich, dass ich sie schon mal hier drin gesehen habe. Aber ich erkenne die andere nicht."

Ein Heulen kam aus der Ecke. Carrie schaute hinüber und sah, wie Jase sie mit einem panischen Blick auf seinem Gesicht bewegte. Nora Lopez war offensichtlich mehr als Tonys Tutorin gewesen. Das Mädchen hyperventilierte und sah aus, als wäre sie kurz davor, ohnmächtig zu werden. Carrie zog ihre und Jase' Karte heraus und gab sie Brad Turner.

„Das ist meine Karte, ebenso wie die meines Partners. Wenn Sie sich erinnern, diese Leute gesehen zu haben, oder an etwas Verdächtiges denken, würden Sie uns bitte anrufen?"

„Sicher."

Aber sie eilte bereits auf Jase zu.

Brad beobachtete, wie die Polizistin zum Tisch eilte und Nora nach draußen begleitete. Sie setzten sich mit ihr an einen der Tische, der männliche Kommissar wirkte ungeduldig über Noras Hysterie.

Er hasste es, Nora traurig zu sehen, aber sie hätte es irgendwann eh herausgefunden. Es war besser so. Je schneller sie Tony Higgs aus dem Kopf bekam, desto eher konnten sie zusammen sein. Er füllte die Gebäckablage fertig auf und behielt dann Nora im Auge, während er einige Tische abwischte. Ein paar Minuten später sah er, wie die Officer aufstanden und Nora ihre Karten gaben, bevor er wegging. Er richtete Tische und Stühle, als Nora allein in das Café zurückkehrte, zu ihrem Tisch ging und begann, ihre Sachen in ihren Rucksack zu packen. Plötzlich hielt sie inne und fiel auf ihren Stuhl, ein benommener Blick auf ihrem Gesicht.

Er schüttelte wieder den Kopf. Armes Mädchen. Sie wusste einfach nicht, dass sie ihre Zeit damit vergeudete, um so einen Schwächling zu trauern. Aber sie würde über ihn hinwegkommen. Dafür würde er sorgen.

Er blickte auf seine Uhr. Bald würde die Polizei ihren Mörder erwischen. Er hatte dafür gesorgt, dass alles bereit war. Vergnügen erfüllte ihn bei dem Gedanken daran, dass die Polizei in das Haus seines Pflegevaters stürmte und den drogenabhängigen Widerling aus seinem Elend herausholte. Er war ein wertloses Stück Scheiße, das ein verlassenes Freak-Baby aufgenommen hatte, nur weil er und seine Junkiefrau das Geld wollten. Er würde nicht erwarten, dass Brad Rache nahm. Rache für jahrelangen Missbrauch und Vernachlässigung. Rache für Jahre, in denen er sich wie ein hässliches Tier gefühlt hatte, das sich verstecken musste.

Er hielt es für passend, dass der Pflegevater, den er seit Jahren nicht mehr gesehen hatte, derjenige sein würde, der seine Verwandlung abschließen würde. Er zitterte vor Ungeduld darüber, dass die Polizei in weniger als 24 Stunden von ihm zu seinem nächsten Opfer gehen würde.

Erwartung erfüllte Brad und er kämpfte, um seine Ungeduld zu kontrollieren. Er wusste, dass er warten sollte, bis die Polizei dachte, sie hätten ihren Mörder gefunden. Das war der Plan. Er hatte die Beweise drapiert. Alles, was er tun musste, war, die Polizei anzurufen und ihnen zu sagen, wo sie sie finden würden.

Sobald sie das getan hatten, war er frei. Frei, Nora zu erobern, um sein Leben mit ihr zu teilen.

Es war erst eine Stunde her, seit die Polizei gegangen war, aber je länger er Nora ansah, desto aufgeregter wurde er. Er hatte so lange darauf gewartet, bei ihr zu sein, und jetzt, da seine Narben weg waren, da Tony weg war, hielt sie nichts mehr getrennt.

Welchen Schaden würde es anrichten? Jetzt mit ihr zu reden? Ihr seine Liebe zu verkünden, damit sie sich nicht so allein fühlte.

Es waren nur noch ein paar einzelne Kunden im Café. Als er zu Nora ging, sah er, dass ihr Gesicht vor Trauer verzerrt war. Ihr Gesicht war fleckig, ihre Augen rot und mit Feuchtigkeit überzogen. Als er sie begrüßte, starrte sie ihn verwirrt an, als ob sie ihn nicht einmal erkennen würde.

Dennoch behielt er sein Vertrauen. Er setzte sich neben sie und nahm ihre Hände in seine. Er frohlockte über die Gelegenheit, sie endlich zu berühren. „Was ist passiert?", fragte er leise.

Sie sagte nichts und er lehnte sich näher an sie.

„Was ist los, Nora?"

„Tony ... Tony ist tot." Ihr Mund zitterte beim letzten Wort.

Brad täuschte Schock vor. „Der Junge, mit dem du lernst? O mein Gott. Wie schrecklich! Was ist passiert?"

Sie schüttelte den Kopf. „Ermordet. Sie sagten, er wurde ermordet. Von einem Psychopathen."

Brad hielt sein Knurren der Wut zurück. Natürlich würde die Polizei ihn einen Psychopathen nennen. Sie mussten ihre Inkompetenz irgendwie erklären.

„Sie gaben mir ihre Karten ... die Karte eines Psychiaters, mit dem sie arbeiten ..." Nora deutete zu den Karten, die sie auf den Tisch gelegt hatte. „Sagten, ich soll sie anrufen, wenn mir etwas einfällt ..." Ihr Gesicht verzog sich wieder und sie begann leise zu weinen. „Ich kann es nicht glauben. Ich kann nicht glauben, dass er weg ist. Er war so ... wunderschön. So ein schöner Mensch."

Er dachte an das letzte Mal, als er Tony gesehen hatte. Wie er geweint und gejammert hatte, als er ihn aufgeschnitten hatte. Der Schrecken war in der Tat wunderschön gewesen. Er drückte Noras Hand. „Du bist so viel schöner als er, Nora. Das habe ich immer gedacht. Ich helfe dir, ihn zu vergessen."

Nora starrte ihn unverständlich an. Dann errötete sie und zog ihre Hände zurück. Sie versteifte sich, stand auf und stopfte mit Gewalt Bücher in ihren Rucksack.

„Hab keine Angst", sagte er. „Ich liebe dich. Ich werde dich nie so verletzen, wie er es getan hat ..."

Nora hielt inne und sah ihn verwirrt an. „Mir wehtun? Tony hat mir nie wehgetan! Er war perfekt. Ein wunderbarer Mensch."

Die Eifersucht überwältigte ihn. „Perfekt?" Er blickte finster. „Findest du? Hat er dich deshalb hinter deinem Rücken ausgelacht? Das würde ich nie tun. Ich weiß zu schätzen, wer du bist. Ich habe auf dich gewartet. Hab' dich beobachtet."

Nora erblasste und er schämte sich für sich selbst, weil er sie angefahren hatte. Er griff nach ihrer Hand, aber sie zuckte zurück, als hätte er sie geschlagen.

„Du hast mich beobachtet? Was ... was bedeutet das? Was meinst du damit, Tony hat mich hinter meinem Rücken ausgelacht? Warum sagst du das?"

„Es ist wahr. Er hielt dich für einen Witz. Er hat dich nicht so geliebt wie ich."

Noras Augen weiteten sich. „Du mich? Du bist verrückt!"

Brad starrte sie an und ballte seine Hände zu Fäusten. „Nenn mich nicht verrückt." Er schüttelte den Kopf, streckte ihr eine Hand entgegen und versuchte, die Tatsache zu ignorieren, dass sie zitterte. „Ich bin nicht verrückt. Ich liebe dich—"

„Fass mich nicht an!" Sie zuckte weg, packte ihre Sachen und sah dann die Visitenkarten auf dem Tisch. Sie hob sie auf und warf eine nach ihm. „Hier. Du brauchst das viel mehr als ich. Hol dir Hilfe!"

Nora lief weg und da bemerkte er die fassungslose Stille im Café. Alle übrigen Kunden sahen ihn mit einer Mischung aus

246

Schock und Vergnügen an. Brad errötete bei ihren Blicken und die Demütigung überwältigte ihn. Er berührte sein Gesicht und spürte die Haut, die sich plötzlich rau anfühlte. Verzerrt.

Er beugte sich vor und hob die Karte auf, die Nora ihm zugeworfen hatte. Sobald er sich aufgerichtet hatte, wich er zurück und stolperte über einen Tisch und einen Stuhl. Er eilte auf die Toilette, schlug die Tür zu und schloss sie ab. Sein Herz drohte ihm aus der Brust zu schlagen und er sah ängstlich in den Spiegel.

Es war schwach, kaum sichtbar, aber er konnte es sehen. Die einst glatte Haut hatte angefangen, sich zu kräuseln. Sein Teint war nicht mehr rein.

Schmerz erfüllte ihn bei Noras Ablehnung.

Wie konnte sie ihn nach allem, was er für sie getan hatte, ablehnen? Für einen Moment stellte er sich vor, sie zu bestrafen. Sie nackt auszuziehen und sie zu foltern. Ihr zu erzählen, wie er Tony gefoltert hatte und dass alles ihre Schuld war.

Er wimmerte. Nein. Er liebte sie. Sie war sein Engel. Es war Tonys Schuld. Tony musste sie verführt haben. Sie gegen ihn aufgehetzt haben.

Jemand klopfte an die Tür, das Geräusch schlug durch ihn hindurch und ließ ihn vor Angst zucken. War die Polizei zurückgekehrt?

Mehr Klopfen. „Komm schon. Ich muss mal, Mann!"

Tony drehte das Wasser auf und spritzte sich etwas ins Gesicht. Er öffnete die Tür, hielt seinen Blick unten und ging hinaus. Er spürte, wie der junge Mann, der darauf wartete, die Toilette zu benutzen, ihn ansah, bevor er die Tür hinter sich schloss.

Er versuchte, die Leute im Café zu ignorieren, aber er spürte die Kichereien und Blicke, die auf ihn gerichtet waren. Sie verspotteten ihn wieder. Genau wie vorher.

Er erinnerte sich an die Karte für eine Dr. Lana Hudson.

Die Psychiaterin, die Nora erwähnt hatte.

Ruhe legte sich über ihn wie ein dunkler Umhang.

Er lächelte.

Er verstand es jetzt. Er hatte gedacht, Tony sei das letzte Opfer. Derjenige, der ihn vervollständigen würde. Offensichtlich hatte er sich geirrt. Seine Transformation war noch nicht abgeschlossen.

Er erinnerte sich daran, wie die Bullen sein Selbstvertrauen erschüttert hatten. Er hatte Schwäche gezeigt, wenn auch nur kurz. Kein Wunder, dass Nora sich von ihm abgewandt hatte. Weibchen fühlten sich zum stärksten Männchen hingezogen, weil sie beschützt werden wollten. Sie muss seine Schwäche gespürt haben und war vor ihm davon gelaufen.

Er musste seine Macht wieder geltend machen. Und zwar schnell.

Er rieb sich wieder die Wange. Es war noch da, unter der Oberfläche. Er würde nicht zulassen, dass es zurückkam. Nicht die Narbe. Nicht die Angst. Nicht die Machtlosigkeit.

Er streichelte die Karte, die er hielt. Er würde mit seinen Plänen weitermachen. Die Polizei auf die Jagd nach seinem Pflegevater schicken. Und während sie das taten, während sie dachten, gewonnen zu haben, würde er eine von ihnen jagen.

Dann würde er für Nora zurückkommen. So oder so, sie würde erkennen, dass sie ihm gehörte.

KAPITEL 23

*N*achdem sie sich mit Nora Lopez getroffen und ein wenig mehr Ermittlungsarbeit am College geleistet hatten, berichteten Carrie und Jase, was sie Commander Stevens anvertraut hatten. Anschließend machte Carrie einen Abstecher zu Lanas Büro. Sie wollte ihre Theorie diskutieren, dass Darwin vernarbt war, aber Lana war nicht da. Sie ging zurück zu SIG, um Jase zu treffen, als Carrie ein vertrautes Gesicht sah. Bo Havens, ihr Kumpel vom SFPD SWAT-Team.

„Nun, sieh dich an, Mädchen. Wie geht es dir?" Bo umarmte sie. „Du solltest heute Abend im McGills vorbeikommen und den Jungs Hallo sagen. Es ist schon eine Weile her, dass wir dich gesehen haben."

Carrie lächelte. Sie mochte Bo und fast alle anderen Männer in ihrem ehemaligen SWAT-Team. Aber sie fühlte sich von den Ereignissen der letzten Tage erschöpft. Und von der unglaublichen Trauer auf Nora Lopez' Gesicht, als sie erfahren hatte, dass ihr Freund Tony Higgs gestorben war.

Sie schüttelte den Kopf. „Nein. Ich werde es nicht schaffen. Aber habt eine tolle Zeit. Grüß alle von mir."

„Sogar Pete?" Bo grinste.

Carries Bauch zog sich zusammen, als der Name des SWAT-Schützen erwähnt wurde, aber sie lächelte einfach weiter. „Sogar Pete."

Bo zwinkerte ihr zu und winkte. Carrie ging um die Ecke, dann machte sie abrupt halt, als sie Jase sah. Die Zuneigung, die sie für Bo empfunden hatte, wurde plötzlich durch etwas Intensiveres ersetzt. Primitiver. Noch lebendiger.

Sie wusste nicht, warum, aber jedes Mal, wenn sie Jase sah, fühlte sie, wie sich ihr Herz noch ein wenig mehr ausdehnte, bis es in ihrem Hals war.

Er saß schräg in seinem Stuhl, Hände in den Taschen und starrte an die Decke. Er sah auf, als sie neben ihm auftauchte.

„Hey, Ward. Habe ich gehört, wie du mit jemandem gesprochen hast?"

„Jemand aus meinem alten SWAT-Team", bestätigte sie. „Er war auch mit mir im Austin SWAT-Team und wir beide haben am Ende für SFPD gearbeitet. Bo Haven. Ein guter Kerl. Hat gefragt, ob ich heute Abend im McGills vorbeikomme, um das Team zu sehen ..." Mit dem Namen der Bar, der in ihrem Kopf widerhallte, dachte Carrie plötzlich an Brad Turner, den jungen Mann, der im College-Café arbeitete. Derjenige, der dem Barkeeper im McGills sehr ähnlich sah. War es möglich, dass sie ihn dort auch gesehen hatte? Und wenn sie es getan hätte, könnte das etwas bedeuten, besonders da Kelly Sorenson im McGills gewesen war, kurz bevor sie getötet wurde?

„Was ist?", fragte Jase.

Carrie schüttelte automatisch den Kopf und wollte ihren Gedanken nicht zu viel Glauben schenken, bevor sie tatsächlich bestätigen konnte, was sie bedeuteten. „Der Typ im College-Café heute Morgen. Sein Name ist Brad Turner. Ich dachte, ich erkenne ihn wieder. Plötzlich fragte ich mich, ob es daran liegen könnte, dass ich ihn im McGills gesehen habe. Ich meine ... Er sieht aus wie der Barkeeper Lance Reynolds. Aber er kannte

Tony Higgs. Vielleicht kannte er Kelly Sorenson auch? Ihr Bild schien bei ihm zu klingeln, aber vielleicht steckt mehr dahinter."

„Das wäre sicherlich ein relevanter Zusammenhang. Aber du kannst nicht sicher sein, dass du ihn dort gesehen hast?"

Sie schüttelte den Kopf. „Trotzdem will ich ins McGills gehen und es mir ansehen."

„Ich treffe dich dort. Ich schaue zuerst im Café vorbei. Mal sehen, ob ich mit ihm reden kann."

„Okay. Danke, Jase."

Weniger als dreißig Minuten später trat Carrie ins McGills ein. Sie wurde sofort von mehreren Leuten begrüßt, darunter von einigen der Jungs des SWATs.

Nach kurzem Small Talk ging Carrie direkt zu einer älteren Frau, die sich um die Bar kümmerte. „Hi, ich bin Special Agent Carrie Ward. Ich suche jemanden, den ich hier schon einmal gesehen habe. Groß. Blondes Haar. Grübchen. Kommt Ihnen das bekannt vor?"

„Klingt wie ein Dutzend Menschen, die ich hier jede Nacht sehe. Es klingt sogar nach einem Barkeeper, der hier arbeitet."

„Richtig. Lance Reynolds." Sie hatte recht. Sowohl Brad als auch Lance hatten im Moment ein ähnliches Aussehen wie ein paar Jungs an der Bar. Vielleicht hatte sie Brad Turner hier gar nicht gesehen. Vielleicht hatte sie nur gedacht, dass er es gewesen war.

„Kennen Sie Lance?", fragte die Barkeeperin sie.

„Wir haben uns unterhalten. Aber ich suche jemand anderen. Ich werde wahrscheinlich morgen mit einem Foto zurückkommen, nur um sicherzustellen, dass Sie ihn nicht schon einmal gesehen haben, okay?"

„Klar, Süße. Was immer Sie brauchen."

„Danke." Sie drehte sich um und sah eine Glasschale auf der Bar. Sie war mit Visitenkarten gefüllt, mit denen man irgendetwas gewinnen konnte. Es war ein gängiges Marketinginstrument, das sie in vielen Feinkostläden und Restaurants gesehen hatte. Sogar Cafés.

Sie wandte sich an die Barkeeperin. „Macht es Ihnen was aus, wenn ich mir die Visitenkarten durchsehe?"

„Bedienen Sie sich", sagte sie, bevor sie sich umdrehte, um eine Bestellung anzunehmen.

Carrie ging zur Schüssel und wühlte in ihr herum. Dann kippte sie das ganze Ding auf die Bar, bevor sie die Karten durchsah. Eine Karte – eine grüne – erregte ihre Aufmerksamkeit und sie fluchte. Sie sah eine weitere. Und dann noch eine. Drei von Kelly Sorenson. Nicht die violette, die sie Jase gegeben hatte, sondern die Art, die DeMarco von Lance Reynolds bekommen hatte.

In der Minute, in der sie Jase in McGills Zimmer gehen sah, bewegte sich Carrie auf ihn zu. Sie gab ihm eine der grünen Karten, die sie gefunden hatte.

Er las es und runzelte die Stirn. „Kelly Sorenson. Ihre Visitenkarte."

„Ja. Die gleiche Art, die Susan Ingram uns gegeben hat. Es sind noch zwei weitere in der Schüssel an der Bar."

„Und?"

„Also konnte jeder sehen, wie sie ihre Karte da hinein gelegt hat. Möglicherweise hat sich der Täter ihre Kontaktinformationen notiert, um sie anzurufen. Vielleicht können wir deshalb nicht bestätigen, dass sie in dieser Nacht mit jemand Bestimmtem mitgegangen ist. Vielleicht hat sie jemand angerufen, nachdem sie gegangen war, und ihr gesagt, er habe ihre Karte im McGills bekommen. Das hat Susan Ingram gesagt. Dass Kelly einen Kunden aus dem McGills getroffen hat, und nicht, dass sie das McGills tatsächlich mit einem verlassen hat."

„Okay. Also ist es ein Unterschied. Aber was bedeutet das?"

„Es bedeutet, dass niemand gesehen hat, dass Sorenson die Bar mit einer Person verlassen hat. Es bedeutet lediglich, dass sie sich mit jemandem getroffen hat, der schon einmal im McGills gewesen ist."

„Jemand wie der Typ aus dem Café?"

„Vielleicht. Ich weiß es nicht. Aber wir brauchen dringend die Unterlagen von Kellys Mobilfunkanbieter."

„Ich war bei Steam, aber der Laden war zu."

„Verdammt. Und ich konnte nicht checken, ob Brad Turner hier war, nicht ohne ein Foto. Aber wir können das morgen machen. Vielleicht sogar sehen, ob Steam auch eine Schale mit Visitenkarten hat."

„Richtig. Wenn Sorenson ihre Karten hier abgelegt hat, warum nicht auch dort? Und wenn ja, warum nicht Tammy Ryan? Vielleicht können wir Darwins Opfer so verbinden. Aber bis dahin ... Es ist schon spät. Was jetzt?"

Was jetzt? Jetzt wollte sie etwas Aspirin nehmen. Ihr Kopf begann zu hämmern und sie erinnerte sich plötzlich an Stevens' Befehl, sich auszuruhen, bevor sie zusammenbrach. Das klang jetzt nach einem sehr guten Ratschlag. „Sollen wir nach Hause gehen?", fragte sie Jase und bemerkte, dass er auch ziemlich fertig aussah.

Dann wurde ihr klar, was sie gesagt hatte.

Nach Hause. Als ob sie ein gemeinsames Zuhause hätten, in das sie gehen konnten. Bis auf die eine Nacht, die sie zusammen bei ihr verbracht hatten, hatte sie bei ihm geschlafen. Selbst nachdem sie Ryan entdeckt hatten. Obwohl ihr Haus wieder bewohnbar war, hatte sie auf seinem Sofa gepennt. Sie hatte ihre Sachen bei ihm zu Hause gelassen. Seinem Zuhause. Nicht ihrem. Niemals ihrem.

„Jeder zu sich nach Hause, meinte ich", erklärte sie und versuchte, ihre Verlegenheit und ihre Enttäuschung zu verbergen. Sie wollte nicht zu sich nach Hause zurückkehren. Nicht ohne Jase.

„Ich weiß, was du meinst", sagte er leise. „Hör zu, ich weiß, dass dein Haus jetzt wieder bewohnbar ist, aber wie wäre es, wenn—"

„Hey, Carrie! Du hast dich entschieden, dich uns anzuschließen. Fantastisch."

Carrie starrte Jase an und wollte, dass er das Angebot, das er im Begriff war zu machen, zu Ende aussprach. Aber er tat es nicht und ließ ihr keine andere Wahl, als sich dem Mann zuzuwenden, der sie gerufen hatte. „Hi, Bo. Das ist Special Agent Jase Tyler. Jase, das ist Bo Haven."

„Hi, Bo. Carrie hält viel von dir."

„Ich wünschte, ich könnte das Gleiche sagen, Tyler, aber ich habe noch nie von dir gehört."

Jase grinste nur. „Das überrascht mich nicht. Carrie neigt dazu, nicht über das zu reden, was ihr wirklich wichtig ist."

Bo lachte und Carrie errötete. „Wir wollten gerade gehen", sagte Carrie.

„Komm rüber und sag zuerst dem Rest der Jungs Hallo."

„Ich weiß nicht, Bo. Wir sind beide müde."

„Zu müde, um ein kurzes Hallo zu sagen? Komm schon, Mädchen. Du bist nicht mehr im Team, aber wir sind immer noch Freunde, oder?"

Sie sah Jase an. „Du kannst schon mal—"

„Nein. Ich würde gerne dein altes Team kennenlernen."

Die Art und Weise, wie er das sagte, ließ sie die Stirn runzeln, aber es war zu spät. Bo führte sie zu einem Tisch im Hintergrund.

Während Jase zusah, begrüßte die Gruppe der Männer Carrie herzlich.

Sie wiederum schien sich wirklich zu freuen, sie alle zu sehen. Jase erinnerte sich, was sie darüber gesagt hatte, dass sie sich bei SWAT mehr wie ein Teammitglied gefühlt hatte als jetzt bei SIG.

Aber er erinnerte sich auch daran, was sie darüber gesagt hatte, dass die SWAT nicht vollständig bereit für ein weibliches Mitglied war. Er sah hier keine Spur davon und fragte sich, was sie gemeint hatte. In der Hoffnung, einen Einblick in ihre Vergangenheit zu bekommen, beschloss er, eine Weile zu bleiben. „Ich hole uns einen Drink. Bier?", fragte er sie.

Sie runzelte die Stirn leicht, dann nickte sie mit dem Kopf. „Sicher. Bud Light, bitte."

Carrie bemerkte, dass Jase zuckte, und die Jungs stöhnten über ihre schwache Getränkewahl. Sie zuckte mit den Schultern. Sie konnte den Geschmack von Bier kaum ertragen, aber sie hatte gelernt, sich anzupassen, während sie mit Männern herumhing. Und da das so ziemlich das einzige Geschlecht war, mit dem sie Zeit verbrachte ...

Als Jase wegging, folgte Carrie ihm mit ihrem Blick, bis er an die Bar kam. Dort begann eine extrem kleine und feminin wirkende Frau mit langen blonden Haaren und viel Dekolleté mit ihm zu sprechen. Jase lächelte und der Anblick machte Carrie sowohl glücklich als auch traurig. Er sah gut aus, wenn er lächelte. Er sah immer gut aus und das war etwas, was Frauen immer anziehend finden würden. Jase würde es nie an weiblicher Gesellschaft mangeln. Sobald sie Darwin erwischt hatten, würde er sich daran erinnern, warum er sich mit so vielen von ihnen verabredet hatte, bevor er sich mit Carrie eingelassen hatte.

Rich Andrews meldete sich zu Wort. „Gutaussehender Typ, Carrie."

Carrie konnte nicht anders, sie lachte bei seiner rauen Stimme. Andrews war schwul - die einzigen Leute, die das wussten, saßen mit ihm am Tisch.

Luke French und Bo stöhnten wieder und Bo boxte Andrews

gegen den Arm. „Scheiße, Mann. Hör auf mit dem Scheiß. Der Typ ist auf keinen Fall schwul."

„Und?" Andrews lachte und zuckte mit den Achseln. „Ich kann immer noch die Aussicht genießen. Außerdem würde niemand denken, dass ich schwul bin, Alter ..." Er hatte recht. Andrews sah so männlich aus, wie es nur ging, ohne dabei kleine Kinder beim Anblick zu erschrecken.

Bo wandte sich an sie. „Ich habe gehört, dass du einen großen Fall abgeschlossen hast. Gut für dich, Mädchen. Ein Serienmörder, was? Mann, du hast Eier."

Sie zuckte innerlich. Cojones. Mut. Sie erinnerte sich daran, was Mansfield zu Jase am Tatort von Sorenson gesagt hatte. Irgendwas darüber, dass sie aus Stahl sei. Wenn sie nur wüssten. Sie zuckte mit den Schultern. „Jemand muss sie lösen. Warum nicht ich? Was hast du darüber gehört? Irgendwas über die Vorgehensweise des Typen?"

Etwas stieß ihr gegen die Schulter und sie drehte sich um, um Jase zu finden, er mit ein paar Bieren hinter ihr stand und bemerkte, dass er sich ein dunkles Pils für sich selbst ausgesucht hatte. Sie nahm ihr Light-Bier und setzte sich auf einen der freien Plätze. Jase schloss sich ihr an.

„Nein", sagte Bo. „Ich dachte mir, dass ihr das aus einem bestimmten Grund unter Verschluss behalten wollt."

„Das ist richtig", sagte Jase. „Aber jemand hat geredet. Jetzt haben wir einen Nachahmungstäter an der Backe."

„Scheiße. Doppelter Ärger. Seid ihr kurz davor, ihn zu finden? Oder sie?", sagte er mit einem spielerischen Blick auf Carrie.

Jase schüttelte den Kopf. „Wir sind immer noch knietief in Interviews und Linkanalysen. Ich versuche, eine Verbindung zwischen den Opfern zu finden. Ob er sie von einem einzigen Ort aus hätte angreifen können. Wir haben noch nichts Solides gefunden."

„Nachahmungstäter, was? Ich frage mich, ob der erste Typ

davon weiß? Wenn er nicht gerne kopiert wird, wäre das ein Weg, um beide zu erwischen, denkst du nicht auch?"

Sie spürte, wie Jase sich neben ihr versteifte. „Was meinst du damit?", fragte sie.

Bo zuckte mit den Schultern. „Selbst eiskalte Killer, vielleicht besonders eiskalte Killer, haben ihren Stolz. Wenn jemand systematisch Menschen töten würde, würde es ihm wahrscheinlich nicht gefallen, wenn er wüsste, dass jemand die Morde als seine ausgibt, weißt du?"

Jase nickte. „Das ergibt Sinn."

Carrie stimmte zu. „Das tut es. Und es würde in beide Richtungen finktionieren, nicht wahr? Vielleicht würde der Nachahmer nicht wollen, dass eine Konkurrenz von dem Mörder, den er kopiert, ausgeht. Was ist, wenn—"

„Nun, nun, nun. Wenn das nicht Wonder Woman ist", kam die Stimme des letzten Mannes, den Carrie hören wollte.

Jase beäugte den großen, muskulösen Mann mit dem blonden Kurzhaarschnitt, der hinter Carrie auftauchte, ihre Schultern packte und sie einige Sekunden lang grob knetete. Er dämpfte seinen unmittelbaren Wunsch, dem Kerl die Hände abzuschneiden, und beobachtete stattdessen Carries Gesicht. Sie sah aus, als würde sie sich auf einen Kampf vorbereiten.

„Hey, Ward. Schön, dich zu sehen", sagte der Mann zu ihr, bevor er sich an Jase wandte. Er streckte seine Hand aus. „Ich bin Pete Taylor. SWAT-Sniper." Er sagte es, als wäre es ein offizieller Titel.

Jase sah Carrie an, dann blickte er zurück zu Pete. Er hob seine rechte Hand, die noch immer sein Bier hielt. „Jase Tyler. Kein Sniper."

Pete sah ihn für einen Moment verwirrt an. Dann lachte er

und raffte offensichtlich Jase' Sarkasmus nicht. Pete setzte sich auf die andere Seite von Jase. Er rieb die Hände aneinander.

„Scheiße, habt ihr die Eins-A-Granate gesehen, die heute Abend hier drin ist? Schaut euch das Weib im roten Minirock an. Wir werden heute Abend wirklich Spaß haben."

Jase erstickte fast an seinem Bier bei Petes krassen Worten. Er sah Carrie an, aber sie vermied Augenkontakt. Stille verbreitete sich, während alle Männer, die am Tisch saßen, Pete anstarrten. Er tat so, als wüsste er nicht, warum. „Was? Was habe ich gesagt?"

„Alter, du bist so ein Arschloch."

„Ja", sagte Andrews und stimmte Bo zu.

Grinsend lehnte sich Pete in seinem Stuhl zurück und hob die Hände in einer Geste der Beschwichtigung. „Ich sage nur, wenn ihr Jungs heute Abend was wollt, gibt es erstklassiges Fleisch zu finden."

Jase konnte es nicht länger ertragen. „Warum hältst du nicht die Fresse?"

Pete stand auf und sah bereit aus, Jase in den Boden zu schlagen. „Was hast du gesagt?"

Als Jase seinen Stuhl zurückschob, erhob er sich ebenfalls und war sich bewusst, dass er gut zwei Zentimeter kleiner war als Pete, aber es war ihm egal. „Falls es dir entgangen ist, da ist eine Dame am Tisch."

Pete runzelte die Stirn vor Verwirrung, anscheinend nicht sicher, wer die „Dame" war, auf die sich Jase bezog. Dann klappte sein Mund auf, als ihm klar wurde, dass Jase von Carrie sprach. „Ward? Oh, komm drüber weg, Romeo. Carrie ist schon seit langem unter Polizisten. Sie ist eine der Jungs. Richtig, Carrie?"

Sie nickte mit dem Kopf. Lächelte steif. „Klar, Pete. Nur einer von den Jungs."

„Wer zum Teufel bist du überhaupt? Ihr Wachhund?"

„Wenn du nicht anfängst, anständig zu reden, wirst du es herausfinden, alles klar?"

Sie packte seinen Arm. „Lass es einfach sein, Jase. Es ist in Ordnung. Pete hat es nicht so gemeint. Oder, Pete?"

Pete blieb rebellisch still.

„Oder, Pete?" Carrie funkelte ihn an.

Immer noch auf Jase starrend, zuckte Pete schließlich mit den Achseln. „Nein. Ich meinte es überhaupt nicht so." Er setzte sich hin und sah zu Jase auf, der nicht auf seinem Stuhl Platz genommen hatte. „Komm schon, Alter, setz dich hin. Wir sind hier alle Freunde."

Jase nahm langsam seinen Platz ein.

„Großartig", sagte Carrie. „Nun, wenn ihr zwei Primaten damit fertig seid, euer Territorium zu markieren ..."

„Entschuldigung", unterbrach eine sanfte, weibliche Stimme. „Jase, richtig? Ich habe mich gefragt, ob ich für eine Sekunde mit dir reden kann."

Es war die blonde Frau, mit der er an der Bar gesprochen hatte. Aufgrund des Blicks, den Carrie ihm zuwarf, sollte man jedoch meinen, dass sie sich gerade als Jase' lang verlorene Frau vorgestellt hatte. „Carrie", begann er.

„Entschuldigt mich für eine Sekunde. Ich sehe jemanden, dem ich Hallo sagen möchte. Ich bin gleich wieder da."

Sobald sie außer Hörweite war, stand Jase auf und sprach die Frau an, die sich als Sandy vorgestellt hatte. „Ist es wichtig, Sandy? Weil ich mit meiner Freundin hier bin und wir wahrscheinlich bald nach Hause gehen werden."

Enttäuschung blitzte kurz über Sandys Gesicht, aber sie erholte sich schnell. Sie erzwang ein Lächeln und schüttelte den Kopf. „Nein. Schon gut. Aber es war schön, dich kennenzulernen, Jase."

„Dich auch, Sandy."

Jase setzte sich hin. Die anderen Männer sahen ihn mit einem dreckigen Grinsen im Gesicht an. Pete pfiff. „Sieh dich an, Mann. Dieses kleine Weib hat nach einem Stück von dir gesabbert. Und Ward-"

Bevor er seinen Satz beenden konnte, lehnte sich Jase näher an Pete heran und sprach ihm direkt ins Gesicht: „Hör zu, Arschloch, es ist mir egal, wie du den Rest der Zeit redest. Aber wenn du jemals wieder so vor Carrie redest, verspreche ich dir, dass ich dich erwische und es dir leid tun wird."

Petes schockiertes Gesicht war fast schon komisch. Er schob seinen Stuhl zurück und überragte Jase. „Willst du mich verarschen? Du drohst mir? Hast du mich nicht gehört, als ich sagte, dass ich ein SWAT-Scharfschütze bin?"

„Glaub mir, ich habe dich gehört", sagte Jase, stand aber nicht auf. Er trank einen Schluck von seinem Bier. „Es ist keine Drohung. Vielleicht hat deine Mutter dich nicht besser erzogen, aber so redet man nicht vor einer Frau."

Pete sah die anderen Männer am Tisch an, die das Zusammenspiel zwischen ihnen beobachteten. „Habt ihr diesen Wichser gehört? Er hat mich tatsächlich bedroht."

Bo lehnte sich zurück und schüttelte den Kopf. „Nein. Ich habe nichts gehört. Du, Andrews?"

Als Andrews den Kopf schüttelte, schien Pete völlig verwirrt. „Wie auch immer", sagte er und ging auf die Bar zu. Jase fing an, Carrie hinterher zu gehen, als Bo ihn aufhielt.

„Warte mal, Jase. Warum setzt du dich nicht? Ich möchte dich etwas fragen." Er wandte sich an Andrews. „Macht es euch was aus, dafür zu sorgen, dass Pete nicht noch mehr Ärger bekommt?"

„Überhaupt nicht." Als Andrews und Luke weggingen, nahm Jase wieder Platz.

Bo nahm einen Schluck von seinem Bier, lehnte sich zurück und betrachtete Jase aus trägen Augen. „Ich habe den Eindruck, dass Carrie dir etwas bedeutet."

Jase hielt Bos Blick stand. „Du bist ein kluger Mann."

„Gut." Er nickte. „Das freut mich. Nur wenige Männer sehen, was sie zu bieten hat."

„Aber du tust es?"

„Auf den ersten Blick. Aber sie ist nicht wirklich mein Typ."

Okay, also hatte er nicht vor, Carrie anzumachen. Was gut war, denn das bedeutete, dass er ihn nicht verprügeln musste.

„Aber?"

„Aber sie ist irgendwie Petes Typ, wenn du weißt, was ich meine."

„Pete? Sie ist mit diesem Arschloch ausgegangen?"

„Als sie frisch zum SFPD SWAT gekommen war. Es hielt nicht lange, und als es endete, ging es sehr schnell bergab."

SWAT. Jase hatte immer noch Schwierigkeiten, seinen Verstand darauf zu konzentrieren. Oh, nicht weil er nicht dachte, dass sie es schaffen würde, sondern weil sie so ein Widerspruch war. Eine wilde Polizistin, aber auch eine Frau mit langen seidigen Haaren, die ihr Haus mit mädchenhaften Stoffen und weichen, fließenden Aquarellen dekorierte. Es war subtil, aber sie hatte ihr Leben aufgeteilt. Als ob sie nicht glaubte, dass die verschiedenen Seiten von ihr koexistieren konnten. „Sie war nicht sehr lange im SFPD SWAT gewesen. Sie sagte, du hättest mit ihr im Team in Austin zusammengearbeitet?"

„Das ist richtig."

„Hat sie jemals gesagt, warum sie Abgeordnete in der Army wurde? Warum wollte sie dem SWAT beitreten?"

Bo lächelte. „Ich denke, es begann als eine Herausforderung für sie. Weißt du, es gab noch nie eine Frau im SWAT-Team, also wollte sie es tun. Sie hatte einen Vorteil. Ihre Schuss-Fähigkeiten sind erstaunlich. Kennst du ihre Geschichte?"

Er erinnerte sich an das Sammelalbum, die Bänder und Zeitungsartikel und nickte. „Olympisches Schützenteam."

„Ja. Und sie hatte auch körperlich einen Vorteil. Sie ist stärker als die meisten Frauen. Als sie das SWAT ins Visier nahm, war sie bereits fit, aber nicht annähernd fit genug. Sie arbeitete ein Jahr lang mit einem Personal Trainer zusammen. Sie bat mich um Hilfe, um sich auf die Prüfungen vorzubereiten, die die des FBI widerspiegeln. Extrem rigoros. Aber sie hat es getan. Belegte Platz drei von den acht, die es geschafft haben."

„Du bist also auch ein Scharfschütze?"

„Nicht wie sie. Ich bin für den Einstieg und an der Grundstücksgrenze bestens ausgebildet. Ich kann schießen. Wir sind alle ausgebildet, eine AR 15 Rifle zu benutzen. Aber nicht wie Carrie. Oder Pete."

Bei der Erwähnung des Namens des Mannes versteifte sich Jase. Bo lachte. „Pete ist ein anständiger Kerl. Er kann den Gedanken nicht ertragen, dass sie eine bessere Schützin ist. Manchmal lässt er sich von seinem Stolz überwältigen."

„Sie verdient mehr Respekt."

„Da geb ich dir recht", sagte Bo. „Wirst du dafür sorgen, dass sie ihn bekommt?"

„Was zum Teufel bedeutet das?"

Bo zuckte mit den Schultern. „Nur, dass ich etwas zwischen euch beiden spüre. Und ich hoffe, du vermasselst die Dinge nicht. Sie braucht jemanden, der mit ihrer Stärke umgehen kann."

„Ich werde versuchen, dich nicht zu enttäuschen." Jase leerte sein Bier, stand auf und stellte sein Glas mit einem dumpfen Laut ab. „Bist du sicher, dass du mich nicht nur abmahnst?"

Bo lachte. „Glaub mir, Mann. Ich helfe dir. Aber was die Warnung angeht, denke ich, dass es selbstverständlich ist, dass es dir leid tun wird, wenn du sie verletzt."

Carrie winkte ihm von der Tür aus zu. „Sieht so aus, als würden wir abhauen. Danke." Er streckte seine Hand aus, die Bo freundlich schüttelte.

Als er sich abwandte, rief jemand nach ihm. Jase drehte sich um und dachte, es wäre Bo, aber es war tatsächlich Pete.

„Ein Tipp, Alter. Carrie mag es hart. Aber nicht zu hart. Vielleicht solltest du dich daran erinnern, wenn du Hoffnungen hast, sie zu behalten."

Jase runzelte die Stirn. Unglaublich, es klang, als ob der Typ ihm Beziehungsratschläge gab. Als ob er nicht wollte, dass Jase einen Fehler wiederholte, den er mit Carrie bereits gemacht hatte. Jase brauchte oder wollte die Hilfe des Typen nicht. „Ich gebe Carrie alles, was sie braucht", sagte er. „Das werde ich immer. Und wenn sich jemals herausstellt, dass sie es braucht, dass dir jemand in den Arsch tritt, bin ich direkt neben ihr und stelle sicher, dass es erledigt wird."

KAPITEL 24

*J*ase fuhr direkt zu seinem Haus.

„Jase, es gibt keinen Grund mehr für mich, bei dir zu bleiben. Bei mir ist alles wieder sauber, erinnerst du dich?"

„Es wäre schwer für mich zu vergessen, in deinem Bett zu sein, Carrie." Er blickte sie an. „Auf der anderen Seite scheinst du vergessen zu haben, dass wir dort waren, bevor Commander Stevens uns von Tammy Ryan erzählte. Oder ist es, weil du es vergessen möchtest?"

„Ich vergesse nichts. Aber ich – ich habe ein paar Sachen bei dir zu Hause gelassen. Ich hole sie und lass dich dann in Ruhe."

Als ob er die Dinge so einfach für sie machen würde.

Sie musste seine Entschlossenheit zum Reden gespürt haben. Als sie bei ihm zu Hause ankamen, sagte sie: „Weißt du was, Jase? Ich denke, ich gehe laufen, bevor ich abhaue. Du musst nicht warten."

Trotz seiner zunehmenden Ungeduld ließ Jase sie gehen. Er wollte etwas nachdenken und viel davon hatte damit zu tun, was er dort in der Bar mit Carries altem Team erlebt hatte. Wie so oft, wenn es darum ging, Dinge zu überdenken, nutzte Jase die Heimtrainer in seiner Garage.

Er zog sich Tank Top und Shorts an, und während er die Gewichte stemmte, waren seine Gedanken ganz auf Carrie gerichtet. Er konnte erkennen, dass sie häufig selbst mit Gewichten trainierte. Sie war keineswegs sperrig, aber sie hatte definitiv die Art der Muskeldefinition, die man nur mit regelmäßigen Trainingseinheiten bekam. Es schüchterte ihn nicht ein. Und er wollte, dass sie das wusste. Aber er konnte auch Petes Worte nicht aus dem Kopf bekommen. Jase hatte die Komplexität von Carries sexuellen Bedürfnissen und Wünschen bereits erlebt und war von ihnen sicherlich nicht überrascht. Offensichtlich hatte Pete das gleiche Problem gehabt – die Tatsache, dass Carries Bedürfnisse ein breites Spektrum abdeckten. Aber hatte er die Lektion zu spät gelernt? War Pete zu grob zu ihr gewesen? Und was genau bedeutete das? Denn Jase hatte ein Bild in seinem Kopf und es war eines, das er nicht mochte. Nicht im Geringsten.

Obwohl sie gesagt hatte, dass sie von einem College-Freund vergewaltigt wurde, bedeutete das nicht, dass es das einzige Mal war, dass es passiert war. Hatte Pete, Carries eigener Teamkollege, sie vergewaltigt? Hat sie deshalb die SWAT-Einheit verlassen? Und wenn sich herausstellte, dass es wahr war, was würde Jase dagegen tun?

Eine Stunde, nachdem sie gegangen war, kam Carrie zurück und ging in die Garage. Sie trug ein Tanktop und Jogginghosen und beide waren mit Schweiß befleckt. Sie hatte sich offensichtlich sehr beansprucht. Sie war rot im Gesicht. Keuchte. Und trotz seiner furchterregenden Beschützerinstinkte und seines Misstrauens gegenüber Pete, sie so zu sehen, ließ ihn sich vorstellen, wie sie das letzte Mal zusammen im Bett gelegen hatten. Jase fühlte, wie er hart wurde, und ließ seine Gewichte auf den Boden fallen.

„Bist du jetzt bereit, aufzuhören zu rennen, Carrie?"

VIRNA DEPAUL

Carrie lachte zitternd, hielt ihre Hände hoch und machte einige Schritte zurück. „Whoa. Was zum Teufel machst du da?"

Jase ging weiter auf sie zu. „Ich habe auch aufgehört zu rennen. Ich würde viel lieber zu dir laufen, und da morgen ein weiterer arbeitsreicher Tag mit dem Fall verbunden ist, denke ich, dass wir die wenige Freizeit, die wir noch haben, nutzen sollten."

„Alles, was ich jetzt will, ist eine Dusche und nach Hause gehen. Nicht unbedingt in dieser Reihenfolge."

„Ich denke, wir können dir ein wenig mehr als das geben."

Sie stieß gegen die Wand. „Schau, Jase, ich dachte, wir hätten eingesehen, dass die Nächte, die wir zusammen verbracht haben, ein Fehler waren. Du hast dich zumindest so verhalten, als hättest du zugestimmt. Und außerdem bin ich gerade nicht in der Stimmung."

„Was ist los, Carrie? Wir kamen so gut miteinander aus, auch nach Stevens' Anruf. Du hattest kein Problem damit, danach hier zu bleiben. Also, was ist passiert? War es das Treffen mit deinem alten Freund Pete, das dich dazu bringt?"

Sie runzelte die Stirn und versuchte, ihn im Visier zu behalten, als er um sie herum kreiste. „Vielleicht war es der Anblick, wie du mit der Puppe an der Bar geflirtet hast, was mich abgeturnt hat."

Zuerst sah er verwirrt aus. Dann lachte er, offensichtlich erfreut. Was sie nur noch wütender machte.

„Denkst du, dass sie mein Typ ist? Warum? Weil sie keine Polizistin ist? War noch nie ein Mann stark genug, um mit dem umzugehen, was du bist? Eine starke, fähige Frau mit einer großzügigen, weichen Seele? Hast du das Gefühl, dass du deine Stärke verstecken musst, damit ein Kerl mit dir schlafen kann? Ist es das, was du mit Pete gemacht hast?"

Sie wurde rot. „Hat er dir das gesagt? Hast du dich mit diesem

266

Bastard ausgetauscht?" Sie schubste ihn weg und ließ ihn einen Schritt zurücktreten.

„Nein. Ich muss mich mit dem nicht austauschen. Er öffnete sich bereitwillig mehr, als ich je erwartet hatte, aber es reichte aus, um zu wissen, dass du wahrscheinlich versucht sein würdest, ihm ein oder zwei Mal in den Arsch zu treten."

Sie drehte sich um, um zu gehen, aber er packte ihren Arm und drehte sie um, dann drückte er sie gegen eine Wand und drängte sie mit seinem Körper und dem entschlossenen Blick in seinen Augen. „Also, musstest du?", fragte er. „ Pete in den Arsch treten? War er einer der Kerle, der sich an seine Brust schlagen musste, nachdem er dich gebettet hatte?"

Sie weigerte sich, mit ihm zu kämpfen, und hob stattdessen ihr Kinn an. „Ja, das hat er. Und, ja, ich habe es beendet. Schnell. Ich wollte nicht zulassen, dass sich die Geschichte wiederholt. Aber ich schätze, ich lerne es nie. Du genießt es offensichtlich auch, deine Muskeln an einer Frau zu trainieren. Vielleicht hattest du mit diesem ganzen *Nature und Nurture* Zeugs doch recht."

Er zuckte zusammen und der schiere Grad an Schmerz und Schock auf seinem Gesicht reichte aus, um auch sie zum Zucken zu bringen. Sofort ließ er sie gehen.

Genauso schnell griff sie nach ihm. „Jase, es tut mir leid—"

Er schüttelte ihre Berührung ab. „Gut gespielt, Carrie. Aber keine Sorge. Diese Art von Geschichte wird sich nie mit dir wiederholen. Du würdest es nicht erlauben. Und ob du es glaubst oder nicht, ich auch nicht."

Er versuchte, sich abzuwenden, und diesmal war sie diejenige, die seinen Arm ergriff und sich weigerte, ihn gehen zu lassen.

„Es tut mir leid, Jase. Bitte glaub mir. Ich war wütend, das ist alles. Und du hast recht. Ich war eifersüchtig. Ich bin eifersüchtig. So viele Frauen wollen dich und ich bin nicht wie sie. Ich bin mir nicht einmal sicher, warum du dich für mich interessierst, wenn du mit einer wie dieser Frau an der Bar zusammen sein kannst.

Aber ich weiß, dass du mir nie wehtun würdest. Ich vertraue dir. Ich vertraue dir im Bett und auch außerhalb. Ich glaube einfach nicht, dass es für einen von uns beiden klug ist, miteinander zu schlafen."

Sein Gesichtsausdruck blieb eingefroren. Distanziert. „Ja. Das hast du gesagt. Zahlreiche Male. Ich fange an zu denken, dass ich vielleicht anfangen muss zuzuhören."

Entschlossen zog er sich von ihr zurück und ging hinein. Sie folgte ihm, aber erst nachdem sie die Tränen in ihren Augen zurückgeblinzelt hatte.

Sie hatte das, was er ihr über seine Eltern erzählt hatte, benutzt, um ihn wegzustoßen, und sie würde sich das nie verzeihen. Sie konnte nichts anderes von ihm erwarten.

Aber zu ihrem großen Schock blieb Jase nicht wütend auf sie. Als sie sich ihm näherte, stürmte er nicht in sein Schlafzimmer und schlug die Tür zu. Mit einem müden Kopfschütteln ging er auf sie zu, streichelte ihre Wange mit seinem Handrücken und beugte sich dann vor, um ihr einen leichten, süßen, anhaltenden Kuss zu geben, bevor er sich zurückzog.

„Das ist meine letzte Einladung, Carrie. Keine Spielchen. Keine Ausreden. Wenn du ablehnst, ist das in Ordnung. Ich werde mit Anstand aufgeben und es nie wieder zur Sprache bringen. Also, los geht's. Du kannst gerne auf der Couch schlafen, aber das musst du nicht. Nur damit du es weißt, ich würde mein Bett gerne wieder mit dir teilen, wenn es das ist, was du willst."

Damit ging er in sein Schlafzimmer und ließ sie, ihm nachstarrend, zurück.

Es dauerte mehrere Minuten, in denen sie an all die Gründe dachte, warum sie nicht in sein Schlafzimmer gehen sollte, bevor sie anmutig nachgab und tat, was sie wirklich wollte. Sie folgte ihm. Er stand am Bett, und als sie hereinkam, warf er ihr ein Lächeln zu, das ihr Herz zum Schmelzen brachte.

Als sie das letzte Mal Liebe gemacht hatten, hatten sie sich dem Körper des anderen mit einer Art Verzweiflung offenbart, als hätten sie Angst gehabt, dass sie sich gegenseitig aus den Armen gerissen würden. Diesmal waren sie entschlossen, sich gegenseitig das zu geben, was ohnehin schon immer zwischen ihnen war – Vertrauen. Vertrauen, alles zu sein, was sie waren, und vertrauen darauf, dass jeder den anderen nicht nur mit offenen Armen, sondern auch mit einem offenen Herzen willkommen hieß.

Die Ereignisse der Nacht und ihr eigenes Geständnis der Eifersucht hatten Carries Geist sorgenfrei hinterlassen. Jase wusste, was sie für ihn empfand, und sie war nicht mehr in der Lage, es zu verbergen. Emotional exponiert zu sein, machte es nur fair, dass sie sich auch körperlich exponierte. Ohne Vorurteile zog Carrie ihre Kleider aus. Mit jedem Kleidungsstück, das sie entfernte, wurde sie stärker in ihrem Glauben, dass sie Jase etwas Kostbares schenkte, etwas, das sie noch nie jemandem zuvor gegeben hatte. Als sie fertig war, zog er sich genauso aus. Genauso langsam. Bis sie beide nackt waren und sich in der gegenseitigen Bewunderung sonnten.

Sie führte ihn zum Bett und bat ihn, sich hinzulegen. Sie nahm sich die Zeit, sich mit jedem Zentimeter seines Körpers vertraut zu machen. Die abgerundeten, prallen Muskeln seiner Schultern. Die harten, definierten Muskelpakete seines Oberkörpers. Die langen, eleganten Bahnen seiner Beine und Füße. Sie küsste und streichelte und leckte ihn von Kopf bis Fuß, drehte ihn dann um und machte weiter. Und die ganze Zeit über gab sie seinen Händen und seinem Mund freien Zugang zu jedem Teil von ihr, den er wollte.

Er saugte und knetete ihre Brüste. Er tauchte seine Finger in die warme, nasse Hitze zwischen ihren Beinen. Er begrub dort sein Gesicht und kostete sie.

Diesmal gab es keine Eile. Es gab keine Verzweiflung.

Es gab nur die Nacht. Ihre Körper. Vereint und unzertrennlich.

Und als sie ihren Höhepunkt erreichten, erreichten sie ihn

gemeinsam, dann blieben sie fest in die Arme des anderen einge-
wickelt, bis der Schlaf sie übermannte.

Am nächsten Morgen hörte Carrie Jase aus dem Badezimmer
kommen und beendete ihren Anruf mit Commander Stevens.
Nachdem Bo gestern Abend gesagt hatte, dass Killer ehrgeizig
seien, hatte sich in ihrem Kopf eine Idee geformt. Sie hatte Jase
und die Frau, die sich an ihn gerichtet hatte, zurückgelassen, um
Stevens anzurufen. Commander Stevens war von Anfang an
offen für ihren Vorschlag gewesen, aber er war noch empfängli-
cher geworden, nachdem Carrie früher am Morgen mit Lana
gesprochen und Stevens erzählt hatte, was Lana angeboten hatte.

„Wann fangen sie an zu drehen?", fragte sie.

„Punkt zehn."

„Und das gibt ihnen genug Zeit, es heute Abend zu senden?"

„Das ist, was mir gesagt wurde", sagte Stevens. „Sie werden
den Spot auf allen ihren Schwesterkanälen spielen. Bitte
kommen Sie nicht zu spät. Ich hasse Reporter."

„Wir werden da sein."

Carrie klappte ihr Handy zu und dachte an Jase.

Er würde all das nicht mögen und sie verstand, warum. Aber
so wunderbar ihre Intimität gestern Abend auch gewesen war,
ihre Magie war im Licht des Morgens verschwunden. Es hatte
sich nicht geändert, wer sie war. Sie war vor allem Polizistin und
das würde sie immer sein. Als solche musste sie alles tun, was sie
konnte, um den Job zu erledigen. Was sie und Lana sich ausgedacht hatten, war vielleicht nur ein weiterer Versuch, aber im
Moment war es die einzige Idee, die sie hatten.

Sie drehte sich um und erschrak schuldbewusst, als sie Jase
hinter sich stehen sah. Er war obenrum nackt und trug eine
Flanell-Pyjamahose. Er sah so gut aus, dass sie lächelte und näher
kam, um ihn zu küssen.

Aber er runzelte die Stirn und wich ihrer Berührung aus. „Welche Kameras, Carrie? Was ist hier los?"

Carrie seufzte. Es war nicht zu leugnen. Sie fühlte sich schuldig. Sie hätte ihm ihre Idee verraten sollen und das hatte sie auch tun wollen, aber dann war diese Frau an der Bar auf ihn zugekommen und sie war zu verunsichert gewesen, als sie Pete gesehen hatte. Sie hatte gewusst, dass Jase versuchen würde, sie von ihrem Plan abzubringen ...

Das würde er wahrscheinlich immer noch, aber er war ihr Partner. Er hatte ein Recht darauf, es zu erfahren. „Bo hat gestern Abend etwas gesagt und es hat mich auf eine Idee gebracht. Serienmörder sind stolz. Sie denken, sie sind schlauer als die Bullen. Wahrscheinlich denken sie, dass sie schlauer sind als jeder andere, oder? Der Einbalsamierer war methodisch. Geduldig. Im Gegensatz zu Darwin, der seine Morde ohne klaren Plan zu eskalieren scheint. Wir haben die Details beider Fälle geheim gehalten, aber vielleicht sollten wir das nicht so handhaben. Der Einbalsamierer ist tot. Darwin könnte verantwortlich sein oder er ist es nicht. Aber was ist, wenn wir so tun, als wüssten wir es nicht? Dass wir denken, dass der Einbalsamierer noch lebt? Dass wir denken, dass es der Einbalsamierer ist, der diese letzten Morde begangen hat, nicht Darwin?"

„Was denkst du, was Darwin mit diesen Informationen machen würde? Außer sie gegen ein anderes Opfer zu benutzen, um einen besseren Eindruck auf uns zu hinterlassen?"

„Das ist definitiv ein Risiko. Aber er wird sich sowieso ein neues Opfer suchen. Auf diese Weise haben wir eine Chance und schwingen sie ein wenig zu unseren Gunsten. Ich hoffe, dass Darwin uns direkt kontaktiert, um die Sache in Ordnung zu bringen. Etwas tut, um seinen Kopf über Wasser zu stoßen, und uns damit die Chance gibt, ihn zu sehen."

„Und der einzige Weg, das zu tun, ist, dein Gesicht im nationalen Fernsehen zu zeigen?"

„Wir sind ein Team, Jase. Ich werde ihn selbst ansprechen,

aber zu dem, was ich sage, möchte ich natürlich deinen Input haben."

„Ich spiele tatsächlich eine Rolle in diesem großen Plan? Gut zu wissen. Also, wie kommt es, dass ich erst jetzt davon erfahre? Warum bist du nach Stevens gegangen, ohne das vorher mit mir zu besprechen?"

„Du weißt, warum. Es ist mit einem gewissen Risiko verbunden. Ich bin die Leiterin des Falles und bereit, das Risiko einzugehen. Aber ich hatte Angst, wenn ich es dir sage, dass du versuchen würdest, es mir auszureden. Weil du – weil du –"

„Weil ich mich um dich sorge, Carrie", sagte er leise.

„Ja, Jase", sagte sie. „Weil du dich um mich sorgst."

„Aber du wirst dich davon nicht abhalten lassen."

Sie schüttelte den Kopf. „Ich kann nicht. Das mag weit hergeholt sein, aber es ist etwas. Es gibt uns eine Chance, wenn auch sonst nichts."

„Ja, nun, das letzte Mal, als etwas weit hergeholt schien, hast du uns zum Einbalsamierer geführt, also würde ich sagen, dass du eine ziemlich gute Erfolgsbilanz hast. Aber das ist keine Überraschung. Glücksspiel ist für dich nichts Neues. Du spielst die ganze Zeit mit deinem Leben."

„Wir spielen mit unseren Leben, Jase. Du warst direkt neben mir, als wir Bowers' Haus betraten."

„Das war etwas anderes. Wir hatten keine Wahl. Dieser Fernsehspot wird eine Zielscheibe auf deinen Rücken malen. Aber vielleicht ist das genau das, was du willst? Ich möchte dich etwas fragen. Wann hast du Stevens wegen dieses Plans angerufen? War es, als du mich mit Bo und dem Rest des SWAT-Teams sitzen gelassen hast? Nachdem diese Frau gekommen ist, um im McGills mit mir zu reden? Hast du dir diesen Plan ausgedacht, um zu beweisen, dass du nicht mein Typ bist?"

„Ich muss nichts beweisen."

„Blödsinn. Du versuchst ständig zu beweisen, wie hart du bist.

Hart genug, um Polizistin zu sein. Hart genug, um mich oder einen anderen Mann nicht zu brauchen."

„Ich brauche dich nicht, Jase. Ich brauche niemanden. Und es sieht so aus, als hättest du, genau wie Pete und jeder andere Mann, den ich je getroffen habe, ein Problem damit. Gut, dass wir es endlich mal ans Licht bringen."

„Warum hast du mir nicht gesagt, dass du ein Scharfschütze bist?"

Carrie blinzelte und hob ihre Augenbrauen an. „Wie ich dir schon gesagt habe. Es war kein Geheimnis. Warum kommst du immer wieder darauf zurück?"

„Weil es verdammt hart ist, ein Scharfschütze zu sein, aber es war nicht genug für dich. Du hast das SWAT verlassen, aber du sagst, es war nicht, weil du von Pete oder jemand anderem rausgeworfen wurdest. Also, warum? Ich fange an zu denken, dass selbst ein Scharfschütze zu sein, nicht genug für dich war. Warum? Weil du den Schutz deines Gewehrs hattest? Die Distanz? War es nicht riskant genug für dich?"

Carries Gesicht straffte sich sofort und sie verengte ihre Augen. „Ich versuche, einen Mörder zu finden. Und ich kenne meine Grenzen."

„Offensichtlich nicht. Wir müssen das nicht tun. Wir hatten noch nicht einmal Gelegenheit, zu Steam zurückzukehren und festzustellen, ob Brad Turner der Mann ist, von dem du denkst, dass du ihn im McGills gesehen hast. Du übertreibst es. Versuchst, etwas zu beweisen, genau wie schon dein ganzes verdammtes Leben lang."

„Natürlich werden wir das weiterverfolgen, aber ich kann nicht sicher sein, ob ich ihn im McGills gesehen habe. Und was zum Teufel meinst du damit, dass ich mein ganzes Leben lang versucht habe, etwas zu beweisen?"

„Ich meine, du hast einen Beruf gewählt, nur wegen der scheiß' Theorie, dass das Einzige, was dich auszeichnet, deine Stärke ist. Und Gott bewahre, dass jemand das vergisst."

„Das ist nicht wahr. Ich bin gut in dem, was ich tue. Ich bin eine gute Polizistin."

„Aber das ist alles, was du dir erlaubst, und als solches bist du auch eine einsame Polizistin."

„Du redest Scheiße!" Sie versuchte, an ihm vorbeizukommen, aber er blockierte sie mit seinem Körper.

„Oh, komm schon, Carrie. Eine Polizistin, sicher. Aber eine MP für die Army? Das SWAT-Team? Welchen von Männern dominierten Job hättest du dir sonst aussuchen können? Und du hast es getan, weil du gut darin bist. Aber du hast es auch getan, weil es einfacher war. Indem du einer der Jungs warst, musstest du dir keine Sorgen machen, eine Frau zu sein."

Sie kochte vor Wut über seine Anschuldigungen, aber nur, weil sie so nah an der Wahrheit lagen. Sie hasste das Wissen, dass er sie so leicht durchschaut hatte. Dass er wusste, dass sie tief in ihrem intimsten Selbst am meisten fürchtete, dass sie nicht als Polizistin scheiterte, sondern als Frau. Und doch hatte sie sich bei ihm erlaubt, mehr Frau zu sein, als sie es je bei jemand anderem zugelassen hatte ...

Nicht gut genug. Niemals gut genug.

Sie schubste ihn diesmal hart, so hart, dass er ein paar Schritte zurücktrat. Sie atmete durch und hielt ihre Handfläche hoch und versuchte, seinen Wortschwall damit und mit einem zitternden Lachen zu stoppen. „Schau, Jase. Ich brauche deine Pop-Psychologie nicht. Du liegst falsch. Ich bin rundum zufrieden mit ..."

„Ich kann dir geben, was du willst, Carrie. Ich kann dich als Frau und Polizistin sehen und beides wertschätzen. Aber ich kann nicht zulassen, dass du dich selbst gefährdest, weil du etwas zu beweisen hast."

„Hör mir zu. Das ist ein guter Plan. Wie hoch stehen die Chancen, dass ich Brad Turner wirklich bei Steam und im McGills gesehen habe? Gestern Abend sagte mir die Barkeeperin, dass ich eine Menge Typen beschreibe, die sie gesehen hat, einschließlich ihres Barkeeperkollegen Lance Reynolds. Erinnerst du dich an ihn? Erinnerst du dich, wie ähnlich er und Brad sich sahen? Es ist viel wahrscheinlicher, dass ich sie einfach durcheinander gebracht habe. Außerdem haben wir vereinbart, dass Darwin gutaussehende Menschen tötet, weil er sich selbst für sich schämt. Lana stimmt uns zu und sie unterstützt meinen Plan."

Sein Kopf ruckte überrascht zurück. „Lana?"

„Sie wird den Dreh mit mir machen."

Er lachte ohne jede Spur von Humor, nur Bitterkeit. „Klar. Wenn Darwin auf dich als Köder nicht anspringt, warum es nicht mit deinem Gegenteil versuchen? Du bist eine taffe Polizistin und hast rote Haare. Sie ist blond und eine ganze Menge weicher. Böser Bulle, guter Bulle, richtig? Interessant, da ich derjenige bin, der eigentlich dein Partner ist."

„Du musst dem Plan nicht zustimmen. Du musst nicht mit mir kommen. Ich brauche deine Erlaubnis nicht. Schon vergessen, Jase? Mit mir zu schlafen, gibt dir kein Recht, mich zu beschützen oder mir zu sagen, dass du es besser weißt."

„Nein, ich dachte, als dein Partner habe ich das Recht dazu, Carrie. Aber ich schätze, das spielt für dich keine Rolle, was?"

KAPITEL 25

Carrie, Commander Stevens und Lana trafen sich im SIG-Gebäude, um den Fernsehspot zu drehen. Die TV-Crew verdrahtete jeden von ihnen für den Ton mit einem Mikrofon, das über einen eigenen Sender verfügte. Commander Stevens war die erste Person, die befragt wurde. Er gab eine kurze Erklärung über die ersten Verbrechen des Einbalsamierers. Als nächstes stellte die TV-Moderatorin Liza Montoya Carrie vor, indem sie einen Überblick über ihre Referenzen gab und sie als eine der besten Kommissare im SIG-Team bezeichnete. Carrie gab eine kurze Erklärung ab, in der sie Kelly Sorenson, Tammy Ryan und Tony Higgs bewusst als die letzten Opfer des Einbalsamierers nannte. Sie erwähnte, dass sich die Vorgehensweise des Mörders geändert habe und deutlich weniger ausgeklügelt sei, aber dass sie glaubten, dass es eine absichtliche List sei, die Polizei abzuwerfen. Sie bat jeden, der irgendwelche Informationen über sie hatte, die Polizei unter einer speziellen Nummer anzurufen.

Schließlich sprach Lana. Ihre Stimme war ruhig. Beruhigend. Ihre Botschaft ist kurz, aber aufrichtig. Obwohl sie so tat, als würde sie mit dem Einbalsamierer sprechen, waren ihre Worte für Darwin bestimmt.

„Ich möchte mich an den Einbalsamierer wenden und meine Hilfe anbieten. Ich habe deine Gedanken über deine Opfer gelesen. Ich weiß, warum du tötest. Nicht aus Hass. Du hast dich machtlos gefühlt. Von der Welt abgelehnt. Für etwas, das nicht deine Schuld war, sondern nur eine Wendung des Schicksals." Sie hob die Hand und berührte ihre eigene Wange. „Wegen einiger Spuren in deinem Gesicht. Aber diese Markierungen machen dich nicht zu einem Monster. Und du kannst kontrollieren, was du tust. Ich sehe dich als den, der du wirklich bist. Ich werde anderen helfen, diese Person zu sehen. Lass mich dir helfen. Melde dich bei mir, Doktor Lana Hudson, vom kalifornischen Justizministerium."

Als Lana fertig war, drehte sie sich um und fiel Carrie auf. Ihre mitfühlenden Worte ließen Carrie sich unwohl fühlen. Jase' Worte über sie und Lana, die guter Cop, böser Cop spielten, kamen plötzlich zu ihr zurück.

Lana war die gute Polizistin. Diejenige, die mit der Menschlichkeit des Verbrechers spielte.

Und Carrie war die böse Polizistin. Diejenige, die mit der Dunkelheit und Verdorbenheit des Verbrechers spielte. Was sagte das über ihren Platz in der Welt aus?, fragte sie sich.

Wenn jemand im Dunkeln am besten funktionierte, lehnte er dann nicht irgendwann das Licht ab?

Simon erfuhr von dem Fernsehinterview etwa 45 Minuten danach. Er war so wütend darüber, dass er außen vor gelassen wurde – und er wettete, dass es Absicht war –, dass er wusste, dass er Lana meiden sollte, bis er sich beruhigt hatte. Aber das hinderte ihn nicht daran, eine Stunde nach dem Dreh nach ihr zu suchen. Er fand sie im Konferenzraum der Abteilung, wie sie mit einer Gruppe von Neulingen vom SFPD sprach. Er setzte sich an die Seite des Raumes und bemerkte, wie sie ihren Rücken begradigte und es vermied, ihn anzusehen.

Sie ging in einem Kreis im Raum umher und versuchte, Augenkontakt mit dem halben Dutzend Rekruten aufzunehmen, während sie über die Verhandlungsstrategien für Geiseln sprach. „Denkt dran", sagte sie, „jede Sprache, die Konflikte anregt, ist unprofessionell."

Ein Rekrut unterbrach sie. „Also, was, wir müssen höflich sein, wenn wir einen Verdächtigen bitten, seine Waffe niederzulegen? Scheint so, als ob uns das in eine Position der Schwäche bringt. Sollten wir nicht Macht und Autorität projizieren?"

Simon wollte den eingebildeten jungen Rekruten schlagen, weil er Lanas Können in Frage stellte, aber sie schien die Frage nicht als beleidigend aufzunehmen. Schließlich beendete sie ihr Training und Simon wartete, während sie ein paar weitere Fragen beantwortete. Als der letzte Neuling ging und sie ihre Papiere zusammensammelte, schloss Simon die Tür mit einem hörbaren Klick. Lana ging auf ihn zu und hielt mit Abstand zu ihm an.

Er kam auf den Punkt. „Was zum Teufel hast du gedacht, was du da machst, Lana?"

Sie versuchte nicht einmal vorzugeben, dass sie nicht wusste, wovon er sprach. „Ich habe seine Blogs durchgesehen, Simon. Ich weiß, warum er tötet. Er handelt aus Schmerz. Ich kann ihm helfen. Er wurde verletzt ..."

Simon stakste auf sie zu und brachte sein Gesicht nah an ihres und sprach mit zusammengepressten Zähnen. „Es ist mir egal, wie er aussieht, sein ethnischer Hintergrund, seine religiöse Vorliebe, ob er aus einem kaputten Heim kommt oder ob sein Hund als Kind überfahren wurde. Ich will, dass er aufhört zu töten."

Lana sah ihn unbeeindruckt an und zuckte nicht wegen seines aggressiv-körperlichen Verhaltens zurück. „Das ist auch, was ich will."

„Und wie willst du das erreichen? Indem du an seine gute Seite appellierst? Der Typ ist ein mordender Psychopath."

Sie schüttelte den Kopf. „Wir haben das gleiche Ziel, Simon. Aber du hast es selbst zugegeben. Es ist dir egal, was ihn dazu gebracht hat. Mir nicht. Denn wenn wir das verstehen, können wir verhindern, dass andere Menschen das Gleiche tun. Ihm vielleicht helfen, sich zu ändern."

„Er kann sich nicht ändern. Er ist ein verdammtes Monster."

Sie schob ihre Tasche höher auf ihre Schulter. „Ein Teil von ihm, ja. Das habe ich in mein Profil geschrieben." Sie zitierte daraus: „Gut ausgebildeter, manipulativer, egozentrischer Soziopath; mag es, angesehen zu werden, denkt, dass er einzigartig sei, will, dass die Leute ihn beobachten. Es würde ihm wahrscheinlich nichts ausmachen, erwischt zu werden. Er will Aufmerksamkeit, weil er nie die Aufmerksamkeit hatte, die er braucht."

Er schnaubte. „Bitte, hör auf. Du machst mich krank."

„Fast vier Prozent der Bevölkerung sind handelnde Soziopathen. Wusstest du das? Sie haben kein Gewissen und ich glaube nicht, dass sie einfach so geboren wurden."

Simon trat zurück, ging vor der Tür auf und ab und blockierte ihr immer noch den Weg nach draußen. „Oh, bitte. Nicht die alte Leier. *Nature versus Nurture.* Der normale Mensch kann Richtig und Falsch unterscheiden."

Sein sarkastischer Tonfall entlockte ihr schließlich eine Reaktion. „Oh, wirklich? Wie viele Amerikaner sahen die im Fernsehen übertragenen Wiederholungen von Sadam Husseins Hinrichtung und bejubelten seinen Tod? Irgendwie galt da kein Gewissen mehr. Er war kein Mensch mehr, sondern das personifizierte Böse. Und er ist nicht die erste Person, die die amerikanische Öffentlichkeit verunglimpft hat: Schwule waren für die

AIDS-Epidemie verantwortlich, Schwarze waren so minderwertig, dass die Verfassung sie als drei Fünftel einer Person bezeichnete, und Gefangene verdienen es, im Gefängnis vergewaltigt zu werden. Sogar die Regierung trainiert ihre Soldaten, ihr eigenes moralisches Gewissen zu ignorieren, Befehle in Kriegszeiten zu befolgen, zu töten ohne Rücksicht darauf, wen sie töten oder warum."

Simon blieb stehen und Verständnis traf ihn wie einen Güterzug. „Darum geht es also. Du denkst, wenn du Darwin hilfst, bist du deinen Anti-Kriegs-Theorien irgendwie einen Schritt näher gekommen."

Lana runzelte die Stirn und schüttelte den Kopf. „Nein, Simon, das ist nicht das, was ich denke. Aber es ist leicht, jemanden so zu dämonisieren, dass nichts anderes bleibt. Er macht schreckliche Dinge. Er muss aufgehalten werden. Aber etwas hat ihn dazu gebracht, vom Weg des moralischen Gewissens abzuweichen, und vielleicht kann ihm etwas helfen, zurückzukommen."

„Also willst du ihn retten? Da du deinen Mann nicht retten konntest?"

Lana holte tief Luft und sah aus, als hätte er ihr ins Gesicht gespuckt. Er konnte fast sehen, wie sie sich von ihm distanzierte. „Das hat nichts mit Johnny zu tun. Nichts."

„Liebling, alles, was du tust, hat mit ihm zu tun. Was eine Schande ist, da er tot ist."

Sie zuckte zusammen. Simon wusste, dass er sich wie ein Bastard benahm, aber ihre Entschlossenheit, Darwin, einen kaltblütigen Mörder, zu retten, stieß auf die tiefe Wunde, die er seit der Nacht, in der sie ihm gesagt hatte, dass sie ihn nicht mehr sehen könne, leckte. Dass er glaubte, dass sie durch den Tod ihres Mannes motiviert war, machte die Sache nur noch schlimmer. Er mochte es nicht, eifersüchtig auf den jungen Johnny Hudson zu sein, aber das bedeutete nicht, dass er es nicht war.

Lana zog ihre Schultern zurück und stellte sich ihm gegenüber. „Ich rede mit dir nicht über ihn, Simon. Du hast kein Recht, über ihn zu reden. Kein bisschen."

Simon hielt Schritt mit ihr, als sie sich zurückzog. „Ach, wirklich? Nun, lass mich dir eins sagen, Liebling. Es ist eine verdammte Schande, dass eine Frau, so schön und warm wie du, ihr Leben damit verbringt, kranken Bastarden wie Darwin zu helfen, nur weil ihr Mann sich entschieden hat, sich das Gehirn wegzublasen, anstatt sich mit dem zu beschäftigen, was das Leben ihm bescherte."

Noch bevor Lana ihn schlug, wusste Simon, dass er die Grenze überschritten hatte. Ihre Handfläche bewegte sich schnell und er versuchte nicht einmal, den Schlag zu blockieren. Er hatte es verdient. Und vielleicht, nur vielleicht, war ein Teil von ihm bereit, jeden Körperkontakt anzunehmen, den sie bereit war, auszuteilen.

Ihr Körper, ihre Stimme, ihr ganzes Wesen zitterte, die Vibration ließ die Tränen in ihren Augen auf ihr Gesicht fallen. „Du Bastard! Wie kannst du es wagen, ihn zu verurteilen? Du, dem das Leben noch nie übel mitgespielt hat. Er kämpfte für sein Land und was hat es ihm gebracht? Er kam als halber Mensch zurück, buchstäblich. Mit Alpträumen vom Töten. Unschuldige Menschen. Frauen und Kinder. Töten, was er nie hätte tun müssen." Lanas Stimme brach und sie musste mehrere Atemzüge machen, bevor sie weiterreden konnte. „Vielleicht ist es bei Darwin genauso. Vielleicht will er nicht töten. Vielleicht braucht er nur eine Chance, jemanden, der die Güte in ihm sieht."

„Lana ...", fing Simon an, um sich zu entschuldigen. Um zu erklären, dass er Johnny nicht erwähnt hatte, weil er den Mann missachtete, sondern eher, weil er eifersüchtig auf ihn war. Weil er die Frau wollte, die er dummerweise zurückgelassen hatte.

Sie schüttelte den Kopf. „Du machst deinen Job, Simon, und ich mache meinen. Ich werde Darwin helfen, entweder bevor er

eingeliefert wird oder danach. Ich werde dir zeigen, dass Mitgefühl eine ebenso wertvolle Waffe wie ein Revolver ist."

Sie stürmte aus dem Raum und ließ Simon mit einem fast
unerträglichen Wunsch zurück, ihr nachzulaufen. Aber er
wusste, dass es das Letzte war, was er tun sollte. Für sie beide.

rad wollte diese rothaarige Schlampe töten. Wie konnte sie es wagen, im nationalen Fernsehen seine Arbeit als die des Einbalsamierers abzuwerten?

Sie musste es besser wissen.

Die Polizei hatte Bowers gefunden, sein Haus war von einem Tatortstreifen umgeben.

Außerdem war da die Tatsache, dass Brads Arbeit klüger war. Mehrschichtiger.

Hatte sie die Blogs nicht gelesen? Hatte sie nicht den Zusammenhang zwischen den Morden und den Filmen entdeckt? Offensichtlich nicht und ihre Unwissenheit und Dummheit wurden als seine abgestempelt.

Als er sie das erste Mal im McGills gesehen hatte, hatte er gedacht, sie sei an ihrem gutaussehenden Partner Jase Tyler interessiert. Er hatte gedacht, Jase wäre auch an ihr interessiert.

Aber das konnte nicht stimmen.

Special Agent Carrie Ward war nichts anderes als ein Schwächling, die sich als etwas anderes ausgab. Eine Frau, die versuchte, in der Welt der Männer zu überleben, wenn das, was sie tun sollte, darin bestand, Babys auf die Welt zu bringen und Toiletten zu putzen.

Special Agent Jase Tyler, der Name auf der anderen Visiten-karte, die sie ihm im Café gegeben hatte, wäre nicht an jemandem wie ihr interessiert. Nein, er war zu attraktiv. Zu gut gekleidet. Wenn Brad wie er aussah, würde er sich für jemanden wie Lana Hudson entscheiden, die kühle blonde Ärztin, die mit Sanftmut und Sympathie mit Brad gesprochen hatte, diejenige, die der Dame sehr ähnlich sah, die in der Wohnung unten wohnte. Ja, er würde wetten, dass Lana sich auch zu Jase hinge-zogen fühlte. Jede Frau würde das.

Brad hatte gesehen, wie Kelly Sorenson Jase Tyler gewollt hatte, aber als sie ihm ihre Karte gegeben hatte, hatte er sie einge-steckt, ohne ihr einen zweiten Blick zuzuwerfen. Das war jemand mit Selbstvertrauen.

Macht.

Erkenntnis pochte triumphierend durch Brads Adern.

Er war der Schlüssel, dachte Brad. Sieht gut aus. Kraftvoll und stark. Ein Polizist, aber auch ein Playboy. Jemand, der ein Mann sein wollte. Jemand, den Frauen lieben wollten.

Sogar Nora, seine süße Nora, hatte Jase Tyler mit etwas Ähnlichem wie Anbetung angeschaut, als er mit ihr im Steam gesprochen hatte.

Sie hatte Jase Tyler angesehen, als wäre er ein verdammter Gott.

Das Fernsehinterview, so sehr es ihn auch erzürnte, war ein weiteres Zeichen. Er musste zu den Bullen schauen. Die blonde Ärztin im Auge behalten. Auf sie blicken, um Jase Tyler zu besie-gen, einen Mann, der sonst unbesiegbar wäre. Ideen begannen, sich durch seinen Kopf zu spinnen.

Um eine Falle zu stellen, musste er klug sein. Klüger als die Bullen.

Aber das sollte nicht allzu schwierig sein. Die Narren dach-ten, ihr kleines Fernsehinterview würde ihn beeinflussen oder einfangen, stattdessen würde es zu ihrer eigenen Zerstörung führen.

Er musste die Filmfakultät der Hochschule besuchen. Wenn sie nicht hatten, was er brauchte, würde er dafür bezahlen. Und er würde auch in Bowers' Haus nachsehen. Der Doc hatte dort eine Menge Hightech-Kram gehabt. Dinge, die ihm helfen konnten.

Sobald Brad tat, was er tun musste, sobald er bewies, dass er stärker war als Jase Tyler, würde der einzige Gott, den Nora anbeten würde, er sein.

KAPITEL 27

𝒩ach dem Fernsehspot und einem langen Arbeitstag kehrte Carrie nicht zu Jase' Haus zurück. Er hatte deutlich gemacht, dass er nichts mehr mit ihr zu tun haben wollte, als er nicht zu den Dreharbeiten erschienen war. Sie ging zurück zu ihrem Haus, wo sie hingehörte, ohne einen Liebhaber, der sie ablenkte. Doch die ganze Zeit über vermisste sie Jase. Ihr Körper und ihr Herz sehnten sich nach ihm. Und das war nur ein weiterer Beweis dafür, was für ein Fehler es gewesen war, ihn so nah an sich heranzulassen.

Am nächsten Tag arbeitete Carrie von zu Hause aus, dann ging sie gegen 15:00 Uhr ins Büro. DeMarco war am Telefon, deutete ihr aber, sich zu setzen. „Okay, vielen Dank. Wir werden es überprüfen." Er legte auf und hielt eine Handvoll Memoblätter hoch. „Wir haben Anrufe von allen möglichen Leuten erhalten, entweder weil sie behaupten, sie hätten den Einbalsamierer gesehen oder um die Verbrechen selbst zu gestehen. Ich hab 'ne Strichliste angefangen, wer von euch die meisten Heiratsanträge bekommen hat. Lana liegt knapp vorne, aber du bist ihr dicht auf den Fersen."

Sie schnaubte. „Irgendwelche vielversprechenden Hinweise?"

Er schüttelte den Kopf, seufzte und sie spürte seine Frustration. „Nein. Keine. Aber wir gehen kein Risiko ein. Wir verfolgen jeden einzelnen. Wir haben Streifenwagen, die die Vielversprechendsten überprüfen."

Eine Stunde später knallte Carrie das Telefon frustriert nieder und verfluchte die Tatsache, dass sie keine solide Spur in dem Stapel von Nachrichten, die sie erhalten hatte, finden konnte. Bisher hatten zwei Männer gestanden, Frauen getötet und ihnen die Augäpfel ausgeschnitten zu haben. Mehrere andere Leute hatten angerufen und gesagt, sie hätten Informationen über jemanden, der Leichen ausgräbt und Sex mit ihnen hat. Fast alle von ihnen hatten nach einer Belohnung gefragt. Und keiner von ihnen hatte nützliche Informationen geliefert.

Hatte sie gedacht, dass Darwin sie anrufen und ein Treffen vereinbaren würde, als wäre es eine Verabredung zum Spielen? Carrie rieb sich den Nacken, richtete sich aber auf, als Simon zu ihrem Schreibtisch ging.

„Glück gehabt?"

Sie schüttelte den Kopf. „Nein. Du?"

„Nein. Nichts." Simon sah sie genau an und sie fragte sich, ob ihre Augen so rot und müde aussahen wie seine eigenen. „Das bedeutet nichts. Es ist wahrscheinlich noch zu früh, um das zu sagen. Es könnte noch etwas reinkommen."

Carrie antwortete nicht und schätzte Simons Optimismus, aber sie glaubte ihm nicht wirklich. „Glaubst du, er wird es wieder tun?"

Er zuckte mit den Schultern. „Ich weiß nicht. Wir haben noch nichts gefunden. Aber wir können nicht einfach warten, bis es passiert. Warum verschwindest du nicht von hier?"

„Nein. Ich bleibe." Als ihr Telefon klingelte, nahm sie es ab. Simon ging weg. „Carrie Ward."

„Ich ... äh ... Ich weiß von Tony Higgs", sagte eine unbekannte Stimme. „Sein Auto. Haben Sie schon sein Auto gefunden?"

Carrie runzelte die Stirn. Nein, hatten sie nicht. Seine

Freundin Ashley hatte gesagt, dass er eine schwarze Corvette
fuhr. Es gab in diesem Moment eine Fahndung danach.

„Wer ist da?", fragte Carrie.

„Ich habe sein Auto gesehen. Es ist vor einem Haus in Daly
City. 532 North Avenue. Aufpassen. Der Typ ist gefährlich."

Carrie runzelte die Stirn, als der Anrufer auflegte. Sie zog
eine Karte heraus und überprüfte die Adresse. Es war nur ein
paar Blocks entfernt, wo die Leiche von Darwins erstem Opfer
gefunden worden war. Carrie griff nach dem Telefon und wählte
die SFPD-Disposition. Angesichts der Kürze des Anrufs hatte sie
keine Hoffnung, den Standort ihres anonymen Anrufers zu
ermitteln, aber ...

„SFPD. Wie kann ich Ihnen helfen?"

„Hier ist Special Agent Carrie Ward von SIG. Ich muss eine
Titelsuche durchführen. Die Adresse lautet 532 North Avenue,
Daly City. Ich brauche es sofort."

Fünf Minuten später erhielt sie einen Rückruf, was dazu
führte, dass sie mehrere weitere Anrufe machte. Eine davon war
ein Anruf an Jase, aber sie konnte ihn weder zu Hause noch auf
seinem Handy erreichen. Sie rief Commander Stevens an und
erklärte ihm die Situation. „Ich bekam gerade einen Anruf von
einem anonymen Hinweisgeber, der sagt, dass er Tony Higgs'
Auto vor einem Haus in Daly City gesehen hat. Die Liegenschaft
gehört einem James Fishburn, einem ehemaligen Marineinfante-
risten, der in Chemie- und Einschlagwaffen ausgebildet ist. Er
hatte eine saubere Akte, bis er vor etwa fünf Jahren wegen
mehrerer Verbrechen von Drogenkonsum bis Überfall verurteilt
wurde."

„Was denken Sie?"

„Ich habe es überprüft und das SWAT-Team kümmert sich
um den Haftbefehl mit Einstiegserlaubnis für ein Grundstück,
das für Hauswaffen bekannt ist. Ich würde gerne mit einem Team
von SFPD zusammenarbeiten, das in Munition und Einstieg
ausgebildet wurde. Wir können innerhalb einer Stunde da sein."

„Wo ist Jase?"

„Ich konnte ihn nicht erreichen."

„Gibt es noch andere SIG-Mitglieder?"

„Simon. Und ich." Sie konnte die Herausforderung nicht aus ihrer Stimme halten, was etwas war, was Stevens nicht verpasste.

„Das reicht mir, Agent Ward. Seien Sie vorsichtig."

„Danke, Sir."

Simon und Carrie kamen mit mehreren Officern bei Fishburn an. Sie entdeckte die schwarze Corvette und bestätigte, dass sie auf Tony Higgs registriert war. Die anderen Officer bauten einen Schutzwall auf und evakuierten benachbarte Häuser. Carrie versuchte dann, über ein Megaphon Kontakt mit Fishburn aufzunehmen.

„James Fishburn. Hier ist die Polizei. Kommen Sie mit den Händen in der Luft raus."

Nach einigen Minuten ohne Antwort befahl Carrie dem Officer zu ihrer Rechten, mit dem Einstieg zu beginnen. Der Officer schoss mehrere 12-Gauge-Beanbag-Runden auf die oberen Ecken der Fenster, um das Glas zu zerbrechen. Dann schoss er mehrere Runden chemischer Munition ins Haus. Die Chemikalien würden das Innere kontaminieren und hoffentlich jeden, der sich innen versteckte, ins Freie zwingen.

Tatsächlich schlug innerhalb weniger Minuten die Haustür auf und ein riesiger Mann in einem befleckten Hemd und Boxershorts stolperte hinaus. Carrie bemerkte die Pockennarben im Gesicht des Mannes.

„Stopp. Runter auf den Boden."

„Fick dich!", antwortete der Mann und stolperte die Verandatreppe hinunter.

„Runter. Gehen Sie runter."

Der Mann bewegte sich weiter und kam auf Carrie zu.

„Gummigeschosse feuern", lautete ihr Befehl.

Der Officer neben ihr befolgte sie und schoss fünf KO1-Gummigeschosse ab, die den schlampigen Mann an den Beinen und am Oberkörper trafen. Es hätte ausreichen müssen, um ihn von den Füßen zu reißen. Mit fast übermenschlicher Kraft wankte er kurz zurück, fiel aber nicht. Er schrie vor Schmerz und eilte noch schneller auf Carrie zu. Carrie taserte ihn. Er fiel zu Boden, als die beiden Zinken ihn in die Brust trafen, seine Muskeln krampften durch den Taser.

Carrie signalisierte dem Verhaftungsteam, sich ihm mit Vorsicht zu nähern. Die beiden Officer näherten sich Fishburn, gedeckt von zwei weiteren Officern mit Pistolen. Als sie sich über ihn lehnten, hob er seinen Oberkörper und riss sich die Zinken aus der Brust. Mit einer Hand griff er nach einer der Waffen des Officers und versuchte, sie ihm zu entreißen.

Die Officer zogen ihre Batons und schlugen auf Fishburns Arme und seinen Rücken, um ihn nach unten zu zwingen. Carrie rannte zur Unterstützung, hörte aber, wie die Waffe explodierte, bevor sie dorthin gelangen konnte. Fishburns Körper fiel schlaff zurück, als sich ein roter Fleck auf seiner Brust ausbreitete.

Lana schleppte sich aus ihrem Büro in Richtung der vorderen Lobby. Wegen ihrer gestrigen Konfrontation mit Simon fühlte sie sich Jahrzehnte älter, als sie es eigentlich war. Schuld und Verlangen lasteten auf ihr. Verlangen nach ihm und Schuldgefühle deswegen.

Auf dem Weg nach draußen winkte sie der Empfangsdame zu, die mit einer wütenden Frau sprach, die ein schreiendes Kleinkind hielt. Als sie in die kühle Nachtluft trat, war sie nur ein paar Schritte gegangen, als sie jemanden weinen hörte. Sie blieb stehen und sah sich um. Sie sah einen Mann auf einer niedrigen Stützmauer sitzen, dessen Schultern sichtbar bebten. Sie näherte sich ihm zögernd.

„Entschuldigung. Brauchen Sie Hilfe?"

Er blickte auf und Erkenntnis schien in seinen Augen kurz

aufzublenden. So schnell, dass sie dachte, dass sie sich das wohl ausgedacht haben musste. Aber er kam ihr bekannt vor. Kannte sie ihn? Einen Moment lang kämpfte sie darum, sich zu erinnern. Dann fiel es ihr auf. Er erinnerte sie an Johnny. Er hatte die gleiche Art von engelsgleichem Babygesicht, die nicht zu seinem großen, muskulösen Körper passte. Im Gegensatz zu Simon, dachte sie, dessen Gesicht aus Granit geschnitzt zu sein schien. Innerhalb von Sekunden an Simon und Johnny zu denken, ließ sie schwindeln, voll erneuter Verwirrung und Schuldgefühlen. Sie vermisste Johnny immer noch. Er war seit der Grundschule ihr Freund, seit der High School ihr Geliebter gewesen. Als sie geheiratet hatten, hatte sie gedacht, dass es für immer sein würde. Aber sie war damals so jung und naiv gewesen.

Lana hielt einen Moment inne und drehte ihren Ehering hin und her.

Zweifel wirbelten in ihrem Bauch auf. Vielleicht hatte sie das Falsche getan, indem sie Simon verlassen hatte. Aber welche andere Wahl hatte sie? Sie konnte nicht in ständiger Angst leben, dass er sie eines Tages zum Abschied küssen und nie wieder zurückkommen würde. Sie hatte genug davon, darauf zu warten, dass Johnny vom Kampf nach Hause kam. Selbst als es soweit gewesen war, war er nicht mehr derselbe gewesen. Der Tod hatte ihn schon in Anspruch genommen, lange bevor er sich selbst erschossen hatte. Sie konnte sich nicht auf einen anderen Mann einlassen, dessen Leben sich um den Tod drehte. Sie konnte es einfach nicht.

Sie wandte ihre Aufmerksamkeit wieder dem jungen Mann vor ihr zu. Er versuchte, sich zu beruhigen. „Ich ... Ich bin gekommen, um Special Agent Tyler zu sehen. Wissen Sie, wo er ist? Er sagte, ich könnte mit ihm über meinen Freund reden ... Tony ... Er ist tot." Der Junge brach wieder zusammen und schluchzte.

Noch ein weiteres Opfer. Und er war hier, um Jase zu sehen. „Es tut mir leid. Er ist nicht hier."

Er hielt ihr zwei Karten entgegen. „Er gab mir seine Karte.

Und die Karte einer Ärztin, falls ich mit ihr reden wollte. Jemand namens Lana."

Sie fühlte sich wohler, sobald sie wusste, dass Jase diesem Jungen ihre Karte gegeben hatte. Lana ging näher heran. Sie sah ihre Karte in seiner Hand neben der von Jase. Mit einem Seufzer setzte sie sich neben ihn, bereit, ihm zu helfen. In der Hoffnung, Jase die Trauer zu ersparen. „Mein Name ist Dr. Lana Hudson. Das mit deinem Freund tut mir leid. Ich bin Psychiaterin. Ich würde mich freuen, für eine Weile mit dir zu sprechen. Möchtest du das gerne?"

Der Junge sah sie an, die Trauer deutlich auf seine engelhaften Gesichtszüge eingraviert. „Ja. Bitte."

Lana nickte müde. Sie wollte nichts anderes, als nach Hause zu gehen. Aber etwas an diesem trauernden Jungen hielt sie auf. Welchen Schaden würde es anrichten, eine Tasse Kaffee mit ihm zu trinken und ihn über seinen Freund sprechen zu lassen?

„Da ist ein Café auf der anderen Straßenseite. Warum gehen wir nicht dorthin?"

Er nickte und stand auf. Für einen Moment ragte er über ihr auf und sie trat instinktiv zurück. Er sah sie einfach an. „Stimmt etwas nicht?"

Sie schüttelte den Kopf und schüttelte ihr Unbehagen ab. Er war ein trauernder junger Mann. Und sie waren in der Öffentlichkeit. Sie würde eine Weile mit ihm sprechen. Ihn nach Hause schicken. Es war das Mindeste, was sie tun konnte.

Sie gingen die kurze Strecke zu dem Café und unterhielten sich etwa eine Stunde lang. Schließlich verlagerte sich ihr Gespräch von Tony auf die eigenen dysfunktionalen Beziehungen des jungen Mannes. Er sprach über seinen Pflegevater, der ein drogenabhängiger Ex-Verbrecher war, der, wie er sagte, wahrscheinlich gerade in diesem Moment das bekam, was er verdiente. Er sprach darüber, dass seine Mutter ihn verlassen hatte, als er jung gewesen war. Und wie er nie Liebe oder Akzeptanz von jemandem empfunden hatte. Außer von Tony.

Als sie ihre Getränke ausgetrunken hatten, ließ sie ihn versprechen, sie anzurufen, wenn es nötig war. Aber als sie auf ihr Auto zuging, drängte sie den jungen Mann aus ihrem Kopf. Ihre Gedanken kehrten zu Johnny zurück. Und Simon.

Als sie zu ihrem Auto kam, entriegelte sie die Tür und öffnete sie. Sie legte ihre Handtasche hinein, als sie plötzlich spürte, wie sie auf den Sitz nach vorne gedrückt wurde. Der Schaltknüppel stieß ihr gegen den Hals und sie spürte, wie ihr ein Messer kalt gegen den Hals gehalten wurde.

„Was ist los, Doc?", fragte eine bekannte männliche Stimme und erschrak sie bis auf die Knochen.

Carrie verließ Fishburns Haus und beobachtete, wie die Ärzte seine Leiche in den hinteren Teil ihres Wagens luden. Jase lief auf sie zu. Obwohl er sie nicht umarmte, fuhr sein Blick schnell über ihren Körper und versicherte ihm, dass es ihr gut ging.

„Gott, ich habe deine Nachricht erhalten. Ich war im Gym und trainierte und ich hatte kein Netz. Ich wusste nicht einmal, dass du angerufen hast, bis ich auf dem Weg ins Steam war, um mit Brad Turner zu reden."

Sie blickte ihm direkt über die Schulter und versuchte, einen Teil der emotionalen Distanz zu halten, die sie in den letzten Stunden erreicht hatte.

„Wir haben das Haus durchsucht", sagte sie. „Fishburn hat ein Drogenproblem. Wir haben Dipper, mehr als tausend in Bar, Crack und Marihuana gefunden. Er besitzt sogar ein AK-47-Sturmgewehr, wofür er wahrscheinlich ausgebildet wurde, als er bei den Marines war." Sie zeigte auf Tonys Corvette. „Das ist Tony Higgs' Auto. Wir haben drinnen andere Beweise gefunden. Bilder von Kelly Sorenson. Vorher und nachher. Eine Sammlung von blutigen Messern. Es sieht so aus, als wäre Fishburn unser Mann."

„Aber?"

Jetzt sah sie ihn an. Wie konnte er sie so leicht lesen? Wie konnte er, basierend auf dem, was sie gesagt hatte, wissen, dass sie irgendwelche Bedenken hatte? „Aber ich glaube nicht, dass es das ist. Es war zu einfach. Es riecht nach einer Falle."

„War das nicht der Sinn des Fernsehspots? Es war eine Falle, um den Mörder zu dir zu locken. Und genau das ist passiert. Oder zumindest hat jemand anderes den Ort gesehen und dir die Informationen gegeben, die du brauchst, richtig?"

„Ja, das ist es, worauf wir gehofft hatten. Aber ich weiß nicht. Das scheint für uns eher eine Ablenkung als ein Sieg zu sein. Ich will nur nicht warten, bis wir ein weiteres Opfer haben, um herauszufinden, ob ich falsch liege oder nicht."

Carries Handy klingelte und sie überprüfte die Anrufer-ID. „Das ist Commander Stevens. Ich muss eben rangehen."

„Ist Jase bei Ihnen?", fragte Stevens.

Sie blickte Jase an. Angst pulsierte durch sie hindurch. Das letzte Mal, als Stevens angerufen hatte, um nach den beiden zu suchen, war Tammy Ryans Körper gerade entdeckt worden. „Ja, Sir."

„Ihr müsst beide herkommen. Er hat Lana."

Angst verwandelte sich in einen Schock. Dann Horror. Dann Verzweiflung. Sie konnte Stevens nicht richtig verstanden haben. „Entschuldigung", zwang sie sich heraus. „Wer hat Lana?"

Aber sie hatte sich nicht verhört. Der anonyme Hinweis. Fishburn. Es war alles eine Ablenkung gewesen.

„Darwin", sagte Stevens. „Es tut mir leid, Carrie, aber Darwin hat Lana."

Ihr Verstand begann sich zu drehen und sie fühlte, wie ihr das Telefon aus der Hand glitt. Wie aus der Ferne hörte sie Jase fluchen und nahm ihr das Telefon ab. „Hier ist Tyler. Ja. Wir sind gleich da."

Er beendete den Anruf und griff sanft nach ihren Armen. „Carrie, geht es dir gut?"

„Er hat Lana", sagte sie.

Grimmig nickte Jase. „Nicht mehr lange. Wir müssen los. Schaffst du das?"

Er hielt sie immer noch fest. Seine Berührung, sein stetiger Blick, seine bloße Anwesenheit schienen sie mit Kraft zu erfüllen. Die Dinge waren gerade schrecklich persönlich geworden, aber jetzt war nicht die Zeit, zusammenzubrechen.

Gemeinsam stiegen sie in Jase' Auto ein. Auf dem Weg zur Wache sagte Carrie: „Du hattest recht. Du hast versucht, uns zu warnen, dass es zu gefährlich ist, den Mörder im Fernsehen zu verspotten. Und jetzt, weil wir nicht auf dich gehört haben, hat der Mörder Lana."

„Lana wusste genau, was sie tat, Carrie. Übernimm du nicht die Verantwortung dafür, hörst du mich?"

Aber so leicht konnte sie sich nicht freisprechen. „Wie kann ich keine Verantwortung übernehmen? Ich wusste, dass es ein Risiko war. Ich bin diejenige, die mit der Idee zu Lana gegangen ist."

„Und sie ist diejenige, die darauf bestanden hat, den Dreh mit dir zu machen, richtig?"

„Woher wusstest du das?"

„Weil du nie jemanden bitten würdest, ein solches Risiko einzugehen, selbst wenn du denkst, es würde helfen, einen Mörder zu fangen."

Sie wusste nicht, ob sie ihm glaubte. Aber sie wusste, dass sein Glaube an sie ihre Not linderte, wenn auch nur ein wenig.

Als sie auf der Wache ankamen, sagte Commander Stevens ihnen: „Es ist Darwin, der sie hat. Fishburn war nur ein Köder."

„Woher wissen Sie das mit Sicherheit? Dass Darwin Lana mitgenommen hat?"

„Er hat ihr Foto im Internet veröffentlicht. Den Federhand-schuh geworfen. Er erwähnte Jase' Namen ausdrücklich. Will eine Art Handel machen."

Commander Stevens übergab ihnen den Blog. Gemeinsam lasen sie.

Ihr versucht so sehr, mich zu finden, nicht wahr? Aber wie könnt ihr das, wenn ich nie wirklich existiert habe? Nicht wirklich. Nicht für euch. Nicht für so viele von euch. Bis jetzt. Mein Engel zeigte mir den Weg. Hat mir beigebracht, dass ich direkter sein muss. Mutiger. Furchtlos. Ich muss mich meinen Schwächen stellen und dazu gehört auch die Polizei.

Special Agent Carrie Ward. Du warst dabei, als der Arzt nach mir rief. Du wirst verstehen, warum ich ihr Blut vergossen habe.

Genau wie bei den anderen. Genau wie bei Fishburn. Und genau wie bei deinem Partner.

Special Agent Jase Tyler.

Ich will ihn.

Erst wenn ich ihn habe, werdet ihr es endlich verstehen.

Ihr werdet alle endlich sehen, wer ich bin.

Während Carrie die Worte las, kämpften Wut und Verzweiflung in ihr und warfen ihre Gedanken durcheinander. Als sie mit dem Lesen fertig war, blickte sie Jase an. Er war leicht blass und seine Gesichtszüge waren düster.

Sie kämpfte darum, ruhig zu bleiben. In diesem Moment aber trat Simon Granger in das Büro des Commander.

Genau wie Jase waren seine Gesichtszüge dunkel, aber noch intensiver.

Mörderisch.

Sie hatte es schon vorher gedacht und sie dachte es wieder: Jetzt war es persönlich. Darwin war in ihr eigenes Gebiet, ihre Polizeifamilie, eingedrungen, indem er Lana entführt hatte. Und er dachte tatsächlich, er würde Jase auch bekommen?

Niemals.

„Wir holen sie zurück", sagte Carrie zu Simon. Aber während sie die Worte sagte, wusste sie, dass es sich um eine Absicht und nicht um ein Versprechen handelte. Sie konnte nicht versprechen, dass sie Lana zurückbekommen würden. Wie konnte sie nur?

„Wohin wird er sie bringen?", fragte Simon.

„Das wissen wir nicht", antwortete Commander Stevens. „Wir haben ihr Haus als erstes überprüft. Sieht unberührt aus. Aber ihr Auto fehlt."

Nachdem sie den Blog gelesen und das Foto im Anhang gesehen hatte, wandte sie sich an Simon. „Simon, du musst wissen ..."

„Was?"

„Er hat diesmal ein Foto an seinen Blog angehängt. Er hat angefangen, sie zu schneiden."

Simon schloss die Augen und fluchte. „Was will er?"

„Er will mich", sagte Jase.

„Wie?"

Sie wandten sich alle an Commander Stevens, der sagte: „Er will offensichtlich, dass Jase ihn zu einer Art Tausch trifft."

„Ich werde es tun."

Carrie riss ihren Kopf herum, um Jase anzustarren. „Nein, das ist verrückt. Das kannst du nicht."

„Ich muss. Er hat uns im Griff, Carrie. Es ist unsere einzige Möglichkeit, Lana zurückzubekommen."

Sie sah, wie Jase und Simon Blicke tauschten. Simon sah grimmig aus, sagte aber nichts. Das Gleiche galt für den Commander. Niemand würde etwas sagen, um ihn davon abzubringen. Sie wusste verdammt gut, dass, wenn der Spieß umgedreht würde, wenn sie es wäre, die der Mörder im Gegenzug wollte, sie viel schneller wären, sie davon abzuhalten. Sie wäre verdammt, wenn sie zuließ, dass sich Jase opferte.

„Nein. Das werde ich nicht zulassen", sagte Carrie.

Jase ging auf sie zu. „Baby, hör mir zu ..."

Sie stieß seine Hände weg, als er versuchte, sie an den Armen zu nehmen. Er hatte sie „Baby" genannt. Zum ersten Mal. Und das vor ihren Kollegen. Als ob es ihm egal wäre, ob irgendjemand, selbst der Commander, wusste, dass sie miteinander schliefen. Dass sie mehr als nur Kollegen waren.

Es war ihr egal. Tatsächlich wollte sie, dass die anderen es wussten. Wenn sie es wüssten, würden sie auch wissen, wie ernst es ihr damit war, Jase in Sicherheit zu bewahren.

Gleich nachdem sie ihn weggeschubst hatte, streckte sie die Hand aus und nahm seine Hände in ihre. „Der einzige Grund, warum du in diesem Fall bist, ist, um mir zu helfen", sagte sie mit gemessener Präzision. „Ich hab die Leitung. Ich gehe das Risiko ein."

„Aber er will dich nicht", sagte Jase sanft. „Aus irgendeinem Grund will er mich."

Ihre Augen füllten sich mit frustrierten Tränen, aber sie blinzelte sie wütend zurück. „Er will dich aus dem gleichen Grund, aus dem alle dich wollen, verdammt! Weil du wunderschön bist. Du bist perfekt."

Er zog sie in seine Arme und sie vergrub ihr Gesicht in seinem Hals, umklammerte ihn fest und wollte ihn nicht gehen lassen.

Er lachte zitternd und wiegte sie in seinen Armen. „Gott, weißt du, wie lange ich darauf gewartet habe, dass du diese Worte sagst?", scherzte er. Wenigstens versuchte er es. Aber sie wusste, dass es ihm ernst war. Dass er sich mehr um sie sorgte, als sie es sich je vorgestellt hatte. Und dass er versuchte, sie zu beschützen und zu beruhigen, selbst jetzt noch, obwohl er etwas vorschlug, das sie zerstören könnte. Wenn Jase etwas zustoßen würde, wenn sie ihn verlieren würde, wäre ihre Welt nie wieder die gleiche.

Sie liebte ihn, gab sie sich endlich selbst gegenüber zu. Sie hatte solche Angst davor gehabt, ihn hereinzulassen, ihm irgendeine Macht über sie zu geben, denn sie hatte die ganze Zeit gewusst, wie sehr es sie umbringen würde, ihn zu verlieren. Und jetzt war sie gezwungen, sich ihre Gefühle für ihn einzugestehen, während gleichzeitig ihre schlimmsten Ängste wahr wurden.

„Das kannst du nicht", flüsterte sie, schüttelte den Kopf und rieb ihre Stirn in seine Brust, um ihre Worte zu betonen. „Das kannst du nicht machen. Du kannst mich jetzt nicht verlassen, da ich es weiß. Da ich weiß, dass ich dich liebe. Du hast mich dazu gebracht, dich zu lieben, verdammt."

Als er sich zurückzog, nahm er ihr Gesicht in seine Hände. „Du bist diejenige, die immer über die unvermeidlichen Gefahren der Polizeiarbeit spricht. Wenn wir zur Arbeit kommen, wissen wir, dass wir uns selbst in Gefahr bringen, um anderen zu helfen. Andere zu retten. Wir müssen Lana retten. Sie ist Ärztin. Kein Polizist. Wir kannten die Risiken, sie nicht."

„Sie kannte die Risiken, als sie sich vor die Kamera stellte", sagte Simon leise. Widerwillig, aber ehrlich.

„Und ich habe sie es tun lassen", fügte Carrie hinzu. „Es ist meine Schuld, dass er sie hat."

„Es ist niemandes Schuld", sagte Jase sanft. „Wenn er wollte, dass du den Handel machst, würdest du es tun, oder? Du würdest nicht einmal zögern."

Als sie die Falle erkannte, in die er sie führte, blieb sie hartnäckig still.

„Carrie", fragte er. „Würdest du es nicht auch tun?"

Sie wollte nicht lügen. „Ja, aber es ist nicht dasselbe. Ich versuche nicht, dich wegen deines Geschlechts zu beschützen. Ich versuche, dich zu beschützen, weil – weil ich dich liebe", sagte sie.

Jase lächelte, aber es hatte einen Hauch von Traurigkeit, als ob er wüsste, dass es zu wenig und zu spät war. „Wow. Das ist grad wirklich ein Geständnis, nicht wahr?" Im Handumdrehen wurde sein Ausdruck ernst. „Ich muss keine Geständnisse machen, oder, Carrie? Weil du bereits weißt, was ich für dich empfinde. Du wusstest, warum ich nicht wollte, dass du dein Gesicht im Fernsehen zeigst und mit einem Mörder redest. Weil ich dich auch liebe und ich nicht möchte, dass dir etwas passiert. Aber du hast es trotzdem getan. Denn das ist das Einzige, was du tun kannst.

Du dachtest, dass du das tun musst, um den Mörder aufzuhalten, und das verstehe ich jetzt. Du musst mich das machen lassen."

Sie starrte ihn an. Wollte seinem Standpunkt nicht nachgeben. Aber sie sah die Entschlossenheit in seinen Augen. Die Akzeptanz bei allen anderen. Er wollte Lana retten, ob sie seinen Methoden zustimmte oder nicht. „Okay", flüsterte sie. „Aber wir müssen das Ganze organisiert angehen. Wir wissen nicht einmal, ob Lana noch am Leben ist. Du kannst dich nicht in Gefahr bringen, bis er das beweist. Schreib unter den Blog. Entweder beweist er uns, dass Lana am Leben ist, oder wir müssen annehmen, dass sie es nicht ist."

oller Unglauben las Brad den Kommentar der Polizei zu seinem Blogbeitrag. Jase Tyler war bereit, einen Handel mit ihm zu machen, aber nur, wenn Brad ihnen einen klaren und überzeugenden Beweis dafür lieferte, dass Dr. Lana Hudson noch am Leben war.

„Nein!" Brad schrie das Wort. Er drehte sich um und schlug mit der Faust gegen den Spiegel an der Wand und brach das Glas, so dass es seine Gesichtszüge noch mehr verzerrte.

Die Narben kommen zurück, dachte er verzweifelt. Er hatte nicht vorgehabt, Dr. Lana Hudson zu töten, aber er hatte es dennoch getan. War das der Grund, warum seine Narben rachsüchtig zurückgekehrt waren?

Sie war hübsch gewesen. Schlau. Auch wenn sie noch so verängstigt gewesen war, hatte sie doch ziemlich lange Zeit ruhig gehalten. Er hatte sie zu Dr. Bowers Haus gebracht, dem Ort, an dem er sich nach dem Fernsehinterview einen Unterschlupf eingerichtet hatte. Es war erstaunlich, wie wenig Arbeit sie in die Sicherung des Geländes gesteckt hatten, auch nachdem er mit Tammy Ryan fertig gewesen war. Irgendein Polizeiband, ein gelegentlicher Streifenwagen in der Gegend, das war alles. Sie hatten offensichtlich nicht gedacht, dass ein Nachahmungstäter töricht genug wäre, ins Heim des Einbalsamierers einzudringen. Aber es war nicht Dummheit, die Brad antrieb. Es war Kühnheit. Und Brillanz. Er war schlauer als sie alle und das galt besonders für den toten Arzt. Warum sollte Brad nicht den Luxus von Bowers Haus genießen, wenn er derjenige war, der klug genug war, ihn aufzuspüren und zu töten?

Nachdem er Kelly Sorenson getötet und herausgefunden hatte, dass die Morde der Schlüssel zur Behandlung seiner Narben waren, hatte er Dr. Bowers besucht. Er hatte erklärt, was er getan hatte. Hatte Dr. Bowers gesagt, dass sie eine Partnerschaft eingehen sollten.

Aber Dr. Bowers war nicht bereit, seine Geheimnisse zu teilen. Sobald das klar geworden war, hatte Brad keine andere Wahl gehabt, als ihn zu töten. Er hatte auf nichts von Dr. Bowers' Psychogeschwätz gehört, als er Brad um Gnade gebeten hatte.

Und er hatte nicht auf Lana Hudson gehört, als sie versucht hatte, Brad zu sagen, dass er krank sei.

Er handelte aus Schmerz heraus, hatte sie gesagt.

Er drückte seine Wut aus, weil seine Eltern ihn abgelehnt hatten.

Weil so viele Leute ihn verspottet hatten.

Sie hatte ihm gesagt, dass er ein guter Mensch sei und nur Hilfe brauche. Irgendwann hatte das, was sie gesagt hatte, angefangen, Sinn zu ergeben.

Er hatte sich gefragt, ob er vielleicht verrückt sei. Er hatte angefangen, an sich selbst zu zweifeln. An dem, was er getan hatte. Er hatte angefangen, sich zu fragen, ob seine Besessenheit von Nora auf einer Fantasie beruhte.

Trotz der Kameraausrüstung, die er aufgestellt hatte, und der Pläne, die er gemacht hatte, hatte er angefangen, die Ärztin zu verletzen, nur um sie zum Schweigen zu bringen. Aber selbst, als er angefangen hatte, sie zu schneiden, hatte die Ärztin eine erstaunliche Toleranz gegenüber Schmerzen gezeigt. Also hatte er angefangen, sie tiefer zu schneiden, nur aus Freude, sie weinen und schreien zu hören, er hatte versucht, das schwer fassbare Gefühl der Macht zurückzugewinnen, von dem er während all der anderen Morde berauscht gewesen war. Aber dieses Gefühl war nicht gekommen.

Irgendwie hatte ihn der Tod der Ärztin wieder befleckt und den Rückschlag, den er im Café mit Nora erlebt hatte, beschleunigt.

Er hatte Angst. War schwach. Machtlos.

Vernarbt. Deformiert.

Er schrie wieder, packte eine von Dr. Bowers Vasen und warf sie auf den Boden. Die Bewegung und der Klang befriedigten und beruhigten ihn, also schrie er wieder, packte einen anderen Gegenstand und warf ihn.

Es war nur eine Frage der Zeit, bis andere es sahen. Seine Narben mit Schwäche verwechselten. Und wieder anfingen, ihn mit Verachtung zu behandeln.

Brad blickte wild um sich herum. Die hübsche blonde Ärztin war tot, aber Jase Tyler wollte Beweise. Ein Beweis dafür, dass sie noch am Leben war. Das war der einzige Weg, ihn anzulocken. Und ihn von der Rothaarigen zu trennen. Wie war er-

Warte. Als er Lana Hudson das erste Mal im Fernsehen gesehen hatte, hatte er gedacht, dass sie ihn an jemanden erinnerte. Wer war es? Wer-

Seine Nachbarin. Die blonde Frau mit dem dunkelhaarigen Mann.

Er fand, dass sie und Lana sich auffallend ähnlich sahen.

Vielleicht würden die Bullen das auch denken.

KAPITEL 29

*E*inige Stunden später sprach Jase eins zu eins mit einem kaltblütigen Mörder. Es war nicht das erste Mal in seiner Karriere, dass er dies tat, aber es war das erste Mal, dass er wirklich Angst hatte. Um Lana. Um Carrie. Um sich selbst. Um alle von ihnen.

Er erinnerte sich, als er zum ersten Mal erfahren hatte, dass Carrie und nicht er mit dem Fall Einbalsamierer beauftragt worden war. Er war enttäuscht, dass er nicht in der Lage war, einen weiteren Serienfall zu bearbeiten, weil es nicht mehr Anerkennung bedeuten würde, die er in seiner Arbeitsakte aufführen konnte. Als ob die Anzahl der komplizierten Fälle, die er abschloss, irgendwie ein Spiegelbild dafür wären, wie würdig er als Polizist war. Wie würdig er als Mann war. Er vermutete, er müsste mehr beweisen, wenn es um seine Arbeit ging, weil er seine Freizeit so genoss. Jetzt schien alles völliger Blödsinn zu sein.

Er hatte nichts zu beweisen. Genauso wie Carrie nichts zu beweisen hatte. Ja, gute Polizisten mochten eine Herausforderung. Noch bessere Polizisten hatten die Ausdauer und den Ehrgeiz, die langen Fälle zu bearbeiten. Aber Jase und Carrie hatten den Job als Maßstab für ihr Selbstwertgefühl benutzt und das war noch nie eine gute Sache gewesen. Es bedurfte der Arbeit an einem Fall mit Carrie für Jase, um das zu erkennen.

Als Jase den Anruf mit Darwin beendete, sah er sofort Simon an, der an einem anderen Telefon war.

Simon schüttelte den Kopf. „Wir konnten ihn nicht finden", sagte er.

„Überrascht mich nicht", sagte Jase. „Er ist schlauer, als wir dachten. Lana lebt. Er ließ sie mit mir reden. Zwar kurz, aber ..."

„Gott sei Dank", sagte Simon und die Erleichterung war im ganzen Raum deutlich hörbar. Aber Carrie war immer noch skeptisch. Es war ihr wie auf die Stirn geschrieben.

„Was hat sie gesagt?", fragte Carrie.

„Sie sagte nur: Hier ist Lana Hudson. Mir geht es gut."

„Woher weißt du, ob sie es war?"

„Es klang wie sie", sagte Jase. Ihre Stimme war leise gewesen. Wackelig. Aber er hatte sie erkannt.

„Das ist nicht gut genug", sagte Carrie. „Wir brauchen mehr Beweise. Wir müssen sie sehen."

„Dachte er sich schon", sagte Jase. „In dreißig Minuten wird er ein Video von Lana veröffentlichen, um uns zu beweisen, dass sie noch am Leben ist. Um sicher zu sein, dass es nach unserem Gespräch aufgenommen wurde, sagte ich ihm, er solle sie mir einen Kuss zuwerfen lassen und dann soll sie die gleiche Hand, die sie benutzt hatte, in eine Faust rollen. Auf diese Weise werden wir wissen, dass sie wirklich noch am Leben ist."

„Das bedeutet nicht, dass er sie nicht töten wird, sobald er das Video veröffentlicht", argumentierte Carrie.

„Nein", stimmte Jase zu. „Das tut es nicht. Aber wir nehmen, was wir kriegen können." Sie dachte schnell. Deckte alle Grundlagen ab, um sicherzustellen, dass Jase keine überflüssigen zusätzlichen Risiken einging. Sie würde nicht mögen, was er als nächstes zu sagen hatte, aber sie hatten keine Wahl. Keine Wahl, er erinnerte sich daran. „Er will, dass ich in mein Auto steige und sofort losfahre."

Carries Augen wurden größer. „Jetzt? Bevor er das Video veröffentlicht?"

„Er sagt, der Rest von euch kann bestätigen, dass sie noch lebt, und mich anrufen. Zu diesem Zeitpunkt werde ich bereits am Treffpunkt sein. Das Fährengebäude."

„Ich komme mit dir mit", sagte Carrie.

„Er sagte, ich solle allein kommen. Und bevor du es sagen kannst –" Er hielt seine Hand hoch. „Ich weiß, dass ich nicht wirklich alleine gehen werde. Wie wir besprochen haben, wirst du und das SWAT-Team mir aus sicherer Entfernung folgen, aber nur, wenn du mir versprichst – und ich muss dir vertrauen können, dass du dein Wort hältst, Ward –, dass du dich zurückziehen wirst, wenn ich es dir sage. Kannst du das machen?"

Er konnte erkennen, dass sie mit ihrer Antwort kämpfte. Ob sie lügen sollte. Aber sie tat es nicht.

„Es wird schwer sein, aber ich werde es tun. Das werden wir alle. Wir ziehen uns zurück, wenn du es wirklich brauchst. Aber nur als letztes Mittel. Versprich mir das als Gegenleistung."

„Ich verspreche es", sagte er. „Wirst du dein Gewehr mitbringen?"

„Darauf kannst du wetten", sagte sie.

„Und bist du wirklich so gut, wie ich denke, dass du es bist?"

Sie nickte. „Ja. Aber für dich? Bin ich noch besser, Jase. So gut, wie ich noch nie war."

Er trat auf sie zu und streichelte ihr Gesicht. „Du bist schon die Beste, Carrie. Egal, was passiert, ich möchte, dass du dich daran erinnerst, hörst du mich?"

Fünf Minuten später waren sie auf dem Weg. Jase fuhr seinen Mustang zum Fährgebäude, während Carrie ihm in ihrem eigenen Auto mit ihrem im Kofferraum verstauten Scharfschützengewehr folgte. Drei SFPD SWAT-Teammitglieder, Bo, Luke und Andrews, folgten in einem unauffälligen Van.

Während des gesamten Vorgangs hielten sie und Jase die Kommunikation mit einem drahtlosen Sender aufrecht. Simon rief sie auf ihrem Handy an.

„Ich habe mir das verdammte Video angesehen", sagte er, seine Stimme heiser und zitternd. „Sie trug die gleiche Kleidung, die sie anhatte, als sie verschwand. Sie blies den Kuss und rollte ihre Hand in eine Faust, genau wie Jase es wollte."

„War sie – wurde sie schwer verletzt?"

Sie hörte durch die Leitung, wie er schluckte. „Ihr Gesicht blutete immer noch von dort, wo er sie geschnitten hatte, und er klebte Klebeband um ihre Augen, vielleicht um sie zu verstecken."

Als seine Stimme brach, stellte sich Carrie vor, wie Darwin Lanas Augenlider schnitt, während sie gegen ihn kämpfte und vor Schmerzen schrie. „Simon-", flüsterte sie.

„Deine Schatten vom SFPD haben Dr. Bowers' Krankenakten beschlagnahmt und nach den Namen gesucht, die du ihnen gegeben hast. Sie haben einen gefunden."

„Welchen?"

„Brad Turner. Er kam zu Bowers wegen einer Gesichtsverunstaltung. Ein Feuermal."

„Brad-? O Gott. Der Typ aus dem Café. Aber er hatte kein Feuermal. Er ..." Sie schüttelte den Kopf. „Ich muss es Jase sagen. Simon, wird es dir gut gehen?"

„Bring sie einfach zurück, Carrie. Dann wird es mir gut gehen."

„Das werden wir, Simon. Wir werden alles tun, was wir können."

Aber was wäre, wenn das nicht genug wäre? Was wäre, wenn Darwin – was wäre, wenn Brad Turner wirklich schlauer war als sie? Stärker?

Sie konnten Lana nicht verlieren, aber sie konnte auch Jase nicht verlieren.

Sie rief Jase an und erzählte ihm genau, was Simon gesagt hatte. Sie erinnerte sich plötzlich an ihr vorheriges Gespräch mit Lana, als sie gefragt hatte, ob der Job immer zuerst kam. Damals war Carrie ihrer Antwort nicht ganz sicher, aber jetzt war sie es.

Der Job war eine Priorität, aber es war nicht ihre einzige Priorität. Es war nicht einmal ihre oberste Priorität. Nicht mehr.

Es würde immer böse Menschen geben. Diejenigen, die bereit waren, andere zu verletzen.

Und es würde immer gute Menschen geben. Wie SIG. Wie Jase und Carrie.

Aber der einzige Weg, wie die Guten ihre Arbeit tun und die Bösen bekämpfen konnten, war, wenn sie ihr eigenes Leben genug liebten, um wirklich zu leben, und gut genug lebten, um wirklich zu lieben.

Die Liebe war das, was wichtig war. Liebe.

„Carrie. Carrie, Baby, kannst du mich hören?"

Sie schrak bei Jase' hartnäckiger Stimme in ihrem Ohr zusammen und kam zu sich selbst zurück. Sie hatte ihre Gedanken laut ausgesprochen, wurde ihr klar.

„Liebe ist das Wichtigste, Carrie, und wir haben sie. Du und ich, das wird uns Kraft geben. Wir werden ihn besiegen, verstehst du?"

Sie zwang sich, entschlossen zu reagieren. „Ja. Wir werden ihn besiegen." Sie konnte nicht zulassen, dass er sich um sie sorgte. Er musste sich auf das konzentrieren, was kommen würde. Es war fast soweit.

Sie sah ihre Ausfahrt und lenkte das Auto dorthin. Der SWAT-Van stand direkt hinter ihr, seine Scheinwerfer leuchteten in der Dämmerung. Sie positionierten sich auf einem Dach etwa vierzig Meter von der Stelle entfernt, von der Darwin gesagt hatte, dass er dort auf Jase warten würde. Zehn Minuten später waren sie in Position. „Wir sind in Position, Jase. Siehst du ihn?"

„Er ist hier", sagte Jase. „Es ist nicht Brad Turner."

„Nicht Turner? Aber das kann nicht stimmen ... Das Café, Tony, die Verbindung zu Dr. Bowers. Es ergab alles Sinn."

„Wir kümmern uns später um Turner, aber das ist er nicht, Carrie. Er ist ein paar Zentimeter kleiner als ich. Dunkle Haare. Schmal. Er hält Lana vor sich."

„Gut. Vielleicht arbeiten Turner und dieser Mann zusammen. Lana, trägt sie die rote Jacke und den grauen Rock?"

„Ja. Und sie hat das Klebeband auf den Augen. Und Blut. Verdammt, da ist eine Menge Blut."

„Warte. Lass uns gucken. Sieht ihn jemand?", fragte sie.

„Negativ", antwortete Bo, der durch ein Fernglas schaute, ebenso wie Luke und Andrews.

„Wo ist er?", murmelte sie. „Warte!" Sie bewegte ihr Zielfernrohr zurück nach links, bis sie sie sah. „Verdammt, er hält sie vor sich als Schild. Er bewegt sich immer wieder hinter einem Baum und ich kann nicht auf ihn zielen. Aber ich werde es tun. Sobald er sie gehen lässt, habe ich eine Chance. Bleib ein wenig zurück."

„Ich kann nicht. Er hat mich gesehen. Ich gehe rein."

„Jase, warte ..."

„Es ist okay, Carrie. Ich weiß, dass du mir den Rücken freihältst."

„Jase. Verdammt noch mal." Aber er ging bereits auf Darwin zu. Als er stehen blieb, blockierte er teilweise Carries Blick auf Darwin in ihrem Bereich.

„Jase, du musst nach rechts gehen", sagte sie. „Zwei Schritte."

Jase gehorchte ihrer Anweisung, aber dann geschah etwas völlig Unerwartetes.

Der Mann, der Lana hielt, ließ sie fallen und hielt seine Hände abwehrend hoch. Lana fiel wie ein totes Gewicht zu Boden und unternahm keine Anstrengungen, sich mit den Händen zu fangen. Der Mann, der sie fallen gelassen hatte, sprach. Eigentlich schrie er.

Sie konnte die hektischen Worte des Mannes leicht durch Jase' Mikrofon verstehen.

„Ich bin nicht er. Erschieß mich nicht. Bitte! Ich habe sie nicht getötet. Er hat meine Frau. Er hat meine Frau."

Jase fluchte und schnappte: „Bleib zurück, Ward! Nicht schießen." Durch ihr Zielfernrohr sah sie, wie Jase sich über Lanas schlaffen Körper beugte. „Lana ist tot. Sie ist bereits tot. Und das ist nicht Darwin. Zum Teufel, der Typ hat sich in die Hose gepisst. Er sagt, sein Name sei Mark Nelson. Darwin hat seine Frau Maria. Wir müssen ..." Carrie hob den Kopf, um den Rest des Teams zu betrachten und--

Eine Waffe wurde abgefeuert. Über ihren Sender schrie Jase.

Und Carrie schrie auch. „Jase!"

Ihr Herz donnerte wild, sie blickte wieder durch ihren Bereich. Jase lag auf dem Boden und der Mann, den er Mark Nelson genannt hatte, stand mit einer Waffe über ihm. „Nein, nein, nein", murmelte Carrie zur gleichen Zeit, als sie automatisch zielte. Sie war gerade dabei, den Abzug zu drücken und zu schießen, als Nelson die Waffe fallen ließ und auf die Knie fiel. Er bedeckte sein Gesicht mit den Händen und schluchzte. Wieder einmal trieb seine Stimme auf sie zu, über Jase' Mikrofon.

„Es tut mir leid. Ich musste es tun. Er schaut zu. Ich musste schießen, oder er wird sie töten. Er sagte, er würde Maria töten."

Während Jase ihnen immer wieder versicherte, dass es ihm gut ging, dass Nelson ihm nur ins Bein geschossen hatte, rasten Carrie und die anderen, um zu ihm zu gelangen. Als sie schließlich dort ankamen, fiel sie neben ihm auf die Knie. Erst nachdem sie die Schusswunde an seinem Bein untersucht hatte, war sie sich sicher, dass es Jase gut ging. Die Kugel war sauber durch seinen äußeren Oberschenkel gegangen und hatte keine größeren Arterien getroffen. Sie warf ihre Arme um ihn. „Gott sei Dank geht es dir gut", keuchte sie.

Während die anderen Officer Nelson festhielten und sich mit ihm beschäftigten, umarmte Jase sie fest. „Es geht mir gut, aber Lana – Gott, Carrie, sie ist tot."

Sie zog sich zurück und blickte auf Lanas Körper, wo Bo über sie gebeugt war. Bo traf ihren Blick und schüttelte den Kopf leicht. Die Trauer um die andere Frau sank auf sie herab, aber sie wandte sich an Jase und sagte: „Du hast alles getan, was du konntest. Du warst bereit, für sie zu sterben, Jase. Es ist nicht deine Schuld."

Aber sein Ausdruck war voller Verzweiflung und Schmerz, sowohl körperlich als auch emotional, und sie wusste, dass ihre Worte für ihn kein Trost waren.

Innerhalb weniger Minuten war Verstärkung und ein Krankenwagen eingetroffen. In der Aufregung bestätigten sie Mark Nelsons Identität. Er war nur eines von Darwins Opfern. Er hatte Nelson und seine Frau entführt, kurz nachdem Jase Beweise dafür verlangt hatte, dass Lana am Leben war.

„Er hat meine Augen zugeklebt, damit ich nicht sehe, wohin er uns bringt. Aber er sagte mir, dass er hier eine Videoausrüstung hat", schluchzte Nelson. „Er beobachtet uns gerade. Das ist der einzige Grund, warum ich Sie angeschossen habe", sagte er und sah Jase an. „Er hat meine Maria ... Gott, es tut mir leid. Es tut mir so leid."

Obwohl Carrie wusste, dass der Mann unter Zwang gehandelt hatte, brauchte es alles, was sie in sich hatte, um ihn nicht anzufallen. Gott sei Dank hat er Jase ins Bein geschossen und ihn nicht getötet. Jase würde in Ordnung kommen.

Lana war jedoch schon eine Weile tot. Es war Maria gewesen, die im Video Lanas Kleidung getragen hatte. Und die Tatsache, dass Jase Lanas Stimme am Telefon gehört hatte? Wahrscheinlich eine Aufnahme, die aus dem TV-Interview, das sie gemacht hatten, zusammengefügt worden war. Darwin erwies sich als klüger und rücksichtsloser, als sie je erwartet hatten.

Carrie beobachtete die Ärzte, wie sie Jase Wunde verbanden, als ihr Handy klingelte. Da sie dachte, es könnte Stevens oder Simon sein, hob sie ab. „Special Agent Carrie Ward", antwortete sie.

„Ich beobachte dich gerade. Ich kann dich neben der Frau im blauen Hemd stehen sehen. Schau nach oben und blinzele dreimal, wenn du verstehst."

Mit Angst, sie zu lähmen, tat Carrie, was er befohlen hatte. Zu ihrer Rechten befand sich eine Sanitäterin in einem blauen Hemd, die sich einige Notizen machte. Carrie scannte das Gebiet, aber es gab zu viele Orte, um Kameras zu verstecken. Sie hatten noch keine von ihnen gefunden. Sie blinzelte dreimal übertrieben.

„Gut", sagte er und bestätigte, dass er sie im Visier hatte. „Jetzt hör mir ganz genau zu. Keine Spiele mehr. Du weißt, wie klug ich bin. Ich werde wissen, wenn du mir wieder nicht gehorchst. Ich möchte, dass du zu mir kommst. Allein. Dreh dich um. Wirf dein Handy und deine Waffe in den Mülleimer zu deiner Rechten. Stell sicher, dass dich niemand sieht. Steig in dein Auto und fahr zu Dr. Odell Bowers' Haus. Weißt du, wo das ist?"

Sie nickte leicht.

„Gut. Normalerweise würde die Fahrt zehn Minuten dauern. Ich gebe dir sieben, nur um sicherzustellen, dass du keine Zeit hast, unterwegs anzuhalten. Sag kein Wort. Zögere nicht. Tu nichts, um mich misstrauisch zu machen. Wenn du es tust oder wenn du in den sieben Minuten, die ich dir gebe, nicht hier bist, schwöre ich, dass ich Mark Nelsons hübsche Frau genauso aufschlitzen werde wie die Ärztin. Und diesmal werde ich nicht so nett sein."

Er legte auf.

Carrie nahm einen schaudernden Atemzug. Jase lag weiter hinten auf einer Trage und sprach mit Bo. Andrews hatte begonnen, nach Darwins Kameras zu suchen, während Luke bei Nelson blieb. Langsam, vorsichtig, drehte sich Carrie um. Zur gleichen Zeit nahm sie ihre Waffe aus ihrem Holster. Heimlich ließ sie ihre Waffe und ihr Telefon in den Müll fallen, machte sich auf den Weg zu ihrem Auto und ging.

Ihr Verstand drehte sich vor Fragen. Was wollte Darwin von ihr? Was wollte sie, dass sie sich allein mit ihm traf? Er hatte keine Kamera in ihr Auto gestellt, so dass sie Verstärkung rufen konnte, richtig? Sie griff nach ihrem Funkgerät, aber ... Darwin war ihnen die ganze Zeit zwei Schritte voraus gewesen. Zum Teufel, er hatte Lana gekriegt. Woher wusste sie, dass er nicht ihr Auto verkabelt hatte? Dass er nicht sofort wusste, wenn sie Verstärkung ried, und eine unschuldige Frau töten würde?

Sie zog ihre Hand vom Funkgerät und schaffte es in etwas über sieben Minuten zu Bowers' Haus. Sie warf ihre Autotür auf, stemmte sich hinaus und rannte die Treppe hinauf zu seiner Haustür. Sie griff nach dem Türknauf und betete, dass Darwin nicht begonnen hatte, Maria Nelson zu verletzen.

Schmerz explodierte in ihrem Kopf, als jemand sie von hinten traf.

Als Carrie zu sich kam, war die Welt stockdunkel. Ein scharfes, beharrliches Pochen trommelte in ihren Schläfen, an denen sie getroffen worden war, sowie an ihrem Hals, Rücken und Schultern. Ihre Arme waren eng nach hinten gezogen und an ihre Füße gebunden. Sie konnte ihre Augen nicht öffnen und wusste, dass sie wahrscheinlich mit Klebeband verschlossen waren. Ihr Verstand war getrübt und sie war verwirrt. Wo war sie? Wo war Jase? Was hatte ...

Plötzlich kehrten die Erinnerungen zurück. Sie erinnerte sich an alles. Wie Darwin Lana entführt und einen Handel gefordert hatte. Wie Jase ihn getroffen hatte, nur um herauszufinden, dass

Lana tot war und der Mann, von dem sie dachten, er sei Darwin, ein Passant war, der verzweifelt genug war, um Jase zu erschießen. Wie Darwin sie angerufen und ihr befohlen hatte, zu ihm zu kommen.

Wie sie sich in ihrem Drang, hineinzulaufen und Maria Nelson zu retten, von ihm hatte überwältigen lassen.

Genau wie Kevin Porter sie beim ersten Mal überwältigt hatte. Aber sie hatte eine zweite Chance gehabt, Porter zu erledigen, erinnerte sie sich. Und sie hatte immer noch die Chance, Darwin zu Fall zu bringen. Weil sie noch am Leben war.

Am Leben, aber durchgefroren.

Sie lag auf einer kalten Oberfläche und sie vermutete, dass es die Fliesen waren, die Dr. Bowers in seinem Keller hatte. Der Rest seines Hauses hatte Teppich- oder Parkettböden. Zuerst konnte sie nichts hören, aber dann öffnete sich eine Tür und sie hörte ein schleifendes Geräusch und eine Frau, die wimmerte.

Maria Nelson, dachte sie.

Hilflosigkeit durchdrang sie und eskalierte zu Terror. Plötzlich kämpfte sie nach Luft.

Hör auf, befahl sie. Sie konnte keine Panikattacke bekommen. Nicht jetzt. Sie musste stark sein. Musste bereit sein.

Sie zwang sich, tief durchzuatmen. Sie sagte sich, sie sei vielleicht die einzige Chance, die Maria hatte. Die Frau klang so verängstigt. Also-

„Halt die Klappe!", schrie ein Mann.

Carrie hörte Fleisch, das auf Fleisch schlug. Ein Stöhnen aus Entsetzen und Schmerz. Und dann wurde es wieder ruhig. Aber nicht für lange.

„Du wirst dich so dumm fühlen, Special Agent Ward", sagte ein Mann hinter ihr. „Du hattest mich direkt vor dir, warst aber nicht klug genug, um es zu erkennen."

Nein, das waren sie nicht. Sie hatten gerade erst herausgefunden, dass Brad Turner eine Verbindung zu Dr. Odell Bowers hatte.

Brad Turner. Der Mann vom Steam. Er war Darwin.

Carrie erkannte seine Stimme in dem Moment, als er sprach, und sie wollte sich zusammenrollen und vor Wut und Ekel heulen. Bleib ruhig, sagte sie sich selbst. Keine Panik. Inzwischen hätten Jase und die anderen bemerkt, dass sie verschwunden war. Zugegeben, sie wussten nicht, wo sie hingegangen war, aber sie würden es herausfinden. Irgendwie würden sie es herausfinden.

„Was deinen gutaussehenden Partner betrifft?", fuhr er fort. „Er war derjenige, den ich die ganze Zeit brauchte. Wunderschön. Perfekt. Jetzt, da ich dich hier habe, wird er mir folgen, oder? Und ich werde ihn dort haben, wo ich ihn brauche. Ich werde ihn töten und seine Vollkommenheit beanspruchen. Ich werde perfekt sein und Nora wird das sehen."

Nora. Das Mädchen, das um Tony Higgs getrauert hatte. Sie war das Mädchen. Der Engel, von dem er gesprochen hatte. Diejenige, von der er glaubte, dass er sie gewinnen würde, wenn Tony Higgs aus dem Weg war.

Er hatte recht. Sie hatten ihn direkt vor sich und konnten ihn nicht sehen.

Jetzt würden sie und Maria Nelson den Preis dafür zahlen.

„Wo ist Carrie?", Jase fragte Bo, als er in den Krankenwagen geladen wurde.

Bo legte seine Hand auf seine Schulter. „Ich hole sie." Er war in wenigen Minuten zurück, ein besorgtes Stirnrunzeln auf seinem Gesicht. „Ich kann sie nicht finden."

„Was meinst du damit, du kannst sie nicht finden?"

„Sie ist nicht hier, Jase. Sie ist weggefahren. Niemand hat sie gesehen und wir wissen nicht, wann sie gegangen ist."

„Verdammt", sagte Jase. „Hilf mir hoch."

Bo sah den Sanitäter an, schüttelte den Kopf. „Jase", begann Bo. „Sie hat vielleicht Verstärkung geholt. Oder Essen—"

„Ohne es mir zu sagen? Ohne selbst zu sehen, dass ich es ins Krankenhaus geschafft habe? Nein, Bo. Hör mir zu", stieß Jase aus. „Carrie wird vermisst. Hilf mir verdammt nochmal aufzustehen, damit ich sie finden kann. Bitte."

Bo half Jase beim Aufstehen.

„Die Kameras", keuchte er. „Er beobachtet uns. Er hat sie irgendwie erreicht."

„Aber warum? Warum sollte sie weggehen, ohne es uns zu sagen?"

„Weil er Kameras auf uns gerichtet hatte. Weil er eine unschuldige Frau als Geisel hat. Und weil sie Carrie ist. Sie—"

Jase hörte abrupt auf zu reden, als er das blinkende Licht auf seinem Handy sah. Er hatte eine SMS. Er blickte auf seinen Bildschirm.

Suchst du jemanden? Sie ist am Tatort. Rate, an welchem. Komm allein. Wenn ich noch jemanden sehe, ist sie tot. Genau wie der Arzt.

Darwin packte Carrie an ihren Fesseln und zog sie hoch. Ein kleiner Hoffnungsschimmer erschütterte sie, als sie fühlte, wie er das Seil zerschnitt, das ihre Hände und Füße zusammenhielt und die Spannung in ihrem Nacken und Rücken löste. Sie bereitete sich darauf vor, sich zu bewegen, sobald er den Rest des Seils gelöst hatte, aber er gab ihr nie die Chance. Da ihre Hände und Füße noch gefesselt waren, hob er sie hoch und setzte sie in einen Stuhl mit gerader Lehne und zwang ihre Hände hinter sich, bevor er sie mit mehr Seil um ihre Brust an den Stuhl fesselte. Sie fühlte, wie er ihre Wange sanft küsste und sein warmer Atem paffte gegen sie.

„Du wirst das Erste sein, was die Frau sieht, wenn sie aufwacht. Für eine Sekunde wird sie Hoffnung verspüren. Sich fragen, ob du hier bist, um sie zu retten. Dann wird sie merken, dass es keine Rolle spielt. Dass ich euch beide töten werde. Dann

wird sie sehen, was ich wirklich bin, so wie du es tun wirst."
Ohne weitere Warnung riss er ihr das Klebeband von den Augen
und kümmerte sich nicht darum, dass er Haut und Haare mit
ausriss. Sie stieß unwillkürlich einen Atemzug aus, biss sich dann
aber auf die Lippe und weigerte sich, ein weiteres Geräusch von
sich zu geben.

Sie blinzelte langsam mit den Augen, passte sich dem Licht an
und konzentrierte sich auf den Mann, der vor ihr stand. Er
wackelte mit den Fingern einer Hand und lächelte höhnisch.

„Hallo noch mal."

Er war es wirklich. Brad Turner. Derselbe Junge mit Babygesicht, gutaussehend, dessen Teint völlig rein war. Nicht verunstaltet.

Der Mann, dem sie und Jase beide nicht angesehen hatten,
was er war.

Hatten sie sich auch geirrt, warum er getötet hatte? Schließlich war er mit einer Entstellung zu Bowers gekommen, aber es
war eine, die Bowers geheilt hatte. Zumindest schien es so
zu sein.

Sie scannte kurz den Raum. Sah eine Frau, die Lana verblüf-
fend ähnlich sah, in einer Ecke liegen. Aber da Carrie ihre
Atmung sehen konnte, war sie am Leben. Zumindest noch.

Sie richtete ihren Blick auf Turner.

Sie dachten, er würde wegen seiner Narben töten.

Aber er hatte keine Narben. Keine, die sie sehen konnte.

Keine Narben, also kein Motiv.

War sein Gerede von Schönheit und Macht eine Ablenkung?
„Du bist sehr attraktiv." Sie meinte es offensichtlich nicht als
Kompliment, aber er nahm es als solches.

Er lachte. „Danke. Das hat seinen Preis, das kann ich
dir sagen."

„Also war all dein Gerede über Narben Schwachsinn?"

Er griff sich ans Herz, als hätte sie ihn getroffen. „Natürlich
nicht. Verstehst du nicht? Deshalb habe ich getötet. Ich wurde

mit einem Feuermal geboren. Es bedeckte mein halbes Gesicht und verursachte bei mir schreckliche Trauer, während ich aufwuchs. Weißt du, wie das ist? Der Freak zu sein, den jeder anstarrt? Derjenige zu sein, den die eigenen Eltern aufgeben, weil sie es nicht ertragen können, dich anzusehen?"

Carrie schnaubte mitleidslos. „Ich weiß genau, wie es ist, sich wie ein Außenseiter zu fühlen. Es gibt dir nicht das Recht, ein Psycho zu werden und Leute zu töten."

Er ging auf sie zu und schlug sie hart, dann versuchte er sichtlich, sich zu beherrschen. Er lachte wieder, der Klang hoch und nervös. „Sei nicht herablassend. Es ist kaum das Gleiche. Mein Defekt war keine Wahl. Ich habe alles versucht. Ich habe Tausende von Dollar für Laseroperationen bezahlt. Eine schmerzhafte Prozedur nach der anderen, begangen von diesem verrückten Quacksalber Odell Bowers. Nichts davon funktionierte. Ich folgte ihm sogar von Fresno bis San Francisco, aber die Flecken kamen immer wieder zurück. Er ruinierte mein Leben. Ich ruiniere meine Chancen, mit Nora zusammen zu sein. Erst als ich die Prostituierte tötete, fand ich das Heilmittel. Ich fand den Weg, um meine Narben und Tony Higgs ein für allemal loszuwerden."

Verständnis überkam Carrie. Verständnis und Verzweiflung. Er hatte Odell Bowers einen Quacksalber genannt, aber er war komplett verrückt. Vielleicht verrückter als Bowers, wenn das möglich wäre. So wahnhaft, dass er nicht einmal wusste, dass der Eingriff funktioniert hatte.

Plötzlich erinnerte sie sich, wo sie ihn schon einmal gesehen hatte. Warum er ihr bekannt vorkam. Es war nicht in McGills Bar gewesen, zumindest nicht wirklich. Wenn sie ihn dort gesehen hatte, musste es im vorbeigehen gewesen sein, ebenso sollte sie ihn in der medizinischen Klinik gesehen haben, wo sie ihre Arzttermine hatte. Sie muss gesehen haben, wie er zu seinen Terminen bei Odell Bowers kam oder ging. Sie blickte weg und wollte ihm nicht die Befriedigung geben, irgendeine Art von

Gefühl auf ihrem Gesicht zu sehen, sei es Mitgefühl oder Verachtung.

Sie konzentrierte sich darauf, wohin er sie gebracht hatte. Dr. Bowers' Keller. Es war nicht mehr so sauber wie früher, weil es zehnmal durchsucht wurde, aber der Raum enthielt immer noch den Stahl-Operationstisch. Theken mit viel Stauraum im Inneren für wer weiß was.

Er sah sich auch um. „Es ist schön, findest du nicht auch? Hast du das Obergeschoss gesehen? Dr. Bowers lebte gerne groß."

„Ich weiß", sagte sie. „Ich war diejenige, die ihn gefunden hat. Ich wusste es damals nicht, aber du hast ihn getötet, nicht wahr? Hast ihn in die Damenunterwäsche gekleidet und auch das Make-up aufgetragen?"

Turner kicherte. „Das habe ich. Aber es waren seine ganzen Sachen, also bin ich sicher, dass es nichts Neues für ihn war. Kannst du dir das vorstellen? Was für ein verdammter Psycho."

„Ja. Ein Psycho. Also habt ihr zusammen gearbeitet? Bevor du dich entschiedet hast – was zu tun? Alleine zu arbeiten?"

„Ich war nicht an Dr. Bowers Verbrechen beteiligt, aber ich war klug genug, um herauszufinden, was er tat. Als ich von dem Serienmörder hörte, der die Augenlider abschneidet, dass er auch in Fresno Verbrechen begangen hat, wusste ich, dass er es war. Dr. Bowers war ein großer Fan von Horrorfilmen. Ich habe praktisch mein halbes Leben damit verbracht, ihm zuzuhören, wie er über sie spricht, insbesondere über seinen Lieblingsfilm, bei dem der Mörder seinen Opfern die Augenlider abgeschnitten hat. So ein kleines Detail, aber einzigartig genug, um unvergesslich zu sein, findest du nicht auch?"

Sie schwieg, was ihm nicht zu gefallen schien.

„Oh, komm schon. Du musst zugeben, es war clever von mir. Als ich wusste, was er tat, dachte ich, warum es nicht selbst versuchen? Danach wusste ich genau, warum er das tat. Es gab mir die Schönheit und die Kraft meiner Opfer. Kannst du dir vorstellen, was für ein Rausch das ist?"

Er hob seine Hand und zum ersten Mal bemerkte Carrie das Messer, das er hielt. Er beobachtete sie genau und fing an, sie zwischen seinen Fingern zu drehen. „Meine Opfer waren schön und stark, aber nicht stark genug. Die Natur hat sie so enden lassen, wie es sein sollte. Um den Stärkeren und Schöneren von uns Platz zu machen."

Sie testete die Seile erneut und bemerkte, dass sie kaum nachgaben. Er hatte dafür gesorgt, dass sie nicht entkommen konnte. Sie konnte nicht mehr schweigen. „So rechtfertigst du also den Mord an Kelly Sorenson. Tammy Ryan. Tony Higgs. Sie verdienten es zu sterben, weil sie nicht stark genug waren, um zu leben?"

Als er auf sie zukam, legte er die kühle Fläche der Klinge auf ihre Wange. Carrie weigerte sich, sich Angst einjagen zu lassen, und starrte ihn weiterhin an. Er drückte härter und fing an, die ebene Fläche im Kreis zu reiben. „Was denkst du denn?"

„Ich denke, du bist schwach genug, um andere zu töten, weil es der einzige Weg ist, wie du dich mächtig fühlen kannst."

In Turners Augen erwachte die Wut zum Leben. Er hob das Messer und sie wartete darauf, dass er sie im Gesicht traf. Der Treffer kam nie.

Carrie hörte zur gleichen Zeit wie Turner etwas draußen. Sie drehten beide den Kopf und sahen zu, wie Jase Tyler die Kellertreppe hinunter humpelte.

„Ah, Special Agent Tyler. Genau zur richtigen Zeit", sagte Turner.

KAPITEL 30

*J*ase kämpfte darum, seinen Halt zu bewahren, als er die Treppe hinunter zu ihnen ging. Sofort entdeckte er die Frau, die aussah wie Lana Hudson, die in der Ecke lag. War sie noch am Leben? Sein Magen krampfte sich zusammen, als er sich an die Feststellung von Lanas Tod erinnerte. Doch der Schock überwältigte ihn fast, als er sah, wie Carrie an einen Stuhl gefesselt war. Er erkannte den Mann aus dem College-Café sofort. Vielleicht Anfang zwanzig. Groß, mit hellen Haaren und einem engelsgleichen Gesicht. Er sah aus wie der Junge von nebenan, bis auf das wahnsinnige Funkeln in seinen Augen. Jase zu sehen, schien dort das Feuer zu entfachen.

Gott sei Dank hatte er richtig geraten, wenn man Darwins vagen Hinweis bezüglich des Tatorts bedachte, dachte Jase. Er hatte die Orte, an denen sie Kelly Sorenson, Tony Higgs und Tammy Ryan gefunden hatte, sofort ausgeschlossen; keiner war isoliert oder enthalten genug, um Darwin einen Vorteil zu verschaffen. Also, von welchem Tatort hatte er gesprochen? Je mehr Jase darüber nachgedacht hatte, desto mehr hatte Carries Theorie über konkurrierende Serienmörder Sinn ergeben. Schließlich hatte ihr im Fernsehen übertragener Trick Darwin ins Freie gelockt. Es gab allen Grund zu glauben, dass Darwin Bowers getötet hatte, um die Konkurrenz loszuwerden, was bedeutete, dass Bowers' Haus ein Tatort war und hoffentlich derjenige, an dem er Carrie finden würde.

Nur um sicher zu sein, hatte er Commander Stevens gesagt, er solle die anderen von allen bekannten Tatorten fernhalten.

„Sie können nicht allein reingehen, Jase", hatte Stevens gesagt. „Sie sind verletzt. Sie brauchen Verstärkung. Sie wissen nicht einmal, ob er Carrie hat. Wenn sie noch am Leben ist …"

„Sie lebt", fuhr Jase ihn an. „Und er hat Carrie. Sie ging allein zu ihm, um ein Leben zu schützen. Und deshalb gehe ich auch allein zu ihm. Um ihres zu schützen."

„Sie wissen, dass ich Sie nicht lassen kann—"

Jase war zu diesem Zeitpunkt fast auf die Knie gefallen. „Ich werde betteln, wenn ich muss, Commander. Sie wissen, dass das der einzige Weg ist. Er hat uns auf Schritt und Tritt verarscht. Wenn er Sie kommen sieht, ist Carrie tot. Ich kann nicht … Ich werde nicht zulassen, dass das passiert. Und Sie wissen, dass wir keine Zeit haben, darüber zu streiten. Bitte."

„Wenn ich dich allein reingehen lasse, seid ihr beide tot", hatte der Commander geantwortet, aber am Ende hatte er das Einzige getan, was er tun konnte. Er hatte Jase eine Stunde gegeben. Danach würde er alle bekannten Tatorte mit gesammelter Mannschaft umringen. Jase hatte nicht mehr viel Zeit.

Es sah so aus, als wüssten das auch die anderen.

Darwin, alias Brad Turner, nahm schnell hinter Carries Stuhl Platz und hielt sein Messer an ihre Kehle. Als Jase auf den gefliesten Boden des Kellers trat, spannte sich Turner an, zog seinen Griff an Carries Haar fest und ritzte ihren Hals mit der Klinge. Ihr Gesicht verzerrte sich vor Schmerz. Ein Streifen Rot erschien und lief ihr den Hals hinab.

Jase erstarrte. „Nein. Stopp!"

Turner starrte ihn an und lachte. „Ich wusste es. Ich wusste, dass du die richtige Wahl treffen würdest. Ich nehme an, die

Polizei hat dir eine Art Frist gesetzt, bevor sie hereinstürmen? Ruf sofort an und sag ihnen, dass du sie gefunden hast. Sag ihnen, dass du auf dem Weg ins Krankenhaus bist und dass sie dich dort treffen sollen."

Jase' Blick flackerte noch einmal zu Carrie. „Hör mir zu", begann Jase. Instinktiv machte er einen Schritt auf sie zu. Wieder zuckte Carrie zusammen. Wieder erstarrte Jase. Wieder lief ihr ein kleiner Blutstrom den Hals hinab, wo Turner sie geschnitten hatte. Wut und Panik brodelten in ihm, schnürten seinen Hals zu und ließen ihn, in Kombination mit seinem kürzlich erlittenen Blutverlust durch die Schießerei, sich der Ohnmacht gefährlich nahe fühlen.

„Ich will ihr nicht wehtun, aber du hast, was ich brauche, Agent Tyler. Du bist das, was ich brauche, und wenn sie zu verletzen, mir das beschert, was ich brauche, dann tue ich es."

Vorsichtig zog Jase sein Handy aus der Tasche und rief Commander Stevens an.

„Ich habe sie, Sir. Es geht ihr gut. Ich fahre sie gerade zum Veteranenkrankenhaus in der Nähe von Geary und der 40. Straße."

„Gott sei Dank. Was ist mit Darwin? Haben Sie ..."

Er legte auf, bevor der Commander etwas anderes sagen konnte.

Sein Handy begann sofort zu klingeln.

„Schalt es auf Stumm und wirf es dann dort hinüber", sagte Turner und deutete mit dem Kopf auf die hintere Ecke des Raumes.

Jase tat, was er sagte.

„Jetzt deine Waffe." Natürlich hatte er eine. Versteckt in der Rückseite seiner Hose. Aber er konnte sie nicht übergeben. Noch nicht.

„Ich habe keine bei mir."

„Lügner!", schrie Turner, wobei Spucke aus seinem Mund spritzte. „Zieh dein Hemd aus. Jetzt."

Jase öffnete sein Hemd und zog es aus. Es flatterte zu Boden. Er trug kein Halfter, also konnte er zuerst nicht verstehen, warum Darwins Augen sich weiteten.

„Du Bastard. Dein Körper. Was hast du mit deinem Körper gemacht? Du bist vernarbt."

Turners Hände zitterten jetzt, ruckten an Carries Kehle, setzten Schnitte und Kerben über die glatte Oberfläche, die Jase noch vor zwei Nächten mit Küssen überschüttet hatte. Sie hielt sich still und versuchte, ruhig zu bleiben, aber Jase konnte den Schrecken auf ihrem Gesicht lesen. Jase bereitete sich darauf vor, nach Carrie zu greifen, um zu versuchen, ihren Stuhl niederzuwerfen, in dem Wissen, dass, wenn er noch länger warten würde, der Mann sie trotzdem töten würde.

Turner hob seine Hand von Carries Hals und schlug den Messergriff gegen die Seite ihres Kopfes. Jase konnte erkennen, dass der Schlag sie benommen machte. Sie blinzelte mehrmals und versuchte, ihre Sicht zu klären.

Jase wollte ihn töten. Ihn mit seinen bloßen Händen erwürgen. Er versuchte, sich auf sie zuzubewegen, aber Turner hielt das Messer wieder an Carries Hals.

Hilflosigkeit überflutete ihn. Er starrte Carrie an und versuchte, durch ihre Anwesenheit Kraft zu schöpfen. Er brauchte sie, um stark zu sein. Um ihr zu helfen. Aber wie sollte er den Bastard von ihr wegkriegen?

Turner schimpfte weiter. „Du bist wertlos für mich. Ich brauche jemanden, der perfekt ist. Jemanden, der perfekt ist, hörst du mich?" Er hielt inne, sah wieder auf Carrie herab.

Jase fühlte, wie Galle in seinem Hals aufstieg. Er schüttelte den Kopf. „Nein."

Turner ignorierte ihn und packte Carries Kinn und zerrte es für seine Inspektion hoch. Er streckte ihren Hals nach oben und ließ die Wunden dort noch mehr klaffen. Dann schubste er sie grob weg.

Er schüttelte den Kopf. „Sie ist hübsch. Nicht schön. Ich brauche mehr."

„Warte!" Carrie sprach diesmal und rüttelte ihn. „Ich bin perfekt. Eine perfekte Schützin."

Nein. „Halt die Klappe, Carrie", knurrte er.

Sie sprach weiter. „Ich bin eine Scharfschützin. Die Beste der Besten. Ich kann eine Münze aus hundert Metern Entfernung treffen. Ich habe eine Goldmedaille bei den Olympischen Spielen gewonnen."

Jase wusste, dass es eine Silbermedaille war, aber Turner wahrscheinlich nicht.

„Außerdem bin ich stark. Ich bin wahrscheinlich noch stärker als du. Was hältst du davon?"

Turner sah auf sie herab. „Du verarschst mich." Aber Jase konnte sagen, dass ihre Prahlerei seine Aufmerksamkeit erregt hatte.

„Das tue ich nicht."

Jase wurde schwindelig und schloss die Augen, um sein Gleichgewicht wiederherzustellen. Als er sie öffnete, grinste Turner. „Wie fühlst du dich, Jase? Du siehst überhaupt nicht gut aus."

Er schwankte auf seinen Füßen. Er wusste nicht, wie lange er sich noch halten konnte. Er stützte einen Arm gegen eine Wand und beruhigte sich. „Du willst ihr nicht wehtun, Brad. Wenn du ihr wehtust, wird die ganze Polizei hinter dir her sein."

Turner lachte. „Als wären sie es nicht schon! Komm schon, Tyler. Ich bin kein Narr. Gib mir die Waffe."

Als Turner das Messer bedrohlich nahe an Carries Augen bewegte, griff Jase in die Rückseite seines Rückenbundes und zog seine Waffe heraus.

Turner lächelte. „Schön langsam. So ist's gut. Tritt sie zu mir. Jetzt, Tyler. Oder sie ist tot."

Jase legte die Waffe auf den Boden und trat sie zu Turner. Sie blieb etwa zwei Fuß entfernt liegen. Seine Muskeln bündelten sich in Erwartung. Als Turner sich nach unten lehnte, um sie aufzuheben, stürzte sich Jase auf ihn.

Carrie schrie, als sie sah, wie Jase sich auf Turner stürzte. Sie hatte gesehen, wie Turner gelächelt hatte und Jase im Auge behielt. Er wusste, dass er ihm eine Falle gestellt hatte. Wie sie hatte er gewusst, dass Jase nicht ohne Kampf untergehen würde. So schwach er auch war, so hoffnungslos die Dinge auch schienen, Jase wollte nicht aufgeben. Er würde lieber sterben.

Schon als sie den Gedanken hatte, sah sie, wie Turner sich drehte, um Jase' Sprung abzufangen. Sah, wie er das Messer hob und in die Höhe hielt, so dass es Jase' Vorwärtsdynamik treffen würde. Sah, wie die Klinge mit widerwärtiger Leichtigkeit in Jase' Torso versenkt wurde.

Jemand schrie. Weinte. Heulte Jase' Namen in Trauer und Wut. Sie war es. Sie hörte auf. Sah Turner aufstehen und sein Messer zurückziehen. Die Klinge war mit einer schimmernden Blutschicht bedeckt.

Jase fiel zu Boden. Er bewegte sich und versuchte sich aufzurichten, packte Turners Bein, um sich hochzuziehen. Turner rümpfte die Nase. „Gib auf, Mann. Du wirst verlieren." Er trat Jase ins Gesicht und stampfte dann auf sein verletztes Bein. Jase stöhnte und wurde dann still.

Er schüttelte den Kopf vor Abscheu. „Schwach. Ich weiß nicht, warum ich ihn jemals für perfekt hielt."

Carrie weinte wieder, warf ihr Gewicht in ihrem Stuhl herum, versuchte sich zu lösen, damit sie ihn töten konnte. „Du Bastard. Ich werde dich umbringen. Du Bastard." Sie wiederholte die Worte immer wieder, die ganze Zeit schaute sie auf Jase, der sich nicht mehr bewegte.

Turner hob Jase' Waffe auf. Er schien zufrieden, als er sah, dass sie geladen war. Er grinste sie an.

„Ach, wirklich? Ich wusste nicht, dass er dir so viel bedeutet hat. Du sagtest, du könntest eine Münze aus hundert Metern Entfernung schießen? Beweise es mir. Alles, was du tun musst, ist, etwas zu erschießen." Er hielt Jase' Waffe auf sie gerichtet und löste die Fesseln an ihren Füßen, nicht ganz, aber gerade so weit, dass sie sich aus ihnen herausarbeiten konnte. Er sah sich um, grinste, dann hockte er sich neben Maria Nelsons lebloser Körper hinunter und legte ihr etwas Kleines auf die Schulter. Etwas so Kleines, dass Carrie nicht einmal sehen konnte, was es war.

Er erhob sich und stand wieder direkt neben ihr. Er richtete die Waffe auf Carrie. „Befrei dich. Du wirst auf dieser Seite des Raumes stehen und dieses Glasfragment von ihrer Schulter schießen. Mach das. Du beweist mir, wie perfekt du bist. Und ich lasse ihn gehen. Ich lasse sie beide gehen. Ich verspreche es."

Sie beruhigte sich bei seinen Worten und saß absolut still da. Das war's dann. Das war ihre Chance.

Es dauerte fünf Minuten, bis sie ihre Füße frei hatte. Sie stolperte mit gefesselten Händen auf die Füße und schoss einen kurzen Blick auf Jase. Blut floss unter seinem Körper zusammen und sie betete, dass er noch am Leben war.

Als Turner folgte, ging sie an die Seite des Raumes, zu dem er sie führte. Dann wartete sie darauf, dass er sie losband und ihr seine Waffe reichte. Als er es nicht tat, runzelte sie die Stirn. „Und? Wirst du mich losbinden? Ich brauche außerdem etwas, mit dem ich schießen kann, nicht wahr?"

„Das Gewehr aus deinem Auto", sagte er und gestikulierte mit seinem Kinn. Sie drehte sich um und sah, wie ihr Scharfschützengewehr an einem Schrank lehnte. Das Gewehr zu sehen, gab ihr Kraft. Sie sammelte ihre Angst um Jase und bündelte sie in ihrem Herzen. Doch im Moment musste sie sich auf Turner konzentrieren.

Sie würde Turner töten. Sie würde Maria Nelson retten. Und sie würde Jase retten. Und wenn sie versagte? Nun, nur dann

VIRNA DEPAUL

würde sie die Trauer rauslassen. Die Trauer würde sie verzehren und sie würde sich ganz von ihr verschlingen lassen. Die Trauer würde sie an einen Ort bringen, an dem sie nie wieder Schmerzen verspüren konnte.

Zuerst dachte Jase, dass er lebendig gefressen wurde. Dass tausend fleischfressende Käfer auf ihm krabbelten und sich an seinem Körper ergötzten. Er kämpfte, um von ihnen wegzukommen, und zwang sich, seine Augen zu öffnen. Die Welt um ihn herum fokussierte langsam und er konnte gerade so erkennen, wie ihm gegenüber Carrie und Turner standen. Er sah den leeren Stuhl, auf dem sie gesessen hatte, und verschiedene Seile daneben.

Warum versuchte sie nicht, ihn zu überwältigen? Was war hier los? Weil er es nicht wusste, blieb er ruhig. Ruhig, aber wachsam. Er tat alles, was er konnte, um den Schmerz zu bekämpfen, scharfe Rasiermesser, die sein Bein durchschnitten. Seine Sicht verschwamm und er fürchtete, dass er wieder ohnmächtig werden würde.

Nein! Er knirschte mit den Zähnen und nahm mehrere tiefe, stille Atemzüge. Nein. Er würde durchhalten.

Erinnere dich, was du Carrie erzählt hast. Beim Rudern und Sport geht es nicht nur um Kraft. Es geht um Kreativität. Aufwärtsbewegung. Überwindung deiner Ängste. Ausdauer.

Er stellte sich Carrie vor, wie sie an diesem Abend im Restaurant war. Ein wenig beschwipst vom Wein. Offener, als er sie je gesehen hatte.

Du bist wirklich stark, hatte sie zu ihm gesagt.

Und das war er auch. Stark genug, um die sich nähernde Dunkelheit zurückzudrängen.

Carrie würde ihren Zug machen. Wenn sie es tat, wäre Jase bereit.

KAPITEL 31

Carrie wartete, während Turner die Seile durchtrennte, die ihre Hände zusammenbanden, und darauf achtete, die Mündung der Waffe direkt an ihre Kopfhaut zu drücken. Scharfer Schmerz tanzte durch ihre Hände, als Blut in ihre Finger floss. Sie schüttelte sie aus. Er reichte ihr das Gewehr.

„Ich brauche eine Sekunde. Meine Hände sind taub."

Er schlug ihr mit Jase' Waffe auf den Hinterkopf und sie würgte ihr instinktives Schmerzkeuchen zurück.

„Du hast einen Versuch", blaffte er sie an. „Mach es jetzt."

Carrie hob das Zielfernrohr ihres Gewehrs an ihr Auge und konzentrierte es auf das Glasfragment auf Maria Nelsons Schulter. Es hatte genau die Größe einer Münze, dachte sie mit grimmiger Faszination. Der Bastard hatte sie beim Wort genommen.

Sie atmete mehrere Mal tief durch und sammelte ihre Kräfte. Sie versuchte, nicht an Jase zu denken, der blutete und starb, wenn er nicht schon tot war. Sobald sie gefeuert hatte, würde Turner nachsehen, ob sie ihr Ziel getroffen hatte. Das würde ihr eine Sekunde, vielleicht zwei geben, um ihn zu überraschen.

Carrie nahm einen weiteren beruhigenden Atemzug und konzentrierte sich. Konzentrierte sich auf das kleine Objekt, das nicht weiter als fünf Meter von ihr entfernt war. Konzentrierte sich auf das Gefühl des Gewehrs in ihren Händen. Konzentrierte sich. Und drückte den Abzug.

Nichts. Nichts passierte. Sie drückte wieder ab. Immer noch nichts.

Verstand und dann Schrecken überkam sie.

Ihr Gewehr hatte keine Kugeln.

Hinter ihr lachte Turner. „Hast du wirklich gedacht, dass ich dumm genug bin, dir eine geladene Waffe zu geben? Aber, Scheiße, du bist mutig. Du hättest es wirklich tun können, nicht wahr? Perfekt."

Er lehnte sich hinunter und küsste ihr Ohr. Sie zog sich nicht einmal zurück. Er hatte gewonnen. Er würde sie umbringen. Dann Jase. Dann Maria Nelson. Drei zum Preis von einem.

Eine hektische Bewegung, dann war Turner von ihr weg. Sie drehte sich um und sah Jase.

Die beiden Männer kämpften, ihre Körper rauschten hin und her, als jeder versuchte, den anderen zu überwältigen. Carrie rannte auf sie zu, bereit, Turner mit ihrem Gewehr zu schlagen. Aber ihre Körper waren ein sich windender Wirbel aus Bewegungen, praktisch nicht voneinander zu unterscheiden. Sie sah Jase' Waffe in der Nähe liegen, kroch darauf zu und betete, dass Jase sich noch ein paar Sekunden länger halten konnte. Sie nahm seine Waffe und drehte sich um. Bereit zum Feuern.

Nur konnte sie es nicht. Turner hielt Jase vor sich und benutzte ihn als Deckung, während er das Messer an seine Kehle drückte. Unerwünschte Bilder wirbelten durch ihren Kopf. Bilder von Kelly Sorenson, Tammy Ryan und Tony Higgs' blutigen Überresten. Die Art und Weise, wie Kellys Mitbewohnerin und Nora Lopez geweint hatten, als sie erfahren hatten, dass diejenigen, die sie liebten, tot waren. Carrie hatte mit Mitgefühl, aber einer emotionalen Distanz zugesehen, die notwendig war, um ihren Job zu erledigen. Jetzt musste sie zusehen, wie ein Verrückter jemandem, den sie liebte, ein Messer an die Kehle hielt.

Angst. Furcht. Panik. Die Emotionen schlugen ihr mit der Kraft eines Schwergewichtschampions ins Gesicht, der einen Knockout-Schlag landete. Ihr Atem geriet außer Kontrolle und sie befürchtete, dass sie in Ohnmacht fallen würde.

Sie holte tief Luft. Dann noch mal. Sie könnte das tun. *Reiß dich zusammen*, sagte sie sich selbst. *Konzentriere dich auf das, was du tun musst.*

Sie musste Turner dazu bringen, weiter zu reden.

Reden war eine Ablenkung. Außerdem hatte er die Angewohnheit, mit seiner Messerhand zu gestikulieren, um seine Standpunkte deutlich zu machen. Die Bewegungen waren subtil, aber es könnte ausreichen, um ihr eine Lücke zu geben.

Wenn Jase stark genug war, um ihr zu helfen.

Sie starrte Jase in die Augen und kommunizierte ihren Glauben an ihn. *Halte durch, Jase. Nur noch ein bisschen länger. Halte durch.*

Sie injizierte einen Befehlston in ihre Stimme und richtete ihre Waffe. „Lass deine Waffe fallen."

Für einen Moment sah Turner nervös aus. Dann fing er an zu lachen. „Meine Waffe fallen lassen? Ich glaube nicht. Ich habe im Gegensatz zu dir eine Geisel. Ich denke, *deine* Waffe fallen zu lassen, klingt nach einem besseren Vorschlag, nicht wahr?"

Wieder drohte Panik sie zu überwältigen. Sie war erstarrt, als sie zum ersten Mal versucht hatte, Kevin Porter zu erschießen. Was, wenn sie jetzt wieder erstarrte? Was, wenn sie versagte? Was wäre, wenn Jase ihretwegen sterben würde?

Sie sah Jase an. Er wackelte auf seinen Füßen und konnte kaum stehen. Blut durchtränkte sein Hemd und sie wusste, dass er nicht mehr lange durchhalten würde. Er würde sterben, wenn sie nicht bald Hilfe bekamen.

Und sie würde auch sterben.

Sie wusste das. Selbst wenn sie es schaffte, Turner zu töten. Selbst wenn sie körperlich überleben würde. Wenn Jase sterben würde, könnte Carrie nicht weiterleben.

„Du wirst nicht entkommen, weißt du. Die Polizei wird dich finden. Sie werden nicht ruhen, bis du hinter Gittern sitzt. Und wofür? Weil sich ein paar Idioten über dich lustig gemacht haben? Weil du nicht den Mut hattest zu glauben, dass Nora dich so haben will, wie du warst?"

Turner runzelte die Stirn. „Sie mochte mich. Aber sie mochte Tony mehr. Und die, die ich getötet habe, waren oberflächlich. Zu sehr in ihre eigene Schönheit verwickelt, um sich um andere zu kümmern."

„Was ist mit Lana?"

„Ich bin nur ... Sie war zu nah dran ... hat mich schwach fühlen lassen ... Ich musste mich beweisen ..."

„Indem du eine Frau tötest, die dir helfen wollte?"

Er sah aus, als wolle er noch weiter mit ihr diskutieren. Aber dann lächelte er böse. „Hey, vielleicht gewöhne ich mich daran. Vielleicht fange ich an zu mögen, wie es sich anfühlt, derjenige mit der Macht zu sein. Mit der Kontrolle. Du weißt alles darüber, nicht wahr? Werden Menschen deshalb nicht zu Polizisten? Weil sie darauf abfahren, andere zu kontrollieren?"

Als Carrie Turners engelsgleiches Gesicht und sein spöttisches Lächeln sah, fühlte sie, wie sich ein Schleier des Vertrauens über ihr niederließ. Nein. Sie hatte sich entschieden, Polizistin zu werden, weil sie dachte, sie wäre gut darin. Weil sie Gutes tun wollte.

Wie Jase.

Turner hatte sein Messer verschoben, während er sprach. Nur ein paar Zentimeter, aber es wurde nicht mehr gegen Jase' Hals gedrückt.

Sie erinnerte sich, wie Lana in diesem Fernsehinterview mit

Turner gesprochen hatte. Wie sie ihn als Opfer betrachtet hatte. Ein Produkt einer grausamen Welt.

Es spielte keine Rolle mehr.

Opfer oder nicht. Krank oder nicht. Jung oder alt. Sie hatte es schon einmal gedacht, aber bis jetzt hatte sie es nie wirklich geglaubt.

Sie traf Jase' Blick. Und sagte seinen zweiten Vornamen. „David."

Gleichzeitig feuerte sie die Waffe ab.

Jase warf sich zur Seite. Die Kugel fraß sich in Turners Gehirn, bevor Jase überhaupt den Boden traf. Turner stolperte zurück, seine Augen flackerten vor Unglauben, bevor sein Blick leer wurde. Er fiel wie ein Gebäude um, das mit Dynamit gesprengt worden war. Direkt auf Jase.

Carrie raste hinüber und schob Turner von Jase weg. Jase' Augen waren geschlossen und er atmete oberflächlich. Sie riss sein Hemd auf und zerriss den Stoff, damit sie ihn fest über seine blutenden Wunden halten konnte. Er verzog unter dem Druck sein Gesicht, aber sie hörte nicht auf. Seine Augen waren jetzt offen und er sah sie an. Unglaublicherweise hatte er ein leichtes Lächeln auf seinem Gesicht.

„Carrie ..." sagte er. Er hustete, seine Lungen rasselten laut, als er versuchte, Luft zu holen.

Sie schüttelte den Kopf. „Shh. Es ist okay. Es wird alles gut werden."

„Du hast es geschafft."

Sie nickte. „Wir haben es geschafft, Jase. Wir. Ohne dich hätte ich es nicht geschafft. Ich liebe dich, Jase. Bitte halte durch."

Er lächelte wieder. „Ich liebe dich", antwortete er leise, bevor sein Körper erschlaffte und er die Augen schloss.

KAPITEL 32

*J*ase legte die letzten Sachen auf den Tisch. Seinen Tisch. Nicht ihren. Obwohl sie praktisch jede Nacht zusammen verbrachten, hatte Carrie immer noch nicht zugestimmt, bei ihm einzuziehen.

Noch nicht.

Der Strauß aus Pfingstrosen, den er ihr besorgt hatte, quoll aus einer Kristallvase, die das Licht des Feuers reflektierte. Er stellte zwei Flaschen Bier ab. Ein dunkles Pils für ihn und ein Bud Light für Carrie. Er war immer mit beidem eingedeckt. Nicht, dass sie viel Zeit miteinander verbrachten, in der sie tranken.

Aber heute Abend war ein besonderer Anlass.

Zumindest hatte Carrie ihm das am Telefon gesagt.

Er hatte wirklich gehofft, dass die Besonderheit dieser Gelegenheit auch die Spitzendessous einbeziehen würde, das sie vor einigen Nächten getragen hatte. Als er sie in der weiblichen kleinen Nummer gesehen hatte, hatte ihn das geradezu zerstört. Nicht nur, weil sie sexy war, denn Gott wusste, dass das eine Selbstverständlichkeit war, sondern weil es ihm zeigte, wie weit sie gekommen waren. Langsam aber sicher zeigte sie ihm die einzelnen Facetten von sich selbst. Die starken und die verletzlichen Seiten. Sie wurde auch selbstbewusster in ihrer femininen Ausstrahlung und er konnte sich nichts Schöneres vorstellen.

Es hat seine ganze Geduld in den letzten zwei Monaten voll belohnt. Nein, er hatte sie nicht gedrängt, bei ihm einzuziehen, aber es war ihm nicht leicht gefallen, dies zu unterlassen.

Sie hatte gewollt, dass sie wieder mit einer normalen Routine begannen – zusammen und doch unabhängig, nicht als Partner, die in einer Krisensituation zusammenkamen. Sie liebten sich – das war keine Frage –, aber sie wollte sicher sein, dass er genau wusste, worauf er sich einließ, wenn er ein Leben mit ihr führte. Während es ihn störte, dass sie noch unsicher war, verstand er, warum seine hartnäckige Kriegerin sich nicht blind fallen ließ, selbst wenn sie das von ganzem Herzen wollte. Früher oder später würde sie akzeptieren, was für ihn so offensichtlich war: Er liebte sie und er wollte sie und das würde sich nie ändern.

Er hörte ein Geräusch hinter sich und drehte sich um, als Carrie auf ihn zukam, ihr Gang geschmeidig. Manchmal, je nachdem, wie stark sie sich selbst verausgaben, liefen sie mit identischem Humpeln. Die Heilung würde Zeit brauchen, aber zumindest hatten sie sich gegenseitig, um die Dinge voranzutreiben.

Ihr Blick suchte seinen und die Liebe, die er dort sah, ließ sein zerbeultes Herz tanzen.

Sie hatten nicht nur einen, sondern zwei Killer aufgehalten. Obwohl sie nicht so viele Leben gerettet hatten, wie sie wollten, hatten sie Maria Nelson gerettet und Odell Bowers und Brad Turner davon abgehalten, mehr Leben zu nehmen.

Lanas Beerdigung war ein trauriger Anlass gewesen, der das SIG-Team scheinbar permanent überschattet hatte. Simon ging grimmiger denn je herum und Jase konnte nur hoffen, dass er sich nach Macs Rückkehr eine Auszeit nehmen würde, um zu heilen.

In wenigen Nächten würden sowohl Jase als auch Carrie für

ihren herausragenden Einsatz bei einem Preisbankett des Bürgermeisters ausgezeichnet werden. Es würde Carrie und der Abteilung natürlich helfen, Martha Porters Zivilklage abzuwehren. Was ihre Karriere betraf, so hatten sie jetzt Möglichkeiten, die sie noch nie zuvor gehabt hatten.

Aber nichts war so wichtig wie das, was sie miteinander gefunden hatten. Nicht einmal der Job, der es möglich gemacht hatte.

Als Carrie auf ihn zukam, konnte er nur denken: *Mein Gott, ist sie schön.* Schön und mutig. Stark und mitfühlend.

Die Frau seiner Träume.

Die Besitzerin seines Herzens.

Zusammen hatten sie die schlimmsten Monster überlebt, und obwohl es in ihrer Zukunft mehr von ihnen geben würde, würde es auch Freude geben. Glück und Zufriedenheit.

Für ihn gab es Carrie.

Immer.

Vielen Dank, dass Sie " **Töne der Versuchung** " gelesen haben.

Simons Geschichte ist die nächste: **Töne der Leidenschaft**

Wenn es Ihnen gefallen hat, Zeit mit diesen Figuren zu verbringen, schauen Sie sich auch die anderen Bücher dieser Serie sowie meine weiteren sexy, zeitgenössischen Romanzen an!

Gelbe Karte für die Liebe (Ein Liebe am Spielfeldrand Football-Roman 1). Im Folgenden finden Sie einen Auszug zum reinschnuppern. Viel Spass!

Und haben Sie eigentlich schon mit den O'Neill-Brüdern Quinn, Conor,
Brady, Riley und Sean Bekanntschaft gemacht?

Fünf sexy Brüder ziehen in die kalifornische Idylle.
Finde Dein nächstes Lieblingsbuch!
Die Serie, Heimkehr nach Green Valley

Ein Newsletter speziell für meine deutschen LeserInnen.
Erfahren Sie alles über Neuerscheinungen und
Geschenkaktionen! http://virnadepaul.com/deutsch-newsletter/

Schließen Sie sich unserer Facebookgruppe "Deutscher Buch-
Harem" in der wir über Bücher und die Charaktere darin
diskutieren. Außerdem gibt es tolle Geschenke!

GELBE KARTE FÜR DIE LIEBE

Gelbe Karte für die Liebe

(Ein Liebe am Spielfeldrand Football-Roman 1)

Seine Aufgabe ist es, zu punkten, und er gewinnt immer.

Heath Dawson: Footballstar, ein Traumtyp zum Anbeißen, einer, dem die Mädchen ihre Höschen nur so nachwerfen. Und Camille Pollerts erster Schwarm. Dann jedoch hat er sie bei einem Footballspiel in der Highschool bloßgestellt. Sie hat ihre Rache bekommen und zugleich ihr Herz für ihn verschlossen.

Zehn Jahre später ist Camille Footballfotografin und alleinerziehende Mutter. Überraschend heftig gerät sie wieder ins Schwärmen, als sie Heath wiedersieht. Er sieht immer noch genauso umwerfend aus, aber jetzt ist er ein Mann. Ein Mann, dem sie nicht mehr widerstehen kann.

Heath erkennt sie kaum als das magere Mädchen wieder, das er in der Highschool gekannt hat, und er kann nicht leugnen, dass er sich zu der kurvigen, schönen Frau, zu der Camille sich entwickelt hat, hingezogen fühlt. Er will sie, und er bekommt immer, was er will.

Gerade als beide merken, dass sie perfekt füreinander sein könnten, zeigt die Wirklichkeit ihr hässliches Gesicht. Landen Heath und Camille einen Touchdown für ihre Liebe? Oder vermasseln sie das Spiel und werden wieder getrennt?

Prolog

Footballspieler besitzen die ideale Kombination aus Kraft und Ausdauer.

Und sie haben von allen Sportlern den besten Hintern.

Zumindest hat das Sheila, Camille Pollerts beste Freundin, mal behauptet. Sheilas Cousine Mindy dagegen hatte Sheila für verrückt erklärt. Sie bestand darauf, dass an Attraktivität niemand Fußballspieler toppen könnte.

Doch als sie so ungeniert ihren Blick auf den Hintern von Nummer 24 heftete, gab Camille den Punkt eindeutig an Sheila.

Allerdings, da Camille schon seit dem Anfang der Highschool in den Typen, der das Trikot mit der Nummer 24 trug, verknallt war, musste sie annehmen, dass sie wohl etwas voreingenommen war.

Einige Footballspieler grunzten und gingen sich gegenseitig an, und der schrille Laut einer Pfeife erfüllte die Luft. Schnell machte sie ein paar Fotos, dann ging sie am Spielfeldrand entlang. Unentwegt war sie auf der Suche nach dem perfekten Foto, daher nahm sie die Schreie und Rufe der Schüler auf der Tribüne kaum wahr, auch nicht das schiefe Plärren der Marschkapelle.

Als Senior der Highschool war sie bereits seit dem neunten Schuljahr Mitherausgeberin des Jahrbuchs, doch das hier war ihr erster großer Auftrag. Aber sie nahm nicht *nur* Bilder für das

Jahrbuch auf. Einige Fotos machte sie nur für sich, die wollte sie in ihrer Fotokiste aufbewahren, sie zeigten ihren Schwarm, den beliebtesten Jungen der Schule: Heath Dawson, der Spieler mit der Nummer 24.

Camille hörte, wie einer der Trainer dem Schiedsrichter etwas zubrüllte, und der Schiedsrichter ermahnte ihn, sich zusammenzureißen. Was er nicht tat. Sie ging zu der langen Bank hinüber, auf der einige der Heimspieler saßen, alle sahen zu, wie der Coach und der Schiedsrichter sich stritten. Sie machte ein Foto, denn ihr gefiel, wie das Foto die Nervosität wiedergab, die sie in Wellen von den Spielern kommen spürte.

Schließlich entschied der Schiedsrichter auf Abseits gegen die Besucher und verhängte eine 5 Yardstrafe. Die Spieler auf der Bank jubelten, und die Spieler auf dem Feld drängten sich für die nächste Runde zusammen. Camille blieb bei der Bank stehen und schoss Fotos.

Plötzlich sprang Heath in die Luft, um einen Ball zu fangen. Er drehte sich in Richtung gegnerisches Tor und Endzone, schwang sich geschickt um den Cornerback. Plötzlich tauchte der Free Safety wie aus dem Nichts auf, senkte seinen Schulterpanzer und traf Heath mitten in die Brust, so dass der den Ball fallen ließ.

Der Cornerback der Verteidigung drängelte und stürzte sich auf den Ball und eroberte ihn für die Verteidigung.

Das wütende Schrillen der Pfeife ertönte.

Camille stockte der Atem, als Heath reglos auf dem Boden lag. Doch dann, endlich, schüttelte er sich und stand auf. Er sah wütend und niedergeschlagen aus, während er zur Ersatzbank lief.

Sie wurde rot, ihr Herz fing an zu rasen, als ihr klar wurde, dass er direkt auf sie zugelaufen kam, zum Wassertisch, neben dem sie stand. Als er nur noch wenige Meter entfernt war, nahm er seinen Helm ab. Er schüttelte den Kopf, strich sich seine verschwitzten dunklen Locken aus der Stirn und lächelte spielerisch, als ihm ein Teamkollege auf die Schulter klopfte. Doch seine Miene verfinsterte sich, als er hinauf auf die Tribüne zu einem älteren Mann sah – Camille hatte sie oft genug zusammen gesehen, um zu wissen, dass das sein Vater war – der finster dreinblickend etwas brüllte, das sie nicht verstehen konnte.

Heath ging geradewegs an ihr vorbei, ohne sie überhaupt wahrzunehmen, was leider nichts Neues war.

Obwohl Camilles Vater Heath trainiert hatte, als er mit dem Football anfing, hatte sie ihn bis zum neunten Schuljahr nie wirklich getroffen. Doch jener Tag hatte sich für immer in ihr Gedächtnis eingebrannt. Ihre Spinde standen nebeneinander, und als sie versucht hatte, ihre Bücher ganz oben hineinzulegen, war Heath gekommen und hatte ihr geholfen. „Probleme?", hatte er sie mit einem Grinsen gefragt. Seine Hand hatte ihre gestreift, und rot glühend war sie beiseite gesprungen. Er hatte sie von oben bis unten begutachtet, als versuchte er, sie irgendwie einzuordnen, doch als sie sich dann nicht traute, irgendetwas zu sagen, hatte er die Achseln gezuckt und sich wieder der Unterhaltung mit einem seiner Kumpel gewidmet.

Ihr Herz hatte so gerast, als Heath sie anlächelte und ihr half, dass es sie überraschte, nicht einfach umgekippt zu sein. Nicht vielen Mädchen war es vergönnt, ihm so nah zu kommen, und ihre Dankbarkeit für seine Hilfe wuchs sich zu einer waschechten Schwärmerei aus. Sie machte immer wieder Fotos von ihm in der Schule, träumte davon, dass er sie um ein Date bat und ihr sagte, dass er sie liebte, und jedes Mal, wenn sie sein lautes Lachen im Flur hörte, wurde sie rot. Da ihre Spinde benachbart waren, konnte sie ihn beinahe jeden Tag sehen, obwohl sie nie den Mut aufbrachte, mit ihm zu sprechen. Ihm nahe zu sein, hatte ihr gereicht.

Leider standen ihre Spinde im nächsten Jahr nicht mehr nebeneinander, doch sie hatte immer nach ihm Ausschau gehalten. Sie hatte sein Lächeln sehen und sein Lachen hören wollen, selbst wenn er nicht einmal wusste, dass es sie gab.

Sie war so damit beschäftigt, über die Geschichte mit Heath nachzudenken, dass sie gar nicht bemerkt hatte, dass er direkt neben ihr stand, bis er ihr einen Wasserbecher in die Hand drückte. „Gibst du mir noch was, Kumpel?", fragte er mit Blick auf das Spielfeld.

Camille starrte verblüfft den Becher an, bevor sie zu stammeln begann: „Ich bin nicht der Wasserjunge." Sie warf den Becher zurück in Heaths Richtung.

Ruckartig wandte er ihr seinen Blick zu, und einen Moment lang sah er verwirrt aus, bevor er zu grinsen begann. „Mein Fehler. Du bist definitiv *kein* Wasserjunge."

Eher amüsiert als beleidigt sah Camille an sich hinab – Jeans und ein zu großes Footballtrikot, dazu fleckige Tennisschuhe – und zuckte mit den Schultern. „Ich weiß schon, warum du das gedacht hast." Sie wollte sich nicht dafür entschuldigen, dass sie so jungenhaft aussah, oder dafür, wie sie sich kleidete.

Heath blinzelte ihr zu. „Nein, es sind nicht deine Klamotten. Es sind die Haare. Die sind zu kurz. Du solltest mal darüber nachdenken, sie wachsen zu lassen." Er sah wieder auf das Spielfeld zurück und winkte einem Teamkollegen zu, bevor er sich wieder ihr zuwandte. „Sind wir uns schon mal begegnet? Wie heißt du?"

Sie war nicht überrascht, dass er sie nicht als seine stille Spindnachbarin aus der Neunten erkannte, und fasste sich in ihre Haare. Sie hatte sie immer kurz getragen – im Moment war es kinnlang – weil sie sich mit Frisuren und Makeup nicht wirklich gut auskannte. Ihre Mutter war gestorben als sie fünf war, und ihr alleinerziehender Vater hatte nicht viel für Mode übrig. Außerdem war Camilles naturgewelltes Haar so widerspenstig. Aber vielleicht hatte Heath recht. Vielleicht sah sie wirklich mit so kurzem Haar zu sehr wie ein Junge aus. Dann sträubte sie sich innerlich und war wütend darüber, dass sie überhaupt über seinen Vorschlag nachdachte. Was für ein Recht nahm er sich eigentlich heraus, ihr Stylingtipps zu geben? Als er sie jedoch wieder ansah, eine Braue gehoben, errötete sie und stotterte: „Ich bin Camille."

„Also. Camille, Mädchen, du solltest mehr essen." Nachdem er sie von oben bis unten betrachtet hatte, fügte Heath hinzu: „Du bist viel zu dünn. Mit ein paar Kurven könntest du toll aussehen." Sein Blick landete auf ihren Brüsten – oder besser gesagt, ihrem nicht vorhandenen Busen. Sie wusste, dass sie flach und dürr war und nicht gerade wie die Mädchen aussah, mit denen Heath ausging – kurvig, blond und gebräunt – doch sie konnte nicht glauben, dass er solch ein Arsch war.

Er hatte kein Recht, so mit ihr zu sprechen. Er kannte sie ja nicht einmal! Welcher Typ sagte einem Mädchen schon, dass es zu dünn war und mehr essen sollte? Camille aß so viel, wie andere auch.

Heath sah sie immer noch an, und sein Ausdruck war finsterer geworden.

Camille war nicht schnell wütend, doch wenn sie richtig angepisst war, wussten ihre Freunde und ihre Familie, dass sie dafür bitter bezahlen müssten. Sie hatte ihren Mund bereits geöffnet, um ihm zu sagen, er solle sich zum Teufel scheren, als eine barsche Stimme hinter ihr ihm etwas entgegenbellte, so dass sie beide erschraken.

„Könntest du bitte deine Unterhaltung mit dem Wasserjungen beenden und dich ein einziges Mal konzentrieren?", brüllte ein Mann.

Camille wirbelte herum und sah, wie Heaths Vater auf sie zu gestapft kam. Er sah so wütend aus, dass sie sofort einen Schritt zurück machte und dabei in Heath stieß.

Er legte seine Hand auf ihre Schulter und schob sie sanft hinter seinen Rücken, als wollte er sie tatsächlich vor seinem Vater beschützen.

„Was zum Teufel war das eben?", tobte Heaths Vater. „Wann geht das endlich in deinen dicken Schädel, dass du ohne Stipendium nirgendwohin gehst?"

Heath warf ihr einen Blick zu, Sorge und noch etwas Düstereres legte sich über seine ohnehin schon finstere Miene. Ein Teil von Camille wäre ihm gerne zu Hilfe geeilt und hätte seinem hasserfüllten Vater am liebsten gesagt, dass Heath der beste Wide-Receiver des Landes war, doch sie war zu gekränkt, weil sein Vater sie, wie Heath, für einen Jungen gehalten hatte.

Wie einen Schild presste sie die Kamera an ihren Körper. Heath sagte etwas, das sie nicht verstand, und sein Dad antwortete: „Du bist ein *Mädchen?*"

Das war einfach zu viel. Sie schlitterte zum Spielfeld, und obwohl sie meinte, jemand habe ihren Namen gerufen, hielt sie nicht an. Den Rest des Quarters über versteckte sie sich unter den Tribünen, froh darüber, dass man sie in Ruhe ließ, während die Tränen ihr Gesicht hinab strömten. Sie kam sich dumm vor, weil es ihr so nahe ging, was Heath und sein Vater gesagt hatten, doch manchmal war ihr der Spott über ihr Aussehen einfach zu viel.

Nachdem die Tränen getrocknet waren, folgte Wut der Beschämung. Der Hass, den sie nun für Heath empfand, schaltete sämtliche positiven Gefühle, die sie für ihn gehabt hatte, aus, und ihre Schwärmerei endete beinahe so schnell, wie sie begonnen hatte. Was machte es schon, dass er ihr das eine einzige Mal geholfen hatte und sie angelächelt hatte? Was machte es schon, dass er der süßeste Junge der Schule war und ihr Herz höher schlagen ließ? Sie hatte kein Interesse daran, in einen Typen verliebt zu sein, der ein Arschloch war, und wenn sie gewusst hätte, dass er so schrecklich war, hätte sie sich überhaupt nicht ihn verguckt. Er war der Star-Footballspieler gewesen, unerreichbar, gutaussehend und beliebt, und sie hatte ihn von dem Moment an, als sie ihn zum ersten Mal gesehen hatte, vergöttert.

Jetzt jedoch wollte sie nur nach Hause gehen und ihre Hefte zerreißen, in denen sie seinen und ihren Namen auf unzähligen Seiten in Herzchen gekritzelt hatte. Sie wollte das MASH-Spiel verbrennen, in dem ihr vorausgesagt worden war, dass sie Heath heiraten und hundert Kinder mit ihm haben würde und mit ihm in einem Herrensitz leben würde. Und auch die Fotos, die sie von ihm überall in der Schule gemacht hatte, würden im Müll landen. Alles. Mit Heath Dawson war sie durch.

„Hey, was machst du denn da unten?" Camille drehte sich um und sah ihre beste Freundin Sheila zu ihr klettern, unverkennbar an ihrem leuchtend roten Haar. „Ich dachte, du müsstest heute Abend Fotos machen?"

Camille wischte die letzten Spuren von Tränen fort und hoffte, dass Sheila nicht bemerken würde, dass sie geweint hatte. „War ich ja. Hab ich ja. Ich mache bloß eine Pause."

„Unter der Tribüne, direkt unter der Marschkapelle?" Sheila sah nach oben, als einer der Trommler seinen Stab verlor und fluchte.

„Der Platz ist so gut wie jeder andere auch."

„Ah ja. Ich soll dir also glauben, dass du im letzten Quarter eine Pause einlegst, obwohl du diese Aufgabe unbedingt wolltest, seitdem du dem Jahrbuchteam beigetreten bist?"

Camille warf Sheila einen wütenden Blick zu, doch ihre Freundin lächelte bloß. Seufzend verdrehte Camille die Augen. „Schön. Ich verstecke mich. Glücklich?"

„Nicht, bevor du nicht noch ein paar Details darüber ausspuckst, wer, was, wann, wo, warum und wie sehr."

„Heath Dawson ist ein Vollidiot."

Sheilas Brauen gingen so hoch, dass sie unter ihrem Pony verschwanden. „Hat er etwas zu dir gesagt?"

Camille wollte wirklich nicht darüber sprechen, doch sie wusste auch, dass Sheila sie sonst nicht in Ruhe lassen würde. Sie gab also klein bei und erzählte, was Heath und sein Vater über sie gesagt hatten, und bei dem Gedanken daran fühlte sie erneut, wie die heiße Wut gegen ihre Brust drückte. „Wer sagt denn so etwas?", fragte sie schnaubend.

„Vollidioten wie Heath Dawson beispielsweise und vierfach Vollidioten wie sein Vater. Der Typ ist so streng zu seinem Sohn, dass er mir fast leid tut. Aber ich habe dir schon immer gesagt, dass Heath deine Zeit nicht verdient hat. Aber wolltest du auf mich hören? Neeeeein." Sheila gestikulierte in Camilles Richtung. „Und jetzt sieh dich an. Mit gebrochenem Herzen, ausrangiert, ein Schatten deines früheren Selbst."

Camille schubste ihre Freundin leicht an und lächelte zum ersten Mal. „Du bist doof. Und ich werde nicht zulassen, dass mich das hier zerstört. Das ist er nicht wert."

„Das ist mein Mädchen! Also, wirst du jetzt ein paar Fotos schießen?"

Camille nahm ihre Kamera und fing an, die Fotos durchzusehen, um zu schauen, ob sie vielleicht schon genug beisammen hatte, die sie Trevor morgen für das Jahrbuch hätte geben können, oder ob sie wirklich nochmal da raus und noch weitere machen musste. Die meisten Bilder waren mittelmäßig, obwohl Camille eine Handvoll fand, die sicherlich gut genug waren, um im Jahrbuch abgedruckt zu werden. Und als sie dann zu denen kam, die sie gemacht hatte, bevor Heath sie beleidigt hatte, brach sie in Lachen aus.

„Was ist los?" Sheila eilte an Camilles Seite und johlte dann selbst vor Lachen. „Oh, mein Gott, ist das Heath? Was macht Jason in Heaths Schritt?"

Es war eine Actionaufnahme, und Camille hatte irgendwie dieses Foto gemacht, auf dem es so aussah, als hätte Jason sein Gesicht in Heaths Schritt vergraben. Camille und Sheila sahen sich das Bild aus allen Richtungen an, bis sie vor lauter Lachen ganz rot im Gesicht waren und beinahe husten mussten. „Das ist das Beste, was ich je gesehen habe", meinte Camille zwischen ihren Lachattacken. Sie sah zurück auf das Foto, und der Lachkrampf begann von vorn.

Sheila schnappte plötzlich nach Luft. „Das musst du im Jahrbuch veröffentlichen."

„Was? Nein! Das würde Mr. Andros niemals erlauben."

„Und wenn schon! Du kannst es gegen ein anderes Foto

austauschen, dann wird er es nie erfahren. Du hilfst doch beim Layout der Seiten und schickst es zum Drucken."

Camille biss sich auf die Lippe. Die Versuchung war zu groß: Die Rache an Heath wäre zuckersüß, wenn sie dieses spezielle Foto veröffentlichte. Doch Camille war nicht ganz so mutig wie Sheila, und sie wusste, dass es Heath beschämen würde, wenn sie dieses Foto einfügte.

„Ich weiß nicht, was, wenn ich Ärger dafür bekomme?"

Sheila meinte spöttisch: „Wofür denn? Für ein Foto, das du beim Footballspiel dieser Saison aufgenommen hast? Soweit ich weiß, wird man für so etwas nicht gleich der Schule verwiesen."

„Schon, aber trotzdem."

„Du bist einfach zu nett. Heath hat dich heute beleidigt, und du machst dir Sorgen um seine Gefühle? Nun komm schon. Er verdient es und noch viel Schlimmeres."

Camille sah sich das Foto noch einmal an. Sheila hatte recht: Heath hatte es verdient, auf seinen Platz verwiesen zu werden, und er hatte kein Recht, so mit ihr zu sprechen. Heath tat grundsätzlich so, als wäre er das Größte seit der Erfindung der Bratkartoffel, und es wäre eine süße Rache, wenn sie dafür sorgte, dass die Leute über ihn lachten. Außerdem konnte er nie sicher wissen, wer das Foto gemacht und ins Jahrbuch gesetzt hatte.

„Ich werde es tun", sagte Camille und schickte sich das Foto per Email, um auch sicher eine Kopie davon zu haben. „Ich werde es ins Jahrbuch setzen, und Heath Dawson wird sich wünschen, er wäre nie geboren."

Kapitel Eins

10 Jahre später...

„Du fotografierst bitte schön *wen*?"

Camille hielt ihr Handy ans Ohr, während sie weiter packte. „Die Savannah Bootleggers", antwortete sie Sheila. „Das Team und die Cheerleader. Für einen Wohltätigkeitskalender. Ein paar Fotos in Savannah, ein Vorsaisonspiel in South Carolina, dann ein weiteres Spiel in Savannah. Emma bleibt bei Rich, sie freut sich wahnsinnig, dass sie etwas mehr Zeit bei ihm verbringen darf, bevor die Schule wieder losgeht."

„Sie ist hier nicht die einzige, die sich freut. Heilige Scheiße, Camille! Wie bist du denn da rangekommen?"

„Einer der Teamfotografen hat unerwartet gekündigt, und sie suchen einen Ersatz. Sie hatten meine Bewerbung von letztem Jahr noch und dachten, sie sollten mir eine Chance geben. Ich mache diesen Job jetzt erst einmal als freie Mitarbeiterin, aber wenn ihnen meine Arbeit gefällt ..."

„Oh mein Gott, oh mein Gott, das ist fantastisch! Aber die Savannah Bootleggers? Heath Dawson ist der Wide Receiver des Teams!"

Natürlich musste Sheila ihn genau in dem Moment aufs Tapet bringen, in dem sie ihre Unterwäscheschublade aufgezogen hatte. Jetzt starrte sie auf eine Mischung aus praktischer Baumwolle und Seide und Spitze, während Bilder von Heath Dawson ihren Kopf fluteten. „Ich kenne seine Position, und ich weiß auch, für welches Team er spielt, Sheila. Er ist Emmas Lieblingsspieler."

„Richtig." Sheila schnaubte. „Als wäre das der *einzige* Grund, warum du weißt, für welches Team er spielt. Weil deine *Tochter* ihn mag. Nicht etwa, weil er jetzt doppelt so heiß ist wie damals in der Highschool und du den besten Orgasmus hast, wenn du dabei an ihn denkst."

„Das habe ich an einem Abend erzählt, als ich zu viel getrunken hatte."

Ach, wie sehr wünschte sie sich, sie hätte diese delikate Kleinigkeit Sheila nicht erzählt. Und noch mehr wünschte sie sich, es wäre sonst ein Team, das sie fotografieren sollte. Das war eine große Gelegenheit für sie, doch ihre Aufregung war gleich etwas gedämpft worden, weil sie wusste, dass ihr Wide Receiver kein Geringerer war, als ihr Erzfeind Heath Dawson, der Peachtree vor zehn Jahren verlassen hatte, um an die UCLA zu gehen. Dann hatte er für ein Team an der Westküste gespielt und war vor zwei Jahren zu den Bootleggers gewechselt.

Es war schon schlimm genug, dass ihre Tochter für ihn schwärmte, und das hauptsächlich, weil er jedes Mal einen lächerlichen Tanz aufführte, wenn sein Team einen Punkt landete. Deshalb musste Camille es ertragen, dass Emma kein Spiel verpasste, dass Emma pausenlos über ihn sprach, und dass Emma Poster von ihm in ihrem Zimmer aufhängte.

Der blanke Horror!

„Oh, mein Gott! Jetzt wirst du doch noch mit ihm schlafen!"

„Wie bitte? Spinnst du? Ich habe den Typen seit zehn Jahren nicht gesehen, und als wir das letzte Mal miteinander gesprochen haben, hat er mich für einen Jungen gehalten! Ganz zu schweigen davon, dass du ihn immer für einen Idioten gehalten hast. Natürlich werde ich nicht mit ihm schlafen." Ihre Hand schwebte einen Moment über ihrer Wäsche und nahm dann doch einige ihrer schönsten Höschen; nicht, dass irgendwer, und schon gar nicht Heath Dawson, sie zu sehen bekäme, doch wenn sie Heath nun schon bald gegenüber stand, wollte sie sich wenigstens gut fühlen; nicht wie das magere burschikose Mädchen, das er vor so vielen Jahren verletzt hatte. Natürlich sah sie jetzt alles andere als burschikos aus, doch innerlich würde sie sich immer so fühlen, zumindest, wenn es um Heath ging.

„Sag niemals nie", ärgerte Sheila sie.

„Und ob ich niemals sage", schoss Camille zurück. „Heath war damals schon ein aufgeblasener Idiot, und was ich so der ganzen Presse um ihn entnehme, ist er auch heute noch ein aufgeblasener Vollidiot." Naja, zumindest aufgeblasen; die Presse scheute keine Mühe, immer wieder zu betonen, dass er selbst als Wide Receiver äußerst beliebt bei jedem war, besonders aber bei den Damen.

„Wen interessiert schon, ob alles bloß Luft ist, solange er seine Rolle gut spielt. Und das tut er definitiv. Außerdem, das sagst du zwar jetzt, aber warte mal ab, bis du ihn so richtig siehst und er *dich* so richtig sieht, und ... Uiuiuih, kann ich mitkommen?"

„Ganz sicher nicht!"

„Na gut. Aber ich will Details, wenn du zurückkommst."

„Es wird keine Details geben, die dich interessieren könnten. Aber ich sollte jetzt besser Schluss machen. Rich holt Emma in einer Stunde, und ich muss noch zu Ende packen."

„Pack was Verführerisches ein!"

„Mach's gut, Sheila, hab dich lieb!" Camille legte auf und fing dann an, Blusen und Hosen in ihren Koffer zu falten. Sollte sie die weiße Bluse oder die rote mitnehmen? Die weiße war langweilig, aber klassisch, aber die rote unterstrich das Grün ihrer Augen ... und überhaupt, beide waren angemessene, schlichte Blusen.

Sie hatte sich gerade für die rote entschieden, als ihre siebenjährige Tochter Emma den Raum betrat und sich aufs Bett setzte

„Kannst du ihn um ein Autogramm für mich bitten?", fragte sie, und ihr Gesicht strahlte vor Aufregung. „Du weißt doch, dass ich ihn am liebsten mag!"

„Ich werd's versuchen, Süße. Aber er hat viel um die Ohren."

Emma schob ihre Unterlippe vor, und Camille musste ein Lächeln verbergen. Sie sah so sehr wie ihr Ex aus, dass es schon fast beunruhigend war. Camille fragte sich, ob Emma überhaupt irgendwelche Gene von ihr abbekommen hatte oder ob sie nur ein Klon ihres Vaters war. Gott sei Dank waren Camille und Rich im Guten auseinander gegangen (naja, so gut es eben ging, wenn man bedachte, dass Rich sie betrogen hatte), und jetzt erzogen sie Emma gemeinsam und eckten nur manchmal gegenseitig an – zwei menschliche Wesen, die versuchten, ein anderes, kleineres menschliches Wesen zu erziehen. Sie musste zugeben, die Tatsache, dass Rich so viel Zeit mit Emma verbrachte, wenn er nicht gerade unterwegs war, hatte sehr dazu beigetragen, alte Wunden heilen zu lassen.

Camille stupste die schmollende Unterlippe an. „Ich sagte

doch, dass ich's versuche. Aber du weißt, dass ich auch arbeiten muss, das ist also nicht das erste, was ich tue, okay?"

„Aber du wirst es *versuchen*?"

Camilles Lächeln wurde breiter – ihre Sturheit hatte Emma zumindest von ihr. „Ja, ich werde es versuchen."

Emma quietschte und hüpfte auf dem Bett herum, doch als ihr Hüpfen beinahe den Koffer vom Bett hüpfen ließ, warf Camille ihrer Tochter *den Blick* zu. Emma war schlau genug, um zu wissen, was das bedeutete, und beruhigte sich – so weit eine Siebenjährige sich überhaupt beruhigen konnte – und hüpfte nur noch ganz vorsichtig, während Camille zu Ende packte.

Dummerweise konnte sie nicht aufhören, an das letzte Mal zu denken, als sie mit Heath gesprochen hatte. Vor Sheila hatte sie es verborgen, doch jetzt, da sie ihm nach über einem Jahrzehnt begegnen würde, war sie zum Teil ängstlich und ... aufgeregt? Nein, sagte sie sich, rollte ihre Höschen zusammen und verstaute sie ordentlich im Koffer, sie wollte nur kein unangenehmes Gespräch über die Highschool und die Jahrbuchfotos und Wasserjungen ...

Sie zuckte innerlich zusammen und sagte sich, dass das nun schon eine lange Zeit her war, und doch nicht lange genug, damit die Erinnerung nicht ab und zu noch ihre grässliche Fratze zeigte und sie die Beschämung erneut spüren ließ. Wenigstens hatte sie ihre Rache bekommen.

Nach diesem schrecklichen Abend war sie Heath das restliche Schuljahr über aus dem Weg gegangen. Sie hatte sich die größte Mühe gegeben, nicht näher als zehn Meter an ihn ranzukommen, und es war ihr ganz egal, wenn das bedeutete, dass sie zu spät zum Unterricht kam und Nachsitzen musste, weil sie Mathe zusammen hatten und drei weitere Fächer in Nachbarräumen. Sie kam regelmäßig zu spät zu Mathe und stürzte dann gleich an Sheilas Seite, die ihr immer einen Platz auf der anderen Seite des Raums von Heath aus gesehen reservierte. Sie blieb dann etwas länger, um noch mit den Lehrern zu sprechen, oder ging einen

Umweg, um ihm nicht zu begegnen. Das Ergebnis war, dass ihre Noten schlechter wurden, doch das hatte sie nicht davon abgehalten.

Sie hatte sogar ihren Plan, das Foto von Heath zu veröffentlichen, durchgezogen. Sheila hatte sie nicht in Ruhe gelassen. Als Camille das Jahrbuch zum ersten Mal aufschlug und das Foto sah, hatte sie nicht aufhören können zu lachen. Und sie lachte noch mehr, als die ganze Schule mit ihr über den Footballstar Heath Dawson lachte und ihm und Jason einen neuen Spitznamen gab – „Schrittbrüder". Zu ihrer Überraschung stand Heath über der Sache, obwohl sie mehr als einmal meinte, er hätte sie leicht wütend angesehen. Jason hatte es nicht ganz so leicht genommen und versuchte, das Jahrbuch neu drucken zu lassen, doch dafür war es zu spät. Trevor, der Herausgeber des Jahrbuches, hatte versucht, herauszubekommen, von wem das Foto stammte, doch Camille hatte nichts ausgespuckt. Bei der Jahresabschlussfeier jedoch hatte sie Heath mit entschlossenem Ausdruck direkt auf sich zukommen sehen und buchstäblich die Flucht ergriffen.

„Glaubst du, seine Freundin wird da sein?" Emma hatte nun aufgehört zu hüpfen und versuchte, ihr beim Falten zu helfen.

„Wessen Freundin?"

Emma schnaubte, als wäre Camille die dümmste Person, die man sich nur vorstellen konnte. „Na, Heaths. Der blonde Cheerleader, erinnerst du dich?"

Ach, richtig. Der *neueste* blonde Cheerleader, der ziemlich genauso aussah, wie der mit dem Heath letzten Monat fotografiert worden war. Und wie der vor sechs Monaten. Blond, groß, schlank, durchtrainiert und umwerfend. Jemand, den man ganz sicher niemals für einen Jungen halten würde, ob sie nun ein altes Trikot und Jeans trug oder nicht.

„Süße, ich glaube, alle Cheerleader sind blond." Camille ging ins Bad und kramte ihre Waschsachen zusammen. Sie sammelte alles ein, was sie gebrauchen könnte – Shampoo, Lotion,

Gesichtsreiniger, Lösung für Kontaktlinsen – dann legte sie ihren Kulturbeutel auf eine Seite des Koffers, die Kosmetiktasche auf eine andere. Sollte sie ihren Fön mitnehmen, oder würde der im Hotel wohl funktionieren? Sie grübelte ein wenig darüber nach, denn ihr eigener konnte ihre langen Haare schneller trocknen als die meisten anderen. Allerdings würde sie bei der Arbeit ihre Haare eh hochstecken.

„Glaubst du, er liebt sie?", fragte Emma plötzlich mit einer Unschuld, wie nur kleine Kinder sie besaßen.

„Du meinst: Liebt Heath seine Freundin?" Camille wollte eine unverbindliche Antwort geben, doch als sie die Hoffnung in Emmas Gesicht sah, wurde sie weich. „Da bin ich mir sicher, Süße. Er scheint ein netter Mann zu sein, trotz dieser albernen Tanzerei."

Emma hatte sie in letzter Zeit mehrfach gefragt, ob bestimmte Paare einander liebten – liebten Bill und Sandra einander? Liebten Tim und Felix einander? Liebte Daddy Michelle? Oder Bettina? Oder irgendeine der anderen Frauen, mit denen er sich im Laufe der Jahre getroffen hatte – und Camille konnte nicht umhin, sich zu fragen, ob Emma versuchte, zu verstehen, warum ihre eigenen Eltern einander nicht mehr liebten.

Die Sache war einfach, Camille hatte Rich nie geliebt, und er hatte sie nicht geliebt. Am Anfang hatten sie viel Spaß miteinander gehabt, aber Emma war eine Überraschung gewesen, die sie im Sommer nach ihrem ersten Jahr im College entdeckten, kurz nachdem Camilles Vater gestorben war. Er hatte sofort angeboten, sie zu heiraten, und sie hatte zu viel Angst davor gehabt, das alleine durchzustehen, um abzulehnen. Irgendwie hatten sie es mit der Hilfe von Richs Eltern geschafft, das College zu beenden, und sie hatte ihr Möglichstes getan, eine gute Mutter und Ehefrau zu sein, eine, die Richs Traum, professioneller Hockeyspieler zu sein, unterstützte. Und obwohl Rich seinen Traum wahr gemacht hatte, hatte die raue Wirklichkeit, mit einem Profisportler verheiratet zu sein, der so viel reiste, schnell ihre Ehe ruiniert. Dass Rich sie betrog hatte sie nicht niedergeschmettert, doch es war eine bittere Lektion. Oder, besser gesagt, es hatte die Lektion *vertieft*, die sie sich schon zu Herzen hätte nehmen müssen, nachdem sie vor so langer Zeit den Zusammenprall mit Heath gehabt hatte: Sie durfte sich einfach nicht zu Sportlern hingezogen fühlen und musste sich auf sich selbst konzentrieren.

Ihre Karriere. Und Emma. Das waren die einzigen Dinge, die wirklich zählten.

Sie schloss den Reißverschluss ihres Koffers und schielte auf die Uhr. Sie musste noch eine halbe Stunde rumbekommen, bevor Rich Emma abholte. Sie unterhielt sich mit ihrer Tochter und überprüfte noch einmal, ob sie auch wirklich alles für die Woche hatte. Als Rich kam und seinen schicken Sportflitzer an der Ecke abgestellt hatte, winkte sie ihrem Ex zu, dann nahm sie Emma ganz fest in die Arme und gab ihr einen Kuss. „Wir sehen uns nächste Woche, meine Süße, aber wir werden jeden Tag telefonieren. Wir müssen auch noch deinen Kindergeburtstag vorbereiten. Hast du dir schon ein Motto für die Party überlegt?"

„Ich denke noch drüber nach. Tschüss, Mom. Viel Spaß mit Heath!", sagte Emma gerade, als sie sich umwandte, um ihren Vater zu treffen. Nachdem sie weggefahren waren, stand sie noch auf der Frontveranda, um sich zu sammeln und ein wenig Mut zuzusprechen. Sie konnte das. Es würde ihr Spaß machen.

Nicht *mit* Heath Dawson, sondern *trotz* Heath Dawson.

Sie könnte ihre Fotos machen, und die Chancen standen recht gut, dass er niemals herausfinden würde, dass sie der Wasserjunge war, der ihm in seinem letzten Highschooljahr das Leben zur Hölle gemacht hatte.

Dann würde sie nach Hause kommen, ihren Gehaltsscheck kassieren, ihren Traumjob bekommen und hoffentlich nie wieder an ihn denken.

Zwei Stunden später kam Camille in South Beach auf Tybee Island an, ungefähr dreißig Minuten vom Zentrum Savannahs entfernt. Als sie sich umsah, bemerkte sie einige Spieler der Savannah Bootleggers, die im Sand ein improvisiertes Spiel machten, sich den Ball hin und her warfen, während die Cheerleader zusahen.

„Der fliegt weit!", schrie einer der Männer mit nacktem Oberkörper – Camille erkannte ihn als Kyle Young, den Quarterback der Bootleggers. Er war der Superstar des Teams, trat bei Shows auf, erschien auf Titelblättern und hatte sogar schon bei ein oder zwei Filmen mitgemacht. Kyle war braun gebrannt und muskulös, und Camille konnte nicht anders – sie bestaunte seinen Sixpack selbst auf mehrere Meter Entfernung.

Heath war nirgends zu sehen. Sie runzelte die Stirn und fragte sich, ob er vielleicht mitbekommen hatte, wer die Fotos schießen würde, und ob er sich davor drückte.

„Sind Sie die Fotografin?"

Sie schaute auf und sah Alec LeBrun, Tight End, auf sie zulaufen. Er war groß, hatte breite Schultern und war muskulös, doch sein warmes Lächeln ließ ihn jungenhaft erscheinen. Der Klatschpresse zufolge hatte er sich vor wenigen Wochen erst mit seiner Freundin verlobt.

„Jap, das bin ich", antwortete sie und deutete auf die Kamera um ihren Hals. „Wie sind Sie bloß darauf gekommen?"

Alec lachte, und strahlend weiße Zähne blitzten hervor.

„Okay, okay, dann wollen wir mal alle zusammentrommeln", rief eine hübsche, rothaarige Frau, die ihr Haar zu einem strengen Knoten gebunden trug.

„Heath ist noch nicht hier", sagte Alec.

Die Rothaarige lächelte etwas verkniffen, und obwohl sie in Alecs Richtung schaute, schien sie sich doch auf etwas über seiner Schulter zu konzentrieren, anstatt ihn direkt anzusehen.

„Nein, Mr. Dawson muss uns noch mit seiner Anwesenheit beglücken, aber wir warten auf niemanden. Weder Mann noch Frau." Sie wandte sich Camille zu und streckte ihr die Hand entgegen. Sie hatte die strahlendsten blauen Augen, die sie je gesehen hatte. „Ich bin Ruby O'Brien, Publizistin und Streithammel der Footballspieler. Ich werde diese Irren heute im Zaum halten."

Camille warf Alec einen Blick zu, der die Stirn runzelte, bevor er sich abwandte und zu den anderen zurückging. Camille drehte sich wieder zu Ruby um und schüttelte ihre Hand. Sie musste über ihre Bedingungslosigkeit lächeln. „Camille Pollert. Ich würde mich sehr über Ihre Hilfe freuen." Sie wollte gerade vorschlagen, dass sie sich in gemischten Gruppen jeweils zu fünft zusammenfinden sollten, als sie einen Mann und eine Frau herankommen sah. Der Mann war groß und gebräunt, und Camille konnte trotz der Entfernung erkennen, dass er attraktiv war. Doch als sie seine Stimme hörte, wusste sie, wer es war: Heath Dawson.

„Entschuldigt bitte, ich bin etwas spät! Der Verkehr, Ihr wisst ja." Er klopfte seinen Kumpeln auf die Schulter, und sie nahmen ihn ein wenig in die Zange wegen seiner Verspätung. Die Frau an seiner Seite – eine große Blondine mit langen Beinen, wahrscheinlich genau die, von der Emma gesprochen hatte – hing wie eine Klette an seinem Arm. „Hab ich irgendetwas verpasst?", fragte Heath.

Camille biss sich auf die Lippe, und Wut überkam sie. Das war typisch Heath – zu spät zu kommen und sie zu unterbrechen, ohne überhaupt wahrzunehmen, dass sie existierte. Er hatte sich keinen Deut gebessert seit sie in der Highschool gewesen waren. Doch wie sie ihn so beobachtete, als er auf die Gruppe zuging, konnte sie nicht umhin sich einzugestehen, dass sich *doch* ein paar Dinge geändert hatten: er war muskulöser, hatte einen leichten Schatten auf seinen Wangen und einen starken Kiefer. Als Teenager hatte Heath auf jungenhafte Art gut ausgesehen; als Erwachsener war er einfach umwerfend, aber auf eine raue, absolut männliche Art, die dafür sorgte, dass Camille komplett errötete. Sie hatte ihn natürlich im Fernsehen gesehen. Auf Zeitschriften. Emmas Postern. Doch es war einfacher, seiner Anziehung zu widerstehen, wenn er nicht direkt vor ihr stand, sein Lächeln so breit und weiß wie damals, als sie noch jünger gewesen waren, doch jetzt hatte es noch diesen Hauch von Sinnlichkeit. Heath wusste, dass er anziehend auf Frauen wirkte, und er nutzte das zu seinem Vorteil.

Sie ärgerte sich über sich selbst, dass sie zuließ, dass sie sich nach all diesen Jahren wieder von Heath angezogen fühlte, und rief: „Ja, ich wollte gerade alle in Gruppen einteilen!" Sie sah Heath an und fügte hinzu: „Schön, dass Sie es doch noch geschafft haben, zu uns zu stoßen."

Heath wandte ihr mit erhobenen Brauen seine Aufmerksamkeit zu. Camille fühlte sich plötzlich zu exponiert und verfluchte sich für ihr loses Mundwerk. Das Letzte, was sie wollte, war, die Aufmerksamkeit auf sich zu lenken und Heath vielleicht eine Gelegenheit zu geben, sie zu erkennen.

Doch wie sollte er das können? Sie hatte seit der Highschool an den richtigen und auch einigen weniger günstigen Stellen zugenommen, hauptsächlich durch ihre Schwangerschaft mit Emma. Außerdem hatte sie gelernt, ihr dunkles Haar zu bändigen, so dass es nun lang und glänzend war. Sie trug Makeup und hübsche, feminine Kleidung, auch wenn es nichts Protziges war.

Camille wandte sich von Heath ab, der sie nur noch näher zu studieren schien. „Am Sonntag werde ich bei dem Spiel Actionaufnahmen machen, aber jetzt wollen wir erst einmal eine gute Atmosphäre. Spaß. Wenn Sie sich alle in Gruppen von fünf zusammentun könnten, drei Männer und zwei Frauen, das wäre großartig", meinte sie. Die Gruppe achtete kaum auf sie und sprach und lachte einfach weiter. Ruby stand nun ein paar Meter entfernt und telefonierte.

Als sie gerade ihre Anweisungen noch einmal etwas lauter

rufen wollte, überraschte Heath sie damit, dass er seine Hände an den Mund legte und rief: „Hey, ihr Arschlöcher, seid ruhig und hört der netten Dame hier zu, oder ihr bekommt von mir alle Sand in die Hosen geschaufelt!"

Die Gruppe lachte und war augenblicklich still. Camille war unweigerlich tief beeindruckt. Sie trat ein wenig zurück und wiederholte ihre Anweisungen. Manche Männer fassten den Frauen an die Taille, andere taten so, als würden sie um einen Cheerleader kämpfen, und schließlich hatten sie sich zu passenden Gruppen zusammengefunden. In manchen Gruppen gab es vier Männer mit einer Frau, doch Camille konnte schon damit arbeiten.

„Okay, ich werde mit dieser Gruppe hier anfangen, ein paar Fotos machen und dann so herum weitermachen", sagte Camille und zeigte in die Richtung. „Denken Sie dran, ich möchte Lachen und Lächeln. Keine Modelposen und auch nichts Erotisches."

Die Männer lachten laut auf, manche sagten etwas Schmutziges zu den Cheerleadern.

Camille machte sich an die Arbeit, schoss Fotos und wies die Leute an. Sie wusste genau, was sie tat mit der Kamera vorm Gesicht, dem Geräusch des Verschlusses und dem Spiel der Körper vor der Linse. Sie hatte sich schon als kleines Mädchen in die Fotografie verliebt, und seitdem hatte sich ihr Talent weiter entwickelt. Sie arbeitete freiberuflich, weil sie so einen flexibleren Zeitplan für Emma hatte, doch ihre Tochter ging zur Schule und war ungefähr die halbe Zeit bei Rich, daher hatte sie mehr Zeit für ihre Karriere. Sie hatte immer schon für die NFL fotografieren wollen, und jetzt war der Traum so nah, dass sie ihn geradezu schmecken konnte.

Nach ein paar Minuten machte sie eine Pause und sah sich an, was sie schon hatte. Zufrieden mit dem Ergebnis ging sie zu der Gruppe, in deren Mitte Heath stand.

„Okay, jetzt will ich alle fröhlich sehen! Lächeln und Lachen bitte!" Sie hob ihre Kamera, doch sie bemerkte, dass Heath sie wieder anstarrte. Als sie seinem Blick begegnete, grinste er.

„Ich glaube, ich brauche ein wenig Inspiration. Kennen Sie irgendwelche Witze?", fragte Heath.

„Ich bin nicht wirklich der Typ für Witze", sagte Camille kurz angebunden.

„Zu schade. Sie sehen aus, als könnten Sie ein wenig Auflockerung gebrauchen."

Typisch, jetzt machte er wieder seine unerwünschten Kommentare. Sie stemmte eine Faust in die Hüfte. „Ich schätze, Sie dagegen haben ein ganzes Bündel an Witzen und sterben geradezu, sie mir zu erzählen?"

„Ich bringe Frauen so gerne zum Lachen, wie jeden anderen."

Sie warf ihm ein zusammengekniffenes Lächeln zu, entschlossen, ihn nicht an sich herankommen zu lassen, obwohl sie am liebsten gesagt hätte: *Ja, klar, aber normalerweise lachen sie über dich, nicht mit dir.* Aber das wäre natürlich furchtbar unprofessionell gewesen, daher sagte sie nur: „Versuchen Sie's!"

Es lachten jetzt noch mehr, obwohl die langbeinige Blonde bei Heath nun etwas ärgerlich aussah und ihre Unterlippe vorschob.

Heath hielt seine Hand hoch, um seine Freunde ruhig zu bekommen. Dann betrachtete er Camille von Kopf bis Fuß. Dabei ließ er sich Zeit, worauf sie errötete, bevor er sagte: „Wie machen es Footballspieler?"

Gott, warum hatte sie ihn bloß herausgefordert? Sie sah dem schelmischen Blitzen in seinem Auge an, dass bei dieser Art von Witz die Pointe eine sexuelle Note haben würde, doch sie gab sich schon so lange mit derben Footballspielern ab, dass sie wusste, wenn sie auch nur den leisesten Anflug davon erahnen ließ, verklemmt zu sein, würde das nur schlecht für sie ausgehen. „Also wie?", fragte sie spielerisch.

„Zwei Stunden lang in elf verschiedenen Positionen."

Unfreiwillig musste Camille sich das Lachen unterdrücken.

Stattdessen schüttelte sie den Kopf, als hätte er sie gelangweilt und winkte ab. „Okay, wenn das jetzt also geklärt ist, könntet Ihr Typen mir dann jetzt zu den Fotos verhelfen, die ich brauche?"

„Sie haben absichtlich nicht gelacht."

Camille machte ein Foto von ihm, denn ihr gefiel es, wie sich seine Miene verfinsterte, weil sie ihn ignorierte.

Als sie weiter Fotos schoss, ging er auf sie zu und hielt seine Hand vor ihre Linse.

„Kommen Sie, geben Sie es zu. Sie fanden ihn witzig."

Camille seufzte. Vor Jahren hatte er sie links liegen gelassen, und jetzt konnte er das Flirten nicht lassen. Warum nur? Weil sie so anders war als seine blonden Cheerleader? Weil sie eine Herausforderung war für ihn? Das musste es wohl sein. Doch sie würde ihn schon lehren, dass selbst sexy Footballspieler nicht jede Herausforderung gewannen. „Das einzige, was ich zugeben werde, ist, dass Sie sich selbst zu gerne reden hören. Es wundert mich, dass sie es lange genug lassen können, um überhaupt einen Punkt zu machen."

Was sie da lieferten, war ein guter, altmodischer Showdown, und einige der anderen Footballspieler und Cheerleader hatten sich um sie herum versammelt. Kyle Young johlte und gratulierte Camille für ihren Konter. Dann rief Alec: „Sieht so aus, als könntest du heute wohl nicht punkten, Dawson!"

Heath gehörte jedoch nicht zu denen, die so leicht die Flinte ins Korn warfen. „Wie wär's, wenn wir wetten würden?"

Camille runzelte die Stirn. Er wollte sie nur provozieren. Und es gelang ihm: ihre Nippel prickelten bei seinen Worten, und sie hatte das idiotischste Verlangen danach, dass er sie am ganzen Körper berühren würde. So hatte sie sich noch bei keinem Typen gefühlt – nicht einmal bei ihrem Ex-Ehemann – und sie konnte nicht begreifen, warum Heath so viel Macht über sie hatte.

„Also schön, wetten wir", antwortete Camille schließlich. „Ich wette, Sie können Ihren Mund nicht eine ganze Stunde lang halten. Wenn ich gewinne, müssen Sie den restlichen Tag über ruhig sein."

„Und wenn ich gewinne?"

„Das ist unerheblich, denn Sie werden das nicht schaffen." Natürlich nicht, dachte Camille, vollkommen davon überzeugt. Der Typ war süchtig nach Aufmerksamkeit.

„Aber wenn ich *doch* gewinne?"

„Bekommen Sie von mir, was Sie wollen."

Camille bereute ihre Worte im selben Moment, besonders, als sie die Mädchen kichern hörte. Heaths Brauen hoben sich, und sein Blick landete auf ihrem Busen, bevor er dann zu ihren Lippen wanderte. Dann näherte er sich ihr und flüsterte in ihr Ohr. „Dann bekomme ich einen Kuss", sagte er schließlich langsam. Überraschung und Hitze erfüllten jeden Zentimeter von Camille in gleichem Maß. Das war das letzte, das sie von ihm zu hören erwartet hatte, wenn man die große Blondine bedachte, die sich die ganze Zeit an ihn hängte. War sie nicht seine Freundin? Konnte er solch ein Arschloch sein?

Sie warf der Blondine einen Blick zu, die sie hasserfüllt ansah. „Aber–"

„Genevieve flirtet gerne mit mir, aber wir sind nicht zusammen, also können Sie sie nicht als Ausrede nehmen. Also, wie ich sagte, ich bekomme einen Kuss, wann immer ich das möchte", stellte er klar. „Oder macht Ihnen das zu viel Angst?"

Camille kam sich dumm vor, weil sie in seine Falle getappt war. Sie hätte gerne einen Rückzieher gemacht. Ihm gesagt, dass sie das absolut nicht wollte. Doch alle starrten sie an, und sie konnte ihm doch nicht die Genugtuung geben, dass sie klein beigab. „Schön, abgemacht." Sie wusste, sie hörte sich schnippisch an, doch Heath gelang es immer sie zu provozieren, selbst noch ein Jahrzehnt später.

Heath verstummte, und sie setzte ihren Fotoshoot fort. Sie zählte die Minuten und schaute ständig auf ihre Uhr, und jedes Mal, wenn sie das tat, sah Heath sie mit einem Blick an, der ihr sagte: „Dachten Sie wirklich, ich könnte das nicht?" Camille blitzte ihn nur an, während sie zu der nächsten Gruppe ging.

Die Minuten vergingen, und die ganze Zeit über kontrollierte sie Heath, um zu sehen, ob er sich wirklich an die Wette hielt. Er blieb stumm, lachte nicht und sprach nichtmal, als die langbeinige Blondine ihn anflehte, er solle etwas sagen. Camille musste zugeben, dass der Kerl wirklich stur war.

Als sie mehr als eine Stunde später fertig war, musste Camille feststellen, dass Heath gewonnen hatte. Bei dem Gedanken daran, dass er sie küssen würde, fingerte sie nervös an ihren Haaren herum, während sie die Fotos durchsah.

Heath näherte sich ihr, und Camille schlug das Herz bis zum Hals. Würde er den Kuss jetzt verlangen, während alle dabei waren? Mit zitternden Händen legte sie ihre Kamera ab und wollte ihn gerade schon fragen, was los war, als er belustigt und überrascht fragte: „Bist das etwa du, Wasserjunge?"

BÜCHER VON VIRNA DEPAUL

,MIT DEN JUNGGESELLEN IM BETT'
    Band 1: Mit dem falschen Bruder im Bett (Rhys)
    Band 2: Mit dem schlimmen Zwilling im Bett (Max)
    Band 3: Mit dem Milliardär im Bett (Jamie)
    Band 4:Mit dem besten Freund im Bett (Ryan)
    Band 5: Mit dem Biker von nebenan im Bett (Cole)
    Band 6: Mit dem Bodyguard im Bett (Luke)
    Band 7: Mit dem Trauzeugen im Bett (Gabe)
    Band 8: Mit dem Boss im Bett (Eric)
    Band 9: Mit dem Vater des Babies im Bett (Dante)
    Band 10: Mit dem Schein-Boyfriend im Bett (Gio)
    *Hochzeit mit dem Bad Boy: Eine Novelle (Max)

KISS TALENTAGENTUR
    Band 1: Küss mich für immer (Bastian)
    Band 2: Halt den Mund und küss mich (Simon)
    Band 3: Küss mich, du sexy Typ (Caleb)
    Band 4: Kiss mich um den Verstand (Hunter)
    Band 5: Küss mich die ganze Nacht (Lee)
    Band 6: Küss mich besinnungslos (Declan)

LIEBE AM SPIELFELDRAND
Band 1: Gelbe Karte für die Liebe (Heath)
Band 2: Blaues Blut und tiefe Pässe (Kyle)
Band 3: Ganz tief drin (Alec)

ÄRZTE ZUM VERLIEBEN
Band 1: Dr. med. Bad Boy
Band 2: Dr. Hottie

HART WIE STAHL
Band 1: Harte Zeiten für Schwere Jungs
Band 2: Harte Fälle für Toughe Anwälte
Band 3: Harte Entscheidungen, Sanfte Liebe
Band 4: Harte Jungs - Zwischen Hammer und Amboss
Band 5: Harte Schale, Weicher Kern

ROCK'N'ROLL CANDY
Die Rock'n'Roll Candy Serie handelt von einer Gruppe von
Freunden, Schauspieler Bad-Boys und sexy Rock Stars Anfang
20, die jeweils der Frau ihrer Träume begegnen.
Band 1: Sexy wie Rock'n'Roll
Band 2: Stark wie Rock'n'Roll
Band 3: Crazy wie Rock'n'Roll
Band 4: Süß wie Rock'n'Roll
Band 5: Wild wie Rock'n'Roll
Band 6: Frei wie Rock'n'Roll

HEIMKEHR NACH GREEN VALLEY
Band 1: Wozu Liebe in der Age ist
Band 2: Wohin die Lie be führt
Band 3: Ich will Dich Lieben
Band 4: Das Beste meiner Lieben
Band 5: Denn du liebst mich
Band 6: So verliebt

GLÜHEND HEIßE COPS REIHE
Band 1: Guter Cop/böses Mädchen
Band 2: Diesmal für immer
Band 3: Träumen (wieder) erlaubt

SEXUALKUNDERROMANE von Virna DePaul w/ Havana Scott
Band 1: Sexualkunde fur Anfänger
Band 2: Nervenkitzel

SPECIAL INVESTIGATIONS GROUP
Band 1: Töne des Verlangens
Band 2: Töne der Versuchung

STANDALONE

NAGELPROFIS

ABENTEUER SEX(T)

EIN BILD VON EINEM MANN

DER COWBOY, DER MICH LIEBT

VERRÜCKT NACH DEM VERKEHRTEN KERL

Erlösung für einen Vampir

Nacktfotos senden/ löschen

SEAL – ein Leben lang

ÜBER DEN AUTOR

ÜBER DIE AUTORIN

Virna DePaul ist eine *New York Times* Bestsellerautorin und steht auch auf der Bestselling-Liste von USA Today für erregende, spannungsvolle Erzählliteratur. Ob es um Vampire, eine Spezialeinheit für paranormale Phänomene, heiße Polizisten oder umwerfende identische Zwillingsbrüder geht, ihre fiktiven Geschichten handeln immer von komplexen Individuen, die gewillt sind, auch die unglaublichsten Schwierigkeiten zu überwinden, um der Liebe den Weg zu bahnen.

Um weitere Informationen zu erhalten und den kostenlosen Newsletter zu abonnieren, besuchen Sie mich bitte auf: www.virnadepaul.com

Website: www.virnadepaul.com
Facebook: www.facebook.com/booksthatrock
Twitter: twitter.com/virnadepaul

Ein Newsletter speziell für meine deutschen LeserInnen.
Erfahren Sie alles über Neuerscheinungen und
Geschenkaktionen! http://virnadepaul.com/deutsch-newsletter

Schließen Sie sich unserer Facebookgruppe "Deutscher Buch-Harem" in der wir über Bücher und die Charaktere darin diskutieren. Außerdem gibt es tolle Geschenke!